鴉片戰爭

肆之 肆

大纛臨風帶血收

王曉秦 著

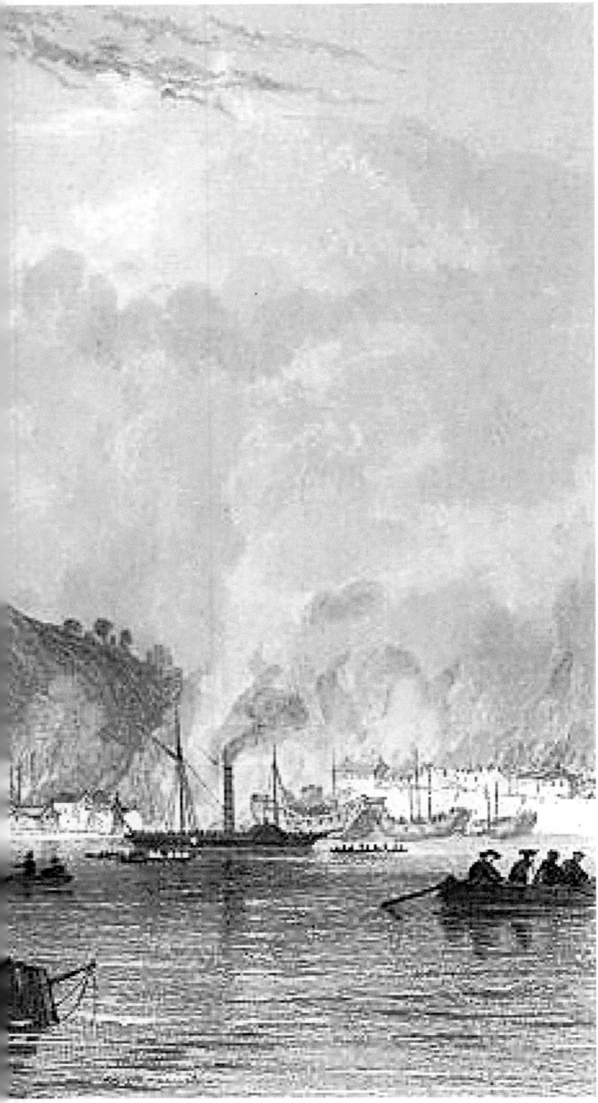

乍浦之戰的尾聲與城郊大火，取自湯瑪斯．阿羅姆的《圖說中國》。

天尊廟和陣亡的湯林森中校，取自湯瑪斯·阿羅姆的《圖說中國》。

第二次舟山之戰（水彩畫），Edward Cree 繪，英國國家海事博物館藏。這幅畫描繪了英軍在衜頭灣登陸時的情況。

定海佔領圖。由 Thomas Allom 所作的鋼板畫。

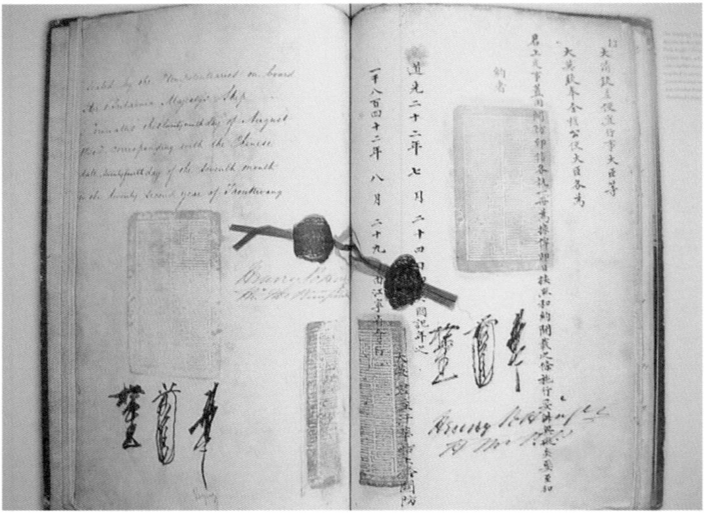

《南京條約》的簽字頁，上面有防止抽取頁碼的綠絲帶和紅火漆，原件藏在臺灣故宮博物院。該條約的漢字本是郭士立翻譯的。

英國軍官利洛在回憶錄《締約日記》中寫道:「裝訂條約的絲帶的兩頭，都貼於紙上，加蓋火漆，如此，除非將絲帶剪斷，不能取出一張，以防這些狡滑的先生們，為了欺騙皇帝，不將全文呈上。」《中國近代史資料叢刊·鴉片戰爭》第五冊，第516頁)

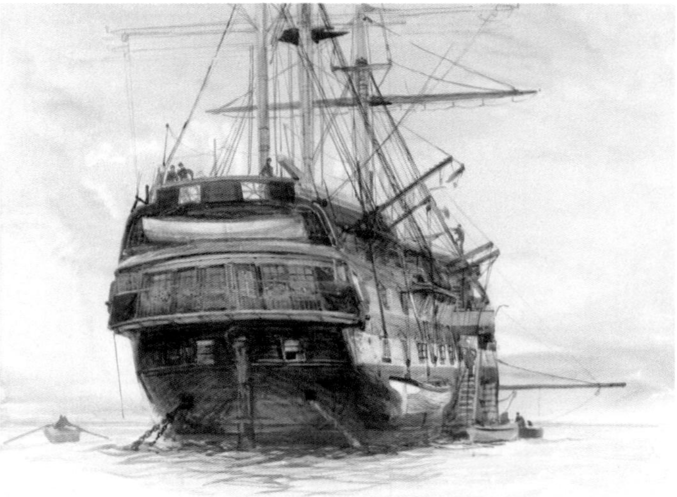

Lionel Wyllie 畫的水彩畫「皋華麗號」戰列艦，英國國家海事博物館藏。

寧波巷戰，取自 John Ouchterlony 撰寫的
《對華戰爭》（The Chinese War）。

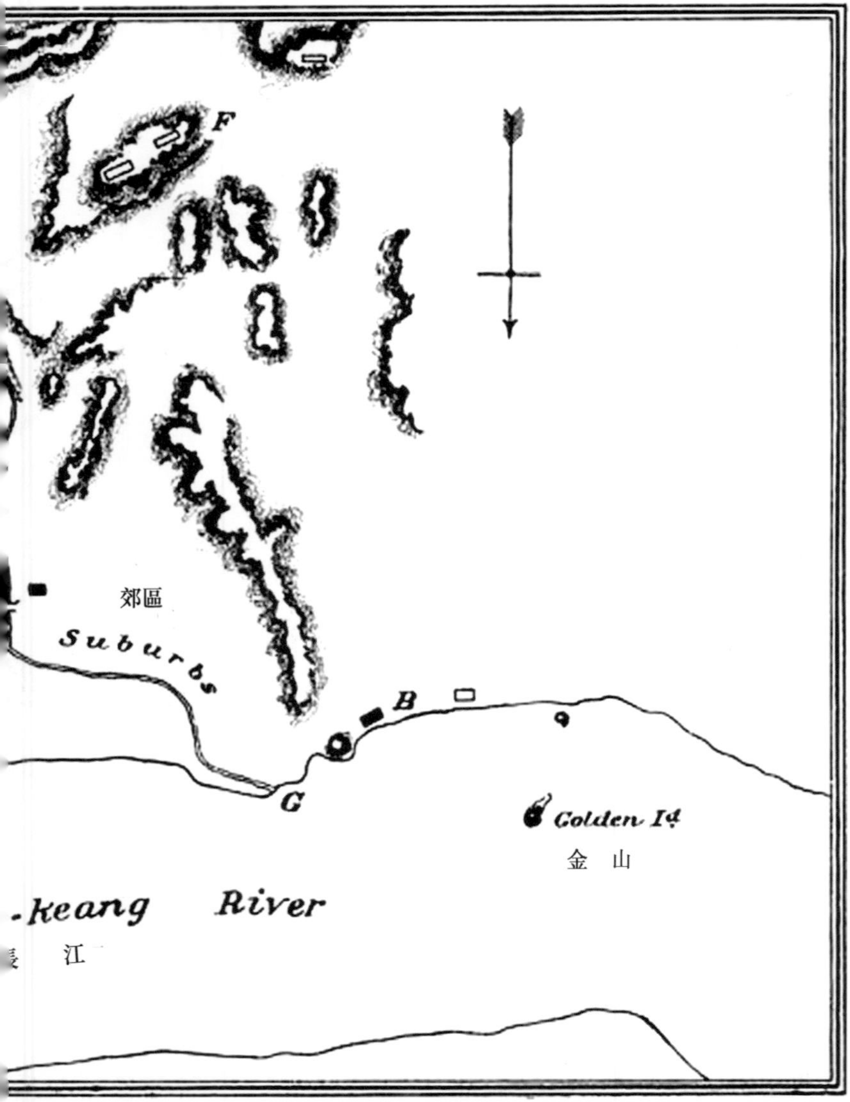

據英方統計，在鎮江之戰中，英國陸軍陣亡三十四人、受傷一百零七人、失蹤三人，海軍陣亡兩人、受傷二十一人。
根據《耆英等奏京口打仗陣亡受傷官兵折》（《籌辦夷務始末》卷六十一）統計，清軍陣亡二百四十六人、受傷二百六十三人、失蹤六十八人。另據《海軍軍醫柯立日記》記載，英軍掩埋的中國人屍體多達一千六百具，其中有許多是自殺的旗人眷屬。

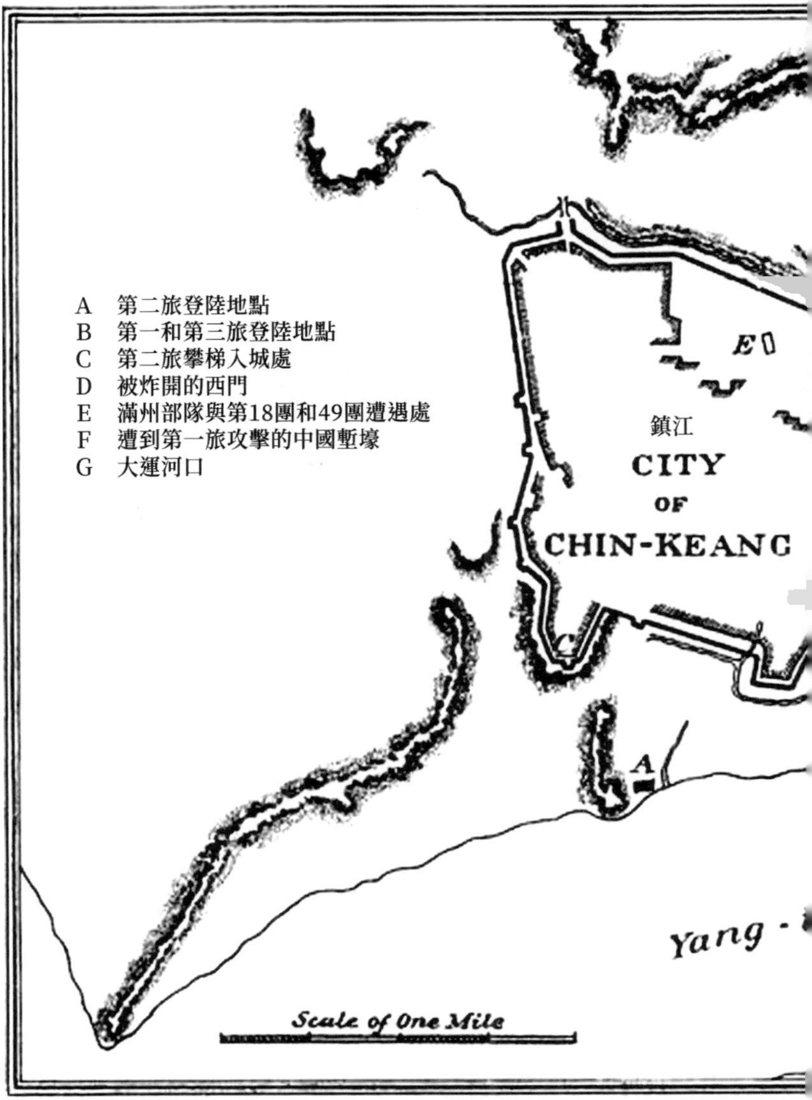

鎮江之戰地圖。英國牛津地理研究所繪製，方向是上南下北，取自 Robert S. Rait 撰寫的《陸軍元帥郭富子爵的戎馬生涯》。把這張地圖與現代地圖加以對照，人們會發現經過一百七十年的曲水沖擊，長江水道向南遷移了一公里多。

耆英畫像。耆英（1787-1858），愛新覺羅氏，滿洲正藍旗人，字介春，以蔭生授宗人府主事，當過藩院、禮部、工部、吏部、戶部尚書，護軍統領，熱河都統，盛京將軍、廣州將軍、杭州將軍，兩江總督、兩廣總督等要職，主持簽訂了中英《南京條約》、《五口通商章程》、《虎門條約》，中美《望廈條約》，中法《黃埔條約》。在第二次鴉片戰爭期間，他奉命與英法聯軍會談，因交涉失敗，被咸豐皇帝賜死。

郷秘利（Colin Campbell, 1792-1863），英國著名將領，參加過英西戰爭、拿破崙戰爭和鴉片戰爭。鴉片戰爭結束後，舟山被質押給英國，他奉命留駐中國，擔任舟山的最高軍事長官兼民政長官，一八四五年率兵回國。一八五四年他參加克里米亞戰爭，任副司令，而後指揮了平息印度兵變的戰爭，因功晉升為元帥，封男爵。他的日記和書信是研究鴉片戰爭和印度近代史的重要資料之一。此圖是他的照片，攝於一八五五年。

推薦序

史學家陳寅恪先生有「以詩證史」說，小說是廣義的詩，亦足證史。王曉秦先生這部新著《鴉片戰爭》，即是充滿詩意的歷史小說。他用如椽大筆，繪形寫神，潑墨重彩地勾畫出一幅鴉片戰爭全景圖：虎門禁煙，英酋遠征，突襲舟山，關閘事變，廣州內河戰火，廈門島上烽煙，浙江鏖兵，長江大戰，斡旋媾和，簽字《南京條約》等等。其場景廣闊，情節跌宕起伏，可驚可怖之衝突，可歌可泣之故事，紛至沓來，讓人不忍釋卷。

人物從中英兩國帝王將相，到鴻商巨賈、煙民海盜，乃至販夫走卒，個個刻畫生動，個性鮮活。

在宏大敘事中，作者激情迸射，長歌當哭，把一部民族痛史演繹得迴腸蕩氣，著實是一部不可多得的文學佳作，讀之不亦快哉。

好的歷史小說不唯文學性強、有可讀性，還必須有史學品質，即可以證史。這就要求作者具有三方面的準備：一要掌握充分的史料，二要目光如炬，有去偽存真的史識，三要獨立思索，對歷史有自己深湛的見解。

王曉秦先生是優秀的學者，研究並講授英國文學，學風嚴肅，已有多部學術著作面世。然其對清末災難頻仍的歷史情有獨鍾，二十年前即有「以詩證史」之夙願，欲揭示大清帝國崩潰之因由，以警後人。於是，傾盡心力廣泛彙集相關史料。

因其嫻熟英文，在國外得到許多國人罕聞的原始英文資料，且多具當時性和真實性，以是，其作品所涉及的時間、事件、人物、文獻、資料、插圖都有案可考，極具信史意義。如本書所配圖片，大多出自十九世紀畫家和參戰官兵之手，另一部分收集於中國、英國、美國、澳大利亞等國博物館和畫廊。這些圖片首次見諸國人，格外珍貴。在攝影尚不發達的時代，它們準確記錄了當時的事件，不獨可以以圖證史，亦可以增加閱讀的興味。本書史料的詳實，於此可窺一斑矣。

更值得稱道的是王曉秦先生的史見。他不崇權威，不墜時風，堅持獨立思索，敢於質疑曾經的歷史成見。在前幾年出版的歷史長篇小說《鐵血殘陽—李鴻章》中，他就洗刷了李鴻章漢奸、賣國賊的惡名。在學界雖有爭議，畢竟打開了一扇自由思索的窗。如今這部百萬字的新著中，思索的空間更大，識辨的問題更多，需要讀者去發現。

小說畢竟不是說教，乃以不說為說，陳述史實，以形象啟人，是禪悟的公案耳。讀這部小說，你會有傳統良史秉筆直書的感覺，這也正是作者的風骨所在。

歷史塵封在史料裡，不是人人願意翻閱；歷史要說的話，不是人人聽得懂；歷史默默地展示自己，不是人人看得透。這段話是作者的感言，猶如《紅樓夢》作者的一歎：都云作者癡，誰解其中味。

甲午戰爭百二十年紀念日於羊城四方軒遵囑　班瀾謹書

壹 舟山第二戰

遭到巨風狂浪襲擊的英軍終於在岐頭完成集結。璞鼎查、郭富和巴加原計劃先打寧波，後打舟山，但是風向和潮汐不利於攻打寧波，因此他們決定順勢而為，先打舟山，後打寧波。

舟山水域像一座海上迷宮，大小島嶼畸零錯落，水道盤曲，礁石參差。天氣不好時，風帆戰艦是很難駕馭的，一不小心就可能撞上暗礁，輕則傷筋動骨，重則船毀人亡。這時，「復仇神號」和「地獄火河號」發揮了重要作用，兩條鐵甲船繞過盤嶼島、小五奎島和大五奎島，小心翼翼駛入衜頭灣。

英軍船堅炮利武器精良，璞鼎查、巴加和郭富有恃無恐，全然不把清軍放在眼裡。他們身披油衣，頭戴雨帽，站在「復仇神號」的側舷，親臨前沿，偵察舟山的防禦體系，陸軍參謀長蒙泰與他們在一起。全權公使和兩位司令第一次來舟山，蒙泰卻是故地重遊，他在島上駐紮了七個多月，熟悉島上的所有山岡溝壑和城鎮鄉村。

天上飄著陰陰的小雨，海面上浪湧波伏，幾百條漁船和商船擠擠挨挨地泊在衜頭灣裡。兩條鐵甲船冷不丁闖進來，就像兩條猙獰怪異的大鱷。漁公漁婆們從來沒有見過鐵甲船，從船篷裡探出頭來，望著高聳的煙囪，嘩嘩轉動的水輪，神驚魂悸、目瞪口呆。想逃，來不及；想避，躲不開，只好木雞似的待在原地。岸上的清軍亦從垛口後面探出頭來，他們也是頭一次看見鐵甲船，想開炮，不敢，怕誤傷了海灣裡的本國商船和漁船。

「復仇神號」和「地獄火河號」高揚炮口，逶迤而行，船上的水兵荷槍實彈，就像在進行一場炫技式軍事表演。

蒙泰發現島上的變化大得驚人。清軍收復舟山後不惜工本，大興土木，在青壘山和竹山之間修建了一道三千多米長的土城，設置二百六十七個垛口，安放了九十五位大炮。他們還在曉峰嶺、青壘山、無樣山和鎖山上增建瞭望臺。

東嶽山是島上的制高點，山頂有一座道觀，英軍的陸軍司令部曾經設在那裡，現在它成了一座巍峨的炮城，鋸齒形的垛口架著黑洞洞的大炮和抬槍。土城和瞭望臺上有當值的清軍，他們披著蓑衣、戴著斗笠，提著刀槍和盾牌。三巨頭和蒙泰仔細計數炮臺的數量、垛口的間距和清軍的配置。他們知道，任何細節觀察不到，都可能增加士兵的傷亡，甚至改變戰爭的結果。

蒙泰對三巨頭道：「我軍撤離舟山僅七個月，這裡的變化竟然如此之大，顯然中國人付出了螞蟻搬山似的辛勞。」

郭富一眼看出它的缺陷，「這套防禦工事比廈門的石壁差之甚遠。石壁是用花崗岩建造的，所有炮洞覆以堅實、厚重的石版，禁得起重炮轟擊，與我國的一流軍事工程相比也毫不遜色。舟山的土城卻是潦草之作。中國人就近取土，堆積夯打，炮位暴露在外面，表面上看聲勢聯絡首尾呼應，實際上禁不起我軍艦炮的轟擊。」

璞鼎查面露不屑，「中國將領像井底之蛙一樣眼界狹窄，對歐洲的現代軍事技術一無所知，錯誤地把我們放在等量齊觀的水準上。這種防禦工程僅適用於冷兵器時代，三百年前或許能發揮點作用，今天則是愚不可及的蠢物！」

蒙泰道：「前年七月我軍兵臨舟山，中國人毫無準備，我軍只用九分鐘就打垮了清軍，我軍無一人傷亡。今天，中國人作了充分準備，工程雖然落後，卻張揚著一種頑強的抵抗意志。我以為，清軍不可怕，可怕的是瘟疫。舟山是我軍的傷心之地，官兵們對癘疫記憶猶新，聽說要打回來，有些人談虎色變，心裡發怵。」

郭富沒經歷過舟山大疫，但見證過香港和澳門的疫情，對蒙泰道：「那是一次血的教訓。各部隊登陸後不得輕易進入民居，不得使用中國人的傢俱和鍋碗瓢盆，飲水前要先做檢測，各團軍醫一俟發現疫情要立即報告，病號必須嚴格隔離！」

「是。」

經過偵察，三巨頭很快發現清軍的軟肋。大五奎島與舟山只有一水之隔，相距約五百米。但舟山的將領與關天培一樣，按照中國火炮的射程估算英國火炮的射程，忽略了該島的戰術價值。三巨頭決定首先佔領大五奎島，在島上建立一個炮兵陣地，壓制土城和東嶽山炮城的火力，而後採用艦炮正面轟擊、陸軍側翼包抄的老戰術。

竹山門有一座半月形炮臺，八個炮位，但不知什麼原因，沒有安放火炮。他們決定組建兩支縱隊，第一縱隊一千五百人，攜帶六位野戰炮，在竹山門登陸，迂迴到土城背面攻擊清軍；第二縱隊由一個步兵團和海軍陸戰隊組成，大約一千人，攜帶兩位野戰炮在東港浦登陸，該縱隊以東嶽山為主攻目標，拿下山頂上的炮城後，從南面合圍定海縣城。

三巨頭在衜頭灣肆無忌憚逡巡偵察的模樣，定海鎮總兵葛雲飛全都看在眼裡。

七個月前，他與處州鎮總兵鄭國鴻和壽春鎮總兵王錫朋率兵渡海，從英軍手中接管舟山。為了防止英軍殺回馬槍，五千多三鎮官兵在衜頭灣修築了一道大型防禦工事——土城。

道光給沿海各省下達撤軍令後，裕謙命令鄭國鴻和王錫朋率領所部官兵返回大陸。但是人在地上鬥，風在天上鬥，浪在海上鬥。初秋以來，舟山洋面風信靡常，不是傾盆暴雨就是連綿梅雨，鄭國鴻和王錫朋竟然不能按期返回大陸。葛雲飛接到英軍在舟山附近活動的稟報後，確信敵軍將攻打定海，三總兵經過商議後，決定就地留守。葛雲飛坐鎮東嶽山的震遠炮城統籌全域，鄭國鴻率領處州鎮標分守竹山門，王錫朋率領壽春鎮標分守曉峰嶺，定海水師鎮標分守土城，與此同時，立即派人渡海向裕謙求援。

裕謙獲悉英國艦船在浙江洋面活動後，認為英軍將首先攻擊鎮海，他馬上派人買了十條舊船，滿載巨石，鑿沉於大浹江口，在距離江口十里處安排了幾十條火筏，一旦英艦駛入江口，立即發動火攻。他還動員了千餘義勇在鎮海城的堞牆上堆積大量沙袋、石雷和滾木。經過一番努力，鎮海兵民嚴陣以待，形成蔚然大觀的金城鉅防。

這一天，裕謙親自到大浹江口巡視。千餘清軍和義勇在河道兩側填塞石塊，設置木樁，層層扡釘，在灘塗和江堤上挖掘暗溝，散佈鐵蒺藜。

就在這個時候，發生了一件不痛快的事——一條鐵甲船懸掛白旗駛至大浹江口，企圖遞送照會。

余步雲主張與英夷接洽，裕謙堅決反對。余步雲說，打仗向來是文武並用，且打且談是兵家常識，接受夷書是瞭解夷情的一種手段。裕謙卻斷然否定，說皇上三令五申沿海大員不得接受夷書，要是余步雲膽敢與英夷接洽，自己必定上折子參他。文武大員撕破臉皮，大打口水仗，不歡而散。

江寧協副將豐伸泰五十多歲，中等身量，長眉長眼，胸前垂著一綹棕黃色的山羊鬍子，他目睹了裕謙與余步雲的爭執。余步雲離去後，他對裕謙說：「裕督憲，余步雲未免過於張狂，他不就是一個紫光閣繪像的功臣嗎，有什麼了不起，居然想派人與夷船接洽，往輕裡說是與你過不去，往重裡說是與皇上過不去。」

裕謙恨恨地道：「他那個功臣根本就是明日黃花，自從逆夷侵入海疆以來，他一直瞻顧徘徊，與琦善、伊里布一條心。昨天他見我時，以保全民命為託詞，企圖避戰求和。我軍在石鋪碼頭、盛嶴和雙嶴多次擊潰英夷，這些勝仗充分說明了，只要本朝兵民合力防堵，完全能夠戰勝逆夷！」

幾天前，石鋪的汛兵稟報說，有逆夷火輪船闖過金瓦門，突襲石鋪碼頭，當地營兵奮力抵抗，將逆夷掃數擊退。盛嶴和雙嶴的汛兵稟報說英國兵船襲擊沿岸村鎮，燒毀了大片房屋，當地軍民合力抵抗，斃傷夷兵多人，將其趕回大海。但裕謙根本不知道這兩份稟報都是摻水戰報——貪功邀賞，謊報軍情的惡習浸入到官場的骨髓裡，層層浮誇，達到無可救藥的地步。

石鋪碼頭的稟帖隻字不提英軍打爛金瓦門炮臺、搶走木料，曲意誇大自己的戰果。盛嶴和雙嶴的稟報則是把敵人的主動撤離說成「奮勇擊退」。故而，裕謙並不知曉實情。

實際情況是，璞鼎查獲悉「哩哪號」運輸船的大副被凌遲處死後，立即下令對誘捕英俘的中國村莊施加報復。「復仇神號」奉命駛向盛嶴，用艦炮和火箭把整個村莊夷為平地。十幾個村民被炸死炸傷，幾十戶房屋被焚毀。戰爭殃及了無數平民和無辜，越來越瘋狂，越來越殘忍！

但是，裕謙的腦際裡，全是敵人抱頭鼠竄的幻想和痛快淋漓的假象。

豐仲泰道：「我聽說英夷的空心飛彈（施拉普納子母彈）十分了得，在空中炸裂，像滿天星似的墜落，觸及地面再次爆炸，殺傷力極強。」

裕謙以不值一噱的口氣回：「那是逆夷散佈的流言，嚇唬三歲小兒的。夷炮的炮身較薄，裝藥太多有炸裂之虞，所以才將鐵彈挖空，填以火藥。我大清本有此法，不足為奇。」

巡視完畢後，裕謙與豐仲泰朝欽差大臣行轅走去，行轅設在廣惠書院。

剛到行轅門口，裕謙的機要幕賓余升走過來，手裡拿著一封信，「裕督憲，葛雲飛派人渡海送來了急信。」余升身小骨瘦，穿了一件寬大的布袍，有點兒像傀儡戲中的木偶。

裕謙接過急信拆閱，不由得吃了一驚。葛雲飛稟報說有二十九隻夷船聚在舟山附近，載敵萬餘，舟山危在旦夕。壽春鎮標和處州鎮標不能渡海回撤，請求增援。

裕謙雖然熟讀《孫子兵法》和《六韜》，卻沒真刀真槍地打過仗。石鋪、盛嶴和雙嶴遭到襲擊後，他聞警即動，立刻派三百援兵增援石鋪，二百援兵開赴盛嶴和雙嶴，但是，他始終弄不清英軍的主攻方向，是石鋪，還是盛嶴和雙嶴？是鎮海，還是舟山？敵人是想聲東擊西，還是想圍點打援？

裕謙緊鎖眉頭，「浙江共有一萬五千兵馬和三千外省客軍，舟山一地就有五千六，幾近全省三分之一，難道還少嗎？余升！」

「有。」

「我要口述一份諭令！」

余升答應一聲，坐在一張小桌旁鋪紙研墨。

裕謙背著雙手，遊著步子醞釀詞句，痛斥葛雲飛臨危張惶：

小題何須大做，抑或故意張大其詞，為他日論功乎？寄語葛總兵，但當死守，弗復望援。一有疏虞，唯該鎮是問[1]！

待余升謄寫完畢，裕謙吩咐：「你立即安排人假扮漁民，借助夜色渡海送往舟山。」

余升應聲道：「喳！」

接連颳了五天風，下了五天雨，大雨小雨輪番登場，下得人們心裡發霉。在這種天氣，

1 此令載於葛雲飛的家人葛以簡、葛以敦撰寫的《清故葛雲飛將軍年譜》，見《鴉片戰爭在舟山》第107頁，中國文史出版社二〇〇五年。

清軍的火繩槍無法開火，英軍的燧發槍發揮不了效力，兩軍都在耐心等待戰機。英軍只派裝備了雷爆槍的小股部隊登陸襲擾，火力偵察清軍的薄弱環節，尋找突破口。

盛嶴和大榭是與舟山相隔數里的小島，當地居民和汛兵能夠聽見舟山的槍炮聲，望見英軍的兵船和運輸船，此外，每天有少數難民乘漁船逃出定海，把真真假假、虛虛實實的消息帶回大陸：英軍登陸了，英軍潰退了，清軍打勝了，清軍戰敗了等等，所有消息都飄忽不定。

第六天，舟山的槍炮聲響了一天，十分密集，仗顯然越打越大。

次日早晨，裕謙與豐伸泰、余升等人在廣惠書院的大伙房裡吃飯，守衛城門兵丁突然進來稟報：「裕大人，定海縣巡檢徐桂馥在南門外叩關，說有緊急軍情稟報。」

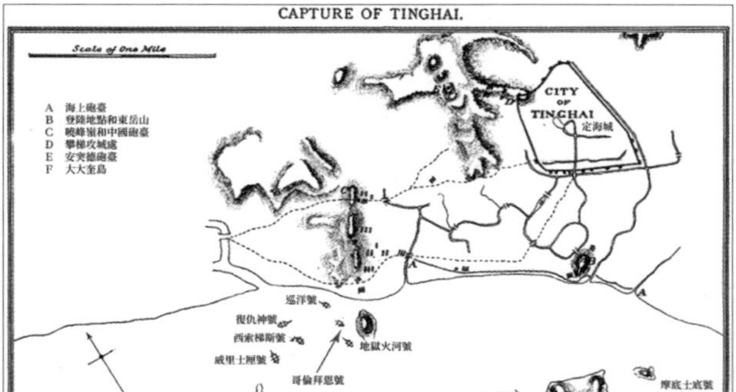

第二次舟山之戰示意圖。根據英軍參謀長蒙泰填寫的傷亡清單，在這次戰鬥中，英軍陣亡二人，受傷二十七人。作者未查到清朝官方的統計數字。據 MacPherson 在《在華二年記》（第 217 頁）中估算，清軍傷亡約一千五百人。英國牛津地理研究所繪，取自 Robert S. Rait 的《陸軍元帥郭富子爵的戎馬生涯》。

一聽舟山來了人，裕謙像被熱水燙到，幾乎跳起來，「來人說什麼？」

「定海丟了。葛雲飛、鄭國鴻和王錫朋三總兵戰死。」

裕謙頓時食慾全無，一股冷汗順著脊樑骨一浸而下。他驀地站起身來，「來人在哪兒？」

「在鎮海碼頭。」

裕謙馬上放下飯碗，陰著臉出了行轅，豐伸泰和余升等人跟在後面，急匆匆朝鎮海碼頭走去。

巡檢徐桂馥是從九品官，草芥似的小官當得一波三折。兩年前英夷攻陷定海，張朝發傷重身亡，姚懷祥投水自盡，羅建功等人獲罪，他是唯一堅守不退的小官，卻被道光皇帝莫名其妙地免了職。伊里布到任後得知他不僅就地堅守，還做了大量偵察工作，替他洗刷不白之冤，依舊教他署理巡檢。

徐桂馥見裕謙走過來，一個千紮下，「定海縣巡檢徐桂馥叩見欽差大人。」

裕謙焦急詢問：「舟山戰況如何？」

徐桂馥抑制不住悲憤，淚水竟然嘩嘩地淌下來，「全完了！葛總戎、鄭總戎和王總戎為國捐軀，數千將士全犧牲了！」

全軍覆沒！這消息太出乎裕謙預料。舟山防禦耗資巨萬，他曾親自渡海視察督造，確信定海土城建成後固若金湯，形勝在握，只要軍心齊整、民心堅固，若逆夷膽敢駛近或登陸，不難大加剿洗。

直到此時，他才意識到英夷不是可以輕易對付的跳樑小丑，而是悍厲無比的域外強敵！

裕謙的臉色凝重，「徐桂馥，你仔細說一說過程。」

徐桂馥盡其所知講述了舟山之戰。

壽春鎮總兵王錫朋和處州鎮總兵鄭國鴻接到撤軍令後，本想率軍返回大陸，但英國兵船橫亙在水道上，他們無法回撤，於是決定協同葛雲飛共禦舟山。

英軍率先佔領大五奎島，架炮轟擊清軍陣地，但舟山一連下了幾天雨，效果不佳。清軍在雨水和泥濘中與英軍苦戰多日，寢食難安，筋疲力盡。昨天上午，英軍的十三條大小兵船和三條火輪船相繼駛入衜頭灣，葛雲飛督率弁兵開炮轟擊，但英軍艦炮十分猛烈，開花炮子殺傷力極大，致使清軍躲不勝躲，防不勝防。

在艦炮的掩護下，英軍兵分兩路，一路攻入竹山門，一路攻入東港浦。清軍冒死拚殺，前隊陣亡，後隊繼進，殺退敵軍多次。

無奈敵兵越殺越多，清軍都把抬槍打到紅透滾燙的地步，無法繼續裝藥射擊，依舊望不見敵軍盡頭。竹山門和曉峰嶺一帶屍橫遍野，血流成河。

王錫朋的一條腿被夷炮炸斷，因為流血過多，戰死疆場。鄭國鴻在竹山門打到只剩一兵一卒，卻不幸中炮犧牲。葛雲飛身受槍傷多達十餘處，左臉被敵人的炮彈皮削去，在震遠炮城陣亡。

裕謙倒吸一口涼氣，「五千六百雄兵竟然擋不住逆夷？」

「逆夷有一萬多人哪！他們的槍炮、火彈、噴筒、火箭威力極大，咱們見都沒見過。」其實這數字是徐桂馥的推測，他並不知曉英軍總計只有五千。

裕謙問道：「三總兵的遺體在何處？」

「在漁船上。昨天夜晚，舟山義民徐寶等四人潛入陣地，冒死找到葛總戎、王總戎和鄭總戎的遺體，用漁船運出。」

幾條漁船停在碼頭裡，搭載了幾十個難民。葛雲飛、王錫朋和鄭國鴻的遺體被難民抬下船，放在擔架上，蒙著白被單。人們見裕謙等人走過來，讓出一條人胡同。裕謙一直走到擔架旁。

徐桂馥俯下身子揭開被單。只見葛雲飛的臉血肉模糊，左眼半睜，五官錯位，身上有多處彈傷，戰袍上的血跡與泥土凝結在一起，若不是戰袍上綴有二品繡獅補子，裕謙簡直認不出來。

王錫朋的一條腿被炸斷，面孔被炮火熏得黝黑，殘缺的身子像一段燒焦的木樁，慘不忍睹。鄭國鴻被敵炮擊中腰部，身上全是火燒的疤痕，眼睛深陷進去，鼻子和嘴巴扯向一邊。

裕謙是個心硬如鐵的人，此時卻也不由得鼻子一酸，差點失聲痛哭。原以為葛雲飛膽小軟弱，但他不愧是大清的總兵官，率領數千將士血戰到底，以身殉國，死得壯烈！

此時此刻，裕謙只能誠心誠意向殉難者致哀。他朝前邁了一步，向三總兵的遺體深深鞠了三躬。

貳 鎮海敗局

滾滾江水裹挾著腐土爛泥不捨晝夜地流入東海，大浹江入海口外的百里海面像泥湯似的渾濁。

天氣雖然晴朗，漁船和商船卻不敢出海，它們擁擠在一里多寬的河道上，一萬多舟山難民蹲在船上或聚在岸旁，愁眉苦臉地等著賑濟。鎮海縣的差役們在沿江兩岸支起十個粥棚，每天早晚兩次發放稀粥。現在是發粥的時候，每個粥棚前都排了幾百人的長隊。

余步雲的提督行轅設在東嶽宮，他坐在右偏殿裡，拿著裕謙的奏折抄件生悶氣。

自裕謙告他黑狀，他對裕謙有了提防之心。舟山失守後，他擔心裕謙在背後再次下絆子，買通欽差大臣行轅的胥吏，弄到裕謙的奏折抄件。他發現，裕謙不僅對舟山之戰大加粉飾，還把戰敗之責推到他身上。

……又聞該逆因此次侵犯定海，我兵連日擊沉其火輪船一隻、大兵船三隻、舢板船多隻，又在陸路剿殺逆夷一千數百名，為年餘未有之惡戰……（假）設浙江提標等營官兵盡能如壽春、處州兩標官兵之奮不顧身，前隊陣亡，後隊繼進……只需再相持一二時，不獨不難致其死命，且可使該逆知所儆畏，不敢再事鴟張。

乃提標等營官兵性本柔懦，技藝又不如壽春等標之純熟，一臨大敵即倉皇失措，事敗垂成，逆焰復熾，將奴才年餘以來心血，盡付東流[2]……

壽春鎮標和處州鎮標是裕謙調來的外省客軍，「浙江提標」是余步雲的直轄營兵，如此描述顯然是要嫁禍余步雲，貶低他治軍無方。至於「擊沉火輪船一隻、大兵船三隻」和「剿殺逆夷一千數百名」則是莫須有的誇飾。

朝廷規定，提督的奏折必須經總督或巡撫披閱轉奏，故而，只要裕謙在浙江，勝負成敗全由他一支鐵筆對皇上，余步雲竟然是有口難辯！

2 取自《欽差大臣裕謙奏報現探英情及募勇籌戰等情片》，《鴉片戰爭在舟山史料選編》第 292-293 頁。又及，英軍的情報工作大大優於清軍，定海和鎮海之戰結束後，馬儒翰把朝廷與裕謙、劉韻珂、余步雲之間的奏折、諭令、廷寄等摘要匯總，刊載在《香港公報》（Hong Kong Gazette）和《中國叢報》一八四二年一月號上。

最令余步雲生氣的是，裕謙沒有真槍真刀地打過仗，卻坐纛[3]指揮，誇誇其談，講得全是狷狂耿介、氣吞山河的大話和廢話。余步雲經歷過寒冬列陣中夜鏖兵，是在槍林彈箭裡摸爬滾打過來的人，深知打仗是刀口舔血的營生，容不得絲毫僥倖。他與裕謙本來可以成為患難與共、玉汝於成的文武大員，卻鬧到無法共事的田地。

裕謙命令狼山鎮總兵謝朝恩分守金雞山，江寧協副將豐伸泰分守鎮海縣城，浙江提標分守東嶽宮和招寶山。謝朝恩和豐伸泰是裕謙調來的客軍將領，這種安排的意圖十分明顯，就是要架空余步雲，讓他的將令不出招寶山和東嶽宮。裕謙甚至私下裡告訴外省將領，余步雲是浙江提督，只能指揮浙江營兵，無權指揮外省客軍。有了這麼一道密令，軍官們都明白裕謙與余步雲勢不兩立。

一個是權勢熏天的欽差大臣兩江總督，一個是戰功赫赫的太子太保浙江提督。雖然武官受文官轄制，余步雲居於下風，但稍有頭腦的人就能看出，余步雲不是唾面自乾的人物，誰要是不知深淺貿然介入一場沒有是非的龍虎鬥，說偏話拉偏手打偏架，說不準什麼時候就會招來殺身之禍！

3 讀音同「道」，以氂牛尾或雉尾為裝飾的大旗，為居高位者的儀仗旗幟。

金雞山和招寶山的瞭望臺上突然響起螺號聲，烽火臺上的哨兵聽到號聲立即點燃蘸了油脂的松枝，松枝劈啪作響，棕黑色的狼煙騰空而起。這是戰爭的煙號，方圓十餘里全能看到！

金雞山、招寶山、東嶽宮和鎮海縣的弁兵們立即拿起刀槍朝戰位跑去。大浹江的江面倏地一下動盪起來，漁公漁婆們像聽見鬼嚎神嘯似的惶然心驚，槳聲、櫓聲、呼聲、喊聲震天價響，大小漁船和商船亂亂哄哄、嘈嘈雜雜、磕磕碰碰、擁擁搡搡地在江上湧動。

從舟山逃來的難民見證過戰爭，誰也不願在炮火下死於非命，領粥的隊伍立即大亂，混吃混喝的遊民乞丐像瘋子一樣搶食米粥，擠塌兩個粥棚，踢倒了四五口大鍋。差役們抄起棍子又打又罵，依然彈壓不住。鰥寡老弱們爭不過遊痞無賴，只好哭天喊地、呼兒喚女，萬般無奈地退縮到一旁。

余步雲聽到警號後立即抓起配刀，趿著腳出了偏殿，登上東嶽宮旁的瞭望臺，以手搭棚望著海面。

天晴日朗，海上的能見度極高，就看十條英國兵船和火輪船連檣而來，後面跟著一串運輸船，運輸船上滿載紅衣士兵。駐守東嶽宮的清軍已經進入戰位，軍官們把口令喊得山響，兵丁們如蟻如蜂井然不亂。炮兵們搬運炮子，槍兵們把火藥和彈丸裝入槍膛，弓兵們準備弓矢箭弩，藤牌兵和長矛兵列隊待命。

裕謙聽到警號後登上鎮海縣的北城門，手搭涼棚遙望海面。英軍曾多次派火輪船和武裝測量船在大浹江口偵察，那些形態怪異的夷船讓他大開眼界。今天，他頭一次看見英軍的大型戰列艦，「威裡士厘號」和「伯蘭漢號」都是排水量一千七百多噸的龐然大物，每條船有三層甲板、七十四位側舷炮，配備了五六百夷兵，儼然是大型海上炮臺。相比之下，清軍的戰船像豌豆莢一樣微不足道。

英國兵船在距離招寶山和鎮海城一里遠處下錨，側舷炮窗裡探出黑洞洞的炮口，甲板上船鐘叮咚，號鼓聲嘹亮，風帆起落，旗幟變換，一看就是訓練有素的海上勁旅。

巴加和郭富攻克舟山後，只休整了幾天就鋒鏑一轉，借助風向和海潮撲向鎮海，只留下兩條兵船和四百多步兵戍守定海縣城和衜頭碼頭。

英軍兵分三路：「復仇神號」、「巡洋號」和武裝測量船「本廷克號」為第一分艦隊，轟擊小浹江口的守軍，掩護左路步兵和炮兵在笠山和小浹江南岸登陸，

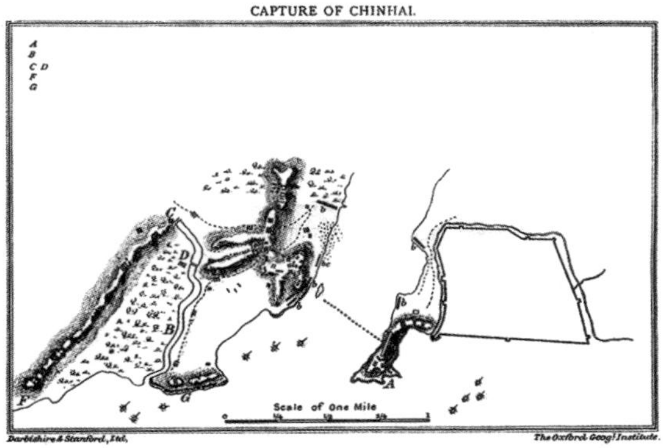

鎮海之戰示意圖。英國牛津地理研究所繪製，作者譯，取自雷特 Robert S. Rait 的《陸軍元帥郭富子爵的戎馬生涯》。

從東、南兩面攻擊金雞山。

「地獄火河號」、「皇后號」和「巡洋號」組成第二分艦隊，封堵大浹江口，從正面轟擊金雞山和東嶽宮，掩護中路步兵和炮兵在大浹江南岸登陸。

「威裡士厘號」、「伯蘭漢號」、「伯朗底號」和「摩底士底號」組成第三分艦隊，繞到北面轟擊招寶山和鎮海縣城，掩護海軍陸戰隊和工兵在招寶山麓登陸。

海面上響起滾雷似的炮聲，一串串炮子拖著黑煙和尖厲的嘯音飛向鎮海城。堞牆上立即石裂磚崩，血肉橫飛。北城門樓被接連打中幾十炮，橫樑木椽、碎磚爛瓦騰空而起，劈頭蓋臉地落下。

一根椽子正好砸在裕謙的腳下。他打了一個趔趄，將椽子踢開，吼了一聲：「開炮！」

北城牆上有二十多位火炮，炮弁們迅速點燃火撚，一顆顆炮子相繼射向敵艦。但清軍火炮的射程短，所有炮子都落在英艦前面，濺起一大片毫無用處的浪柱。

英艦打出一排側舷炮後，帆兵們立即拉動帆索，使船身旋轉一百八十度，用另一側舷炮接著轟擊。一排施拉普納子母彈射出炮口，在空中爆炸，落地開花。鎮海守軍聽說過英軍的開花彈十分了得，卻從來沒有領教過，更不知道如何躲閃，立即被炸得頭破血流。

裕謙盲信英軍腿腳僵直，不善於陸戰，並把錯誤的信念灌輸給當地兵民，以致於大敵臨門之時，鎮海居民不僅沒有疏散，還派出大批義勇登城助戰。但血肉之軀擋不住英夷的開花彈，守城兵民死傷慘重。

英艦開始發射火箭，一串串火箭凌空而起，拖著賊亮的火尾巴飛入鎮海城中。民居、店鋪、柵牆、柴堆相繼著火，引燃了周匝的樹木，火借風勢越燒越旺，僅僅不到半個時辰，鎮海城儼然變成一座大火爐。兵民們在煙薰火燎和乒乒乓乓的炮聲中咳嗽、嘶叫、吶喊、抓狂、奔跑。

裕謙這時才看清戰爭兇險萬狀，深邃無底，遠不是在書齋裡閱讀《孫子兵法》那樣輕鬆愉快、賞心悅目。但他畢竟是定北將軍班第的後代，不是臨危退縮的膽小鬼，立即操起木槌，把鼙鼓擂得山響，激勵弁兵開炮抗敵。

在裕謙擊鼓抗敵時，「復仇神號」把五百多步兵和四位野戰炮送到笠山腳下，另有千餘步兵和炮兵在小浹江口搶灘登陸。一隊英兵沿著小浹江向東挺進，直插金雞山背後，另一隊英兵直接攻擊笠山。

狼山鎮總兵謝朝恩坐鎮金雞山，駐守笠山的清軍開槍開炮，但立即遭到「復仇神號」的回擊和壓制，它的旋轉炮又準又狠，很快就把清軍擊潰了。

金雞山的所有大炮都朝向江面和海面，當他們發現英軍從背面和側面抄擊過來時，來不及挪動又大又重的火炮，只好用抬槍和弩弓阻擊。這些老式武器與燧發槍、野戰炮無法相比，狼山鎮標很快亂了陣腳，潰不成軍。

最後，英軍以微小代價攻佔了金雞山。近千清軍像被獵狗驅趕的綿羊一樣壓擠到大浹江畔的狹長地帶，遭英軍居高臨下地開槍開炮。清軍一敗塗地，末路狂奔，會鳧水的跳入江中向對岸逃生，不會鳧水的躲無處躲，藏無處藏，只好趴在地上舉手投降。

東嶽宮與金雞山僅一江之隔，余步雲眼睜睜地看著英軍把狼山鎮標打得魚潰鳥散，數百清軍像野雞野鴨、野豬野狗似的瘋跑，他彷彿聽見待宰禽獸發出的落魄慘叫，自己卻一點辦法都沒有。

敵人的炮子和火箭凌空亂舞，一直打到東嶽宮。東嶽宮的大殿和廂房是土木建築，禁不起火箭和敵炮的摧殘，中央大殿率先著火，火勢迅速延燒，濃濃的黑煙直沖雲霄。

余步雲感到無法堅守，硬打下去只會全軍覆沒，必須盡快撤離戰場，保存有生力量。但他沒有實權，必須請示裕謙。他回首眺望著鎮海縣城，猶豫片刻，決定親自勸說：「陳志剛，牽馬！」

陳志剛和兩個親兵得令，迅速從炮洞裡牽出四匹戰馬。

余步雲踩著銅腳鐙子翻身上馬，一抖韁繩，沿著巷道朝鎮海城奔去，陳志剛和兩個親兵騎馬跟在後面。

守衛城門樓的官兵認得余步雲，立即放他們進去。余步雲勒住韁繩，回頭問道：「裕大人在哪兒？」

門丁回答：「在北門城樓上。」

余步雲在大街上拍馬疾馳，很快趕到北城門下，沿著馬道騎馬上城。

裕謙正在指揮兵勇們作戰，余步雲一眼看出他的指揮有誤：四百多手持刀矛弓箭的弁兵和四百多義勇委身於堞牆後面，城牆上只有二十多位大炮，大部分人派不上用場，徒然遭受敵炮的轟擊。

即使在危難的戰場上，裕謙依然不能與余步雲同心協力。余步雲騎馬登城是因為有腳疾，裕謙卻認為是對他的不恭不敬，故而冷眼相待。

看著余步雲翻身下馬，一瘸一拐踅來，裕謙用狠狠的口齒斷然問道：「余宮保，你不守東嶽宮，到這兒有何公幹？」劈頭蓋臉就是一句硬邦邦的質詢，彷彿向他刺出一劍。

余步雲臉上的筋肉微微一動，想溫和卻溫和不下來，「裕大人，這麼多弁兵簇擁在城牆上，恐怕不妥當。」

裕謙又冷又硬地頂回去，「怎麼？大敵當前，難道讓大家蜷縮在藏兵洞裡？」

余步雲道：「我的意思是，逆夷火力威猛，弁兵們聚得太密，只會徒然增加傷亡。」

裕謙岔開話頭，「招寶山和東嶽宮守得住嗎？」招寶山、東嶽宮與鎮海縣呈三足鼎立之勢，唇齒相依。

余步雲實話實說：「傷亡慘重，軍隊不能立於危牆之下，否則，不僅消滅不了敵人，還會被危牆壓死。」

裕謙猜出對方想撤退，「余宮保，你我分列文武大員，身膺海疆重寄，大敵當前不戰而退，如何向皇上交代？」

余步雲提高了嗓音，「勝敗不在一城一寨之得失，當守則守，當棄則棄，把戰場拓寬才有迴旋的餘地！」

裕謙斷然否決，「自古以為，中國人寧失千軍，不失寸土！」

余步雲反唇相譏，「要是千軍不在，拿什麼保衛寸土？」

兩人的見識截然相反，劍拔弩張，不可調和。

余步雲忍著氣，再次勸道：「裕大人，我身為提督，自當馬革裹屍，為朝廷效忠，但不能把數千弁兵的性命往老虎嘴裡送。」

裕謙卻顯是鐵定心腸要血戰到底，「本大臣以保家衛國為己任，成則越甲三千，敗則田横五百，絕不後退！」

余步雲忍不住針鋒相對地回了一句：「勝仗是打出來的，不是空口喊出來的。」

裕謙發出一聲冷笑，「人可以無能，但不能無恥！我要是下了撤軍令，不知有多少人會把一腔酸水噴到我的名字上。」

余步雲氣得無話可說，一拱手，「告辭了，多保重。」他轉身踅到戰馬前，踏上馬鞍，發洩似的狠狠抽響鞭子，「駕——！」那馬一驚，撒開蹄子朝城下狂奔而去。

英軍槍炮迅猛靈捷，轟打清軍如同鞭笞小兒。清軍器不如人，轟打英軍如同隔山打牛。裕謙也看出敗局已定，但他早將生死置之度外，下定決心，一旦兵敗城陷，絕不靦顏苟活。

他掄動鼓槌，把鼙鼓擂得山響，越擂越使勁，「咚咚咚咚咚——卡！」用力過猛，鼓槌折成兩截。

還沒來得及換上新鼓槌，又是一陣排炮，轟的一聲，北城門樓再次被敵炮擊中，磚石瓦片、木梁椽子凌空而起，空中瀰漫著粉塵和黑煙。待塵埃落定，裕謙發現身邊的親兵死傷近半，自己從頭到腳罩在塵埃中，就像是從地底下鑽出來的土行孫。

裕謙欲血戰到底，卻控制不住弁兵。兩軍對仗，只要有一隊人馬張惶失措，立即就會全軍譁然，潰勢難擋。義勇是臨時招募的民兵，他們最先潰敗，外省客軍相繼效尤，不少人慌不擇路從城上跳下，摔得半死。這是千里防堤潰於蟻穴的可怕場面，任何人都彈壓不住。

裕謙終於絕望，他心如死灰，搖晃著身子沿著馬道下了城牆。余升怕他摔倒，托著他的胳膊，「裕大人，撤嗎？」

裕謙卻答非所問，「鎮海城破在即，行轅裡的印鑒和文報絕不能落入敵手，趕緊把它們燒掉！」

廣惠書院就在城牆腳下。裕謙和余升進了行轅，把所有文報和卷宗堆在天井裡，點火焚燒。江寧協副將豐伸泰恰好趕到，他負責守衛鎮海城的西面和南面，英軍沒從那邊進攻，他便下令打開城門，放老百姓逃命。

豐伸泰道：「裕大人，快撤，再不撤就來不及了！」

裕謙絕口不說「撤」字，「豐伸泰，本大臣有守城之責，城在人在，城毀人亡！」說著，把裝有兩江總督和欽差大臣印鑒的匣子分別交給豐伸泰和余升，「你和余升帶著我的關防信印先走。」

豐伸泰忙拒絕，「這不妥，我派兵保護你。」

裕謙堅定地搖了搖頭，「本督憲與鎮海共存亡。你們快走，這是命令！」

豐伸泰知道裕謙固執如山，誰也勸不動，嗐了一聲，轉身離去。余升跟在後面，一步一回首地走了。

裕謙定了定神，回首看去。廣惠書院大火熊熊，所有兵民都在逃生，四周槍聲如爆豆，炮聲如雷鳴。此時他才意識到，自己在戰前講的那些堂皇大話像譫語一樣無用可笑，外表強大無比的清軍，竟然是不堪一擊的泥塑金剛！

他獨自一人朝泮池走去，池畔旁有一塊灰白色的石頭，上面刻有「流芳」二字。裕謙伸手摸了摸那兩個字，猛然想起曾祖父班第，他在乾隆二十一年八月殉難，現在是道光二十一年八月，這不是佳兆！

裕謙摘下大帽子，撩衽跪下，朝北京方向叩頭，喃喃自語：「皇上，奴才兵敗，無顏苟活，殺身成仁了！」言罷，站起身來，咬緊牙關，縱身一躍，跳入泮池中。

余升還沒走遠，一回頭，恰好看見裕謙投水，驚呼：「裕大人！」反身疾跑。今日他穿了一件牛皮甲，這套行頭在陸上可以護身，在水中卻是累贅，他趕緊脫去皮甲，甩掉兩只靴子，縱身一躍，朝裕謙游去，一番掙扎後，終於把裕謙托出水面。

這時，豐伸泰也折回來，幫他把裕謙拖到岸上，一摸鼻息，還有氣。兩個人找了一扇門板，把裕謙放在上面，命令弁兵們抬起來朝西門奔去。

余步雲率兵死守東嶽宮和招寶山，在英艦的狂轟濫炸之下，浙江營兵傷亡慘重。半個時辰後，余步雲才獲悉裕謙投水自盡，他惡狠狠罵了一句：「渾蛋！你他娘的一死百了，不退不撤、不走不降，卻把全軍置於絕境！」

裕謙死了，余步雲變成為全軍的最高長官。他連忙大呼：「陳志剛！」

「有！」

「你打著一面白旗找英軍統領，問他們有何干求。告訴他們，本軍門願意善議戢兵罷戰事宜。」

「遵命！」

「管旗！」

「有！」

「升旗撤軍！」

「遵命！」

不一會兒，東嶽宮前的旗杆上升起一面綠旗。

仍在堅守的弁兵們大大鬆了一口氣，亂哄哄地撤離戰場，刀矛軍旗拋了一地。

清軍潰敗時，法國戰艦「達納德號」悄悄駛至大浹江口，這個老奸巨猾的西方國家密切監視著英華大戰，獵狗似的尋覓著謀利的時機。

參 寧波未設防

寧波與大浹江口相距四十里，是浙江省的第二大郡，也是浙江提督衙門的駐節地。天黑前，第一批潰兵逃回寧波，一陣喧譁和叫嚷後，守城兵丁開了城門，清軍戰敗的消息不脛而走，寧波像地震似的動盪起來。

余步雲和鎮海營的潰兵是最後撤回的，亥時二刻才進城。城裡的大街小巷燈籠遊移，人影幢幢，到處都是潰兵的嘶喊聲和狺狺的狗叫聲。居民們徬徨不安、猶豫不定，不知道該逃走還是該留下，當地縉紳和百姓烏烏壓壓地聚在提督衙門和知府衙門的大門口，打聽官軍是棄還是守。

余步雲在大照壁前翻身下馬，置眾人的詢問於不顧，徑直進入衙門。親兵們立刻在門外築起一道人牆，防止紳民百姓擅自闖入，紳民們卻久久不散，圍著親兵們不停地打聽，聲聲詢問密如雨點。

「英夷攻佔鎮海，是真的嗎？」

「欽差大臣投水自盡，是真的嗎？」

「逆夷會不會攻打寧波？」

「余大人不會置百姓於不顧吧？」

先前余步雲便命令親兵們以安定民心為第一要務，因此他們全都緘口不語，或以「無可奉告」來應付。

官邸裡燈火通明。余家的小女兒春梅即將出嫁，女婿是寧波知府鄧廷彩的三兒子鄧蘭波。院裡擺著親家送來的禮品籃，閨房的窗上貼著剪花喜字，伙房的水缸裡浸著剛宰殺的豬，缸蓋上放著一柄殺豬刀，那刀彎曲得像蘭花葉子，長長一撇。去了毛的豬頭歪在一旁，兩隻眼睛眯成一條窄縫，嘴巴張得很大，一副嬉皮笑臉的模樣。余家老小十幾口人是去年從福建遷居寧波的，他們被街上的人喊馬嘶聲弄得驚魂不定，提著燈籠在院子裡候著。

余步雲一手提頭盔一手按劍，擰著腳進了後院，他的戰袍掛了一個三角口子，皮靴上的馬刺只剩一只，腦門上全是油汗，臉色疲憊憔悴，肅殺得令人生畏。他戎馬一生勝多敗少，家裡人從沒見他這麼狼狽，透出一股不祥之感，不禁圍過來問長問短。

「阿爹，出事了？」

「阿爹，鎮海敗了？」

「英夷要打寧波，是嗎？」

如夫人林氏從水缸裡舀了水，端過一只銅臉盆，「老爺，洗洗臉，我給你燒洗腳水。」

小女兒春梅拿過一面鏡子，小心翼翼遞上，「爹，您像是從灶膛裡鑽出來的灶王爺。」

余步雲在戰場上是錚錚鐵漢，回到家裡是溫柔丈夫。他解去牛皮甲，用布巾擦了臉，接過鏡子照了照，十幾年前的英雄氣概已經蕩然無存，鏡子裡呈現出一副後背微駝、面目憔悴的敗象。他猛然蹦出一句話，「此頭顱，何人斷？」

春梅陡然變色，一把奪過鏡子，「爹，孩兒要出嫁，您卻講這種不吉利的話。」但她沒抓穩，鏡子掉在地上，啪的一聲碎了。

如夫人林氏信佛，趕緊雙手合十呢喃念道：「阿彌陀佛，歲歲（碎碎）平安。」

余步雲慘澹一笑，「你們想聽吉利話，聽到的偏偏是惡讖！」

春梅一驚，像受了天大的委屈，嗚嗚咽咽地哭起來。

一個僕人進來稟報：「老爺，鄧老爺來了。」寧波知府鄧廷彩是來瞭解戰況的。

余步雲說了聲：「請。」

鄧廷彩是四川崇州人，五十多歲，留著八字一點式鬍鬚，臉上透著焦灼。他一腳踏進門檻，語氣急促，講一口地道的四川話，「余宮保，街上人喊狗叫亂哄哄的，都說鎮海敗了，是嗎？」

一個時辰前，江寧協的弁兵們簇擁著自盡未遂的裕謙退到寧波，官兵們又叫又吼，驚動全城。鄧廷彩聽說鎮海兵敗，但想再確認一遍。

余步雲點了點頭，「打了一天，鎮海縣、招寶山和金雞山全丟了。」

春梅在一旁聽聞，不由得再次抽泣起來。

余步雲吩咐：「梅兒，我和鄧大人談公務，妳和家人先出去。」

春梅扭著腰身出了屋，但沒離開，趴在門縫邊上悄悄聽。

余步雲恨恨地道：「裕謙這個人哪，峻急勇猛，浮躁衝動，莽夫逞能，不自量力。他不知彼、不知己、不知兵，卻主戰，這樣的人只會誤軍誤國誤皇上，讓兵丁白白送死，讓百姓白白遭殃。」

鄧廷彩說：「余宮保，那個蒙古人投水自盡，但沒死。」

余步雲面露詫異，「沒死？」

鄧廷彩確信地點頭，「豐伸泰用門板把他抬回寧波。我摸了他的脈，還活著，但是昏迷不醒。」

《大清律》有「守備不設，失陷城寨者，斬監候」的科條。舟山和鎮海丟了，裕謙要是活著，難逃斬監候的厄運；他要是死了，反而會成為以身殉國的英雄，受到封妻蔭子的褒獎。但是現在他不死不活，卻管不了事，萬一英軍攻打寧波，失陷城寨的責任就得由余步雲承擔。鄧廷彩身為寧波知府，同樣在責難逃，因此他最擔心的，就是英軍攻打寧波。

春梅在門外，依稀聽見他們在談論如何守城。余步雲在鎮海與逆夷當面對仗，敗得灰頭土臉，鬥志全喪，「自從英夷犯順以來，所攻之處，無不摧破。去年舟山和虎門失陷，是因為失防。今年，廈門、舟山和鎮海準備充足，調用精銳之師，花費大量財力和物力，防守極嚴，但英夷依然勢如破竹。他們的炮火器械精巧猛烈，為我國所不能及。」

鄧廷彩壓低音量說：「寧波城裡流傳一則謠言——當無帆之舟（火輪船）駛入大浹江時，天下就會易手，一個西方白女人將要取代北方來的滿洲皇帝。這則流言傳得有鼻子有眼，繪聲繪色。」

余步雲有點詫異，這麼荒誕不經的傳言能夠流傳，是因為民智不開，還是因為有人蠱惑？是因為人心幽微，還是因為上蒼給了預兆？他撚著鬍鬚若有所思，「自古以來有多少王朝更迭，鮮卑人、蒙古人、滿洲人、漢人都當過皇帝，老百姓逆來順受，誰當皇帝給誰納糧。仗打到這個地步，恐怕是民心生變，兵心生變了。」

「寧波能不能守住？」

「難。我派陳志剛去找夷酋，探問他們有何干求。」

「哦，這可是違旨，萬一皇上知道了，後果不堪設想！」

余步雲無奈，「自古以來，所有戰爭都是邊打邊談，沒有只打不談的。皇上要是責怪下來，我只能說『將在外，君命有所不受』。」

余步雲和鄧廷彩的話音時高時低，時而憤怒，時而歎息，時而激烈，時而舒緩。過了好久，春梅才聽見鄧廷彩問：「孩子們的婚事怎麼辦？」

「兵荒馬亂的，只能改期。」

女人出嫁是終身大事，卻被意外的兵燹攪黃了，春梅想哭，但不敢，捂著嘴，蹲下身子抽泣。

余步雲聽見抽泣聲，拉開門，見春梅在抹淚，林氏和全家老小靜靜地站在天井裡，不由得一愣神。

林氏預感到要天崩地裂，她用手帕擦著眼淚，「老爺，你千萬要保重，一家老小都指望著你呢。」

余步雲扶起女兒，環視著家人。五十年前，這位堂堂正正的太子太保才十幾歲，是呼嘯於村道鎮口的孩子王，爭強鬥勇打群架，連性命都能潑出去。從當兵之日起，他就把殞命沙場視為野草枯死在冬天般自然。憑著這股子衝勁，他在戰場上所向披靡。

然而現在，他是一隻老掉牙的金錢豹，沒了爭強鬥狠的精氣神，變得兒女情長，英雄氣短，「你們放心，我不會死，就是死，也得有可死之道。勝敗乃兵家常事，大清朝天寬地闊，進可攻，退可守，迴旋的餘地很大。你們現在回屋去，馬上收拾隨身衣物，準備乾糧，明天一早我派人送你們離開寧波。」

林氏問：「去哪兒？」

余步雲撫摸著女兒的肩膀，聲音緩慢淒涼，「我和鄧大人議過了，女兒雖然還沒過門，余、鄧兩家也是兒女親家。我和鄧大人職責在身，留守寧波，你們與鄧大人的家眷一起走，去四川崇州。敵情如火，切勿游移！」

不是窮途末路，余步雲不會講這種話，全家人不由得潸然淚下。

裕謙曾經鐵言錚錚地說要守住大浹江口，寧波居民信以為真，誤以為金雞山和招寶山是牢不可破的天塹，此時他們才大夢初醒，所謂天塹不過是一道破籬笆，一捅即穿。寧波城轟然大亂，人們紛紛收拾細軟，天一亮，車馬舟楫就被有錢人雇用一空，六座城門的門洞大開，車如龍，船如梭，人如蟻，馬如蜂，居民們扶老攜幼離城出走，到處都能聽到男人的咒罵聲和女人的哭泣聲。

余步雲準備收拾殘兵固守城垣，派出一隊遊哨出城十里，偵察敵軍的動向，另外派親兵四處傳令，命令退入寧波的各路將領到提督衙門開會，包括從江蘇和安徽來的客軍將領。

但是，客軍將領不聽他的命令。豐伸泰帶著三百多江寧協的潰兵來到東渡門，準備出城，其中有兩個兵丁用擔架抬著裕謙，他遇救後一直昏迷不醒。把守城門的兵丁接到命令，要城裡所有將領去提督衙門會議，因而拉緊木柵，不讓出城。

豐伸泰厲聲喝道：「打開木柵，我們要出城！」

當值兵目見他頭戴纓槍大帽，身穿二品補服，軍旗上有斗大的「豐」字，衣花上有「江寧協」字樣，知道他是豐伸泰，「啟稟豐大人，余宮保有令，所有退入城中的將弁都得去提督署會議，共議守城事宜。」

豐伸泰跳下馬，「我們江寧協歸兩江總督裕謙大人管轄，不歸余宮保管轄。」兵目眨了眨眼，「裕大人殉節了，余宮保是本城最高長官。小人傳余宮保的命令，請大人別讓小人為難。」

豐伸泰眉毛一挑，口氣又粗又橫，「誰說裕大人殉節了？裕大人活得好好的！」他一招手，兩個兵丁抬過擔架，擔架上蓋著壽字花紋錦面被子，一張死灰似的臉露在被子外面。兵目過來細看，裕謙似乎睡著又似乎死去。他不敢掀開被子探究，抬頭掃視四周的弁兵。裕謙的親兵們舉著官銜牌，上面有「欽差大臣」、「兩江總督」、「兵部尚書」、「右督御史」等字樣。

豐伸泰等得不耐煩了，厲聲喝道：「我們奉裕大人之命去杭州，你敢攔阻嗎？」堂堂二品武官橫眉怒目，還有三百多整裝待發的江寧弁兵，一個小小兵目就是有天大的膽子也不敢攔阻，他後退一步，「打開木柵，送裕大人出城！」

幾個守兵嘩啦一聲拉開木柵。兵目喝了一聲：「跪！」守兵們便像牽線木偶似的，齊刷刷單膝跪地，向裕謙行禮。

豐伸泰翻身上馬，一招手，「走！」三百多江寧兵簇擁著擔架，腳步雜沓地出了城門。

豐伸泰抬著裕謙逃離危城的消息很快傳開，處州鎮和衢州鎮的敗兵們群起效尤，余步雲居然拿他們一點兒辦法都沒有，因為裕謙有令，他無權管轄外省客軍。

客軍的逃離打亂了他的部署。余步雲仔細詢問守門兵目裕謙究竟是死是活，兵目說，裕謙可能死了，即使活著，也活不了多久。余步雲的肚腸立即轉動起來，依照有關章程，當總督和巡撫不在位時，提督可以單獨上奏折。余步雲想起裕謙攻擊他的毒言惡語，難免義憤填膺，給朝廷寫了一份奏折，報告寧波的守禦情況：

……從前在城兵額不足四千，除分防各汛調派軍營外，僅只七百餘名……勢難再令守陴。自裕謙……由鎮海退入寧波，是日戌時，即率江寧將弁豐伸泰等兵丁數百名，星夜退走余姚、紹興。所有衢、處二鎮官兵，藉以護送為名，概不入郡守城。以致全郡驚惶，逃避擁擠，自相踐踏，哭聲遍野……浙江全省處處吃緊，現在無兵可調。奴才唯有竭盡心力，督率文武，多方設守[4]……

這份奏折無須經過裕謙審閱，飽含著余步雲對裕謙的深重積怨。「率」者一變，真相扭

4 《余步雲奏寧郡空虛設法捍御折》，《籌辦夷務始末》卷三十四。

曲——不是豐仲泰「率」兵奪門而走，而是裕謙「率」豐仲泰等兵丁星夜逃離。如此一來，殺身成仁的裕謙成了率兵逃跑的罪魁！此外，余步雲奏報外省客軍拒不守城，藉故逃離，不僅推卸了自己的責任，更使裕謙罪上加罪。

但是，他畢竟不是玩弄文字的高手，此番借機宣洩私恨，把一腔酸水噴到裕謙身上，卻沒有考慮會有什麼嚴重後果。

他剛派人把奏折送往驛站，鄧廷彩就神色張惶地邁進提督衙署，「余宮保，大事不好！據探哨稟報，英軍沿著大浹江朝寧波殺來！」

余步雲臉色陡變，他以為英軍會在鎮海休整兩天，沒想到他們乘勝追擊，馬不停蹄殺向寧波！他背著雙手，踱著步子，「英軍離寧波有多遠？」

鄧廷彩回答：「據探哨稟報，還有十里。」

寧波的城牆上原本安有一百零二位火炮，為了防禦海口，裕謙把八十二位火炮調往鎮海，致使寧波成為防禦中的薄弱環節。外省客軍聞風喪膽，滑腳溜號，留下的浙江營兵只有千餘人，處處風聲鶴唳，人人心驚膽顫。軍心灰敗到如此田地，讓他們嬰城固守就像派老鼠防貓。余步雲一咬牙，下達了棄城的命令，「傳令各營各汛，整隊集合，開赴上虞！」

余步雲率軍撤走，鄧廷彩更不敢獨守空城，他肚腸一轉二曲三迴旋，近死不如遠死！便急急惶惶地趕回知府衙門，倉促召集幾十個衙役和一百多弓兵，尾隨著余步雲逃離寧波。

外省客軍和本省敗兵不戰而退的消息立即傳遍全城，正午時分，全城的縉紳和保長們不約而同來到寧波商會商議對策。商會位於靈橋門內的慶餘閣，它是全城商人捐資修建的商人公所。

總商陸心蘭坐在中央，此人五十餘歲，穿一件棕色萬字紋府綢長袍，戴一頂嵌玉小帽，手捧一根二尺長的玉嘴水煙袋。他是盛德堂大藥房的東家，也是本城名列前茅的大財東。

寧波商會由成衣行、海鮮行、船運行、醫藥行、米糧行、鐵工行、木工行等二十多個行幫組成，每個行幫各有行主。行主們正亂亂哄哄地說話。

一個姓張的行主道：「陸老爺，小民小戶拎包就能逃跑，在座諸位是有恆產的，前腳逃走，遊痞無賴後腳就會破門而入，把店鋪洗劫一空。」

另一個李姓行主說：「陸老爺，咱們商家年年繳納稅賦捐資助軍，他娘的夷人還沒打到城門口，當兵吃糧的跑得比兔子還快。咱們得想辦法自保呀。」

第三個開口的行主姓趙，「陸老爺，前兩天我去雪竇寺求籤問卜。寺裡的大和尚說當無帆之船從大浹江開到三江口時，就要改朝換代，城頭變換大王旗，西方的白女人要取代東方的滿洲皇帝。這是天命。小小商民，誰當皇上，給誰納稅。眼下這個亂局，保全性命和家園要緊。」

「陸老爺啊，官府棄民命於不管，我們必須想法子自救，否則就會全城遭殃啊！」

「郡城要是沒人管，就會賊盜叢生。」

「陸老爺，您老德高望重，就挑頭擔起拯救全城的重任吧！」

陸心蘭深深吸了一口煙，把水煙袋往桌上一蹾，「各位縉紳和保長信任我，要我臨危主事，我也只好挑這個頭。現在城裡亂哄哄的，咱們商會沒兵沒馬，只有一個水火會（民間消防隊）和一個更夫會（守夜保安隊），養著六七十號會丁和更夫。梁仁！」

梁仁是水火會的領班，兼管更夫，他應聲答道：「在！」

陸心蘭吩咐：「眼下只能把會丁和更夫當義勇使用，維持全城秩序。你立即集合全體會丁分守六座城門，另叫更夫們馬上巡街，嚴防遊痞無賴趁火打劫，碰到溜門撬鎖、盜搶店鋪的小偷無賴，立即敲鑼報警喊人捉拿。」

「我這就去辦理。」

陸心蘭又回頭道：「水火會和更夫會人手少，不足以維護全城秩序。我陸某人拜託各位保長，每保抽丁二十人組隊巡邏，看護好每條街坊，嚴防流氓遊痞借機滋事，哄搶店鋪。」

保長們全都應聲答應。

陸心蘭思考一會兒，「還有一件事。英夷很快就要兵臨城下，我們無力抵抗，請各位行主與我一道去靈橋門，開門迎候。在這個當口，姿態得謙卑一點兒。」

一位劉姓行主有些猶豫，「會不會有人說三道四，罵咱們是漢奸？」

陸心蘭低沉著聲，「那是屁話！眼下要緊的是保境安民，不然的話，全城都得遭殃。」一番安排後，行主們和保長們依命行事去了。

「復仇神號」和「地獄火河號」鐵甲船在前面探路，木殼火輪船「西索提斯號」、「皇后號」和三條輕型護衛艦跟在後面，沿著蜿蜒的大浹江斗折蛇行，緩緩推進。艦隊沒有航道圖，不得不一邊行駛一邊測量水道，速度極慢。七百多英國步兵背著行囊沿兩岸徒步前進。初秋時節，大浹江兩岸是連片的綠野，濃濃淡淡、漫漫蕩蕩向天邊延展，要是沒有戰爭，這裡是滋潤澄澈又寧靜富饒的地方。

從鎮海到寧波有四十里水路，英軍早晨出發，途中沒有遇到任何抵抗，就像是一次野營拉練，下午二時，艦隊抵達三江口。

三江口是大浹江、余姚江和奉化江的匯合點，距離靈橋門只有一里之遙。它雖然在城外，卻是商賈雲集、民殷物富的地方，兩岸的店鋪、倉房、石坊、棧橋鱗次櫛比，此時卻亂哄哄一片。當地商民和船戶們驚惶萬狀，拖兒帶女離家出走。河岸、村道和田埂上到處都是人流，許多人牽衣頓足，依依不捨，不時回望著自己的店鋪和家園，想離去，捨不得；想回去，又不敢。

英軍在三江口停下來。難民們頭一次看見奇形怪狀的鐵甲船和外國兵船，頭一次看見金髮藍眼的外國士兵，既驚駭又好奇，少數膽大的難民在遠處停下腳步，猶豫觀望。

郭富和巴加在「復仇神號」上，以手搭棚，觀望著灰色的寧波堞牆，城牆上沒有旌旗和鉦鼓，犬牙似的垛口沒有守兵、沒有抬槍。靈橋門的城樓上有五六位鐵炮，但炮口被移開，朝向城裡，拱形的城門大敞。門口站著一百多縉紳，抬著食擔醴酒，擎著彩旗，上面寫有「順民」字樣。顯而易見，清軍已經棄城而走，寧波是一座不設防的城市。

距離靈橋門不遠處有一座浮橋，架在十六條木船上，不拆掉它，兵船無法通過。「復仇神號」的艏炮很快便瞄準了浮橋。

巴加詢問：「郭富爵士，炸了它還是拆了它？」炸橋意味著用戰爭手段佔領寧波，一分鐘即可解決問題，拆除它意味著使用和平手段，但要耗費較長時間。

郭富瘦削的臉龐露出一絲惋惜之情，「寧波是一件多麼精美的藝術品！這麼漂亮的城市在歐洲也不多見。既然敵軍逃走了，我們應當以和平方式佔領它。」

巴加不大同意，「郭富爵士，璞鼎查公使的命令非常明確，他要求我軍洗劫寧波，徹底摧垮中國人的抵抗意志。」

郭富看了他一眼，婉言拒絕，「我和璞鼎查公使都在為大英國的海外事業效力，但觀念有差異。我國二百年的殖民史證明了一個真理——輸入劍與火，只會收穫反抗與報復，輸入《聖經》與宗教、寬容與和解，我們才能與佔領區的人民和諧相處。」

巴加對此不以為然，「璞鼎查公使會不高興的。」

郭富卻依舊無動於衷，「我是聖派翠克的信徒，聖派翠克精神的核心是堅忍與慈悲，它不僅開啟了我們愛爾蘭人的心靈，也將開啟中國人的心靈，我們應當對和平居民施以慈悲。」

巴加再次確認，「你想寬恕寧波，是嗎？」

「是的。以和平方式佔領它，我們才有安全感，否則就會暴力四起，人們在殺戮和冤冤相報中不得安寧，勝利將十分遙遠。」

巴加聳聳肩，「我對你的處置方式持保留意見，但看在上帝的份上，暫時寬恕那些可悲可憐的中國百姓吧。不過，你得向璞鼎查公使作出合理的解釋。」

郭富點頭，「我會向他解釋的。」

於是，郭富下達了拆橋的命令。很快地，一隊士兵帶著鉗斧錘鋸上了浮橋，七條兵船和火輪船艄艉相接，靜靜停在三江口。

攻打寧波成了一場武裝遊行，英軍官兵奉命就地休息，他們大大鬆了一口氣，終於有閒心欣賞起周邊的平川沃野和山岡湖塘。初秋時節，湖塘裡有敗荷，河岸旁有衰柳，田疇裡有莊稼，天際線上有如蟻如豆的難民。

陸心蘭等商民站在靈橋門下，小心翼翼地注視著英軍的一舉一動。當他們看到英軍開始拆橋時，決定主動示好，派出幾個水火會的會丁去幫忙。

郭富見狀，叫來了郭士立，要他去靈橋門瞭解中國人的意圖，郭士立是英軍的首席顧問兼翻譯，他的意見對郭富和巴加有重大影響。不一會兒，郭士立回到「復仇神號」，報告說一批中國商民懇請英軍保護寧波和當地居民。

郭富滿意地點頭，「郭士立牧師，我軍攻打虎門、廈門、舟山和鎮海時，清軍一直在抵抗，這是清軍第一次棄守，這就意味著他們承認自己無能為力了。我期待著中國皇帝按照《致中國宰相書》的要求簽署一份和約。郭士立牧師，請你轉告中國商民，我軍不傷害和平居民，請他們就地安居，軍隊入城後，我將召集他們開一次會。」

一個小時後，浮橋拆除完畢，七條火輪船和兵船緩緩駛至靈橋門下。郭富喝了一聲：「軍樂隊！」

「有！」一個少尉應聲而出。

郭富道：「音樂有安撫人心的作用。奏樂，擺隊入城！」

鼓手們敲響了軍鼓，樂手們奏響了軍樂，一支先遣隊整隊集合，踏著鼓點、喊著號子、甩著正步，耀武揚威地進入寧波城。

不一會兒，靈橋門的城樓上升起一面米字旗，半城百姓都看見了它，它幽幽漫漫地飄著，時捲時舒，像一根刺扎在寧波百姓的心頭。軍樂隊登上城樓，輪番演奏《上帝保衛女王》和《聖派翠克的祭日》，宣揚英國的文治武功和悲天憐人的宗教精神。寧波居民聽不懂，猜不出英軍是在慶祝勝利，還是在自娛自樂。

縉紳和保長們靜靜地接受了變故，他們站在城門樓下面排列成行，等待英軍將領與他們開會。

陸心蘭抑制不住心中的屈辱與悲愴，兩股酸酸的淚水沿著臉頰悄無聲息地流淌。他意識到，他在率領寧波商民們打開城門，在大清與英夷之間的逼仄空間裡騰挪求活，苟安於當前，未來卻兇險萬狀！

肆 揚威將軍

裕謙誓言錚錚地說要把逆夷殺得片帆不返，皇上和樞臣們興奮了好一陣子，沒想到轉眼間風雲突變，浙江戰局一敗如水，舟山、鎮海和寧波全丟了！

道光和軍機大臣們先後收到浙江巡撫劉韻珂和提督余步雲的奏報，竟然是一場戰爭兩樣說法，惹得道光皇帝一肚子火氣。他怒氣衝衝地對穆彰阿和潘世恩道：「你們給朕理一理頭緒，究竟誰在說真話，誰在捏謊。」

穆彰阿苦著臉道：「根據余步雲奏報，他分守招寶山和東嶽宮，開炮擊沉擊傷敵船多隻，英夷登陸後，他督率弁兵奮力攻剿，殺敵無算。但江寧客軍潰敗在先，致使招寶山和東嶽宮守軍方寸大亂，兵敗之責在裕謙。

「劉韻珂的奏折說，裕謙兵敗後自殺未遂，江寧協副將豐伸泰和幕賓余升把他抬到寧波，又轉送到杭州，可惜裕謙依舊在輾轉途中死去。劉韻珂沒有親臨戰場，引用的是豐伸泰和余升的稟報，說余步雲潰敗在先，致使鎮海守軍方寸大亂，故而兵敗之責在余步雲。另據余升說，余步雲曾向裕謙建議與英夷互通照會，但裕謙不同意。」

潘世恩補充，「余步雲說他率兵據守寧波，寡不敵眾，退至上虞，他的坐騎被敵炮擊中，不幸墜馬壓傷右腿。但劉韻珂轉引潰兵的稟報說，余步雲與寧波知府鄧廷彩未戰先退，致使寧波陷入敵手。」

道光一拍御案，「舟山、鎮海和寧波相繼失守。裕謙諉過於余步雲，余步雲歸咎於裕謙，一文一武相互攻訐，勝則爭功，敗則諉過，成何體統！」

潘世恩柔聲軟語道：「裕謙不幸蒙難，深為憫惜。臣下以為，對戰敗知恥、殺身成仁的疆臣不宜苛責，以優恤為好。」

道光怒氣不息，「朕三令五申不得接受夷書，余步雲膽大妄為，居然要與英夷互通文書。此等首鼠兩端之人，著實可惡！」他恨不得立即罷黜余步雲，但轉念一想，裕謙死了，劉韻珂是文官，葛雲飛、鄭國鴻、王錫朋等總兵官全都犧牲，鎮守金雞山的狼山鎮總兵謝朝恩下落不明，要是把余步雲罷了，浙江竟然沒有一個領軍人物。

他氣咻咻地道：「這種事不能稀里糊塗地不了了之，要查，而且要查得清清爽爽，絕不能姑息敗軍之將！著浙江巡撫劉韻珂親自詳查，據實奏報，不得稍有含混。在戰敗之責未查明前，著余步雲革職留用，戴罪立功。寧波知府鄧廷彩有守土之責，不論出於何種緣由，棄城出走都是不可饒恕的罪行！著劉韻珂將鄧廷彩拘拿解京，交吏部和刑部嚴加鞫訊。江寧協副將豐伸泰暫時不宜離開營伍，但要把裕謙的幕賓余升送往北京，由兵部和刑部分頭問訊。」

穆彰阿提醒：「皇上，裕謙殉國後，必須盡快派得力官員替補兩江總督職。」

道光遊著步子思索，「依你看，誰接替他合適？」

穆彰阿建議：「兩江總督管轄江蘇、安徽、江西三省，江蘇瀕臨大海，是海防重地，恐怕得派既知曉兵事又精於民政的良臣擔任。奴才以為，河南巡撫牛鑑精明幹練，不知合適不合適？」

潘世恩也以為牛鑑可用，「黃河決口後，大股水溜洶湧而下，淹沒了六府二十三個州縣，殃及兩千萬人口，八百萬人無家可歸，河南肆市盡閉，物價騰貴，民不聊生。牛鑑臨危不亂，全力以赴，督率官弁紳民宵旰操勞，傾力出工，受到紳民們的交口稱讚[5]。王閣老親臨開封，亦說牛鑑是優異之才，克己奉公，憐恤民苦，即使背患瘡疾，在防堵大工中依舊親臨現場指

5 牛鑑是《南京條約》的簽字人之一，故成為「千古罪人」。但從有關史料看，牛鑑是一位深受河南人民愛戴的官員。開封人民聽說他調任兩江總督後，「男婦數千百人，圍繞巡撫衙門懇留，竟夜不散，俱倚臥撫部院署前。十一日，巡撫牛鑑起程赴兩江總督任，難民男婦簇擁至無路，俱泣涕哭留……至西門登城至北城，一路四五里，紳士商民及助工士夫，處處置酒泣送，城上幾無隙地」。牛鑑離去多日後，依然有「災民難婦數百人赴西門內關廟，求保牛大人早日平英，仍回河南巡撫任所」（《汴梁水災記略》河南大學出版社，第75頁）。

揮，終日胼胝於風雪水口，緊張時，八日不返住所；困倦時，和衣臥在帳中，贏得愛民如子的口碑。」

道光有一點兒猶豫，「海疆之患是疥癬之痛，黃河之患是腑心之痛，黃河大工也得用重臣哪。」

潘世恩道：「王閣老和林則徐都當過河道總督，有他們在河工上，可以把牛鑒抽調出來。據王閣老奏報，現在秋汛已過，黃河水從伏汛時的三十里寬收縮到二十里，再過幾天，大股水溜將全部約束在河道中流，危局就會過去，王閣老和林則徐等人正在督率民工修堤固壩。晉升牛鑒為兩江總督，也是對他的褒獎。」

道光這才同意，「遴選一個能臣不容易，非得千錘百煉不可。就讓牛鑒接任兩江總督，迅速馳驛前往，無須來京請訓。浙江局勢糜爛，劉韻珂擔心逆夷攻打杭州，請求簡派文武兼資的元戎去浙江。你們看誰去合適？」

裕謙性格張揚，愛憎露於言表，自以為胸中有十萬雄兵。劉韻珂正好相反，他在奏折裡坦言不懂打仗，請求朝廷另派元戎，言外之意是余步雲不是英夷的對手。

潘世恩頷首，「劉韻珂曾經保舉過林則徐。」

道光目露懷疑之光，「裕謙、劉韻珂和顏伯燾都曾經保舉過林則徐，說他是海防能員，朕才免去他遣戍新疆之勞，去浙江幫辦軍務。黃河決口後，王鼎說林則徐是治水之才，要他襄辦河工，朕又調他去河南。一個罪臣被臣工們抬舉得這麼高，合適嗎？」

穆彰阿見龍顏不悅，舌頭一轉，改講順風話，「林則徐有治水專責，不宜再去浙江。奴才以為，奕經帶過兵，派他去浙江，不知是否穩妥？」

奕經和奕山同為「奕」字輩，都是道光的侄子，奕經曾經跟隨長齡出征新疆，鎮壓過玉素甫父子叛亂，還當過黑龍江將軍和盛京將軍。他聖眷優渥，本兼職官銜有協辦大學士、吏部尚書、正黃旗滿洲都統、正紅旗宗室族長和崇文門稅務監督。奕山去廣東後，他接任了步軍統領之職，是集尊缺、要缺和肥缺於一身的頂尖人物。

道光思索片刻，終於點頭，「就派他去。用什麼名號？」

穆彰阿看著皇上的臉色，「用揚威將軍名號可好？」

康熙朝以前，出兵作戰的統帥有「靖逆將軍」、「撫遠將軍」、「揚威將軍」、「定北將軍」之類的名號，將軍信印由造辦處篆刻，班師回朝後交回。雍正朝以後，朝廷不再設立新名號，將軍出征啟用舊印。康熙五十六年（一七一七年），富寧安征討策旺阿喇布時用過「靖逆將軍」的名號，「揚威將軍」名號的歷史更久，清初入關後，豫親王多鐸征剿蒙古各部時用過，長齡出兵征討張格爾叛亂和玉素甫叛亂也用過。

道光思忖片刻，「就用揚威將軍名號。」

說到這，他突然想起一個人，「讓琦善去浙江參贊軍務如何？」

當初怡良奏報琦善私割香港，道光偏聽偏信，一怒之下罷了他的官，抄了他的家。刑部、都察院和大理寺三堂會審時，琦善始終不承認私割香港，鮑鵬和白含章也說琦善沒有私割香港，連新任兩廣總督祁貢也奏報說，所謂「私割香港」全屬誤會。道光情知有誤，還是以喪師挫銳之罪將琦善打發到軍臺效力，但琦善為朝廷效力三十餘年，功大於過，道光有心重新起用他。

罷黜琦善的御旨脫口而出，如從天降，結束時也是戛然而至。穆彰阿和潘世恩對視了一眼，二人有點兒惶惑，打仗應當派林則徐或裕謙等主剿之臣，招撫才宜起用琦善或伊里布等主撫之臣，此時起用琦善，莫非皇上要改剿為撫？

穆彰阿沉吟良久才開口：「恕奴才多嘴，皇上若派奕經出任揚威將軍，最好另擇他人參贊軍務。」

道光的眉骨微微一動，「哦，為什麼？」

穆彰阿解釋：「奕經兩次帶人查抄琦善在北京和保定的家，還是主審官員之一，雖說是奉旨從公，到底損了私情。」

潘世恩順著穆彰阿的話往下說：「要是撫夷，琦善是合適人選；要是靖逆，琦善恐怕稍遜一籌。臣下以為，不妨讓奕經自己薦舉一兩位搭檔。」

道光點頭，「有道理，就這麼辦。張爾漢！」

「在。」張爾漢垂手站在暖閣門口，聽見皇上召喚，一腳邁進來。

道光吩咐：「你去傳奕經，要他即刻到養心殿來。」

「喳。」張爾漢捯著步子出去。

奕經從紫禁城回來後氣色不好，皇上命令他掛揚威將軍印去浙江領兵打仗，三天內拿出征剿方案。事情來得十分突然，奕經嘴上不說，心裡卻暗自叫苦。開仗以來，所有疆臣和欽差大臣都乏善可陳，林則徐和鄧廷楨首先被罷官，琦善和伊里布遭到流徙，關天培死於戰場，奕山一籌莫展，顏伯燾丟了廈門，裕謙丟了舟山和鎮海，自殺謝罪，楊芳和余步雲是本朝名將，也沒有絲毫建樹，劉韻珂更是叫苦連天。

奕經平時調門高，力主靖逆剿夷，反對羈縻招撫，只要聽說前敵將領打了敗仗就痛斥他們昏聵無能，直到這次輪到他帶兵出征，他才覺得帶兵打仗這種事情說起來容易，做起來難。但是，煌煌聖命不可違，自己年方五十，體健如牛，無論如何都沒有推諉的道理。

夫人赫舍里氏聽說奕經要領兵打仗，嗚嗚咽咽哭得像個淚人，怎麼勸都勸不住。奕經被她哭煩了，喝道：「算了，別哭了！宗室覺羅不能光養尊處優，只要不缺胳膊不缺腿兒，哪個不得上戰場經風歷雨？大丈夫來到人世，要麼建功立業，要麼馬革裹屍。」

赫舍里氏低聲嗚咽，「說得輕巧。你要是有個三長兩短，我們一家子都得喝西北風。」

「朝廷什麼時候讓宗室喝西北風了？最不濟也給一把活命錢。」

這時，門政蝦著腰進屋傳話，「戶部侍郎文蔚大人來了，在門房候著。」

「請。」

奕經吩咐完，又回過頭，背著雙手對赫舍里氏道：「妳去廚房燒幾個菜，我有事和文大人談。」

奕經與文蔚是無話不說的摯友，皇上要奕經出兵放馬，他便提名文蔚當參贊大臣。剛出宮，他就派人請文蔚到家裡來，說有要事相告。

文蔚是滿洲鑲藍旗人，嘉慶朝的進士，字露軒，四十多歲，棕黑色的眸子神采奕奕，連鬢鬍子烏黑油亮。他與奕經是兒女親家，熟不拘禮，還跟在門政後面踱著方步上臺階，就隔空衝著堂屋叫道：「奕中堂，是不是有人送來魚翅海龜，請我幫忙嘗鮮呀？」

奕經邁出門檻，「魚翅海龜沒有，只有燒鴨子和醬驢肉。來，先喝茶。」他把文蔚讓進屋，斟了一杯茉莉花茶，「有件事兒很重要，先跟你通一通氣。」

文蔚接了茶杯，一屁股坐在雕花楠木加官椅上，「哦，什麼事？」

奕經鄭重其事地道：「英逆進犯福建和浙江，連克廈門、舟山、鎮海和寧波，裕謙戰敗自殺，閩浙兩省糜爛得不成樣子。今天下午皇上傳我進宮，要我掛揚威將軍印去浙江討逆。」

「好事，您是皇上依畀的重臣，正好宣威海疆建功立業！」

「你別奉承我。這樣的好事，你也有份兒。」

文蔚的臉上露出一絲疑惑，「我也有份兒？」

奕經道：「我提名你當參贊大臣。」

「什麼！」文蔚像被開水燙了一下，手一哆嗦，杯中茶灑了一褲子。他用袖子擦了擦褲子上的水漬，苦著臉，「奕中堂，你不是開玩笑吧？」

「哎呀，我的露軒兄，我怎能拿這種事情開玩笑。」

「皇上允准了？」

「允准了。」

文蔚頓時有點兒坐不住了，「天呀！您跟長齡大人出征過新疆，還當過黑龍江將軍，我是科場出來的，哪懂什麼出兵放馬，你這不是把我往火坑裡推嗎！」

他天天讀邸報，瞭解海疆戰況。英夷開釁以來，粵、閩、浙三省的欽差大臣和督撫大員走馬燈似的換了一遍，每位欽差出京前都意氣風發、信心十足，每任封疆大吏都信誓旦旦，但沒過多久不是顛躓挫衄就是身敗名裂，沒有一個建功立業的。

焦急間，猛然瞥見一隻蚊子在眼前飛，他啪的一聲，雙掌驟擊，攤開手掌一看，是隻吸飽了血的蚊子，被拍得屍骨破碎、血肉模糊。文蔚用指尖一彈，把碎屍彈到地上，掏出手帕擦了擦手，半開玩笑半嗔怪，「歷史上沒有幾個領軍人物名垂千古，血染疆場的將士卻多如細沙，你是想讓我名垂千古呢，還是想拉我去死？」

奕經的囧字臉神色凝重，「咱們說正經事。皇上要我掛印出征，就算是赴火坑，我也義不容辭。露軒兄，咱們兩家是兒女親家，你又是心思巧變的精明人，這個時候得幫我一把。我不要你衝鋒陷陣，只要你管營務處，辦理錢糧採購。要是你能像諸葛亮那樣坐在小車上搖一搖羽毛扇，出一出主意，更是求之不得。」

文蔚彷彿碰上了鬼打牆的差事，一百個不願意，「行營打仗我是一竅不通。」

奕經道：「你是管錢財的戶部侍郎，幫我料理錢糧還不是輕車熟路？」

讓奕經不斷像哄孩子似哄勸，文蔚總算靜下心來，「既然皇上允准了，我也只能從命，勉力而行。」

奕經端起茶盞啜了一口，「露軒兄，你實話實說，戶部有多少銀子？」

文蔚歎息，「恐怕只有六十萬現銀。」

「這麼少，真的？」

「當然是真的！朝廷一年的稅賦也就四千幾百萬。遠的不說，就說這幾個月。靖逆將軍奕山去廣東剿逆，帶走三百萬。閩浙總督顏伯燾先要一百萬，後又追加一百五十萬，戶部緊著算，給了一百二十萬。浙江和江蘇兩省追加了四百六十萬。天津與北京咫尺之遙，朝廷派僧格林沁佈防大沽，僧格林沁開口要二百萬，戶部算盤打得緊，只給一百六十萬，且得分兩期支付。這還不算山東和奉天的海防度支。最耗錢的是黃河決口，大水淹了六府二十三州縣，八百萬災民要賑濟，堵口子、修堤壩要鉅資，王鼎報了四百八十萬。他是個實報實銷的人，從來不揩油，朝廷實給四百七十萬，分三期支付。咱們要是把銀子帶走，下個月京官和旗營就開不出薪水來了。」

奕經抬起手掌輕輕拍了拍椅子扶手，若有所思地道：「難怪我跟皇上要銀子時，他一聲不吭。」

文蔚露出苦笑，「不當家不知道柴米貴，皇上有他的苦衷。我不懂兵法，但懂經濟，只要算一算經濟帳，這仗就打不下去。」

奕經嘆氣，「我也看出來，皇上對戰局的估算越來越現實，只是不死心。今天下午我對皇上說，浙江弁兵連遭敗績，士氣泄沓，不可再用，應當徵調吃苦耐勞、忠勇憨厚的內地弁兵。皇上要軍機處發廷寄給蘇皖贛豫鄂川陝甘八省，再抽調一萬二千兵員開赴浙江，還要我盡快物色幕僚。你幫我在京城各部和京營裡物色幾個能幹的人，但咱們先說好，皇親貴胄一個不要。那些人大都視軍營為利藪，沽名釣譽、撈錢摟財一個比一個行，可到關鍵時刻就跑肚拉稀。要是讓他們充斥將軍行轅，我礙於情面委屈瞻循，只是自添麻煩。明天我去健銳營、火器營和善撲營，從他們那裡借調幾個軍官和一個親兵營，咱們十天內出京。」

兩人細聊不久，赫舍里氏便和一個女傭用大托盤端上晚飯，半隻燒鴨、一盤冷切驢肉、一條糖醋大鯉魚，外加兩碟小炒和一壺燒鍋酒。

奕經對她道：「我和親家談公事，妳不用作陪了。」

赫舍里氏知趣，布完菜就去了隔壁，與家人一起用飯。

赫舍里氏退出後，文蔚飲了一口燒鍋酒，小聲問道：「奕中堂，去浙江剿逆，你有沒有把握？」

奕經同樣壓低嗓音，「有沒有把握？我本以為皇上會下一道『克期進發，大兵兜擊，剿擒逆首』的煌煌聖旨。沒想到皇上不再沉浸於天朝大軍無往不勝的夢境中，沒了躊躇滿志的想頭，他越來越講求實際。從虎門之戰算起，一連串的挫衄說明氣焰鴟張的英夷不是好對付的，肅清他們不是一朝一夕能完成的。」

「聽說皇上要起用琦善？」

奕經啜了口酒，「我沒同意。他是主撫的，皇上要我當揚威將軍，不是當撫遠將軍，帶上他只會礙手礙腳。不過說實話，琦善的案子有點兒重，怡良上了一道密折，說他私許香港，皇上沒派人調查，一怒之下先定了罪名。在下者望風言事，誰敢忤逆皇上的諭旨辦案？」

文蔚把一塊又厚又白的糖醋魚片填入口中，用舌頭剔出一根刺，慢慢咽下魚肉，飲一口酒，撓一撓頭皮，「奕中堂，打仗是要花大筆銀子的，戶部沒錢，如何打？」

奕經搛起一片冷切驢肉，放入口中慢慢咀嚼，咽下肚，才晃著筷子道：「皇上讓咱們先向沿途各省和府縣借，然後由戶部補還。」

文蔚詫異不已，「借？錢可不是好借的！要是咱們走到哪兒都借錢花，你就成借錢將軍，我就成借錢參贊了。」說到這裡，打了一個魚香飽滿的嗝。

伍　棄與守的兩難抉擇

寧波的堞牆像被銼平的鱷魚牙齒，灰黢黢的城樓上飄著藍底紅叉米字旗。所有城門由英印士兵把守。他們身穿大紅軍裝，手持烏黑發亮的燧發槍，獵狗似的注視著過往行人，仔細盤查每一個形跡可疑的人。

郭士立從澳門雇用了十幾個粗知英語的漢人，給每座城門配備了通事。寡廉鮮恥的漢奸們頭戴黑帽、身穿黑衣，嘰嘰咕咕地講著澳門英語和粵音漢話，動不動就對過往行人橫加訓斥，比英印士兵還兇狠。

城頭換了大王旗，老百姓還得過日子，一番動盪後，寧波恢復了平靜。一部分難民禁不起風吹雨淋，漂泊幾天後回來了。居民們很乖順，家家戶戶的宅門上寫了夷文和漢字：「Obedient Resident——順民」。這些字不是白寫的，得經過查問，交納十個大銅子。漢奸們說改朝換代了，要想平安無事，就得當英國順民、信奉英國神符，而那些曲裡拐彎的夷文相當於門神秦叔寶和尉遲恭，有了它們，英國兵才不會上門打擾。

這一天，靈橋門外的小碼頭戒備森嚴。在軍務秘書馬恭少校和政務秘書馬儒翰的陪伴下，璞鼎查從舟山來寧波視察，蒙泰率領一隊士兵去迎接。

璞鼎查一下船就問：「蒙泰中校，聽說郭富爵士開倉濟貧，有這回事嗎？」

「有，但不是賑濟，是低價出售。我軍進入寧波後，市場動盪，糧價暴漲。為了平抑物價、安撫民心，郭富爵士下令把官倉裡的糧食低價出售給寧波百姓。」

璞鼎查下令摧毀寧波，郭富不僅不執行，還開倉售糧邀買民心，惹得璞鼎查很不高興。但是，郭富的資歷、軍功和威望高高在上，他不便公開指責，只好揶揄道：「郭富爵士很天真，居然想把羅賓漢的精神移植到中國。不過，就怕他幹了一件蠢事！」

璞鼎查說得不錯。郭富精於軍務，疏於民政，對中國的物理民情更是霧裡看花，虛虛朦朦，致使平抑糧價成了一個大笑話。售糧那天，官倉門口萬頭攢動，人山人海，比趕大集還熱鬧。但是，他作夢也沒想到低價售糧的獲益者不是普通百姓，而是當地的糧商和富裕大戶。他們雇人排隊，包買了大部分糧食，低價售糧的第二天，糧價不僅沒降，反而漲了一大截。寧波百姓不僅不感恩戴德，反而嘲笑英軍自作多情，連一部分英軍官兵也認為郭富幹了一件徒勞無益的蠢事。

璞鼎查又問：「治安情況如何？」

蒙泰回答：「很糟糕。採購隊在鄉下經常遭到中國人的襲擊。昨天夜裡，一個值班哨兵被中國刺客暗殺了。」

這一天是中國的陰曆十號，每月逢十是趕集的日子，寧波城裡非常熱鬧。璞鼎查剛進靈橋門，就看見街道兩旁的店鋪掛著各式招牌，上面寫著「賴家湯圓」、「吳記抄手」、「江家熏肉」、「李記米粉」、「宋記海鮮」等字樣，街道中央人來人往，有敲竹筒賣烤白薯的，打竹板賣荷葉蛋的，磨鐵叉賣叉燒肉的，敲銅鑼賣麥芽糖的，推獨輪車賣冬粉魚丸的，肩背竹架賣鹹光餅的，挑擔子兜售寧波年糕的，提籠子吆喝燒雞的，挎箱子搖鈴賣醬菜的……此外，還有吹糖人的、耍把式的、賣字畫的、看熱鬧的，叫賣聲、響器聲此起彼伏，方言土語聲聲悠揚。人流中難免有乞丐小偷、阿貓阿狗混雜其間，時不時惹出一點兒小糾紛。

這是一種原汁原味的生活形態，天然、庸俗、喧譁、熱鬧，不會因為外國人的軍事佔領而有所改變。璞鼎查環視著中國風情，居民們也好奇地打量著警衛森嚴的外國官員。但是，最惹人眼的不是璞鼎查，而是體重二百四十磅的馬儒翰，他像座移動的肉丘，走起路來一搖一擺，活脫脫一副企鵝模樣。

穿過集市後，璞鼎查瞥見兩個五花大綁的中國人，被捆在石橋的欄杆上。蒙泰解釋：「公使閣下，他們就是昨天夜晚襲擊我軍哨兵的刺客。他們割了哨兵的耳朵邀功請賞，把屍體扔進糞坑裡。巡邏隊聞警趕到，打死一個，活捉兩個，還有幾個趁黑逃跑了。」

璞鼎查停住腳步打量著刺客，他們的衣服皆被撕爛，不難想像，他們被捕時有過一番掙扎和搏鬥。其中一個人半裸，只剩下遮羞的褲衩，褲衩下面露出半截鬆軟無力的活兒。他們胸前掛著木牌，上面有血紅的英文和漢字：「murderer——謀殺犯」。兩個英國兵在一旁持槍看護。

天氣陰冷，太陽像一顆蛋黃，有氣無力地掛在天上，溫涼的光線透過樹枝，在謀殺者的身上照下斑斑樹影。謀殺犯們冷得嘴唇發紫、渾身發僵。其中一個人的目光可憐哀哀，另一個人的眼睛半睜半閉，因為傷口疼痛而輕輕呻吟，聲音雖然微弱，卻直擊路人的心魄。寧波居民物傷其類，不願久留，看一眼就匆匆離去。

璞鼎查口中吐出一句嘲諷：「我聽說郭富爵士主張寬容，他不認為這樣對待俘虜有虐俘之嫌嗎？」

蒙泰道：「郭富爵士對於謀殺活動深惡痛絕，他認為謀殺者不是戰俘，而是罪犯，必須嚴懲。」

璞鼎查反問：「蒙泰中校，你怎麼看待中國人的謀殺活動？」

「公使閣下，我也認為謀殺者不能按戰俘處置。」

璞鼎查點了點頭，但覺得不夠盡興，「據我看，郭富爵士還是心慈手軟，對待刺客，應當用中國刑罰，給他們戴上重枷，關進木籠，像枷老鼠那樣枷住他們的腦袋和手腳，讓他們死不了，活受罪！」

說話間，一行人來到提督衙門。這座衙門原本是余步雲的駐節地，現在成了郭富的司令部。英軍對舟山大疫記憶猶新，不肯進入民居，全體官兵分別駐紮在提督衙門和知府衙門。

郭富、巴加、郭士立和十幾個軍官正在西花廳等候璞鼎查。花廳中央有一只紫銅炭盆，郭士立拿著一雙鐵筷子，邊翻動燃燒的木炭，邊講述中國炭盆與英國壁爐的差別。巴加是一個清心寡慾的人，除了軍事，對所有事情都不感興趣，但他有清潔癖，對衛生要求極嚴，不喜歡下屬吸煙，只要他在場，誰也不敢噴雲吐霧，此時他卻不得不忍受木炭冒出的煙氣。

璞鼎查等人進了花廳，一番寒暄後開始會議。他坐在一張加官椅上，從皮包裡抽出一份公函，神色莊重地道：「現在我宣佈一項重要任命。經印度總督奧克蘭勛爵提議，國防大臣核准，批准遠征軍陸軍司令郭富爵士晉升為陸軍中將，遠征軍艦隊司令巴加爵士晉升為海軍中將。」

花廳裡立即響起熱烈的掌聲。

璞鼎查從馬恭少校手中接過一只小箱子，取出陸軍中將和海軍中將的肩章和領花，給他們二人換上。

「我再報告第二個好消息，大批雷爆槍已經運抵中國，老式燧發槍即將壽終正寢。這意味著我軍不再受制於風雨，不論晴天、雨天，都能戰鬥。」

軍官們再次熱烈鼓掌。

巴加道：「公使閣下，攻克寧波後，我們期盼著中國皇帝心旌動搖，接受我方的條件。您認為有這種可能嗎？」

璞鼎查搖搖頭，「微乎其微。我軍再次攻佔舟山後立即恢復教會醫院。有個叫陳在鎬的寧波商人來看病，我獲悉後，要他給浙江巡撫劉韻珂和余步雲捎去一封照會，只要朝廷同意派全權大臣與我會談，我軍可以隨時停戰。陳在鎬怕被當作漢奸處死，不敢去，我命令把他的家眷扣為人質，他才勉強答應。但是，劉韻珂把照會退回來了，連信套都沒有撕開，這意味著中國人不肯屈服。另據可靠情報，中國皇帝任命了一個叫奕經的人擔任兵馬大元帥，到浙江主持戰局。我認為戰爭遠不到結束。」

郭富有點兒沮喪，「我們一直在隔空喊話，向中國皇帝表示和談的意願。但是，中國皇帝有耳不願聽，中國官憲有耳不敢聽。」

巴加也覺得難以理解，「是的，中國皇帝的思路不可理喻，明知打不過卻還要打。」

馬儒翰糾正，「恐怕中國皇帝不這麼看。他認為能打敗我們，因為他聽到的全是謊言和假話！」

「是嗎？」

馬儒翰負責情報的收集和翻譯，對此甚是瞭解，「是的。每次戰役結束，我軍都會繳獲大量文報。從文報上看，中國官吏欺上瞞下陋習難改，他們沒有把真實情況奏報給朝廷，即使一敗塗地也多加粉飾，胡說什麼打沉夷船數條，殺傷我軍兵員千百，渲染得有聲有色。就以廈門之戰為例，那座島城是我軍主動棄守的，我軍離開前還照會過福建官憲，告訴他們只要支付六百萬元贖城費，我軍就把廈門和鼓浪嶼還給他們。但是，閩浙總督顏伯燾根本沒有把我方的照會奏報給皇帝。我軍棄守二十天後，他派兵試探性地登上了廈門島，駐守鼓浪嶼的我軍官兵數量有限，不足以打一場阻擊戰，他們隔岸靜觀，沒有採取任何行動。顏伯燾立即誇大其詞，覥顏奏報朝廷收復了廈門。我軍第二次攻佔舟山勢如破竹，僅僅陣亡兩人，但浙江官憲卻奏報朝廷，焚毀我軍『火輪船一隻，大兵船三隻，舢板船多隻，剿殺逆夷一千數百名』，誇大了幾百倍。」

巴加驚訝不已，「中國官憲的想像力真讓人驚訝！而中國皇帝居然信而不疑？」

蒙泰補充，「根據我的統計，開仗以來，我軍在戰場上總共陣亡二十七人，受傷二百四十一人，沒有一條兵船被打沉。中國官憲竟然無中生有，欺騙他們的皇帝！」

馬儒翰移動著肥碩的身軀，在一旁火上澆油，「從歷史上看，中國是一個暴力治民的國家，它的文化品格是帝王至尊，唯上是聽，只有順應皇權、獻媚皇權的人才能晉升。皇帝唯我獨尊，無視臣民的尊嚴和性命，因此，一旦出了差錯，大臣們就用好聽的謊言哄騙他，以求自保，以致於皇帝生活在虛榮與虛幻之中。這種文明缺乏糾錯機制，助長了一種極端思維——非此即彼，非勝即敗，非友即敵，不成功便成仁，沒有中間狀態。他們聰明時太聰明，愚昧時太愚昧，糊塗時太糊塗，虛偽時太虛偽。中國皇帝眼界促狹，生怕外來思想和風俗對他的帝國造成衝擊，他禁錮了自己，也禁錮了臣民。」

郭富頗為失望，「如此說來，這場仗還要打下去。很遺憾，我軍總共只有七千多水陸官兵，分守香港、鼓浪嶼、舟山、鎮海和寧波五個地方，處處兵單力薄，不敷調用，而中國皇帝死不認輸。」

璞鼎查恨得咬牙切齒，「我們不得不千煮萬燉把局面燉爛，否則中國皇帝是不會屈服的。我軍將不得不執行第三階段的作戰方案——攻入長江，切斷大運河！」

會議的氣氛頓時嚴峻起來。大家都明白，現有兵力不足以完成第三階段的戰略目標，必須調派大量援軍，而調派援軍需要耗費很長的時間。

郭富沉思片刻，「發動長江戰役意味著戰爭將持續到明年。跨海調兵必須等到明年信風再起，我軍將不得不在中國熬過冬天。寧波雖然距離大浹江口只有二十公里，我卻有深入敵腹之感。我手下只有七百五十名步兵，把這麼小的軍隊部署在房屋曲折、街道狹窄的城區，周邊是十萬名沉默無語、心懷叵測的中國居民，城外還有數萬中國士兵和義勇，這是不可想像的。」

蒙泰附會道：「我軍與中國人同居一城是非常危險的。」

巴加皺眉，「你們想放棄寧波？」

郭富說：「是的，棄守寧波，把兵力集中到鎮海。」

花廳裡沉寂無聲許久，璞鼎查才慢悠悠闡述：「佔領容易棄守難。我軍一俟棄守，中國官憲就會大張旗鼓地鼓吹『光復寧波』，用美味可口的迷魂藥繼續麻醉他們的皇帝，皇帝將繼續沉浸在宣威海疆的迷夢中，為和談增加難度。」

郭富道：「中國人對我軍一直有種神秘感，不知道我們為什麼戰無不勝，因為我們與他們保持著距離。如果我們與他們同居一城，這種神秘感會漸漸消失，他們會發現我們的軟肋，用暗殺和遊擊戰對付我們，後果將是非常可怕的。駐守寧波意味著在敵人的肚皮裡過冬，我不認為這是明智的選擇。」

蒙泰也主張棄守寧波，「中國人的武器落後，但並不傻，他們時刻在尋找我軍的短處。月黑殺人夜，風高放火天，夜晚是敵人醞釀陰謀和策劃暗殺的時間，每逢夜闌人靜，巡邏隊和值勤士兵會萬分緊張，焦慮、恐懼、憤怒、不安、脆弱、絕望，各種負面情緒會一一放大，鋪天蓋地。士兵們極易神經過敏，一有風吹草動就鳴槍示警，因為唯有殺死潛伏在四周的中國人他們才有安全感，中國人也同樣如此。如此一來，仇殺與報復將相互因果，引發更多的血腥。我們不能讓士兵當血潤泥土、魂寄他鄉的烈士，應當讓他們平安回國，以少死人為榮，多死人為恥。我認為，佔領寧波是蛇吞象，咽下去不易，吐出來才比較妥當。」

璞鼎查卻持不同的意見，「從軍事角度看，留守寧波是有風險的，甚至要付出較高的代價。但從政治角度看，寧波必須堅守！」

巴加同意，「我也這樣看。」

三巨頭中，有兩位主張堅守寧波。

郭富提醒：「留守寧波不是一件簡單的事情，必須有一個臨時政府，擔負起管理城市的責任，還需要一支員警隊伍來維持治安。我們的軍隊太小，不懂漢語，無力承擔員警的職責。此外，豢養臨時政府和員警需要大筆金錢。」

璞鼎查點頭，「寧波的確需要一個臨時政府和一隊維持秩序的員警。郭士立牧師，你擔任過定海縣的知縣，有管理中國百姓的經驗，我想，由你擔任寧波知府最合適，你意如何？」

郭士立欣然接受了這項建議，「感謝公使閣下對我的信任，我願意試一試。以中國人治理中國人才能收到良好效果，要想留守寧波，應當建立一支員警隊伍，它不僅可以代替我軍完成巡邏、治安等任務，還有助於穩定民心。只是這支隊伍必須支付較高的薪水，否則沒人願意冒著漢奸的罵名替我們效力。」

璞鼎查道：「我授權你組建一支由中國人組成的員警隊，也可以叫中國勇營，暫定為三百人。我聽說有一個叫陸心蘭的，是本地商會的會長，有組織能力，肯於委曲求全。他願意效忠我們嗎？」

郭士立不以為然，「談不上效忠。他是一個懂得妥協和順勢而為的人，一個有利用價值的人。」

「那就利用他。」

馬儒翰提出建議：「中國有保甲制，十戶連保。成立臨時政府後，我們不妨利用保長和甲長們代我軍採購，下達指標，限時完成，要是他們拒不配合，就把他們的家屬扣作人質。」

巴加頗為贊同，「這是個好主意。讓保長甲長們採購比我們自己採購安全。」

璞鼎查換了一個話題，「郭富爵士，我與你有一點兒小小的分歧。」

郭富一聳肩，「哦，什麼分歧？」

璞鼎查道：「依照原定作戰方案，我軍應當向寧波索要巨額贖城費，或者徹底毀滅它。但您慈悲為懷，不忍心洗劫一座不設防的城市，錯失了一次良機。我聽說您還下令開倉放糧，以致於中國人認為我們是心腸軟弱的人。」

郭富臉色微紅，「公使閣下，依您之見，應當如何辦理？」

璞鼎查義正詞嚴，「恕我直言，對敵人的寬容與慈悲意味我方要付出較高的代價。在查理·義律擔任公使期間，對華戰爭是一場溫柔的遊戲，他甚至把戰利品還給中國人！」

郭富坦然答道：「我不欣賞義律公使的軟弱和多變，但我支持他把戰利品還給中國人。」

「為什麼？」

「我認為保護私有財產和人身安全是一個文明國家得以立足的重要基礎，有了這點基礎，我國才成為世界上最先進、最強大的國家，在五大洲建立起廣泛的殖民地。巴麥尊勛爵在第三號訓令中特別強調要把保護私有財產和人身安全寫入與中國人簽署的條約中。我認為，保護私有財產和人身安全不僅適用於我國，也適用於所有殖民地和軍事佔領區。我是聖派翠克的信徒，《聖經》說『要想別人怎樣對待你，你就怎樣對待別人』。我雖然是軍人，卻主張輸出上帝的法律，劍與火僅是輔助手段。」

兩個人的矛盾明顯尖銳起來，璞鼎查皺起眉頭，「郭富爵士，與極端國家打交道只能採用極端方式。恕我直言，中國不是上帝的國度，我們的宗教觀念和價值觀念不適合中國，要想讓寬容和仁慈的宗教進入中國，首先要用劍與火。所以我認為，寬容與仁慈的遊戲須適可而止，我們應當抱定鐵石心腸，讓一座城市化成灰燼！唯有如此，才能給中國皇帝以震撼，逼迫他坐在談判桌前，早日結束這場戰爭。」

璞鼎查向來以刻薄刁狠冷酷無情著稱於英國官場，他把矛盾直接攤到桌面上。

巴加附會道：「要想少殺戮，就得下狠手，以流血制止流血。」

兩巨頭主張鐵血政策，郭富則堅持己見，「殺戮平民，加大人民的痛苦，以殘忍的方式迫使中國皇帝低頭，是一種政治策略。這種策略用於法國可能有效，因為每當法國人民喊疼時，法國政府都會基於人道的考慮，對敵人作出妥協和讓步。但這對中國不起作用，中國皇帝對百姓的痛苦漠不關心，他不會因為一座城市的毀滅和人民的痛苦而屈服。我們有二百年的殖民歷史，既有成功的經驗，也有失敗的教訓，凡是與殖民地人民和諧相處的，成功居多，凡是鐵血鎮壓的，失敗居多。所以，我不同意摧毀寧波。」

璞鼎查適當地退讓一步，「既然你不願意摧毀寧波，那就應當向寧波索取高額贖城費。」

郭富沉思片刻，「我贊同索取贖城費，建議效仿歐洲的方式，在寧波附近的水陸要津設置稅卡，徵收什一稅，派中國員警徵稅，由中國商人支付稅款，直到征滿一百萬為止。」

璞鼎查馬上否決，「太少了，至少要征二百萬！」

郭富皺著眉頭，「綁票勒索得看對象，要是索價過高，對方付不起，不僅一無所得，還會白費氣力。」

繼續爭執下去不會有結果，巴加轉了話題，「璞鼎查爵士，聽說你準備去香港，是嗎？」

「是的。我不僅是全權公使，還兼任商務監督。一面打仗一面在黃埔貿易是查理·義律的創舉，我得去廣州巡視貿易情況。郭富爵士和巴加爵士，現在距離發動長江戰役大約有半年時間，我們不能坐等，應當派出偵察船和測量船到乍浦、杭州灣、金山和長江口測量水道並繪製海圖，為明年的長江戰役作準備。」

巴加點點頭，「是的，我將作出相應安排。」

郭富說：「兵不厭詐。為了減輕寧波的壓力，我們得散佈一些真真假假的消息，說我軍準備攻打杭州和北京。」

陸 統軍將領羈留名園

細碎的雪花從極冷的天穹飄下，像無數細細微微的六角飛盤，地上的積雪約有半寸厚。這種雪在北京不算什麼，在蘇州卻不常見。馬路上行人很少，偶爾有總角小童在街上嬉鬧，像嘰嘰喳喳的麻雀，突然飛來又突然飛走。

新任江蘇巡撫梁章鉅乘綠呢官轎朝滄浪亭走去。轎夫們的靴子在雪地上踩得吱吱作響。

梁章鉅六十七歲，面目清瘦，身子清瘦，手指更瘦，要不是穿一套棉夾袍，瘦得就像一根老竹節。有人填過一首《十六字令》形容他的模樣：「瘦，渾身沒有二兩肉，賽寒竹，去葉剩骨頭。」

他原本是廣西巡撫，幾個月前，道光要他調查廣東官吏舞弊案。他到廣州後才知道奕山等廣東大吏與英夷簽了一紙停戰協議，對外貿易恢復後，戰火越燒越遠，不僅當地官員高興，商人高興，百姓高興，各國夷商也高興，廣州竟然呈現出內外和睦、上下安詳、鼓樂升平的氣象。最令人驚異的是，官員士紳全都自覺自願地維護這場規模空前的彌天大謊。奕山和祁貢聯銜保舉了五百五十四名有功人員，囊括了當地的所有文武員弁和在籍士紳，他們優敘的優敘，升官的升官，補缺的補缺，最不濟的也得了幾兩賞銀。如此大規模的晉升和褒獎等於編織了一張枯榮與共，利害攸關的大網。假作真時真亦假——當一百個人中有九十九人得益於謊言時，誰要是斗膽揭穿它，一張嘴無論如何都鬥不過九十九副鐵嘴鋼牙。

梁章鉅是知深淺、曉進退的人，深知官場之道曲徑通幽，達到極致就會呈現出一種神妙的現象：矇蔽皇上易，拂逆百官難！在人人唱《太平調》、跳《喜洋洋》、演《闔家歡》之際，他要是唱一曲焚琴煮鶴，跳一個金雞獨立，演一齣暴雨摧城，就不能不思量後果。最後，索性俯順人心，借水推舟，對廣州賄和之事一塗兩抹三遮掩，給朝廷寫了一份輕描淡寫的奏折，讓彌天大謊消弭在若有若無之中。

調查完畢後，皇上沒讓他回廣西，叫他接任江蘇巡撫。蘇州是江蘇巡撫的駐節地，他剛到蘇州履新不久就碰上揚威將軍奕經南下。奕經是位極人臣的皇侄，有協辦大學士、步軍統領、吏部尚書等一大串官銜，梁章鉅不敢怠慢，聽說奕經喜歡遊山玩水附庸風雅，便安排他們一行住進滄浪亭。

滄浪亭是蘇州名園，門臉不大，裡面卻別有洞天，整座園子臨水而建，園內的假山由形狀奇異的太湖石堆積而成，假山的縫隙裡長著龍爪古樹。亭臺之間建有水池，池水結了一層如鏡薄冰，薄冰下面隱約可以看見紅鰭、鯉魚喋呷游動。這座園子綺瑟明樓、黛瓦合窗，曲水流觴，風光旖旎，是名副其實的江南名園。

奕經一行有一百多號人，外加一個親兵營。梁章鉅以為他們在蘇州住幾天就起程南下，招待得十分殷勤，不僅派了一個叫范小林的知事負責飲食起居，還聘請十幾位本地名廚，烹製的菜餚花樣百出，什麼鱸魚乾膾、鮠魚含肚、雪花雞球、翡翠蟹斗、八寶船鴨、蝴蝶海參等等，把當地的金齏玉膾輪番做了一遍。他還安排了一場越劇、一場昆曲和一場蘇州評彈，招待得無所不周。

道光皇帝宣導撙節，把紫禁城弄得像一座灰不溜秋的土宮，可蘇州天高皇帝遠，是紙醉金迷之鄉、溫馨氤氳之地。奕經在北京不敢鋪張揚厲，來到這裡頗有恍如天堂的錯覺，竟然住下不走了！

英夷盤踞在五百里外的寧波和鎮海，揚威將軍卻泡在蘇州，過著優哉游哉的日子。大群京官過境，本地官員們免不了噓寒問暖，隔三過五打個花胡哨，不論情願不情願，都得消耗不少時間和精力。如果僅是奕經一人，蘇州官員尚能忍受，但奕經的隨員都不是省油的燈，他們本是郎中、員外郎、主事之類的五六品官員，在北京算不上什麼人物，出了京城立馬高人一等，除了提鎮大員外，地方官員晉見他們時還要排隊等候。

親兵營的武弁是從火器營和善撲營抽調的滿洲旗兵，他們在天子腳下時比較規矩，一出京城，就像出了籠的鳥和開了鎖的猴。滄浪亭天天開流水席，他們白吃白喝還不知足，時不時聚眾開賭，大聲喧譁，一不高興就摔盤打盞、訓廚罵人，把一座蘇州名園糟蹋得像亂七八糟的大賭場。

奕經一行的開銷由江蘇省蕃庫報銷，屈指算算，一個多月過去了，竟然花費一萬多兩銀子！梁章鉅嘴上不說，心裡叫苦，後悔當初招待得過於殷勤，如今若降格以待，就有逐客之嫌，甚至有失官場和氣。

分管接待的范小林每天忙裡忙外，可京營裡的滿洲旗兵非但不感謝，還百般挑剔，弄得他一肚皮火氣。為了宣洩胸中塊壘，他趁著夜色在滄浪亭門外的大照壁上寫下一行字：

下雪天　留客天　天留我不留

這行字寫得七扭八歪，集厭惡、怪異、賭氣和驅逐為一體，捅破了一層虛情假意的窗戶紙，第二天就傳遍蘇州城。市井小民立即跟著起哄，繪聲繪色、曲意誇張，把一個小小的文字遊戲渲染成老少皆知的官場笑話。

梁章鉅在滄浪亭門前貓腰下轎，立即看見照壁上的那行字，不由得啞然一笑，對隨行的親兵道：「這種文字有礙觀瞻，拿筆改一下。」

親兵答應一聲，進去拿筆，不一會兒遞給梁章鉅一支毛筆。梁章鉅笑呵呵地走到大照壁前，添了幾筆。

梁章鉅恪守下官本分，叫守門兵丁進去通報。北方的隆冬乾冷，蘇州的冬天卻是濕冷。梁章鉅站在石階下面袖著雙手，踱著步子驅寒。不經意見石階右面有一口朱漆木櫃，櫃上有個條形埠，可以投放信件，櫃上貼著一紙黑字正楷的大將軍令：

> 揚威將軍奉上諭，凡文武員弁居民商賈中有奇才異能或一才一藝者，均准軍前投效。營門前特設木櫃，欲投效者納名其中，三日內召見。

奕經出任揚威將軍後，頒令招募博通史鑒、精熟韜略、洞知陰陽占候、熟諳輿圖情形的人才，不分文武，不分是否有功名，只要有才，都可以投名，考試錄用。大將軍令很有吸引力，貼在那兒一個多月，投名者多達四百餘人，經過考試和揀選後，錄用了一百多。

奕經正在園子裡挑選人才，聽說梁章鉅來了，立即出來迎接，「喲，梁大人，今兒個怎麼有空兒光臨寒舍呀？」

梁章鉅打趣道：「滄浪亭可不是寒舍，是本地八大名園之一，要是滄浪亭是寒舍，我的巡撫衙門只能算茅屋了。」

奕經臉色微紅，「你是鼓弄辭藻的老夫子，用詞精準，見我是武夫，就拿我尋開心？」

梁章鉅吹捧道：「豈敢豈敢，你是京城裡有名的書法家，就算掛了大將軍印，也是本朝的岳武穆，文武兼資嘛。」他一邊說笑，一邊與奕經進了園子，「你又物色了什麼人才？」

奕經說：「前兩天有人在木櫃裡投名，屬官們遴選了兩個，請我親自過目。一個自稱有破敵奇術，一個說有百步穿楊的硬功夫。」

梁章鉅好奇，「什麼破敵奇術？我倒想見識一下。」

奕經擺了擺手，「那種狗屁奇術有損陰德，用不得，只能當故事聽。要是用了，非得天下大亂不可。」

「哦，還有能弄亂天下的奇術？」

奕經無奈，「那小子腦殼進水了，想出一個歪點子，歪得邪乎，叫作疫病破敵術。他說，只要把染了天花的豬肉賣給英軍，不出三天，英軍就會病得東倒西歪，我軍就能不戰而勝。他也不想一想，疫病是不長眼睛的，一俟傳播開，不管你是中國人還是英國鬼子，都得倒邪楣。浙江那個地方，英國鬼子充其量有一萬人，中國人可有二千六百多萬，這是傷敵一人，傷我百人的邪術。就算英國鬼子病死一大片，老百姓也會罵我缺德，我這個揚威將軍就成造孽將軍了。」

「還有一個百步穿楊的人呢？」

「哦，是個山野村夫，身高七尺，虎背熊腰，臂力過人。他帶來了兩張弓，小弓一百二十石，比八旗兵用的大弓還多二十石，大弓一百五十石，大得驚人。弓的一端像尖矛，立在地上有一人高，三股牛筋擰成的弦子像食指這麼粗，沒有二百石力氣拉不開，就算能拉開，又如何能射準？我從來沒見過這麼硬的弓。我叫人在五十步外的柳梢上掛了一枚銅錢，微風一吹，搖搖擺擺。那個大力士把白翎箭杆搭在弓弦上，馬步蹲襠，舒展猿臂，只聽嗖的一聲，正中銅錢。此人是個好射手，我收了，給他一個外委把總的官銜，叫他訓練弓兵。」

梁章鉅沒說話，他在廣州聽奕山和祁貢講過英夷的快槍快炮和火箭，親眼見過虎門炮臺和烏湧炮臺的殘骸。那麼堅固的花崗岩炮臺竟然被英夷的艦炮炸得稀爛，拿弓箭與英夷的火箭相比，簡直就是小巫見大巫。不過他見奕經喜洋洋的神情，不想潑冷水，一面聊著其他話題，一面朝明道堂走。明道堂是滄浪亭裡的最大廳堂，廳堂外面有幾株大可合抱、巨幹撐天的楓楊樹，裡面陳設富麗。現在它是奕經的辦公房。

奕經和梁章鉅分主客坐下，梁章鉅談起正題，「奕大將軍，浙江巡撫劉韻珂期待著您克期南下呢。」

奕經哂然一笑，「梁大人，我何嘗不想克期南下？但打仗是要兵要銀子的，沒有兵打不了仗，沒有銀子也打不了仗。我出京前向皇上請訓，要內地八省增派一萬兩千兵丁趕赴浙江，眼下只有安徽、江西、河南、湖北和湖南五省官兵到了，四川、貴州和陝甘路途遙遠，他們的援軍風馳電掣也得走三個月。

「至於銀子，黃河在開封決口，朝廷撥了四百七十萬兩，分期發放。我請旨要銀子，戶部的堂官郎官們跟我哭窮，說庫銀只夠給京官和駐京八旗兵發薪餉。我要戶部先撥一百六十萬，他們只給了四萬，其餘的都是不能當期兌付的銀票。戶部說山西和陝西兩省的六十萬兩稅銀解送京城後率先調撥給我。我出京後，皇上聽說英夷要打大沽和天津，派僧格林沁王爺去那兒佈防，僧格林沁開口就要一百五十萬，戶部湊不齊，把山西和陝西的六十萬先劃給他。

「我出京兩個月了，四萬兩銀子花得精光。別人不知內情，以為我兵多將廣，銀子多得沒處花，實際上我是個窮將軍。前天南陽營的八百多人馬開到蘇州城外，沒有餉銀，跟我要，我哪有錢給他們開餉？俗話說兵馬未到，糧草先行，糧草得用銀子買，不能從老百姓手裡搶，不然老百姓就要罵娘。

「別的不說，就說間諜一項，我向鎮海、定海和寧波三地派出二十多個間諜，哪個間諜不用錢？我像吝嗇鬼似的，每個間諜給十兩銀子，明知不夠用，卻沒法子。我一路南下，像討吃鬼似的四處借錢，向漕運總督借二萬，向鎮江知府衙門借四千，你說這仗怎麼打。你來得正好，我正想跟你借一把銀子呢。」

梁章鉅一聽借銀子就頭皮發麻，苦著臉道：「您的一把銀子和老百姓的一把銀子不是一回事。您要是借銀子自己花，我立馬送來，但大將軍行轅下有一百多號幕僚、將佐、胥吏、跟丁，外加一個親兵營，這把銀子就不是小數。不過，您既然開口了，我也不能太小氣，省得您得勝回京後說梁章鉅那個瘦老頭是個摳門巡撫，當初我跟他借一把銀子，他摳摳搜搜不肯給。嗯，借多少？」

奕經伸出五個指頭一晃，「五萬如何？」

梁章鉅呵呵一笑，「大將軍不愧獅威獅心獅口，開口就要五萬。戶部是掌管錢財的天下第一衙門，才給四萬，江蘇藩庫哪裡出得起五萬？您是窮將軍，我是窮巡撫。」他伸出一個指頭，也晃了一下，「我權且借一萬。」

奕經假笑著放下指頭，「江蘇是魚米稻飯之鄉，金盆銀桶富甲天下，你要是窮巡撫，天下就沒有富巡撫了。」

梁章鉅言歸正題，「大將軍，劉韻珂等急了，兩次來函詢問您什麼時候起程南下，他好安排人手接待。」

奕經斂了笑容，「蘇州人真了不得，居然在滄浪亭對面的大照壁上寫揭帖，說什麼『天留我不留』，好像我賴在這兒混吃混喝。不過，你是本省的主人翁，我給你透個底兒，但不能外傳。」他用手掌把嘴巴捂成悶葫蘆，壓低嗓音道：「我這是擺姿態，給朝廷看的。戶部不給銀子，我就不動窩。」

梁章鉅似懂非懂，眼神裡透著困惑，「您不怕皇上猜忌？」

奕經比梁章鉅瞭解皇上的心思，「皇上在剿撫之間猶豫不定。疆臣們打了幾場敗仗，皇上不死心，還要打，卻沒把握，只能走一步看一步。我出京前跟皇上說，英夷堪比明朝萬曆年間的倭寇，恐怕不是三年五載就能肅清的，得文火慢煮。」

梁章鉅這才明白，皇上和樞臣們已經失去了戰勝英夷的信心，不再作宣威海疆剿擒逆夷的大夢，否則，奕經絕不敢在蘇州耽擱不走。

奕經又說：「我把皇上的心思跟你說了，但我有個問題，不知當問不當問？」

「但凡是我知道的。」

「你當然知道。」

梁章鉅搔了搔老頭皮，「你有問，我豈能不答？」

奕經再次壓低嗓音，「你去廣州查辦奕山的案子，有什麼結果？」

梁章鉅做了幾十年官，心知肚明，大清是愛新覺羅氏的天下，奕山和奕經都是皇侄，不能輕易得罪。他要是把調查結果寫得太黑，奕山肯定要倒大楣，但是萬一皇恩浩蕩，赦免了奕山，自己反受其累。所以他採用彌縫手法，大事化小，小事化了，悠著調子，講了幾句官場通行的彌縫話，「大臣經濟在從容，官場襄贊要和衷——這是本朝的官箴。處理這種事只能粗枝大葉，不能一一細糾。天下事和為貴，對吧？」

奕經心領神會，「哦，是應該這麼辦。」

梁章鉅搓了搓手，「今天我來，也有一事相求。」

「哦，什麼事？」奕經喜歡別人求他，尤其喜歡地方官求他。

梁章鉅道：「您雖然外放揚威將軍，仍然兼著吏部尚書，您大筆一揮，官員們的升降罷黜、進退賞罰就能定個八九不離十。我今年六十有七，為皇上效犬馬之勞差不多四十個年頭了。我想求您跟皇上美言幾句，讓我告老還鄉，安度殘年。」

奕經有點詫異，「哦？一省封疆，出警入衛，八面威風，是個千人羨萬人慕的職位，您老不願當？」

梁章鉅擺擺手，「我是老手老腳、百病纏身的老油燈，消耗得差不多了。最近兩年，頭暈耳鳴是家常便飯，記憶力衰減一天勝似一天，我擔心有個閃失，把皇上的事耽擱了。」

梁章鉅看起來灰髮蒼辮、眼皮鬆弛，手上的骨節和丘筋像老松枝似的虬曲突兀，體態面容和眼神全都帶著老人的印記。可他是個明白人，江蘇是臨海省分，肯定會受到英軍的攻擊，吳淞口是江蘇的門戶，但與虎門無法相比，像四敞大開的臨海灘塗。虎門、廣州、廈門、定海、鎮海和寧波都擋不住英夷，吳淞口更擋不住。他清楚，要是丟了吳淞口，別說威風，連安度晚年都會成為可望而不可及的殘夢。眼下江蘇無戰事，此時不急流勇退，還待何時！

奕經自然不知他的心思，「好說，你要是真想回家頤養天年，我就寫個折子，說您老身體不佳。但我這個折子不能白寫，你得先借我五萬兩銀子。」

見奕經把公事私事攪和在一起，梁章鉅會心一笑，順水推舟，「五萬實在太多，要不是備戰，江蘇蕃庫出借五萬銀子不難，但眼下海防吃緊，庫銀都用來造船造炮經辦團練了。少一點兒吧，三萬如何？」

奕經知道借錢難，鬆了鬆口，「好，三萬就三萬。」

梁章鉅自嘲道：「大將軍，別人是花銀子買官，我是借銀子辭官。你的折子一拜發，我立馬派人送來三萬。」

「一言為定？」

「一言為定。」

奕經話鋒一轉，「哦，還有一件事。有人在園子外的大照壁上埋汰我，寫了一句『天留我不留』的屁話，有礙觀瞻。」

梁章鉅哧地一笑，「不對吧？你看走眼了，是挽留的意思。」

奕經不信，「怎麼可能？」

「不信你去看。」

該說的話都說了，奕經起身送客。他把梁章鉅送到滄浪亭的大門口，朝大照壁瞄了一眼，不知哪位文字高手鬼精靈似的把上面的文字斷成：

下雪天，留客天，天留我不？留！

柒 乍浦副都統與浙江巡撫

乍浦副都統長喜在白家渡碼頭下船後換乘戰馬，徑直朝望江門走去，馬蹄鐵掌在石版道上踏得咚咚作響。他身後跟著一個叫隆福的佐領和兩個旗兵。長喜是滿洲武官，額頭上的皺紋刻著他的閱歷，嘴巴周邊的線條帶著嚴肅和憂愁。他小時候出過天花，落下一臉麻子，不然應當是很英俊的人。

在浙江省，長喜是個驚世駭俗的人物。三年前他晉升為乍浦副都統時，發現當地的關帝廟年久失修，決定大修，經過核算，需要二百五十兩銀子的工料錢。但朝廷沒有專款，於是，他勸說嘉興知府、平湖知縣、海鹽知縣以及屬下軍官和當地縉紳們捐資修廟。他帶頭認捐了十二兩，嘉興知府承諾捐十兩，兩個知縣也承諾各捐五兩。長喜命令石匠把捐款人的姓名和數額刻在石碑上，沒想到石碑刻好後，知府大人一兩沒捐，平湖知縣如數捐了，海寧知縣只捐二兩。

要是換了別人，很可能不了了之，長喜卻大動肝火，他認為不論何人，只要承諾，就得兌現，否則就是沽名釣譽！他命令石匠在「嘉興知府某某捐銀十兩」下面補刻「未給」

二字，海鹽知縣名下原有「認捐五兩」字樣，也遭補刻「實捐二兩」。這番舉動驚動了地方官紳，連朝廷也曉得長喜是個眼裡不容沙子的人物。

杭州是浙江的省城，城周三十里，居民十萬家，湖山煙柳，畫橋翠幕，風光旖旎，秀麗可餐，是不折不扣的巨美大城。要是不打仗，它是燈火家家市、笙歌處處樓的風水寶地。但是，英夷占了舟山、鎮海和寧波後，杭州如臨大敵，局勢異常緊張。水師哨船冒著寒氣在錢塘江上巡邏，工役們在江畔打入帶刺的木樁，鄉勇們挎著腰刀、扛著紮槍在水陸要津設卡盤查，店鋪廛肆的牆上貼著「嚴防奸宄」、「捍衛鄉梓」、「神佑大清」的揭帖。三十里長的城牆上鐵炮林立，刀槍閃亮，口令聲、盤詰聲不絕於耳，金鐸聲、鉦鼓聲此起彼伏，呈現出一派臨戰模樣。

望江門前有六個兵丁在盤查過往行人。長喜一行纓槍鐵盔騎馬而行，通常沒人敢盤查他們，因為他們身穿旗兵軍裝，一眼就能辨識出，沒想到守城門的兵目擺出一副公事公辦的架勢，「旗爺，巡撫大人有令，凡是出入省垣的，官兵出示勘合，民人出示路引。」

長喜恰巧沒帶勘合，不由得稍露窘態，「哦？我是乍浦副都統長喜，有要事來省城拜會劉中丞。」

要是換了別人，早就放行了。偏巧這個兵目因為遭受過旗人的欺負，皮裡陽秋、語氣刁滑，存心為難他，「照理說呢，您這身行頭足以說明您是有身分的人。但咱是小兵，要是碰上奸宄之類的，喬裝打扮矇混進城，那就折了咱的陽壽了，對不？」

一個堂堂正正的滿洲副都統，被一個沙粒兒大的兵目擋在門口，沒上沒下、沒貴沒賤把他比附成「奸宄」，惹得長喜老大不高興。但他不想壞了規矩，翻身下馬，從腰間摸出一枚二寸見方的獅鈕銅印，「認識這個嗎？」

兵目故意找碴兒，下巴一挑，「不認識。」

長喜把銅印扣在手掌上，用勁一壓，掌心上有「乍浦副都統關防」的滿漢雙文殘紅，「這回認識了吧？乍浦大營簽發的勘合都蓋這枚關防。」

「小人不識字，上峰命令只認勘合和路引，不認人。」

不想平地裡蹦出一個攔路臭蟲，固執得像一根不開竅的擀麵杖。長喜耐著性子問道：「你的上峰叫什麼？」

兵目把拇指一蹺，「浙江撫標前鋒右營外委把總李鍥子！」

長喜差點兒笑出聲來。外委把總是個比螞蟻稍大的小官，眼前的這個兵目卻牛皮哄哄。他還無所謂，隨行的滿洲官兵卻被激怒了。隆福眼珠子瞪得溜圓，勒住馬韁喝道：「他娘的，你真是有眼不識泰山！俺們爺的頂戴是假的？俺們鑲紅旗的號衣是假的？」

沒想到兵目是個天王老子都不怕的楞頭青，一挺脖子，「你怎麼罵人？」

「罵的就是你！」

兩個隨行的滿洲旗兵跟著吼叫：「怎麼，擋橫嗎？」

「嘿，天下怪事真他娘的多，防英夷防奸宄防到咱們八旗兵頭上了。」

「沒想到半路蹦出個屎殼郎！」

「給他聖旨他也不認識。」

隆福霍地一下抽出腰刀，刀鋒寒光凜凜，「他娘的，再不讓道，老子劈了你！」

他本想嚇唬這個不知深淺的兵目，沒想到兵目一閃身，唰地一下也抽出腰刀，「誰敢闖城門，老子拚了他！」

六個守門兵丁見狀，立馬拉緊柵門、抄起刀槍，一字排開，把兩丈多寬的城門洞死死封住。在城樓上當值的綠營兵見下面亂哄哄地吵起來，立即抄起刀槍下城助威，過往行人馬上圍過來看熱鬧。

滿洲人向來高人一等，漢人嫉妒得眼睛發紅，有人唯恐天下不亂，借機起哄破喉叫囂：「哎呀，好呀！綠營兵和八旗兵打起來了！」

「別動嘴皮子，動刀動槍才是真英雄呀！」

「英雄和狗熊是打出來的，不是喊出來的！」

十幾個綠營兵持刀挺槍把長喜等四人圍在中間，擺出爭強鬥狠的架勢。

長喜明白，滿漢矛盾由來已久，一不小心碰錯了某根筋就可能激起一場無謂的械鬥。大敵當前，滿漢應當同仇敵愾，要是以勢壓人，爭閒氣、打閒架，贏了勝之不武，輸了貽笑大方，於是他喝道：「隆福，收起刀，別跟他們鬥氣。」

話音剛落，他猛然聽見有人招呼：「喲，這不是長大人嗎？」長喜回頭，就見龔振麟騎著一頭大叫驢，好像要進城。聚在門口的行人見龔振麟身穿官服頭戴官帽，自動讓出一條人胡同。

龔振麟在驢上拱手行禮，「長大人，什麼風把你吹來了？」

鎮海淪陷後，龔振麟和鎮海炮局的五百多工匠撤到杭州，劉韻珂要他們在杭州炮局繼續造炮。龔振麟有「龔大炮」的美名，浙江沿海的所有炮臺都有他監造的火炮，還給綠營兵和八旗兵上過課，講解過操炮要領和保養方法。他講課言辭幽默、生動活潑，把深奧難懂的火器原理和應用方法講解得晶瑩剔透。

長喜與龔振麟很熟稔，「哎呀，我當是誰呢，原來是龔大炮！這些門丁不認識我，給他們看關防又不信，要不是我約束手下人，就鬧出人命來了。」

杭州炮局在望江門外，龔振麟天天從門洞裡穿行，門丁們都認得他，從來不盤查他。龔振麟翻身下驢，從人胡同裡走過來，對兵目喝道：「你好大的膽子，連乍浦副都統都敢攔！」

兵目一臉不服氣，「他沒有勘合，小人不敢放行。」

「他不是給你看關防了嗎？關防比勘合還管用。」

「小的不認字，怕他拿個銅砣子矇混進城。」

龔振麟哈哈大笑，「人家說我是炮癡，沒想到還有門癡！長喜大人是貨真價實的滿洲副都統，統領千軍萬馬的大人物。在浙江地面，除了杭州將軍和浙江巡撫，沒人比他的官大。這麼個大人物竟然讓你們這些嘍囉攔在城門外出醜，成何體統？我替他擔保！要是上峰追查下來，就說是我龔大炮領他進城的。」

守門兵丁眼看著局面越鬧越大，圍觀的人越來越多，再鬧下去難以拾掇，於是順勢下坡。兵目一揮手，「放人！」門丁們嘩啦一聲拉開柵門。

龔振麟對長喜道：「大人不記小人過，走，我陪你去巡撫衙門。」

朝廷規定文官乘轎武官騎馬，八品縣丞出行應當乘轎，龔振麟卻獨出心裁，騎驢。長喜打量著龔振麟，只見他的官服下襬有個洞，是煉鐵爐濺出的火星子燒的，黑幫白底的官靴上沾滿了泥灰鐵屑，「龔大炮，你好孬是個縣丞，半個父母官，不乘轎卻騎驢，一點兒官樣都沒有。」

龔振麟嘿嘿一笑，「我這叫附庸風雅，名人雅士都騎驢。」

「名人雅士都騎驢？」

龔振麟官小，但不論在大官面前還是在工匠面前都很隨意，他在毛驢上一顛一簸、一搖一晃地道：「知道杜甫嗎？」

長喜嘖了聲，「你太小看我了，我雖是帶兵的，不至於連杜甫都不知道。杜甫就是寫《兵車行》的那位老兄嘛。」

「他騎驢。」

「你怎麼知道？」

「有詩為證。『騎驢三十載，旅食京華春』。說明他騎驢，而且騎了三十年驢。」又問：「聽說過李白嗎？」

長喜拉著轡繩，「不就是詩仙李太白嗎，當然知道。」

「他也騎驢。」

「你怎麼知道？」

「有詩為證。宋人邵寶畫過一幅《李白騎驢圖》，在圖上題了『仙人騎驢如騎鯨，睥睨塵海思東瀛；醉來天地小於斗，鞭策雷霆鬼神走』。李白騎驢雷霆隆隆，驚天地動鬼神，氣派勝過東海龍王。」龔振麟像唱蘇州彈詞似的東拉西扯，滿口都是吐沫星子。

有龔振麟一邊走一邊說故事解悶，長喜當然高興，「還有這個古記？」

「有。知道蘇東坡嗎？」

「當然知道，就是寫『大江東去』的那位老兄嘛。」

「他也騎驢。」

「你怎麼知道？」

「有詩為證。蘇東坡寫過『往日崎嶇還記否，路長人困蹇驢嘶』。另外，陸遊也騎驢。」

長喜呵呵一笑，「有詩為證嗎？」

「當然有。陸遊有一句詩『細雨騎驢入劍門』，對吧？」

龔振麟山南海北地胡侃，把長喜侃得眉開眼笑。隆福一直跟在後面聽，「龔大炮，跟你一道走就像聽評書，既長見識又解悶。」

長喜也笑，「龔大炮，直隸的河間府是毛驢之鄉，等你造出好炮滅了英夷，我叫人去那兒給你買一頭頂呱呱的大叫驢。」

隆福好奇地問：「龔大炮，聽說你在研製一種炮車，能讓大炮上下俯仰、左右旋轉，可是真的？」

「有這回事兒，但沒搞透亮。我搞的那種炮車，可以讓千斤小炮旋轉，太重的炮則轉不動，我還得再琢磨琢磨。」

說到正經事，長喜語氣就認真多了，「這事得抓緊。要是英夷把乍浦大營占了，你才琢磨透，可就用不上了。」

說話間，到了巡撫衙門的大照壁前。龔振麟在驢上一拱手，「不奉陪了，你自個兒見劉中丞吧。」言畢，一拽韁繩，「駕——！」騎著毛驢朝西拐去。

巡撫是二品文官，滿洲副都統是二品武官，名分上平起平坐。劉韻珂聽說長喜來訪，知道他是來要援兵、要銀子的，把他迎入西花廳。

長喜入座後，講了幾句客套話，直入正題，「劉中丞，我給您發了兩份諮文，請求增派兩千援兵、二十位大炮和兩萬兩銀子，但您一直沒回話，我只好專程上門討要。」

乍浦是杭州的門戶，康熙二十三年（一六八四年）朝廷在那裡設了一個副都統衙門，派駐一千零六名滿洲八旗兵。據間諜稟報，英軍準備攻打杭州，打杭州必然先打乍浦。長喜擔心兵力不足，心急火燎地催促增兵，劉韻珂卻沒回覆。

劉韻珂回話不緊不慢，「長大人，你急我也急。乍浦和杭州唇齒相依，乍浦要是玉碎，杭州也不會瓦全。皇上從蘇、皖、鄂、贛、豫、川、陝、甘八省抽調了一萬兩千人馬。蘇、皖、鄂、贛、豫五省距離近，援兵到了，川、陝、甘三省距離遠，還得等些時日。就是到了，我也沒有權力調用，得等揚威將軍奕經調派。」

長喜肅穆道：「劉中丞，最近夷船經常在乍浦洋面活動，測水道繪海圖，我估計他們要打乍浦。我手下只有一千八旗兵和八百綠營兵，要是吃了敗仗，兄弟們就全成英烈了。軍情不等人，你好歹得給增派一些兵力，追加兩萬兵費。」

劉韻珂大倒苦水，「銀子好說，我先給你一萬，下個月再給一萬，你看可好？長大人，我是文臣，不懂軍務，兩個月前朝廷發來廷寄，說要派揚威將軍主持浙江防務，但他羈留在蘇州遲遲不肯南行。我接連給他發了三次諮文，催他起程，但奕大將軍既不回信也不南下，拖著耗著，看不清他的葫蘆裡裝著什麼藥。」

揚威將軍待在蘇州隔岸觀火達兩月之久，劉韻珂急火攻心、寢食難安，幾次夢見英夷突襲杭州，驚得夜半心悸。他對奕經越來越不滿意，竟然流露於言表。

長喜不願得罪皇親國戚，岔開話題，「聽說安徽的五百援兵到了，你先把他們調配給我，怎樣？」

劉韻珂嗤了聲，「別提他們了，一提他們我就一肚皮氣。安徽兵沿途擾民，所過之處雞飛狗跳。他們前腳到杭州，後腳我就收到吉安縣和臨安縣的稟報，說安徽兵過境時租住民房不給錢，在集市上強買強賣，還有混帳兵痞調戲當地的新婚媳婦，差一點兒鬧出人命來。這種兵，你敢要嗎？」

長喜一拍大腿，「好！我最喜歡管帶招風惹事的傢伙！你就把這群丘八混帳調配到乍浦來。我非把他們修理得服服貼貼不可！」

劉韻珂勸：「長大人，咱們浙江是個小省，額設兵員一萬五，各府各縣臨時招募了三萬多義勇，黃岩、溫州、台州、乍浦，還有沿海郡縣，都得分兵把守，我調不出多少人馬增援乍浦。乍浦有你的八旗兵，還有平湖縣的八百義勇，應當夠了。」

長喜搖搖頭，「不打仗夠，一打仗就不夠。」

「過幾天陝甘的回民營就到了，回民營吃苦耐勞、能征善戰，他們一到，我就讓他們直接開赴乍浦。」

長喜總算滿意了，換個話題，「哦，聽說夷酋璞鼎查給你送過一封夷書？」

劉韻珂眨了眨眼睛，「誰說的？」

「天下沒有不透風的牆嘛。」

劉韻珂道：「不瞞你說，確有其事，但皇上明令沿海各省的封疆大吏不得接受夷書。我退回去了。」

長喜搔了搔腦殼，「廣州已經恢復通商，英夷為什麼還要打？打仗既傷人命又傷財富，天下沒有為打仗而打仗的，我們總得問問逆夷有何干求，要銀子還是要疆土？要民人還是要美女？總不能打沒由頭的仗吧。」

劉韻珂鬆口，「我問過投遞夷書的人。他說逆夷想要增開通商碼頭，要賠款，要見本朝有全權的欽差大臣。我既不是欽差大臣，也沒有全權，如何談？更何況皇上三令五申不得接受逆夷的片紙隻字。」

長喜說：「我雖然是武夫，卻看出這裡頭有個關節不通透。咱們與逆夷打仗如同強雞與悍鴨爭強鬥狠，雞說雞話，鴨說鴨話，誰也不明白對方想幹什麼。皇上不准收受夷書，等於不許詢問逆夷有什麼干求。這不是打盲仗打瞎仗嗎？」

劉韻珂歎了一口氣，「你這個譬喻好！但朝廷就這麼個章程，輪到你，你敢忤逆嗎？」

捌 閒遊道觀

道光二十二年大年初一（一八四二年二月十日），奕經及其屬官、幕僚、胥吏、雜役和親兵營終於來到杭州地界。四十多條官船和驛船在京杭大運河上舳艫相接，逶迤而行，足足拖了二里長。

打頭的小船載著一個鑼鼓架，兩個差役輕搖船槳，一個吏目扯著嗓子揚聲呼喊：「揚威將軍出行，沿途民船避讓——！」每喊一聲用木槌敲一下銅鑼，嘡嘡的鑼聲餘音嫋嫋。大小民船一見這排場，擁擁攘攘地讓出水道。

揚威將軍啟碇南下的滾單兩天前就送到浙江巡撫衙門，劉韻珂騰出一座書院給奕經作行轅，安排了禮炮禮酒、車馬儀仗，派出近百夫役在接官亭前搭起蓆棚、紮好彩帶。吃罷午飯，劉韻珂、余步雲率領本地的文武官員和縉紳們出城迎迓，外省客軍的將領們也陸續趕來，接官亭附近車水馬龍，熱鬧非凡。

杭州與寧波相距三百里，備戰氣氛十分濃厚，家家出丁，戶戶出勇，大有全民皆兵的氣派。城廂街口到處都是街壘木柵和巡邏的鄉勇，致使杭州的治安空前良好，偷雞盜狗之事幾乎絕跡。

但是，只要英國鬼子沒有打到城下，老百姓們照樣得過大年。商賈民人打銅鑼、敲年鼓、擺旱船、踩高蹺、耍百戲，二踢腳、麻雷子、鑽天猴、地老鼠劈劈啪啪爆響連天，崩得空氣中瀰漫著濃濃的硝磺味，地面上到處都是鞭炮爆炸後的殘留紙屑。

揚威將軍早不來晚不來，偏偏在過大年的日子來，杭州的官員和縉紳們不得不冒著寒氣出城五里迎迓，大家嘴上不說，心裡都有些埋怨。尤其是劉韻珂，他對奕經一點兒好印象都沒有。

奕經是專管升遷罷黜的吏部尚書，雖非一言九鼎，講話卻很有分量。一年半前烏爾恭額罷官，朝廷調劉韻珂出任浙江巡撫，依照常理，劉韻珂赴京請訓時應當拜訪奕經，送一些規禮，說幾句感恩的話。但是，他到京城後只拜訪了穆彰阿、潘世恩和王鼎。有人暗示，他的升遷與奕經的保薦有關，但王鼎說沒那回事，是皇上親自點名要他出任浙江巡撫的，吏部僅是辦手續而已。

劉韻珂明知官場之道曲徑通幽，卻沒有拜訪奕經，也沒有送規禮，還講了一句書生氣極重的話：「拜官於公庭，謝恩於私室，有損名聲。」

這話三轉兩轉傳到奕經的耳朵裡，奕經立即對他心存芥蒂。浙江官兵交了狗屎運，打一仗敗一仗，死了一個欽差、五個總兵，命喪黃泉的兵丁鄉勇數以千計，劉韻珂受了降五級留用的處分，據京師的朋友來信說，這個處分就是奕經提議的。有了這一傳說，劉韻珂越發對奕經沒有好感。

皇上要浙江宣威海疆殄滅醜夷，京官們不知其難，劉韻珂卻深知這是一場虛無縹緲的彌天大夢。他左右為難，出擊沒有勝算，逃跑死路一條，前進是粉身碎骨，後退是萬丈深淵。他期盼著奕經到，不是因為奕經有能耐，而是因為對方到浙江後，自己就成了次要角色，朝廷要是追究戰敗的責任，首當其衝的是奕經。

沒想到奕經在蘇州長駐不走，把他放在文火上慢烤，烤得他心焦氣躁。英軍攻打杭州的消息不絕於耳，「狼來了」的稟報真假難辨，折磨得他神經過敏，吃飯不香，睡覺難眠，夜夜出盜汗，僅過兩個月就瘦了一圈，變得易怒易躁。

他聽說江蘇巡撫梁章鉅以年老體弱為由告老還鄉，豔羨得眼珠子發亮，也給皇上寫了一道奏折，說自己患有風痺症，「舌麻日甚，右腰塌陷一穴，且右耳閉塞，諸事健忘」，請求開缺回籍，潛臺詞是趁杭州遭受滅頂之災前全身而退。但是，以病求退的路子居然走不通！道光批准梁章鉅休致，卻不批准劉韻珂，因為劉韻珂正是年富力強之時。見道光溫語挽留、嘉語相慰，劉韻珂只好咽下酸水，苦苦地支撐危局。

余步雲站在劉韻珂的旁邊，臉色陰沉，像呆羅漢似的一聲不響。浙江戰事一敗塗地，裕謙活著的時候把戰敗的責任歸咎於他，裕謙死後，他以其人之道還治其人之身，反手抹黑裕謙。但是，裕謙一門四代勛臣，深得皇上的寵信，結果此舉不僅沒有達到目的，反而招來皇上的猜忌。

聽聞朝廷派巡疆御史到浙江查訪，余步雲感到一把陰森森的鬼頭刀懸在頭頂上，隨時可能把他的腦袋劈下來。他比任何人都明白，清軍船小皮薄、武器窳陋，無力與英軍對抗，但不敢說，只要說了，朝廷就會以畏敵之罪將他撤職查辦，連同幾場敗仗一起清算。他不得不帶著幾千疲兵弱旅與英軍兜圈子捉迷藏，暗殺偷襲打遊擊。這種戰術沒有大效用，卻能把敵人搞得魂不守舍，一日三驚。

但是，朝廷命令他克期收復舟山、鎮海和寧波，他的小打小鬧與皇上的期望差之甚遠，他深深感到往昔的輝煌黯然退去，只要朝廷選出一個得力人物，他將像烏爾恭額一樣被鎖拿北京。為了自保，他不得不低調行事。

船隊不疾不急，慢行慢駛。奕經和文蔚坐在一條雕樑畫棟的大官船上，船桅上掛著寶藍色鑲黃邊官旗，旗面上有「揚威將軍」四個大字，船艉插著「協辦大學士」等六塊耀眼的官銜牌，六個威風凜凜的旗兵橫挎腰刀站在船舷旁，雄赳赳氣昂昂地掃視著岸上的村莊和田疇。這麼大的排場引得兩岸的老叟小童、肥男瘦女們駐足觀望。

杭州附近的景象與蘇州相近，田疇野畈呈現出一派承平閒美的景象，要不是有巡邏的義勇，這裡彷彿與戰爭隔著十萬八千里。

隔窗賞景只能快意一時，時間長了就乏味。為了打發閒散時光，奕經、文蔚和幾個幕僚一面品茶一面講故事。

奕經眉飛色舞地講著一則京城傳聞，「前莊親王奕賚是個有名的荒唐王爺，因為吸食鴉片被皇上革除王爵。這小子不僅是鴉片鬼，還是色鬼。幾年前，他府上雇了一個丫鬟，那丫鬟不小心打碎了一只青瓷茶盞，怕罰工錢，便用色相勾引主子。奕賚這小子一時性起，脫衣上炕，一番雲雨情後原諒了她。第二天午睡，他剛醒，那丫鬟紅著臉說『主子，我又打碎一個茶盞』。於是，奕賚再次把她按倒在炕上扒去衣褲。第三天，丫鬟又摔碎一個茶盞，準備向主子認錯。奕賚倒先開口說『「姑奶奶，我求妳了，三天摔一個行不」』。」

幕僚們不由得哈哈大笑。

文蔚來了興致，「我也講一個，講鎮國公溥喜的故事。溥喜和奕賚是一對糟烏貓，奕賚是荒唐王爺，溥喜是荒唐公爵。他有個兒子，想娶媳婦想得心急，對他說『爹，西隔壁那家的大妞長得挺漂亮，我喜歡她，能不能請人上門提親』。不想溥喜悄悄跟他說『不行，她是你同父異母的妹妹』。於是兒子說『東隔壁那家的二小姐也挺漂亮，向她家提親行不行』，可溥喜依舊說『也不行，她是你另一個同父異母的妹妹。千萬別對你娘說』。到頭來兒子忍不住了，哭著對娘講實話。他娘便安慰他『其實你喜歡誰就娶誰，反正你根本不是你爹的親骨肉』。」

幕僚們聽完又是一陣哄笑，笑得前仰後合。

落架的鳳凰不如雞，奕賚和溥喜成了階下囚後，王公大臣們全把他們當作笑料，潑汙水，噴吐沫，越潑越多，越噴越髒。

奕經喝了一口茶，抹抹嘴，講起第三個故事，「奕賚的妹妹抱著一個嬰兒去看病，郎中看了看嬰兒，又看了看她的臉蛋，覺得她秀色可餐，摸了摸她的奶子說，奶水不足，嬰兒營養不佳。他妹妹臉一紅，怒聲罵道『你他媽的也不開口先問一問就摸，我是孩子的小姨』。」

幕僚們各個笑翻了天。

笑聲剛止，文蔚又續了一個，「每年過大年，京城裡都要擺燈會。那年初月十五日，溥喜帶著妻妾逛燈會猜燈謎。其中一個燈謎是，十個男人偷看五個女人洗澡，打一成語。溥喜說『這個簡單，五光十色』。沒想到他的女人不同意，紅著臉道『不對，應當是雙管齊下』。」

這一回，不僅艙裡的幕僚們笑彎了腰，連在艙外當值的旗兵們也咯咯亂笑。

說笑之間，船隊駛過一座丘陵，一裡遠處有一爿黃牆寺廟在松柏之間半隱半現，廟前的旗杆上飄著一幅藍邊白底黑字長幡，上面有依稀可辨的八個大字：

上沐天風，下接地氣。

奕經頭一次到杭州，托著茶杯問道：「那是什麼地方？」

文蔚在浙江當過地方官，熟悉這裡的名勝，「是一座道觀，叫長春觀，很有名氣，香火旺盛，本地百姓經常到那裡求籤問卜。」

奕經對《易經》、《周公解夢》、《推背圖》和生辰八字之類的相術深信不疑，「是嗎？既然路過名剎，不妨訪道求仙，看看剿逆有沒有勝算。」

文蔚哦了一聲，「你有興趣？」

奕經幽幽地說：「世間萬事，一半人事，一半天意。打仗就像莊稼，種莊稼得深耕施肥勤澆水，但不論你流多少汗、出多少力，也得有天意配合，再勤勞的莊稼漢也扛不住大澇大旱，這就是所謂的人算不如天算。可即使天意說你勝算在握，若你不備戰、不練兵，躺在炕上作大夢，也打不了勝仗。走，咱們去求一籤。」

長春觀距離杭州城大約十里，文蔚掏出懷錶，時針正指向申時，「我估計劉韻珂和余步雲已經出城迎候了。」

奕經是天潢貴胄，從來不把地方大員放在眼裡，「讓他們多等會兒。停船！」

船夫用長篙把船撐到岸邊，奕經和文蔚踏著顫悠悠的船板上了岸，六個旗兵不即不離地跟在後面。岸上有一個村莊，繞村有一條鄉道，直通道觀。道口有一道柵牆，幾個鄉勇們背著大刀、提著標槍盤查過往行人。他們見兩個領頂輝煌的高官在一群旗兵的護衛下橐橐而來，不敢盤問，拉開木柵就放行了。

奕經哼了一聲，對文蔚道：「你看，這不是裝模作樣的擺設嗎？要是夷寇海匪穿著本朝官服仗劍而行，大搖大擺進了杭州地面，還不是想去哪兒就去哪兒。劉韻珂和余步雲的這套花拳繡腿，只能防匪防盜防家賊，對付不了英夷。」

文蔚笑道：「大將軍，您這架勢，麒麟補服琥珀朝珠，尚方寶劍龍驤虎步，誰見了不肅然起敬？鄉勇不過是鄉間草芥，哪個人吃了豹子膽敢把您攔下？」他對一個隨行旗兵道：「你先行一步，知會長春觀的道長，就說有大人物造訪，叫他出來迎迓。」

「喳！」

那個旗兵啪的一聲拍響刀鞘，轉身要走，被奕經叫住，「等等！道觀是清靜之地，容不得冷硬兵器。咱們是來抽籤問卜的，帶刀進去會沖好運的。」

旗兵趕緊解下配刀，遞給同伴。

奕經又囑咐：「進了道觀要講究禮貌，別五大三粗地瞎咋呼。」

旗兵再次喳一聲，朝道觀小跑而去。

奕經和文蔚踱著方步朝前走，走到一株參天老樹下，見一群小囡在跳皮筋，一面跳一面嘰嘰喳喳唱童謠：

鎮海營，練兵隊，打鬼子，往後退，踩腳屎，臭妹妹……

英夷攻打鎮海時，浙江守軍一觸即潰，余步雲得以苟活，名聲卻臭了。文蔚有點幸災樂禍，「沒想到余步雲的名聲這麼壞，連三尺小囡也唱童謠譏諷他。」

奕經沒吭聲，繞過一道彎，沿著石版小道拾級而上。

長春觀深藏在枝繁葉茂的樹林裡，樹林與四周的景色融為一體，分外和諧，陣陣微風吹動林木發出沙沙的聲響，像天籟，給人一種幽靜感。

奕經一行走到山門前，只見石刻橫匾上有「道觀觀道」四個鑿鑿大字，刻得周正敦實。再往前走，有一塊石壁，上面有人揮筆寫下一首《點絳唇》，字寫得無拘無束，但很清晰：

來往煙波，此生自號西湖長。輕風小槳，蕩出蘆花港。得意高歌，夜靜聲偏朗。無人賞，自家拍掌，唱徹千山響。

這是一首音調超絕的好詞，不知是誰填的。

文蔚讚道：「這首詞有神仙氣，在孤獨之中尋找快活。」

奕經來了興致，「出仙求道本是天下一大快活事，如果不快活，誰願意出家求仙？」他解下佩劍交給隨行旗兵，叫他們在外面候著，自己與文蔚邁著方步朝山門走去。

長春觀的道長陸鳳麒聽說揚威將軍要來拜神燒香、抽籤問卜，帶著幾個徒弟匆匆出門迎迓。奕經走到石階前，恰逢陸鳳麒出了山門。只見這位道長鶴髮童顏，面目清臒，一尺多長的鬍鬚一白如雪，不含半點兒雜色，身上披了件半舊的八卦道袍，腳下蹬著一雙麻鞋，身板筆直，就像從深山老林裡鑽出來的仙翁。

奕經大為驚異，「請問道長仙壽幾何？」

「貧道九十六歲了。」九十六歲的老人都是曲背弓腰的棘皮老叟，陸道長卻是清爽矍鑠，連說話聲都清越高拔。

奕山吃了一驚，卻不知所謂「九十六」是虛算，長春觀為了營造仙風道骨、敬老崇神的氛圍，編造了一種「長壽」噱頭，普通道士一俟登上道長的尊位，就加倍計算年齡。陸鳳麒五十歲做道長，從該年起一年計兩歲，號稱九十六，實則七十三。

奕經道：「陸道長，您真是一位老神仙！無怪長春觀在您的主持下名聲遠揚。我聽說貴觀的籤子是有靈性的。」

陸鳳麒頷首，「有沒有靈性不由貧道誇口，善男信女才是口碑。」說著，引領奕經二人走進道觀。

從外面看，長春觀不大，裡面卻別有洞天，不僅有老君堂、三清殿、魁星殿、送子娘娘殿和三師殿，還有碑亭、後堂、庫房、廂房、齋堂等，裡面住著三四十個道士。

陸道長引著奕經遊觀了主要殿堂，然後問：「恕貧道多嘴，大將軍求籤問卜，是問家事還是問前程？」

奕經道：「既不問家事，也不問前程，問戰事。」

陸道長哦了一聲，「道是虛無之樂，造化之根，神明之本，天地之元，但世間總免不了紛爭凶吉。大將軍若問家事，請去三清殿，若問戰事，應當去三師殿。」

三師殿供奉張天師。張天師本名張道陵，是「正一道」龍虎宗的創始祖。據說他得到太上老君真傳，獲正一盟威符籙，玉皇大帝封他為天師，賞了一對斬邪雌雄劍、陽平治都功印、平頂冠、八卦衣、方裙朱履等，後經兒子張衡和孫子張魯發揚光大，成了氣候，教徒多達百萬，影響遍及九州。元世祖忽必烈入主中原後，授張天師「正一真人」的尊號，頒賜金印，使正一道發展到了極盛，張天師的地位相當於當朝一品。清廷入主中原後崇佛抑道，乾隆皇帝將「正一真人」的品秩降為五品，但張天師源遠流長，香火依然旺盛。

奕經進了三師殿，只見張天師的泥胎塑像龐眉文額，朱頂綠睛，隆準方頤，目有三角，伏犀貫頂，垂手過膝，手持斬邪雌雄劍，塑像前的牌位上有「祖天師」三個字。兩側的金身塑像稍小，牌位上分別有「嗣師」和「系師」字樣，是張衡和張魯的塑像。

奕經從腰間皮囊裡摸出一顆二兩小銀錠，請了一炷清香，走到神龕前，插入香爐，畢恭畢敬跪在蒲團上，文蔚跪在奕經後面。兩個人雙手合十拜了三拜，口中呢喃發願，懇請張天師護佑清軍揚威海疆，將逆夷掃數肅清。

奕經和文蔚發願完畢後，陸鳳麒拿起小錘，輕敲祭臺旁的銅鐘，悠悠鐘聲繞梁而行，彷彿把奕經的心願送達天庭。

此時，陸鳳麒才捧出籤筒，搖得嘩嘩作響，「請施主大人掣籤。」

奕經虔誠到了極致，將三個手指插入籤筒，屏住呼吸，一支支地摸，彷彿在經歷一個莊重無比的時刻，把戰爭的勝負全都賭在一根竹籤上。他終於捏住一個帶刻槽的籤子，拉出，凝視，上面有一行小字：

不遇虎頭人一喚，全家誰保汝平安？

奕經問道：「請問道長，這話如何解釋？」

陸鳳麒頷首，「幾杵鐘聲敲不破，半山雲影去無蹤。籤上的文字如同道觀裡的鐘聲，是天語。天心可以窺測，可以揣摩，卻無法詳解。與英夷決戰，兵凶戰危，將軍當以平安為上。」

奕經似懂非懂，將竹籤放回籤筒，站起身來。

陸鳳麒恭聲相邀，「杭州的西湖龍井是天下名茶，大將軍若不嫌棄，不妨在後堂稍坐。」

奕經對文蔚道：「既來之則安之，咱們就領受一下道長的盛情。」

陸鳳麒又道：「聽說大將軍是京師裡首屈一指的書家，今日幸遊敝觀，不知能否留下一幅墨寶，以便讓敝觀蓬蓽生輝？」

長春觀的碑亭裡有十幾塊碑，大都出自本地仕宦名流，名頭最大的是前浙江巡撫烏爾恭額題寫的，還不曾有皇侄留下題字。

奕經喜歡附庸風雅，寫得一手好字，但從來沒人捧他是「京師首屈一指的書家」。陸鳳麒的吹捧恰好搔到他的癢處，讓他立刻來了興致，「既然道長有請，本將軍就獻醜了，留一篇『到此一遊』的文字供人笑看。」

待道長安排好紙墨，奕經琢磨片刻便來了文思，提筆寫下兩行字：

小留片刻，便會放鬆意念，

清閒一會，即成造化神仙。

這兩行字寫得豐均厚潤、精氣十足，而且對仗工整，用詞新奇。文蔚讚賞道：「大將軍遣字成軍，吐文成陣，文辭文意爐火純青，真是神來之筆！」

陸道長亦吹捧，「早就聽說大將軍文采、書法了得，果然是大筆如椽，文采粲然哪！」

奕經聽了喜滋滋的，「露軒兄，你是有進士功名的人，文采在我之上。人過留名，雁過留聲，你也留幾個字。」

文蔚的手也有點兒發癢，「我的字比大將軍差了些斤兩，不能同榜相列，但恭敬不如從命，我就獻醜了。」

他拿起毛筆，思忖片刻，寫出一筆鐵線金鉤瘦金書：

暢通上下，
雅集南北。

二個人閒遊道觀神說天下，飲茶品茗，題詞賦詩寫對聯，不亦樂乎，把隨行的船隊和親兵們忘得一乾二淨。

就在這時，一個親兵進了後堂，「啟稟大將軍，川藏來的八百藏兵到了。大金川（今四川省汶川縣）土司阿木穰和嘉絨土司哈克裡求見。」

奕經這才想起朝廷從川陝甘黔等八省徵調一萬兩千援兵馳赴浙江，其中有兩千川軍，四川省匪亂不斷，綠營兵不敷調用，四川總督調了八百藏兵援浙，「他們在哪兒？」

親兵回：「他們沿大運河徒步行走，與船隊會合。兩位土司聽說您和參贊大臣在這兒，遞上四川總督簽署的公函，要求晉見。」

奕經和文蔚這才辭別了陸道長，並肩出了長春觀。走至半道上，奕經仍在回味剛才的題詞，似乎意猶未盡，「露軒兄，你剛才寫的『暢通上下，雅集南北』，我怎麼覺得不對味兒。」

「怎麼不對味兒？」

「『上下暢通』是說吃的東西從口入，從肛門排出，『雅集南北』是說南來北往的過客都到茅廁裡拉屎拉尿。」

文蔚不由得呵呵大笑，差一點笑出眼淚來，「奕中堂，你故意曲解我的題詞。依我看，你的題詞也是異曲同工。」

「如何異曲同工？」

「『小留片刻，便會放鬆意念』就是在茅廁裡蹲一會兒，『清閒一會兒，即成造化神仙』是說屎尿排泄乾淨，渾身上下像神仙一樣舒泰，對吧？」

奕經哈哈大笑，求仙起課的虔誠勁頭霎時蕩然無存，「如此說來，屎尿屁是天地正氣，茅廁是清靜世界。不過話說回來，別看那個陸道長戒律精嚴、有模有樣，說不準他曾經是在翩翩濁世裡混吃混喝的浪蕩公子，現在靠圓夢起課、禳災驅魔矇蔽我們。給他題幾個字，沒貶低他。」

玖 真偽難辨的漢奸

奕經和文蔚出了長春觀，一刻鐘後回到船隊停泊處。

大金川和嘉絨的藏兵披星戴月、風塵僕僕趕到浙江，正好遇上奕經的船隊。他們把刀槍垛成三腳架，行囊放在地上，就地休息。藏兵們身高馬大、皮膚黑紅，頭戴虎皮帽，足踏牛皮靴，腰纏五色帶，屁股後面掛著藏刀和水囊。他們的髮型、裝束、語言、舉止、步態、武器，與八旗兵、綠營兵迥然不同。旗兵們滿心好奇，圍著他們比手畫腳說閒話，因為言語不通，雙方連猜帶矇，不時發出莫名其妙的笑聲。

一個佐領見奕經和文蔚回來了，拖著長音發出口令：「起立——！」

聽到號令後，親兵營和藏兵們全都整隊集合。

佐領帶著阿木穰和哈克裡去見奕經。兩位土司拍了拍身上的浮土，並排朝奕經走去，用生硬的漢話稟報：「大清川藏嘉絨六品土司哈克裡，大金川八角碉屯六品土司阿木穰叩見揚威將軍。」

土司是朝廷給番民首領的世襲官銜，一個土司通常管轄一兩萬番民，比各省知縣的權力小，但朝廷給的品秩和禮遇比較高。

文蔚一眼瞥見哈克裡和阿木穰的虎皮帽子，便拽了拽奕經的袖口，「不遇虎頭人一喚，全家誰保汝平安——兩位土司不就是虎頭人嗎？」

奕經像被電光石火擊中似的，頓時有一種紅光照耀天靈蓋的感覺，臉上綻出菊花般的笑容。他上前一步，親自將兩位土司扶起，「哎呀，二位土司不遠萬里率軍參戰，為我大清海疆效力，本將軍不勝欣喜，快起身。」

奕經先逛道觀，後接見二位土司，劉韻珂等浙江官員已經候得不耐煩了。他們吃罷午飯就來到接官亭，等到太陽偏西也沒見奕經的影子。

大小官員們天天有一堆疲難繁雜的事務要處理，逢年過節也不得清閒。接官亭離杭州城大約五里，附近沒有飯鋪，大年初一天氣較涼，人們又冷又餓，把附近的零擔小吃買得一乾二淨，就著冷風乾啃乾嚼。親兵馬夫、隨員轎夫們更是百無聊賴，為了打發時光，聚在太陽地裡抽旱煙、搓腳板、鬥紙牌、閒扯淡，什麼姿態都有。

劉韻珂派了一個親兵騎馬去打探奕經的船隊到了什麼地方，是不是中途出什麼事故。半個時辰後親兵回來稟報，奕經一行在十里外的長春觀品茗題詞，流連忘返，把迎迓的浙江官員們忘得一乾二淨。

劉韻珂是孔門弟子，視道家學說為胡扯淡，在他看來，訪道求籤、燒香禮佛就是在自己拿不定主意的時候找一個作主的烏有之靈。他聽了稟報，生出一肚皮火氣，當著眾人的面大發牢騷，「揚威將軍不思謀略思鬼神，打起仗來想不敗都不成！既然他相信神仙大法，乾脆讓長春觀的道士們設道場呼風喚雨，念一條嚇退英夷的急急如律令，何必要朝廷調兵遣將？」

余步雲吃了一驚，他不明白劉韻珂為什麼要當眾挖苦權勢熏天的奕經，這話要是傳出去，對劉韻珂一點兒好處都沒有。他好心勸道：「劉大人，這話還是不說的好。」

劉韻珂的滿腔牢騷噴薄而出，「人間事多是二選一，打官司，勝與不勝；考功名，成與不成；祈吉雨，下與不下；求生子，生與不生。偏偏有人看不透，非得去道觀佛寺求籤問卜。那種事本來就有一半如願的可能，但有人就是執迷不悟，白白捐納香火錢，養活了一群百無一用的道士與和尚。我不等了！」

余步雲再次規勸，「劉大人，揚威將軍畢竟是天潢貴胄，咱們都等了這麼久，再等一等又何妨？」

劉韻珂口氣堅決，「我不是梁章鉅，沒錢讓他們在杭州瞎折騰。」

這時余步雲才隱約猜出劉韻珂的心思——他被戰爭的魔影折磨得不堪重負，天天活得提心吊膽，心境敗壞到反常的地步，今日的舉動，是想讓權勢赫赫的揚威將軍參倒他！但是，得罪奕經必須有說得出口的理由，偏巧奕經及其隨員在蘇州盤桓不走，法紀、聲名罔所顧忌，名聲臭不可聞。劉韻珂公開說奕經的壞話，既求罷官，也是求一個不畏權貴的好名聲。

就在這時，一個姓李的師爺前來稟報：「劉大人，寧波來了一個叫陸心蘭的，說有要事見您。」

陸心蘭率領寧波商民開門媚夷名聲遠播，成了清軍通緝名錄上的漢奸，但也是可以策反和利用的人物。今天他居然不請自來！劉韻珂有點意外，「他在哪兒？」

「在巡撫衙門的客廳裡。」

劉韻珂掏出懷錶一看，已是酉時二刻，他決定借機離開，「余大人，等揚威將軍的船隊到時，你代我向他聊表歉意，就說我劉某人公務纏身，先走一步了。」

官場迎迓雖屬虛應場景，也是結交上司增進情感、邀寵祛嫌的場合。余步雲連吃敗仗，受了降級留用的處分，奕經南下，肯定要調查寧波失守的原因，所以他格外小心，生怕一不小心栽進是非的漩渦裡，摔得鼻青臉腫。他與裕謙鬧得勢不兩立，無論如何不想得罪揚威將軍，便對劉韻珂道：「劉大人，一個前來投誠的漢奸，用不著你親自接見，派一個屬官見他即可。」

但劉韻珂去意堅決，轉身出了接官亭，貓腰鑽進綠呢大轎，坐穩身子一跺腳，「起！」八個轎夫抬起大官轎，一搖一晃，揚長而去。

八品九品的微末弁員是奉命捧場的，輪不到他們巴結奕經這樣的大人物。他們在寒風中袖手等了兩個多時辰，早就等得不耐煩，眼看劉韻珂走了，他們更不願傻頭傻腦地湊數應景虛耗時間，不知誰吼了一聲「走」，竟然哄地一下星散而去，迎迓的隊伍頓時少了一大半。

陸心蘭忐忑不安坐在客廳裡等候劉韻珂，他率領寧波商民做了英國鬼子的順民，上了清軍間諜的謀殺名錄。郭士立當上偽知府後，組建一個三百人的勇營，英國人稱之為「波力斯」（Police）。原水火會的頭目梁仁被任命為勇營守備，此人相信西方的白女人將取代大清皇帝，死心塌地為逆夷效力。

余步雲倉促逃離，把全套提督儀仗丟棄在提督衙門裡，梁仁像一隻突然榮耀起來的大公雞一樣趾高氣揚，居然起用余步雲的儀仗。他巡查時騎馬挎刀，手下的勇丁穿黑衣、戴黑帽，舉著兵拳旗槍雁翎刀和兩塊惹人矚目的官銜牌，上面有「大英國巡捕營守備」和「寧波水火會首領」字樣。

余步雲在戰場上打不過英軍，在戰場下卻不閒著。他命令一部分清軍化整為零假扮平民，潛伏在小江橋、濱江廟、鹽倉門、二道頭、五里碑等十幾個地段，伺機伏擊出城採購的小股英軍，甚至潛入寧波城中，暗殺英軍和漢奸，一俟得手就把屍身沉入水底以滅其跡，致使寧波成了暗殺窖，殺得英國鬼子和漢奸們心驚膽顫。

幾天前，幾個刺客在風高月黑之夜奇襲梁宅，把他一家大小五口斬盡殺絕，臨走時留下一封致全體漢奸的警告信，警告他們投誠自首，陸心蘭的大名赫然列在警告信的首位。血淋淋的暗殺活動讓陸心蘭提心吊膽，他本想在亂世裡避禍禳災，保住家財，保住平安，沒想到一步之差，踏上一條危機四伏、血氣充盈的恐怖之路！

劉韻珂進了巡撫衙門，直接去客廳。他剛邁進門檻，陸心蘭就匍匐在地上，額骨觸地，「寧波商會總商陸心蘭叩見巡撫大人。」

劉韻珂一屁股坐在加官椅上，略覺口渴，端起案上的紫砂茶壺，嘴對嘴將裡面的涼茶一飲而盡，咕咕咽下後才命令道：「抬起頭來。」

陸心蘭直起腰身，不敢正視劉韻珂。李師爺見茶壺裡的水喝完了，轉身去水房打開水。

劉韻珂仔細打量陸心蘭，只見他五十餘歲，身體微瘦，穿一件萬字紋府綢長袍，外套一件煙色巴圖魯馬褂，戴一頂嵌玉小帽，腰裡別著一根二尺長的玉石嘴水煙袋，腳穿千層底黑面貢呢布鞋，十足的商人模樣，「陸心蘭，你是來投誠的？」

「陸某是來效忠的。」

劉韻珂把茶杯往桌上一蹾，「來效忠的？浙江乃聲名文物之邦，士庶咸知禮義廉恥。英夷佔領寧波後，你不僅不助軍守城，還率領全城紳商迎候逆夷，有這事吧？」

陸心蘭微微一凜，辯白道：「大人誤會了。英夷犯順以來，在下及寧波紳商解囊助餉，累計不下四萬兩，其中本人捐資即達兩千餘兩。英夷兵臨城下，官軍不戰而走，將全城百姓的家財性命拋給虎狼逆旅，商民們驚惶萬狀，賊盜伺機而起。倉促之下，在下假作姿態俯順夷情，實在是萬不得已。在下的本意是要保護民命和民財，但心裡是忠於大清的。」

劉韻珂採用恫嚇、誘引、勸說、威逼等手段要寧波城裡的漢奸們歸順大清，可謂費盡心機，今天終於有首領人物前來投誠。他思索片刻，認定陸心蘭是可以利用的人，放緩了語氣，「平身。」並指了指旁邊的杌子。

陸心蘭撐著膝蓋站起來，斜簽著身子坐了半個屁股。在劉韻珂的詢問下，他仔細講述寧波城裡的情勢。不少市井小民盲信謠諑，以為大清即將壽終正寢，委曲求全地屈從於逆夷。夷酋郭富宣佈，只要當地商民繳納一百萬元贖城費，英軍就退出寧波。商民們這才恍然大悟，所謂「西方白女人將取代滿洲皇帝」的說法全是捕風捉影的臆測，英軍是敲詐勒索的過境寇仇，既沒有久居之意，也沒有取代滿洲皇帝的想法。

郭士立被任命為偽寧波知府後，陸心蘭奉命召集全城商人商議集資百萬贖買寧波等事宜，但是商人們財力不逮，想法不一，顧慮重重，致使集資贖城無法施行。

不久，英逆改變方式，在水陸要津設立稅卡，對過往商品徵收什一稅。每個稅卡派駐十幾個「波力斯」。寧波商民才漸漸明白，羊毛出在羊身上，這些稅費最終得由全體市民承擔。什一稅是西方稅種，大清從來沒有征過這種稅，商民們義憤填膺，罵聲不絕，但在槍炮之下，沒人敢公開對抗。

李師爺從開水房提來大銅壺，給劉韻珂換了茶葉續了水。待茶水稍涼，劉韻珂又飲了一口，「誰負責設卡徵稅？」
「是在下。」
「征了多少？」
「征了二十七萬兩，合四十萬外國銀圓。」
「存在何處？」
「存在寧波商會的銀庫裡。」
「你準備交給逆夷嗎？」
「不，準備交給本朝官府，但苦於沒有合適的途徑。光天化日之下把二十七萬兩實銀運出寧波非常危險。」
劉韻珂繞過這個話題，「寧波駐有多少夷兵？」
「城裡駐有七百多夷兵，城外三江口泊有兩條夷船，總計千餘人。此外，還有火輪船經常往來於寧波、鎮海和舟山。」
陸心蘭講述的情況與間諜的稟報相差無幾，甚至更詳細。劉韻珂道：「如此看來，你確實是來效忠的。本朝官軍收復寧波是遲早的事，你既然誤入歧途，就應當盡快懸崖勒馬，不要越走越遠。」

「在下願意為朝廷收復寧波盡綿薄之力。」

「你願意效忠朝廷，本官對你的過失可以網開一面，不予追究。你如能定期將逆夷的動向稟報給官軍，助官軍收復寧波，本官還會酌加獎賞。」

一番詢問後，劉韻珂起身送客，陸心蘭一鞠三躬，誠惶誠恐地告辭了。

待他出了儀門，李師爺才對劉韻珂道：「劉大人，您對漢奸未免太客氣了。」

劉韻珂哼了一聲，冷森森道：「本官讀萬卷書，行萬里路，閱人無數，從他的言談舉止即可看出，此人是個見風使舵、阿世自保的不忠不義之徒。他來效忠，無非是想腳踏兩隻船，只怕他哪條船也踏不住，掉進汙水坑裡洗刷不清！」

拾 五虎殺羊之戰

奕經出京南行，走到任何地方都有人笑臉相迎、笑臉相送，好吃好喝好侍承，唯獨劉韻珂的臉蛋像個冷屁股。他不僅提前離開接官亭，還叫下屬在接風宴上只安排四菜一湯，宴會未完，他就藉故打個花胡哨溜了。

他把大將軍行轅安排在興文書院，只有二十多間房子，一百多幕僚擠在裡面就像擠進車馬大店，更遑論辦公。劉韻珂還以房屋難覓為由，把奕經的親兵營安排在春里坊。春里坊與興文書院隔著兩條街，親兵營起不到就近護衛的作用。

劉韻珂的品秩比奕經低，卻不是他的屬官，只聽命於皇上。奕經雖然位尊，但不是萬乘之君，不能想撤誰就撤誰。此外，一萬兩千外省客軍的吃喝住行和採購運輸全都有賴於地方官的協助，劉韻珂是一省的主人翁，要是鬧起生分來，對誰都沒有好處。奕經忍氣吞聲住了三天就離開杭州，把大將軍行轅遷到上虞縣，暗暗打定主意，非得找個機會給劉韻珂一雙小鞋穿不可！

劉韻珂不拍馬屁不等於別人不拍。上虞縣的知縣劉廣湄聽說奕經喜歡附庸風雅和遊觀古蹟，有閱盡天下名勝美景的渴望，主動投其所好，騰出曹娥廟給他當行轅。曹娥廟是浙江名剎，經歷了八個王朝、一千七百年光陰，依然風光無限。

曹娥本是漢朝的一個普通女子，因為捨身救父被傳為美談，為了表彰她的孝行，當時的上虞縣令於元嘉元年（一五一年）為她建廟刻碑。接著，漢朝名臣蔡邕為她題寫「黃絹幼婦，外孫齏臼」八個大字，書聖王羲之為她寫了一篇墓誌銘。而後，皇帝下令將她的事蹟載入《後漢書》。一部堂堂正正的官史，加上兩個名傳千古的書家，把一個民間凡女褒揚到不同凡響的地步。

到了宋朝，宋徽宗先追封她為靈孝夫人，再追封為昭順夫人；宋理宗追封她為純懿夫人，元朝皇帝妥懽帖睦爾封她為慧感夫人。兩代王朝三個皇帝四次追封，這座原本普通的民間小廟隨之擴建成無與倫比的江南大寺，廟裡的照壁、御碑亭、山門、土谷祠、東嶽殿、閻王殿、戲臺、正殿、曹府和君祠等一應俱全，足以安排下奕經的全套人馬。

曹娥廟距離寧波僅一百四十多里，為了防備英夷突襲，奕經不僅把親兵營佈置在附近，還把一千河南兵和二百山西抬槍兵安排在方圓三里之內，致使揚威將軍行轅的周邊三步一哨，五步一崗，警備森嚴。

奕經抵達浙江後，一萬兩千外省援軍全部到位，二百萬兩兵費全部下發。奕經再也沒有理由遷延觀望，終於決定發動一場大反攻。

這一天，各路將領奉命來曹娥廟開會。寺廟門口停著十幾抬官轎、上百匹戰馬，二百多隨行護衛的兵丁們聚在廟前的大樹下，嘰嘰咕咕閒嗑牙瞎扯淡。

一個綠營兵發牢騷，「嘿，真邪乎！裡三層外三層戒備森嚴，我們大老遠跑來開會，被巡邏的哨兵盤問得底朝天，好像我們是英夷派來的奸宄。」

一個左眼皮有疤痕的兵丁道：「聽口音，你是貴州人吧？」

「是。」

「跟段總兵來的？」

「是跟他來的。」

段永福曾經跟隨楊芳去新疆平叛，奕經在新疆參加過剿滅玉素甫父子叛亂的戰爭，那時他就認識段永福。他奉旨出征，立即想起段永福，指名道姓要他來浙江參戰。

疤痕眼道：「英夷雇了好幾百漢奸，兵馬未到，奸細先行。他們無孔不入，不論是巡撫衙門還是大將軍行轅，不論是杭州府衙還是上虞縣衙，只要官憲們議論過的事兒，他們都能打聽出來。」

「喲，你怎麼知道？」

疤痕眼是揚威將軍的親兵，透出無所不知的派頭，他的話音高亢，在嗡嗡的人聲中載沉載浮，「抓了好幾個奸細，大刑一侍候，什麼都招了。」
另一個河南兵插話：「老兄，聽說藏兵和鄉勇們鬧紛爭，死了人，是嗎？」
疤痕眼點頭，「是，那是幾天前的事兒。」
「怎麼回事兒？」
「藏兵奉命駐紮在曹娥江畔，阿木穰土司派了一小隊藏兵沿江巡邏，進了八角村。當地鄉勇見藏兵奇裝異服、言語侏離，腰牌上的字跡疑似夷文，以為他們就是英夷，糾集了幾百號人把藏兵的巡邏隊四面包圍，一頓暴打，打死三人，抓了七人，押往大將軍行轅請功邀賞。阿木穰聞訊後合營鼓噪，差點兒鬧出兵變來。」
「這不是大水沖了龍王廟，自家人不認自家人嗎？」
「奕大將軍費了不少唇舌，補償阿木穰土司和藏兵滿滿一箱銀子，才把事情擺平。」
曹娥廟的正殿裡正在會議，西牆上掛著一幅五尺見方的《浙江堪輿圖》，上面用紅線和綠線勾勒出大大小小的圓圈和線路。奕經和文蔚坐在中央，慈溪知縣王武增、余姚知縣林朝聘等文官坐在左側，余步雲、段永福和金華協副將朱貴等武官坐在右側。
奕經站在堪輿圖旁，語氣莊嚴，「朝廷命令我來浙江統兵，懲創英夷，本將軍不惜肝腦塗地為朝廷效力，諸位將領也應當勉力殺敵，揚國威，膺懋賞，寒賊膽，杜後患！本將軍與參贊大臣文蔚大人反覆斟酌，四易文稿，制定了一個兵分三路的策略，同時攻打寧波、鎮海和舟山，浙江反擊戰的大幕就此拉開。昨天，本將軍與文蔚大人一起沐浴焚香，依照《易經》打了一卦，得到的卦辭是『壬年壬月壬日壬時五虎殺羊』。文參贊是精研《易經》的行家裡手，這句卦辭的含義由文蔚大人給大家譬講。」奕經的話音厚重，這種聲音應當出自一個穩重而有城府的人，與他那張囧字臉很不搭配。

文蔚對《易經》、吉利數字和神簽靈性深信不疑，他站起身來道：「壬年壬月壬日壬時就是道光二十二年正月二十九日四更（一八四二年三月十日凌晨三至五點），民間的叫法是虎年虎月虎日虎時。所謂五虎，就是與虎有緣的五位領隊文武官員。貴州安義鎮總兵段永福是乾隆四十七年生人，恰逢虎年，是為一虎；河南朱仙鎮撫標遊擊劉天寶是乾隆五十九年生人，屬虎，是為二虎；慈溪知縣王武增籍貫山西省汾陽縣白虎嶺虎尾村，是為三虎；大金川土司阿木穰，嘉絨土司哈克裡率領的藏兵以虎皮為冠，軍威如虎，是為四虎和五虎。所謂『羊』，即指性同犬羊的英夷。天命昭然，有此五虎在，我軍勝券在握！」

這是一通牽強附會的煌煌大論，但《易經》是欽定的四書五經之一，講述的是觀天窺運的大道至理，不僅科場出身的士子們奉為圭臬，武官們同樣深信不疑，遇到難以抉擇的事情經常打卦問卜。

奕經清了清嗓子，「這是一場五虎殺羊之戰！為了反攻，皇上親自從蘇、皖、贛、豫、鄂、川、陝、甘八省提調一萬兩千客軍，我又請旨從外省調入二萬義勇，連同本省的一萬五千綠營兵和三萬六千多鄉勇，總數超過八萬，不亞於當年征討張格爾的兵額，嘉慶和道光兩朝很少集結如此雄厚之力於一役。我已經派出十七隊間諜一百多人潛入寧波，十一隊間諜六十餘人潛入鎮海，他們將裡應外合，舉火為號，策應你們攻城。現在，本將軍宣佈命令。安義鎮總兵段永福！」

「有！」段永福腰板一挺，站起身來。

奕經抽出一支令箭，「你全面負責攻打寧波事宜。」

「遵命！」

「金華協副將朱貴！」

「有！」

「你全面負責攻打鎮海！」

「遵命！」

「水師都司鄭鼎臣！」

「有！」

「你全面負責攻打舟山！」

「遵命！」

鄭鼎臣是鄭國鴻的兒子，原任批驗所大使，是分管稅收的九品文官。鄭國鴻在舟山陣亡後，鄭鼎臣主動請纓為父報仇，在崇明、川沙和舟山招募了五千水勇，督造和租用了一百二十條海船，充分顯示出辦事的才幹。偏巧八省援軍全是旱鴨子，沒有一個將領懂海戰。奕經不拘一格，破例授予鄭鼎臣四品武官頂戴，命令他擔任海戰先鋒。

奕經把手中的小竹竿點在輿圖上，「根據諜報，寧波的英國步兵只有七百餘人，三江口有二條兵船，船上有三百多水兵，總兵力千人左右。段永福，你親自率領九百貴州兵、七百四川壯勇，繞行奉化縣，攻打寧波城永封門。」

「遵命！」

「河南撫標遊擊黃泰！」

「有！」

「你率領六百河南兵和二百壯勇組成第二路，經余姚進駐大隱山，繞行鄞縣，與先期潛入寧波的間諜聯絡，內外配合，從南面攻打長春門！」

「遵命！」

「大金川吐司阿木穰！」

「有！」

「你率領三百藏兵和一百名四川壯勇，走龍頭場、雁門嶺和蟹浦，從西面攻打望京門。寧波東面有英夷的兵船，兵船如同水上堡壘，不易克服。本將軍不逼垂死之敵，留出東門做開不攻，逼迫敵人從那裡逃遁，沿大浹江退入大海。」

「遵命！」

「余步雲！」

「有！」余步雲站起身來。

奕經道：「本次作戰雖然用客軍擔任主攻，但是，浙江軍隊必須與外省客軍同仇敵愾，共建膚功。」他指著輿圖，「梅墟位於鎮海和寧波之間，你率領兩千浙江兵進駐梅墟，作預備隊，段永福一俟得手，你立即分兵一千助攻寧波；朱貴一俟得手，你立即分兵一千助攻鎮海。如果英夷從城中逃出，你負有截殺逃敵之責！」

「遵命！」余步雲接了令箭，坐下來。他知道，奕經大大低估了英軍的戰鬥力，但他已經心灰意冷，不願多嘴多舌，以必死之心做不死之事，盡力而為而已。

「余姚知縣林朝聘！」

「有！」一個文官站起身來。

奕經問：「你們的火船夫役準備得怎樣？」

林朝聘語氣莊嚴，「回大將軍話，本縣調集的二百一十二條民船和兩千二百夫役全部到位。各船編竹如屏，配齊了皮牌，每面皮牌蒙牛皮兩層，可以抵禦敵炮，只等號令一響，連檣出發。」

「慈溪知縣王武增！」

「有！」

「你準備得如何？」

王武增答：「回稟大將軍，本縣雇勇二千零六十人，民船二百二十三條，船上載滿了桐油硝磺，只等大將軍命令一下，即可五船一排，齊頭並進，將寧波城外的夷船付之一炬。」

奕經囑咐：「等段永福、黃泰和阿木穰得手後，英逆勢必從東門逃竄，你和林朝聘分別率領余姚、慈溪兩縣義勇和船戶奮力兜擊，火燒夷船。四百多條火船足以把兩條夷船燒成灰燼，你們要盡量把逃逸之敵殲滅在大浹江上。還有，打仗要打聰明仗，別打呆仗，遇到難處要用心想，別用腳後跟想。」

「明白。」

余步雲微蹙眉頭，不言不語。他比誰都明白，奕經的部署是一廂情願。招寶山和金雞山堅石巨壘，炮臺延綿，擋不住英軍的艦炮快槍和開花彈，蒙了雙層牛皮的皮牌如何禁得起敵炮的轟擊？林朝聘文人帶兵，用弓矢抬槍、皮牌編竹對抗英夷的鐵艦鋼槍，無異於螳螂舞刀，揎臂當車；王武增的二百多條民船就像二百多顆雞蛋，撞到鐵甲船上只會粉身碎骨。

但是，他如今是個過了氣的人物，一連串的敗衄讓他的光環消退殆盡，虛名風流雲散，猶如被榨乾了汁水的柿子，再也無能為力。他自知隨時可能被朝廷鎖拿問罪，在臨戰之際吹冷風、呵寒氣、說洩氣話，無異於以身試法。故而，他打定主意明哲保身，緘口不語，不論受多大委屈，也要忍辱吞聲。

「朱仙鎮撫標遊擊劉天寶！」

「有！」五虎之一劉天寶應聲起身。

奕經道：「根據諜報，英夷在鎮海部署了六百守兵，在大浹江口部署了三條兵船。你率領五百河南壯勇和八百陝甘精兵，外加哈克裡土司的三百藏兵開赴長溪嶺，與城內間諜聯絡，力爭一鼓作氣克復鎮海。藏兵是虎賁之師，但他們不識漢字、不懂漢語，你給他們多配備幾個嚮導。」

「遵命！」

「鄭鼎臣、記名總兵鄭宗凱、即升參將池建功！」

「有！」三個軍官站起身來。

奕經問：「鄭鼎臣，你募集的水勇到齊了嗎？」

「齊了！我已經命令他們由乍浦起航，分批開赴岱山島和大榭島，就近潛伏。」

「你準備什麼時候動手？」

「跨海襲擊英夷必須等候風向和潮汐，在下說不準什麼時候動手，一俟風向和海潮有利，我就向盤踞定海的逆夷發起攻擊。」

奕經點了點頭，「攻打定海的日期由你相機而定，本將軍全權委託於你。」接著轉臉對鄭宗凱和池建功道：「你們二位的職銜在鄭鼎臣之上，卻是陸營出身，不識水戰。此番率領水勇出洋作戰，你們不要計較官職和資歷的高下，暫時聽命於鄭鼎臣！大功告成後，與鄭鼎臣共膺懋賞。」

「遵命！」

奕經開始講軍紀，「本次戰役事關重大，但凡有立功的，本將軍不論是客軍還是浙軍，一律重賞，此前的敗績一筆勾銷。但凡有畏葸不前，遇敵即潰的，絕不寬待。現在，本將軍宣佈處罰條例——聞鼓不進，聞金不止，旗舉不起，旗按不伏者，斬！調用之際，結舌不應，低眉俯首，面有難色者，斬！出越行伍，瞻前顧後，言語喧譁，不遵禁令者，斬！託傷詐病，以避征伐，捏傷假死，尋機逃避者，斬！主掌錢糧，給賞之時，阿私所親，使士卒結怨者，斬！各路將領，聽明白了？」

「明白！」

看著奕經胸有成竹的模樣，余步雲的臉色荒涼得像寸草不生的鹽鹼地。他帶了一生的兵，深知弱兵不能與強敵硬拚。三路出擊五虎殺羊的部署乍看思路綿密，實際上全然不著邊際，因為奕經腦子裡裝的全是步兵和馬兵的速度，師船和哨船的運力，刀矛和弓箭的效力，對英軍的雷爆槍、開花彈、鐵甲船卻是一無所知，甚至沒有見過英國人長什麼模樣。這次反擊戰是驅鼠攻貓、群羊鬥虎之戰，只會讓數千弁兵粉身碎骨。

英軍佔領寧波後，余步雲並非毫無作為，他採取了敵進我退、敵駐我擾的遊擊戰法，讓弁兵們化裝成村夫商販，襲擊和暗殺零散的英軍採購人員，五個月來，總計謀殺了四十多名英軍，抓獲了十多名夷俘。但是，這種蘑菇戰法只能傷及逆夷的皮肉，不為朝廷所接受。

英軍進駐寧波就像蛇入鼠穴——蛇神經緊張，鼠提心吊膽，雙方全都活得不輕鬆。郭士立組建了一支三百人的巡捕營，由他們負責日常治安，在水陸要津設卡徵稅，還擔當刺探敵情的任務。但是，這些「波力斯」們魚目混珠，是一支十分可疑的隊伍。

幾天前郭富因事去舟山，要蒙泰留守寧波。這天下午，偽寧波知府郭士立找上門來，告訴他清軍將在夜晚攻打寧波。

蒙泰將信將疑，「郭士立牧師，你不是在講狼來了的故事吧？」

郭士立認真道：「這兩天，安分守己的商戶們突然騷動起來，幾千人出城離去，這是一個危險的警號！」

蒙泰依舊半信半疑，「你有把握嗎？」

郭士立不敢把話說死，「有九成把握。」他雇用的中國間諜魚龍混雜，既有流氓無賴，也有掙錢養家的普通百姓，還有混入其中的清軍密探，提供的情報真假難辨。他們屢次稟報清軍將在某月某日攻打寧波，英軍每次都聞風而動，戒備森嚴，但每次都是空穴來風。

儘管蒙泰疑慮重重，還是下了加強警戒的命令，要求各連在天黑後增設哨兵，軍官查夜由兩次增加到三次。但是，大部分軍官被「狼來了」的故事折磨得麻木不堪，只有分守西城牆的軍官信以為真，把巡夜哨兵從十二人增加到十七人。

日落後寧波開始宵禁，閒雜人等不得在街上行走，要不是有巡夜更夫擊打梆子，整座城池安靜得像一個熟睡的老人。英軍剛入駐寧波時很不習慣梆子聲，想取締，但是當地居民不同意，更夫制在中國城鎮有幾百年的歷史，居民們從出生之日起就在梆子聲中睡眠，沒有它，人們就沒有安全感，惶惶然無法入睡。英軍只好入境隨俗，接受了更夫制和梆子聲。

半夜十二點，城東傳來一聲炮響，像悶雷。蒙泰霍然驚醒，他坐起身來，抓起手槍側耳聆聽。遠處傳來狺狺的狗叫，由遠及近，連成一片。他衝出門外，只見滿天星斗，不一會兒，狗叫聲漸漸稀落，由近及遠。蒙泰對夜半炮聲習以為常，從一夜三驚變得處之淡然。

「該死的！」他咒罵一聲，返回房裡繼續睡覺。

凌晨四點，一個黑影朝望京門城樓走去，英軍哨兵立即警覺，拉動槍栓喝止：「Who? Stop!」（誰？站住！）

黑影用生硬的英語答道：「波力斯（Police）。」

哨兵以為是更夫，更夫受郭士立管轄，學了幾十句常用英語。但英軍嚴禁更夫登城，只許他們在城下巡邏。

哨兵再次喝道：「Stop!」

黑影置之不理，繼續朝上走。

哨兵發出第三次警告，「Hold up!」

見黑影沒有停步，哨兵果斷開槍，黑影應聲倒在城牆上，城外立即響起一片槍聲和吶喊聲。城外的清軍聞聲警動，立即開始攻城！

一百多清兵衝到城牆腳下，用錘子把拇指粗的大鐵釘夯入磚縫，踩著釘子向上攀登。幸虧英軍在西城牆上增加了哨兵，他們不斷射擊，延阻清軍的進攻，贏得了時間。

但南城牆沒有增派哨兵，十個哨兵守不住四里長的城牆，等蒙泰率領一個步兵連趕來增援時，城牆已經失守，大隊清軍從水城門攻入城中。英軍哨兵被迫退到城下，依託石坊和短牆開槍射擊。清軍則用火槍和弓箭還擊，街衢路口的槍聲像爆豆一樣又密又急。

三個月前，英軍全部更換成雷爆槍，這種槍不僅能在雨天使用，更換子彈的速度也大大提高，故而，一個英軍步兵連足以抵抗數百清軍。兩軍黑燈瞎火盲打盲戰，不過英軍在城中駐紮了五個月，對街巷、寺廟、石坊、橋樑非常熟稔，反客為主。清軍全是外省客軍，對城裡的街巷兩眼迷濛，像在迷宮裡作戰，徒然死傷了上百個弟兄，進攻勢頭受到遏制。經過半小時激戰，英軍擊退清軍，奪回了水城門。

阿木穰率領三百藏兵和一百四川壯勇從西門攻入寧波，沿著街衢摸黑進行，直接衝向知府衙門，那裡是英軍的兵營。蒙泰迅速把兩位推輪野火炮和三十多個士兵調到菜市口。菜市口與知府衙門只隔一條馬路，炮兵們向炮膛填入兩顆葡萄彈，士兵們排成兩列，舉起雷爆槍。

藏兵對英軍的武器一無所知，舞動藏刀奮勇向前。街道只有三丈寬，兩側是壁立的房屋，藏兵們像在峽谷中密集衝鋒，當兩軍間距只有五十多步時，蒙泰急吼一聲：「開炮！」

砰砰的兩聲爆響，兩顆葡萄彈衝出炮膛，迸裂出幾百顆鐵丸子。跑在前面的藏兵全被炸倒，三十多個英國兵開槍齊射，二三十個藏兵相繼中彈，發出淒厲的慘叫。

馬路上黑黢黢的，藏兵們什麼都看不清，完全被打懵了，急急惶惶向後退，但後面的藏兵不知前面出了什麼事，依然向前衝，二三百人擠在狹窄的馬路上，進不得也退不得。

英軍迅速填入炮子，再射兩顆葡萄彈。藏兵們像絕死的藏獒一樣，發出撕心扯肺的怪叫，悽愴而瘆人。待英軍再打一陣排槍，經過這兩番炮擊和兩輪齊射後，無知無畏的藏兵和川勇們全被射殺在地上。

半小時後，東方現出魚肚白。借助微弱的晨光，蒙泰發現菜市口成了屠宰場，三十多米長的馬路上躺著三百多具血肉模糊的屍體，許多屍體摞在一起，竟有半人高！死者的裝束、髮型和武器與清軍的迥然不同，有些人還活著，在痛苦地呻吟扭動。

北路清軍受阻於英軍兵船，南路清軍飲恨於城牆腳下，阿木穰的藏兵全軍覆沒，清軍的進攻徹底瓦解了。

天大亮後，英軍打開城門衝到城外，在「西索提斯號」火輪船和「摩底士底」護衛艦的配合下沿江追擊。余姚縣和慈溪縣準備的幾百條火船擁塞在河道裡，船上的竹屏和雙層皮牌像玩具一樣，被炸得粉身碎骨，幾千壯勇初次上陣就被打得暈頭轉向，節節敗退，就像被兇狠獵手追殺的兔子。

在同一時間，朱貴對鎮海縣發起攻擊，但連城門都沒有攻破就被英軍擊潰。由於潮汐和風向不對，鄭鼎臣沒有採取任何行動。

五虎殺羊之戰像受潮的煙花，剛點燃就哧的一聲滅了，只留下一股刺鼻的硝煙味兒[6]。

在兩軍摸黑盲戰時，陸心蘭一直躲在盛德堂大藥房的地下銀庫裡。他為清軍提供情報，安排內線打開城門，但親眼看見清軍潰不成軍。天亮後，他目睹了菜市口屍積如山、血流成河的慘狀，不由得毛骨悚然。他盼望著清軍夜襲成功，沒想到他們被英軍打得丟盔棄甲。

他本是大清的順民，陰差陽錯當了大英的順民，此時此刻突然發現自己走到人生的三岔

6　作者未查到清朝官方的傷亡數字。據一八四二年英文版《國家情報彙編》（《Bulletins of State Intelligence》，P.578）記載，在寧波之戰中，英軍無人陣亡，五人受傷，俘虜清軍三十九人，估計清軍傷亡在五百至六百之間。

口。英軍回來後，肯定要追查誰策反了巡捕營，誰為清軍打開城門，他無法置身事外。

他決定立即逃走，帶上一個背包和兩張銀票，在一個夥計的陪伴下來到靈橋門，守門的「波力斯」認得他，放他出去了。他知道自己大節有虧，犯下明珠暗投的大錯，即使有心贖罪，官府也不會信任他，甚至把失敗歸咎於他，成為有口難辯的替罪羊，如今不得不像喪家之犬似的拋家捨業。

三江口的拐彎處有一條烏篷船，那是他事先安排好的。他滿心酸楚地上了船，心口怦怦亂跳。船夫解開繩索，輕輕蕩起船槳，朝奉化江划去。

陸心蘭依依不捨地回望著靈橋門和寧波城。戰爭毀去他的家業和名聲，從此以後，自己不得不隱姓埋名，藏匿在誰也找不到的地方了。

拾壹　十大焦慮

奕經發動反擊戰後，局勢不僅沒有好轉，反而嚴重惡化。一連七八天，劉韻珂聽到的全是壞消息：攻入寧波的藏兵被悉數消滅，段永福的主力被擋在高牆之外。英軍出城追擊，追得清軍狼奔豕突。金華協副將朱貴率兵攻打鎮海，但天黑路歧走錯了方向，沒有按時趕到城下，致使第一路攻城清軍陷入孤軍作戰的苦境，被迫撤離。英軍揮師北上，駐守梅墟的余步雲不戰而退，英軍一路尾追，一直追到慈溪，向大寶山兵營發起攻擊，清軍苦戰受挫，副將朱貴飲彈身亡。參贊大臣文蔚駐紮在長溪嶺大營，整座營盤被英軍踹翻。

奕經和文蔚精心策劃的五虎殺羊之戰在幾天之內就土崩瓦解了，羊沒有殺到，自己反而痛挨一刀。奕經紙上用兵，在虛幻的天地裡指揮千軍萬馬，昏庸得自以為所向披靡，結果卻一敗塗地。

壞消息一個接一個傳到杭州，搞得全城軍民悚然不寧，居民開始成群結隊逃離危城。在城樓上值夜的哨兵們高度緊張，稍有風吹草動就敲鐘示警，敲得全城兵民一懼一駭、一乍一驚。

一連三個晚上，夜半警鐘攪得劉韻珂無法入眠，他心急火燎、面目灰青，眼睛熬得又紅又腫，就像在麵團上扎了兩個窟窿。

吃罷早飯，他剛到花廳，李師爺就送來兩只大信套。劉韻珂剪開第一只，取出吏部發來的公文。公文說，奕經從杭州炮局調用了三十二位新炮，這批炮品質低劣，驗炮時自爆兩位，炸傷一個軍官、兩個炮兵，吏部決定給劉韻珂降一級留用的處分，另外，三十二位鐵炮造價總額一萬二千二百兩銀子，由劉韻珂和監造官照價賠償。

劉韻珂看得勃然大怒，一股怒氣衝上腦際，罵了一聲：「賊娘的！」他對李師爺吼道：「你立即去炮局，叫龔振麟馬上來見我！」

李師爺見他臉色不對，巴不得趕緊離開，喳了一聲，扭身離開花廳。

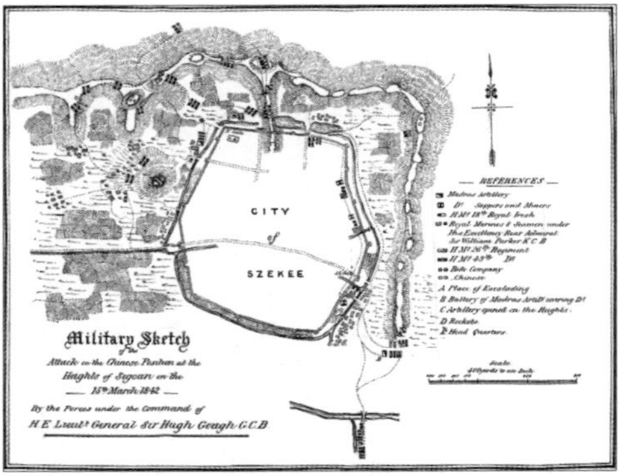

慈溪之戰示意圖。取自 H. M. Vibar 撰寫的《馬德拉斯工程兵和先鋒隊的軍史》（《The Military History of the Madras Engineers and Pioneers, from 1743 up to the Present Time》, 1883, Volume II, P. 162）。一八四二年三月十五日，英軍攻佔慈溪，旋即退出。

劉韻珂原本性情溫和，由於戰局不順，精神壓力過大，脾氣變得飄忽不定，說不準什麼時候就發一通邪火，弄得屬官和胥吏們戰戰兢兢。

他剪開第二只信套，是漕運總督發來的諮文，說揚威將軍以為浙江是富得流油的天下糧倉，到處可以籌措軍糧，故而在大軍出動前，叫各路兵馬只帶兩天乾糧。外省客兵不瞭解實情，依命行進。

安徽兵走到紹興吃完了糧食，當地縣衙沒有及時供應，兵痞們大發邪威，強搶糧倉；河南兵開到四明山斷了糧，饑不擇食，攔下幾條漕船硬搶，可漕丁們不給，雙方大動干戈。漕丁人少，被河南兵丁暴打一頓，氣得一狀告到漕運總督衙門。外省客軍統統歸奕經管轄，漕運總督不敢得罪奕經，要求劉韻珂嚴懲肇事者。

劉韻珂的臉色像黑鐵似的陰沉下來，把信套朝條案上啪地一拍，端起昨夜的剩茶，仰起脖子漱了漱口，噗的一口噴到青磚地上，惡狠狠罵了一句：「遭天殺的！簡直是土匪！」

揚威將軍出京後，手下的幕僚和親兵吃喝玩樂、勒索無度、聲名狼藉。他們到達杭州後，劉韻珂板起一副冷面孔，惹得大將軍行轅的幕僚和親兵們罵聲不斷。奕經心性促狹，以火炮炸膛為由參了劉韻珂一本，授意吏部給劉韻珂一個處分。

半個時辰後，龔振麟走進花廳，還沒行禮，劉韻珂就陰著臉把吏部的大信套甩給他，「讀一讀，看看你闖了什麼禍！」劈頭蓋臉就是冷森森的訓斥。

龔振麟見他一臉慍色，沒敢言聲，悶頭讀公文。

劉韻珂不待他讀完，怒聲道：「龔大炮，吏部的公函寫得明白，一萬二千二百兩賠付款由監造官與本官分攤。你認賠一個數目，剩餘的我墊。」

龔振麟一臉苦相，「我的年俸只有九十六兩，上有父母，下有妻小，沒什麼餘額，您就是把我的家抄了也搜刮不出一百兩銀子。再說，這事怨我嗎？我造的炮都是響噹噹的硬傢伙，絕不會造二等貨。揚威將軍一到杭州就要從炮局裡調出三十二位新炮，當時炮局裡只有十二位新炮，卑職只好把庫房裡的舊炮翻揀出來。那兩位瞎炮不是我監造的，是前任委員監造的。再說，要賠付也不能全賠，只能賠兩位壞炮。依我看，這是揚威將軍存心找碴兒，給咱們浙江官員小鞋穿。」

他還沒說完，守護錢塘門的兵目進來，打千稟報道：「啟稟劉大人，揚威將軍率兵渡過錢塘江，要進城。」

「他帶了多少人馬？」

「有七八百人，既有京營的八旗兵，也有河南和山西的潰兵。」

各省派來的義勇都是臨時招募的無業遊民，混雜了不少惹事生非的無賴，他們一俟刀槍在手，經常以武犯禁。浙江反擊戰失敗後，各路潰兵紛紛湧向杭州，要吃的、要住的，騷擾百姓的事端接連不斷。劉韻珂一怒之下，命令杭州城的所有城門拉起吊橋，沒有他的命令，任何人不得放外省客軍入城。

聽了稟報，劉韻珂的臉色唰地暗下來，嘴角浮出一絲冷笑，「外省的散兵潰勇臭名昭彰，禍害猛於虎，不讓他們進！」

「遵命！」兵目雙腳一磕，準備退出去。

「且慢！」余步雲突然進來。他是昨天退入杭州的，在門外聽見劉韻珂的命令，擔心對方闖禍，「劉大人，這不妥吧？」

劉韻珂指著信套，一股惡氣脫口而出，「奕經向朝廷告我的刁狀，難道妥當？你看看！」

余步雲匆匆瀏覽了吏部的公文，好言勸道：「奕大將軍畢竟是皇室宗親，不宜得罪的。」

劉韻珂咬牙切齒地說：「皇室宗親打了敗仗照樣有罪！」

余步雲與劉韻珂搭夥計一年多，不願讓一樁爭鬧氣的小事引發一場官場巨瀾，「這種冤家宜解不宜結呀。」

劉韻珂思忖片刻，稍稍鬆了口，「也好，放他一馬，但只許他一人進城，八旗兵和散兵潰勇不得進來。」

這是一道奇怪的命令，奇怪得難以理解。余步雲覺得劉韻珂變了，變得焦躁、乖悖、過敏、無理。

奕經從曹娥廟一路潰逃，走了兩天一夜，又累又乏、又乾又渴，他本以為能順利進城，沒想到守門的兵目說巡撫大人有令，外省客軍不得進城，拒不開門。奕經只好下馬，叫兵目去通報，自己坐在一棵老槐樹下耐著性子等。過去他走到哪裡都是華蓋如雲，大小官員們圍在周邊說恭維話，偏偏在浙江碰上劉韻珂這麼一個地頭蛇，奕經的肚皮裡憋足了火氣。

奕經手下的八旗兵們優越感極強，也沒想到浙江巡撫膽大包天，竟敢把揚威將軍擋在城外。一個佐領指著城樓上的守兵罵道：「嘿，你們瞎眼了，不認得泰山！」

另一個八旗兵手捲話筒衝城樓上喊：「嗨，小子，待會兒老子進了城，把你褲襠裡的玩意兒劁了！」

「奶奶個熊的，有種的下來比試比試，別他娘的躲在城樓上裝大蒜！」

「看你那猴相，也配擋橫！」

城樓上的浙江守兵本不想惹事生非，一忍再忍，終於忍無可忍，與八旗兵們打起口水仗。

「娘希匹的，打了敗仗，還覥顏逞威風！」

「你們八旗兵有什麼了不起？滾回北京發邪威去！」

「被英夷打得屁滾尿流，跑到杭州耍什麼威風！」

八旗兵和浙江兵隔空對罵，越罵越起勁，城上城下惡語百出，罵得花樣翻新，千奇百怪，吹口哨的、助邪威的、敲軍鼓的、打金鑼的、做鬼臉的、搖大旗的，比演社戲還熱鬧。要不是隔著一道護城河，非得動刀動槍不可。

半個時辰後兵目才回到城門樓上。他舉起一只紙皮喇叭朝下喊：「巡撫大人有令，為了嚴防英夷尾追入城，散兵潰勇不得進城，只准大將軍一人進來！」

這道命令飽含著戲弄、羞辱和嘲諷，像芒刺一樣扎在奕經的脊背上，他恨不得暴打劉韻珂一頓。但是，「五虎殺羊之戰」一敗塗地，向皇上奏報戰況不能不有所粉飾，偏巧劉韻珂參與了軍隊的調度和輜重配給，還負責杭州的防禦，要是與其鬧得勢不兩立，大唱對臺戲，後果難以預料。

劉韻珂這傢伙怎麼這麼不厚道？奕經的腦筋轉了半天，突然想起，肯定是吏部的公文寄到了杭州！自己授意吏部處分劉韻珂，要他賠炮，但劉韻珂不是一個唾面自乾的善主兒，若被暗踢一腳，必定反手回擊一拳。面對這麼一個悟透官場利害的角色，自己要是膽敢撕破臉皮，劉韻珂必然以牙還牙，把浙江敗績本本色色地奏報給朝廷，自己無論如何吃罪不起。

想到這裡，奕經發現自己竟然沒有發怒的本錢！

俗話說強龍不壓地頭蛇，他不得不忍氣吞聲，站起身來，拍了拍屁股上的塵土，叫親兵牽過戰馬，抬腳踏上馬鐙子，「他娘的，劉韻珂根本是個神經病！老子不進城了，走，去海寧縣！」

堂堂揚威將軍被浙江巡撫戲弄得一身晦氣，旗兵們簇擁著他罵罵咧咧，腳步雜沓地朝海寧縣疾奔而去。

龔振麟離去後，只有劉韻珂和余步雲留在西花廳裡。官場上講求一團和氣，打仗更得有共進共退、共榮共辱的胸懷，劉韻珂卻悖情悖理，反其道而行之，硬生生把奕經擋在城外。余步雲替他懸心，過了許久才開口：「劉大人，你把奕大將軍裡裡外外都得罪透了。」

劉韻珂的眸子閃著詭譎的微光，嘿嘿一聲冷笑，「我就是要得罪他。」

余步雲嗔怪道：「何必呢。」

劉韻珂在青磚地上踱著步子，情緒激動，激動得手指微微打顫，「余宮保，自從開仗以來，我曾對屬官們反覆宣講英夷遠航萬里凫水而來，乃是疲兵，深入內陸，人地兩生，乃是弊旅。中國地大物博，人口叢集，乃是強國，只要萬眾一心，同仇敵愾，殄滅他們像踩死一群螞蟻。但是，我親自參與了舟山土城的踏勘和設計，那道土城是我能想出的最好的防禦工事，裕謙是抵抗意志最堅決的疆臣，葛雲飛、鄭國鴻和王錫朋是最善戰的強將。殊不知英軍炮利槍捷，氣貫長虹，擊潰他們就像鬼吹燈，佔領舟山和鎮海就像踢倒海灘上的沙堡。既然本朝的精華不足以抵擋逆夷，還有誰能臨危不倒？

「寧波失守後我漸漸看清，我們無力打敗逆夷。但職責所在，我只能苦心經營杭州的防禦，在街口巷尾堆積沙袋、設置路障，白天懸旗，夜晚掛燈，把風光旖旎的省城變成面目猙獰的大兵營。但我心知肚明，這種架勢防盜有餘，防逆夷毫無用處，英夷一旦攻到城下，杭州立馬就會重蹈寧波和廈門的覆轍，我只能一死了之！」

兵敗和死亡的陰影把劉韻珂糾纏得神昏智昧、方寸全亂，他悲觀到極點，經常味覺失靈，嘴巴發苦，渾身無力，頭腦像被灌了鉛，被一隻無形的魔手攥住，生鏽似的轉不動。

余步雲終於窺見他的心底，他日日夜夜活在刀尖上，活得提心吊膽、度日如年，巨大的精神壓力把其心智壓得七扭八歪，以致於言語乖張、舉措反常。

浙江戰局敗得無法拾掇，奕經難逃其責，劉韻珂與余步雲也難辭其咎。劉韻珂定了定神，梳理著思緒，「自古以來，馭夷之法不外乎戰、守、撫三端。事到如今，屢戰屢敗，撫既不可，守又極難。余宮保，今天咱們二人就講一講關門話，不外傳，可好？」

余步雲點了點頭。

劉韻珂道：「五個月前，我軍丟了舟山、鎮海和寧波，你曾派陳志剛找英夷講和，但沒找到。此事走漏了風聲，皇上頒下密旨，要我奏報是否實有其事。」

余步雲像被涼水激了一下，「哦，你如何奏報？」

劉韻珂像一個皺巴巴的苦澀人，眉毛擰成一團亂麻，「我與你一文一武同省為官，要是想嫁禍於人，早把你黑了。」

余步雲歎了口氣，「大恩不言謝，您體諒我的難處。」

劉韻珂接著往下說：「皇上高高在上，如在天飛龍，鳳姿流雲，龍翅閃電，卻是凌空蹈虛，不接地氣，體會不到前敵將領的難處。他不許與夷人互通文書，這道旨意有悖常理。早先我是主戰的，認為琦善和伊里布軟弱無能，可經過這麼多磨難，我看清了，這場仗沒有勝算，撫是唯一的出路。」

余步雲像被人掏空似的，失去了平日的從容，「我戎馬一生，沒見過這麼靈捷的槍炮。一百個夷兵編列成陣，三千勇丁不能近身。仗打到這個田地，我是頭頂懸刀，自身難保。進攻，鬥不過英夷；後退，朝廷法紀森嚴。事到如今，我是死定的人，只是以必死之心，行不死之事。」

劉韻珂突然覺得腰痛，用右掌輕輕拍腰，「你說的是實心話，也是我的第一焦慮。」

余步雲又說：「小仗爭智謀，大仗爭民心，英夷不僅是海上強寇，還與我們爭民心。」

劉韻珂點了點頭，「他們每攻佔一處都發佈安民告示，要老百姓照舊安居樂業，恢復市場，不僅派兵維持秩序，甚至公告，如有夷兵擾累民眾，民眾可以稟報偽職官嚴加查辦。去年英夷佔領寧波，襲擊余姚和慈溪，居然效仿水泊梁山的英雄好漢，開官倉發賑濟糧，以小恩小惠邀結民心，可謂盜亦有道。

「可咱們的軍隊呢？本省軍隊尚可約束，外省客軍卻形同強盜。方才我接到漕運總督的諮文，他說河南兵在紹興搶米鋪吃白食，鬧得商賈罷市絕糧。安徽兵在上虞縣搶了糧臺，打傷庫丁。此外，還有湖南兵痞在長溪嶺調戲民女，被當地村民圍住，大打群架，差一點兒鬧出人命來。如此擾累不勝枚舉，搞得人心向背，老百姓寧願與英夷雞兔同籠相安無事，也不願朝廷派大兵進剿，這是我的第二焦慮。」

余步雲深深嘆息，「我軍兩遭挫衄，銳氣全無，連那些未曾參戰的官兵也聞敗氣餒。」

劉韻珂也歎了一口氣，「你講的正是我的第三焦慮。我曾經奏請朝廷再調陝甘勁旅，但陝、甘二省距離遙遠，緩不濟急，這是第四焦慮。當年我偏聽誤信，以為英夷不善於陸戰，現在看來，他們在陸地作戰與在海上作戰同樣勢不可當，這是第五焦慮。水戰乃英夷之所長，我軍即使在陸上偶然幸勝，英軍也能迅速登舟遠遁，我們沒有可戰的水師，只能望洋興嘆，這是第六焦慮。」

余步雲語氣相當無奈，「說句掏心窩子的話，前直隸總督琦善一心主撫，作出適度妥協，以求全域穩定，不能不說是深思遠慮，伊節相也有同樣的想法。他們二人被罷黜後，誰還敢提『撫』字？」

劉韻珂皺著眉頭，「我還有幾大焦慮。大兵屢敗，敵驕我餒，不僅攻剿難，防守也難。英夷只要派幾條兵船突入錢塘江，杭州勢必全城鼎沸，不戰自潰，這是第七焦慮。京師每年需要四百萬石漕糧，浙江供應三分之一，但是，今年本省的漕糧收入不及往年的一半，皆因戰亂搞得人心惶惶，這是第八焦慮。去歲冬寒，杭州、湖州和紹興等府縣流民遍地，餓急眼的流民潛相煽惑，結夥搶掠，藐法逞兇。本省官府既要抗夷，又要抗災，難以兩頭兼顧，要是星星之火釀成燎原之勢，拾掇起來就難了，這是第九焦慮。還有第十焦慮，自從開釁以來，戶部給本省劃撥的款項不下六百萬，本省還動用了藩庫的一百二十八萬，紳民捐輸超過三十萬，如此消耗，何時是頭？」

細數種種，他忍不住掏出手帕，擦了擦額頭上的細汗。

余步雲亦是悲心喪氣，「劉大人，你的十大焦慮符合實際。皇上和樞臣們以為只有主剿的人才是忠君義士，依我看，琦善和伊里布老成謀國，同樣是忠君義士。他們看清了敵強我弱的勢態，奏報實情，但皇上不信，樞臣們也不信，還對他們嚴加懲處，致使主剿之聲如滔滔激水，誰要是說一個『撫』字，立馬就會千人踩、萬人罵。這場仗打了將近兩年，要是僅咱們浙江一省戰敗，那是我們無能，但廣東和福建都敗了，那就不是我們無能，是逆夷太強大。我至今沒有搞清楚英夷的炮是如何造的、船是如何造的、槍是如何造的，開花彈又是如何造的。我們在一場只知己不知彼的戰爭中越打越慘，到頭來是官兵遭殃，百姓遭殃，國家遭殃。」

劉韻珂道：「咱大清不能缺少林則徐和裕謙那樣的人，沒有那種人，國家就沒有脊樑骨；但也不能缺琦善和伊里布那樣的人，沒有他們，國家就會因為過於剛硬而折斷。外方與內圓互為表裡，陽剛與陰柔相互補充，國家才不至於大起大落，大搖大晃。我曾經認為伊節相辦事軟弱、缺少骨氣，直到現在才看清，伊節相老成持重、鎮靜深沉、燭照明鑒、洞悉時局，深知小不忍則亂大局的道理。我為他悲傷，也為自己誤解他而悲傷，更為皇上悲傷！我真想為皇上、為天下黎民百姓痛哭一場！」

此刻他終於能將深藏腹中的一腔苦水倒出來，說得大動情懷，語末竟然嗚嗚咽咽地哭了起來。

余步雲沉默半晌才出聲安慰，「劉大人，你不能給皇上寫一道奏折，說一說實情嗎？」

劉韻珂用手帕擦去淚水，「皇上不許言撫，誰敢言撫，拿身家性命作賭注？」

余步雲眨了眨眼睛，「真相往往是帶刺的。說實話，再打下去，我們只能死於一事無成。現在是兵事已敗，天尚糊塗，但皇上比天還糊塗！他不願聽壞消息，疆臣們就投其所好，專揀好聽的說，致使戰爭之路越走越窄，誰也找不到峰迴路轉的拐角。」

劉韻珂歎道：「在咱們大清，真話不全說，易！假話全不說，難！但是，在一個無人講真話的國度裡，時局一旦敗壞到無可救藥的地步，最終的倒楣者是誰？」

余步雲看不到一絲一毫勝利的曙光，「這些年來，本朝所有階層都是人心隔肚皮。皇上不信官吏，官吏不信胥吏，胥吏不信百姓，於是，百姓矇胥吏，胥吏矇官吏，官吏矇皇上，搞得整個大清謠諑瀰漫，渾渾噩噩！劉大人，就把你的十大焦慮奏報給皇上，不成嗎？」

劉韻珂十分猶豫，「容我慢慢考慮吧。」

余步雲起身告辭了。

劉韻珂心情灰敗，獨自坐在案前思忖良久，才把十大焦慮一一寫下來[7]。他還單獨寫了一份夾片，保舉伊里布重新出山。

寫完後考慮了許久，究竟是發，還是不發？要是惹怒了皇上，自己會有何等下場？

直到天快黑盡，他才鐵定心腸。發！

他在信套上寫下「五百里加急」字樣，派人送往驛站。

7 十大焦慮載於《劉韻珂奏大兵在慈溪失利事勢深可危慮折》，《籌辦夷務始末》卷四十四。

拾貳　道光皇帝心旌動搖

春天的圓明園水榭樓臺交相錯雜，楊柳依依，流水潺潺，太湖石堆成的假山嶙峋剔透，浮萍下面紅魚點點，人工飼養的花頸鴨和鴛鴦游來游去，戲水其間。

道光穿一身藏青色便袍，沿著石版道緩步行走，張爾漢提著蒲團小心翼翼地跟在後面。道光後背微駝，兩肩稍向前傾，身子骨像長年負重的瘦馬一樣失去彈性。

再過幾個月就是他的六十大壽，內務府準備大搞慶典，他卻一點兒興致都沒有，受挫的戰局讓他心境灰敗，睡眠不足，兩眼失神。

奕經奏稱，在浙江反擊戰中他未能收復寧波和鎮海，但重創了逆夷，燒毀六條夷船，包括一條火輪船，擊斃四百多夷匪，不過英夷兵強勢壯，清軍丟了慈溪和長溪嶺大營，副將朱貴戰死。

他把失敗歸咎於浙江軍隊，說余步雲遷延觀望，貽誤戰機，致使寧波之役功虧一簣，還說余步雲棄奉化於不守，導致八省客軍相繼潰散[8]。

劉韻珂也上了一道奏折，他的說法正好相反，把失敗歸咎於外省客軍，說他們不戰自潰，持械奔竄，屢屢驚擾百姓。揚威將軍招募的外省壯勇紀律極壞，不少人是混吃混喝的獷悍之徒，結黨成群，恃眾橫強，巡緝索賄，勒逼商旅，窩留娼妓，凌虐小民，有的甚至背叛朝廷，為英夷所用。劉韻珂還說，潰兵們像鬥敗的公雞，碰到英軍就心驚膽喪，鬥志全無，故而外省壯勇不可用。他請求朝廷讓潰散的壯勇們返回原籍，收繳他們的兵器，鎮壓不肖之徒。

道光把兩人的奏折一對照，立馬看出他們在同一個戰場卻不能和衷共濟。但是，北京與浙江隔著萬水千山，道光看得虛虛朦朦，無法判定誰是誰非。他心裡憋火，反覆推敲如何拾掇浙江戰局，竟然是一夜未眠。

潘世恩捧著奏事匣子過了如意橋，遠遠瞥見道光一邊低頭走路一邊沉思。他輔佐道光二十年，對其一蹙一瞥、一慍一笑都心領神會，道光每逢大事難決時喜歡獨自在水邊徜徉，信馬由韁地胡思亂想，想到某個節點會出神發呆，若這個時候去打擾，就像喚醒一個沉湎在

---

8 見《奕經等奏剿襲寧波鎮海未能及時克復折》，《籌辦夷務始末》卷四十四。奕經於奏折中編謊。英軍在大浹江（甬江）上有兩條兵船和兩條火輪船，在鎮海附近有兩條兵船。若按照奕經的說法，英國艦隊應該全部被殲滅了。

迷夢中的人，只會惹其不快。因此潘世恩停住腳步，在垂楊柳下面靜靜地候著。

道光呆想了半天才彎下身子，撿起一只扁平的石片，像老頑童似的使勁一揮，石片在水面上連跳三四下，濺出一串水花，驚得水鴨們振翅亂飛。他拍了拍手上的塵土，慢慢轉過身子，才瞥見潘世恩。

三位軍機大臣有兩個在外地，王鼎在河南治水，穆彰阿去天津巡視，只有潘世恩在北京。見潘世恩捧著奏事匣子，知道他有重要事情奏報，朝他點頭示意。

待潘世恩走近，道光問道：「什麼時候來的？」

潘世恩頷首，「臣下剛到一會兒，見主子凝神思索，沒敢攪擾。」

水鴨們戀家似的飛了回來，次第落入水中。道光看著水鴨喃喃道：「紫禁城樓宇嵯峨，宮牆壁立，氣象莊嚴，常年駐在裡面的人也會莊嚴肅穆，思緒沉重。圓明園這邊風景獨好，朕想過幾天消停的日子，但國家大事沒完沒了。朕昨晚沒睡好，到這兒走一走，散一散心。」

潘世恩低垂著頭，「皇上，您日理萬機，要注意勞逸結合。」

道光苦澀一笑，「朕倒是想安逸，但安逸不成。天下事就是這麼怪，你越想心靜，下面的人越聒噪；你越想眼淨，齷齪的人越往你眼睛裡竄。在外人看來，朕富有四海，權大如天，有執掌天下牛耳之福，卻不知道這只牛耳太重、太大，拿捏它的人非得有銅筋鐵肋不可，否則就會累得吐血。

「我有時想，老天爺為什麼讓我挑天下第一重擔，幹頭等繁重的營生？為什麼我沒出生在平凡人家，像閒鴨野鶴一樣自由自在？」道光偶爾自稱「我」，以便降低身分與臣工們平等說話。

潘世恩回道：「皇上，您得悠著點兒，過於操勞的事讓臣下分擔即可。」

道光搖了搖頭，「我沒那種福氣呀，人一旦做了皇帝，就像上了套的牛馬，操勞一生。潘閣老，天下最大的煩累就是調鼎之煩累，你不在其位，不知其煩，不覺其累。我太煩累了，每天料理的事情一樁接一樁，批閱的奏折一份接一份。我留中不發的折子裝了滿滿一大箱，那些折子不是秀色可餐的六宮粉黛，不是列隊受閱的虎賁將士，不是金齏玉膾的可口菜餚，甚至不是燒火取暖的柴木，而是一種負擔，一種責任，一道難題，它們重重地壓在我的心上，壓得我連覺都睡不好。京師的六部九卿在朕的鼻子底下，辦事還算小心，外省的將軍督撫則是天高皇帝遠，整天敷衍你，你就是心裡有氣，恨得咬牙，也拿他們沒辦法。天下事畢竟不是朕一手能夠料理清的，離不開那些封疆大吏。朕給他們的待遇不能說不優厚，他們卻出工不出力，辦公不辦事，累了就泡蘑菇，缺錢就跟朕要。要是調不齊銀子，他們就變著法子敷衍你。」

說到這裡，道光的眼眶有點兒濕潤，放緩了語速，「朕哪，是駕轅的老牛，流血流汗出死力，累得齜齒狼牙，可誰能理解？民間戲子編排出一些莫須有的孱頭譁眾取寵，說皇帝吃的是山珍海味，住的是宮殿樓閣，有三宮六院七十二嬪妃環繞左右，生活在溫香軟玉之中，以致於小民心中的皇帝都是驕奢淫逸之徒，卻不知道朕是天下第一辛苦人、第一牛馬！」

潘世恩見道光越說越激動，溫語勸道：「皇上，您不必與民間戲子和優伶們計較。」

道光發洩一陣怨氣後，情緒才漸轉平和，指著奏事匣子問：「哪個省的？」

潘世恩回稟：「是湖南、浙江、河南和奉天的，共有四份折子和兩份夾片。」

道光指著垂楊柳下的石桌石凳，「坐，坐下說。」

張爾漢趕緊把蒲團放在石凳上。等道光先坐了，潘世恩才斜簽著身子撩衽坐下。

潘世恩從匣子裡揀出一份奏折，是湖廣總督裕泰發來的。裕泰奏報崇陽縣秀才鐘人傑聚眾造反，攻佔崇陽和通城兩縣。他破獄縱囚，開倉濟貧，殺了崇陽知縣師長治，準備進攻蒲圻。裕泰與湖北提督劉允孝率領全省官兵奮力圍剿，可惜兵力不敷用，因而請旨從陝甘調兵會剿。

鐘人傑造反，起因是崇陽縣浮收糧米，凌辱農民。崇陽知縣師長治派衙役抓捕反抗農戶，引起官民對抗。鐘人傑一怒之下率領糧農圍了糧倉，痛打衙役。師長治受到上司的譴責，故意隱匿不報，不想鐘人傑撰寫了減收賦稅的章程，刻石立碑，立在縣衙的大堂前。事情鬧到這種田地，師長治才不得不稟報給湖廣總督。裕泰聞訊大驚，立即發下海捕文書通緝鐘人傑及其同夥，結果鐘人傑索性豎起「勤王大元帥」的大旗，聚眾萬餘，攻入通城縣，而後卷眾南驅，攻打平江縣。

道光看罷折子，長長吐了一口氣，「外憂未平，內患又起。鍾人傑聚眾造反一年有餘，裕泰彈壓不力，才使其做大做強。對這種刁民，必須全力剿平！」

潘世恩道：「朝廷原本命令固原提督阿彥泰率領兩千陝甘兵馳赴浙江，阿彥泰已經起程，不日即可進入湖北地面。臣下以為，攘外必先安內，不妨叫阿彥泰暫留湖北，待剿平鍾人傑之後再開赴浙江。」

道光點頭贊同，「海疆英夷是疥癬之疾，湖北叛民是心腹之患。就依你的建議，命令阿彥泰與劉允孝會剿鍾人傑。」

潘世恩又提：「裕泰在夾片上說，崇陽知縣師長治勤勞勤力，因辦事粗率被暴民殺害，能否依例優恤？」

道光的眸子裡閃出一絲不滿的幽光，「優恤？師長治乃一縣之父母官，代朝廷牧民一方，卻不懂親民愛民，不懂約束衙役，縱容稅吏浮收糧米，魚肉百姓，才激起民變。要是全國的知縣知州都像師長治這樣，天下就會大亂。這種人死有餘辜，用不著優恤！」這一刻，他生性武斷、辦事粗獷的刻薄秉性畢露，一語定音。

潘世恩遞上第二份奏折，「這是浙江巡撫劉韻珂的折子。他認為海疆局事有十大焦慮，戰撫兩難，請聖上裁決。」

道光曾多次頒旨，各省將軍督撫不得言撫，不得接受夷書，自此之後，官場上「剿」聲沸騰，任何撫議都成為風險極高的浮言，輕則受到謗議，重則遭到罷黜。但潘世恩發現，劉韻珂的折子寫得很有迴旋餘地，他把深可焦慮的十大事項及其成敗利鈍一一羅列，卻不用「撫」字。

道光接過折子瀏覽一遍，覺得意味無窮，回過頭來再讀一遍，然後站起身來，背著雙手踱步，彷彿在捉摸劉韻珂的用意。過了半晌才說：「本朝的文武官員內戰內行，外戰外行，事事處處都要朕替他們拿主意。浙江戰局一塌糊塗，劉韻珂卻把最大的難題擺給朕，要朕代他定奪。」說完又坐下，「據你看，劉韻珂的『十大焦慮』如何？」

潘世恩沒有直接回答，「劉韻珂還寫了一份夾片，保舉伊里布。」說著，從奏事匣子裡取出夾片，恭敬遞上。

……（伊里布）公忠體國，並無急功近名之心，臣生平所見者，只此一人……況該革員為逆夷所感戴，即其家人張喜，亦為逆夷所傾服。

……可否仰乞天恩，將伊里布發至浙江軍營效力贖罪之處，出自聖裁[9]。

道光把折子和夾片放在石桌上，「劉韻珂是不言撫而意在撫啊。張喜現在什麼地方？」

潘世恩回答：「去年朝廷下令將伊里布和張喜押解赴京，刑部審訊後，將張喜無罪釋放。至於劉韻珂，臣下以為，他是在試探朝廷。臣下還注意到，自從海疆開釁以來，林則徐主戰，但未來得及戰就被罷黜。最初，主撫的只有琦善，伊里布原本主剿，他到浙江後改弦更張。果勇侯楊芳主剿，到廣州後也改變了主意，主張通商。靖逆將軍奕山在北京時意氣風發，到廣州後也主張通商。朝廷諭令奕山和祁貢克期收復香港，他們坐擁重兵，每月消耗大量軍餉，但逡巡不前，香港至今仍在英夷的掌控中，可見他們雖不言撫，卻不戰。

「已革總督顏伯燾原本主戰，英夷攻克廈門後只留少量兵力據守鼓浪嶼，他卻收復不了。廣東巡撫怡良接替顏伯燾後，雖不言撫，卻不言戰。與逆夷交戰的疆臣和將領中，堅持主剿的只有裕謙，卻不幸殉國了。劉韻珂以前主剿，兩次保舉林則徐，現在又保舉伊里布，的確是不言撫而意在撫。揚威將軍奕經在京時主戰，到了浙江後態度曖昧，遷延觀望，不說

9 摘自《劉韻珂又奏請將伊里布發到浙江軍營效力贖罪片》，《籌辦夷務始末》卷四十四。

撫，卻三番五次推說軍餉不夠、兵額不足，要援軍、要銀子。臣下以為，沿海的督撫將軍可能有不便言或不敢言的事。」

道光一副若有所思的模樣，「哦？朕廣開言路，要臣工們知無不言，言無不盡，他們有何不便言不敢言的？」

道光是貴人多忘事，潘世恩委婉提醒：「琦善被撤職抄家後，聖上曾頒過旨，誰要是再敢言撫，或接受逆夷隻言片語，絕不寬待。所以，督撫將軍們才繞著彎子說話。」

道光苦笑一聲，撫著膝蓋，「依你之見呢？」

潘世恩小心翼翼地道：「臣下見識敝陋，若說錯了，請皇上鑒諒。」

「你的話，朕向來是要三思的。」

潘世恩這才道：「英夷在海疆滋事有年，夷船倏南倏北，來去自如。本朝海疆不啻萬里，防不勝防，即使偶有小勝也僅能殲其毛皮，無法擒其渠魁，如此兵連禍結，耗費靡多。臣下以為，我們不妨退一步，稍事羈縻。既然英夷欣賞伊里布，不妨讓他復出，派往浙江軍營效力，當剿則剿，當撫則撫。但在撫之前，我朝應集中兵力於一役，即使不能宣威海疆，痛殲醜夷，也應讓逆夷知道，天朝不是可以隨意侵襲的。」

「你的意思是先剿後羈縻？」道光刻意用「羈縻」二字替代了「撫」字。

潘世恩點頭，「是，這事兒總得有個了結。」

道光思索片刻，「戶部有多少實銀？」

潘世恩答道：「臣下查閱了戶部帳目，一年來海疆各省奏調軍需銀總計一千二百三十六萬五千兩，河督用銀七百一十萬七千餘兩，江蘇、安徽、湖北賑災銀一百五十九萬八千多兩，總計二千一百零七萬餘兩。奴才飭令承辦司官力求撙節，不得有絲毫浮濫，並行文各省，不得以為朝廷家大業大，漫無節制援案請款。」

道光嫌他囉唆，加重語氣，「朕問的是現在戶部有多少實銀。」

潘世恩略低著頭，「實銀只有八十二萬兩。另有本月各省報送京師的在途地丁銀、鹽課銀、封貯銀和關稅銀，總計一百六十萬。裕泰在湖北平叛，請旨追加十萬。」

道光眉頭緊鎖，「相比動輒百萬千萬的軍費和治河費，十萬是小數，但積沙成塔也不得了。老百姓沒有米山麵山蓋不起房，國家沒有金山銀山打不起仗。朕下決心與英逆開仗，就是因為當時戶部有一千三百萬兩實銀，沒想到銀子花得像大江流水，朕不得不另想辦法開源節流，讓戶部擬一個開大捐的章程。」

所謂「開大捐」就是賣官鬻爵，它是朝廷急需巨額資金時採取的應急辦法，僅限於戰爭。順治六年（一六四九年）朝廷首次開大捐；康熙十三年（一六七四年）對三藩用兵，因為軍費奇缺，第二次開大捐。

眼下外有逆夷，內有叛亂，又逢黃河決口，朝廷的銀根緊得掰扯不開，恨不得一枚銅子分成兩半花，道光才有了開大捐的想法。

潘世恩從奏事匣子裡取出一份章程底稿，「臣下與戶部和吏部的司官們一起議過，擬了份章程，不一定妥當，請過目。」

道光接過章程底稿：

民人捐銀二百兩以上，給予九品頂戴；
三百兩以上，給予八品頂戴；
四百兩以上，給予鹽知事職銜；
……
四千兩以上，給予同知職銜；
六千兩以上，給予運同職銜；
八千兩以上，給予知府職銜；
一萬二千兩以上，給予道員職銜；
二萬兩以上，給予鹽提使職銜……

看了這份賣官鬻爵的價碼，道光心裡酸酸的。官職乃國家名器，不能胡亂授予，但眼下局面艱難，想不出更好的法子。

他放下底稿，「民諺說，關內侯，爛羊頭。要是官職和爵位像羊頭一樣不值錢，國運就會轉衰。朕也知道，開大捐勢必讓一群不相干的人披金掛紫招搖過市，弊大於利，但局勢到了這個田地，銀子花得精光，只好姑且用之。不過，要多給虛銜，少授實職，以免濫竽充數者過多。」

潘世恩點頭稱是。

道光指著奏事匣子問：「還有誰的奏折？」

潘世恩答：「還有王閣老發來的折子。開封水患退去後，黃河新堤已經修葺，但還有一段河堤要加厚加高，他請旨增撥三十萬兩銀子。王閣老還說，開封署理知府鄒鳴鶴精通水利，革員林則徐血誠盡力，二人是難得的人才，他請旨晉升鄒鳴鶴為道員，免林則徐遠戍伊犁。」

道光臉色有點兒難看，頓了頓才說：「這個王鼎呀，屢次三番替林則徐說話。林則徐禁煙沒錯，但惹起一場華夷大戰，一打就是兩年，打得金甌破碎，民不聊生，銀子花得像流水。時至今日，煙毒沒有禁絕，反而變本加厲，日甚一日！朕也知道林則徐血誠辦差，但朝廷有章程，凡是犯有公罪和失職失察的革員，都要去邊陲效力贖罪，輕則發往張家口，重則發往新疆或寧古塔，這個規矩是聖祖康熙皇帝在世時定的，不能破，要是破了，顢頇糊弄、推諉塞責的人就會越來越多。朕不能因人而異，要是今天你說情，明天他說情，人人說情，委屈祖護，朕怎樣衡平取中？不當皇帝不知箇中滋味！

「前兩廣總督鄧廷楨已經發配到新疆。黃河潰壩，河道總督文沖責有攸歸，也發配到新疆。林則徐不能例外！至於署理開封知府鄒鳴鶴，就依照王鼎所請，給予晉升。

「哦，朕正在考慮如何處置余步雲。海疆開釁以來，原定海鎮總兵張朝發、廣東水師提督關天培、湖南署理提督祥福、金門鎮總兵江繼芸、定海鎮總兵葛雲飛、壽春鎮總兵王錫朋、處州鎮總兵鄭國鴻、狼山鎮總兵謝朝恩，皆死於戰位，同樣是提鎮大員，唯有余步雲還活著。一個帶兵的提督，平時訓練無方，臨陣貪生畏敵，節節退避，大懈軍心，實堪痛恨！自從英夷侵擾海疆以來，他沒打過一場勝仗，卻活得滋潤，你說蹊蹺不蹊蹺，該不該定罪？」

潘世恩預感到余步雲要觸大楣頭，搞不好就會人頭落地，但沒說話，余步雲畢竟是立過大功的人。

道光冷下了臉，「還有誰的折子？」

「還有奕經的，他奏報活捉七名夷兵，請旨如何處置。」

處置俘虜取決於剿撫之策的變化，殺俘虜意味著剿，優待俘虜意味著撫。裕謙曾經痛斥伊里布優待俘虜，主張對俘虜凌遲處死，道光對此表示支持。如今，奕經又把處置俘虜的事情奏報朝廷，也是想試探皇上的思路。

道光還沒拿定主意，一個侍衛走過來，將一塊牌子遞給總管太監張爾漢，說了幾句話。

張爾漢轉身朝石桌走來，蝦著腰道：「皇上，盛京將軍耆英在宮門外候著，他遞牌子求見。」

道光點點頭，「來得好，領他去清夏堂，我待會兒在那兒接見他。」接著轉過頭對潘世恩道：「你陪朕一塊兒去。」

耆英是愛新覺羅氏的人，他的先祖莫爾哈齊是清太祖努爾哈赤的弟弟。愛新覺羅氏的人，只要人品端正、不懶不惰，就有做官的機會。耆英以宗人府主事步入官場，當過禮、工、戶、吏四部尚書，因為袒護一位屬官受到降職處分，外放熱河都統。道光在全國禁煙，派耆英去盛京禁煙，耆英一上任就將禁煙不力，怠忽職守的奉天知州鮑覲堂、復州城守尉協領博慶、寧海縣知縣袁振瀛、護理金城守尉佐領王安廣等官員撤職查辦，督促旗民十家連保，相互稽查，一家有犯，九家連坐，繳獲了大批煙土和煙槍，可謂雷厲風行。

英船開赴大沽後，他親自校閱騎射火器，督率奉天水師營駕駛戰船沿海巡邏，在軍事和物質上作了充分準備，可謂有守有為。道光屢次催促奕山收復香港，奕山以種種理由搪塞，至今一事無成。道光叫耆英來京，是想讓他接替奕山。

潘世恩陪著道光朝清夏堂走去，一面走一面提建議：「臣下以為，奕經在浙江開局不利，恐怕難以獨當剿逆重任，眼下浙江局勢重於廣州，調耆英去廣州，不如調他去浙江。」

道光的眸裡微光一閃，「嗯，有道理。」

兩天後，通政司編印的邸報登出幾條消息：

耆英著馳驛前往浙江，署理杭州將軍，加欽差大臣銜，著伊里布改發浙江軍營效力。

邸報還印了朝廷發給奕經和劉韻珂的廷寄：

逆夷兇焰甚熾，必四路分竄擄掠，尤當設法羈縻，毋令蹂躪地方。

邸報的最後一條消息是皇帝的御批，對捕獲的英俘：

不得釋放，不得虐殺。

講述十大焦慮的劉韻珂沒有受到處分，在軍臺贖罪的伊里布復出了，邸報上出現「羈縻」和「不得虐殺」俘虜字樣。看到此，大小官員們全都明白，殺俘意味開仗，釋俘意味著懷柔，在內窮外蹙之下，朝廷的馭夷之策有了變化，尤其是「羈縻」二字，它是道光不堪重負發出的呻吟。

國家疲憊勞乏到了極點，再也無力負重搏殺，但皇上，還沒有徹底認輸。

拾參 張家口軍臺

張家口位於太平山和賜兒山之間，蚪曲的長城沿著山脊蜿蜒起伏，就像給大山加了一道硬殼似的裝飾物。這裡風大水涸，只有耐旱的野草和帶刺的酸棗才能艱難地活下來，即使在盛夏時節，它們也遮不住滿山的荒涼。

太平山和賜兒山冬天赤裸，滿目瘡痍，只有春天和夏天才有雨水光顧，它們順著溝壑或急或緩地流淌，經年累月，以滴水穿石般的耐心沖刷出一片面積可觀的平原。

幾千年來，北方的遊牧民與南方的農耕民經常發生衝突，張家口向來是烽火連天、硝煙不斷的戰場，附近的地名全都帶有鮮明的戰爭印記：柴溝堡、永安堡、永封堡、深井堡、安家堡、萬全堡、來遠堡等等。那些「堡」很能讓人想到碉樓戍卒和金戈鐵馬，連天烽火和刀光劍影。張家口的北面榛榛莽莽，人少煙稀，風吹草低，野狼出沒，只有南面的沖積平原才有少許人家。

滿洲人入主中原後，關內關外成了一統天下，長城不再具有防禦功能，戍卒撤了，朝廷在這裡設置察哈爾都統衙門，管轄蒙古的八旗四牧。為了與蒙古人和俄羅斯人做生意，當地人在長城扒了道口子，修建一座城門，使昔日的戰場變成商道通途。因口子附近住著一戶張姓人家，過往客商便稱它張家口。經過二百年的時光流轉，張家口漸漸拓展成一座塞上小城。

察哈爾是流放罪臣的地方之一，但雖然同是流放地，也有所區別，永不敘用的流放到寧古塔，暫不敘用的流放到新疆，隨時準備起用的流放到這裡，因為它離北京最近。

琦善發配到這座塞上小城，住在銀錠胡同的一座小院裡。銀錠胡同名字好聽，卻不能與京師的軒敞四合院相比，它的兩側是清一色的土坯房，小院只有五間平房，還是租賃的。

這天，琦善正坐在炕上一面讀邸報一面抽水煙，水煙袋裡發出咕嚕咕嚕的悶響。他原本不抽煙，抄家罷官後才學會，為的是消愁解悶。

佟佳氏在廚房裡幹活。抄家之後，家境一落千丈，她不得不像普通民婦一樣從半里遠的井裡汲水。今天她面容多了一分憔悴，但天生麗質難自棄，依然保留著大戶人家的白淨。她是讀女書、修女德的人，上得廳堂，下得廚房，把相夫教子、勤儉持家視為天職。

現在，她腰間繫了一條藍布圍裙，正於灶臺旁做鹽水豆。她做的鹽水豆很有味道，先把黃豆洗了，煮軟，再撒上大鹽粒、胡椒粉和辣椒粉，摻少許八角、丁香和乾筍絲，用簸箕顛過，均勻地攤在篩子上，放在太陽底下晾曬，曬得豆皮發皺時存放在陶罐裡。

旁邊，一個女僕蹲在地上呼嗒呼塔地拉風箱燒水。

察哈爾都統是英隆，他奉旨押送琦善到京後上下活動，想謀求西安將軍或承德都統的職位，沒想到朝廷派他來察哈爾當都統。英隆與琦善是老相識，覺得朝廷很快會起用他，便沒派重活苦活、累活髒活，只讓他到周邊牧群清點馬匹和羊群，每隔幾天還會登門看望，送一點兒羊肉、磚茶、馬奶酒之類的東西，故而，琦善的流放日子過得如同賦閒。他久任高官，有讀邸報的習慣，英隆每次讀完邸報，都派人送他一閱。

有人在房門外面呼喚：「琦相在嗎？」

琦善聽出是伊里布的聲音。伊里布也流放到這裡，經常來串門。琦善不緊不慢地趿上鞋子下炕。

伊里布拄著一根手杖，站在歪脖棗樹下說趣話：「都說侯門深似海，現在的奉義侯府卻是三尺柴門、五間土屋。」見佟佳氏端著簸箕倚門而立，問道：「如夫人，做鹽水豆呢？」

佟佳氏與他熟不拘禮，「什麼如夫人，跟侍候人的老媽子沒什麼兩樣。」

琦善被抄家後，她靠變賣細軟和首飾維持生計，值錢的東西皆賣得精光，如今的她布衣荊釵，少了深居侯府時的雍容氣度，卻保持著淑女的端莊，即使坐在廚房裡燒火洗菜、煮豆烹茶，依然風韻猶存。

伊里布笑瞇瞇地道：「有多少神仙眷侶因為夫君倒楣而勞燕分飛，妳卻陪著他到塞上來受罪。」

佟佳氏抬起彎月眉，「你們男人倒楣的時候就『且把浮名換了淺斟低唱』，我們女人只能且把浮名換了長相廝守。我是嫁雞隨雞，嫁狗隨狗，不會因為老爺倒楣就遠走高飛的。這不，每天唱洗衣歌、跳鍋邊舞，苦中求樂呢。」

伊里布大聲讚揚，「好！俗話說，家庭不在貧富，貴在和睦溫馨。患難夫妻才是好夫妻，琦相沒白疼妳。」

琦善走出房門，「伊節相，我是從官場上連根拔起的蘿蔔，不是當年的爵閣部堂奉義侯，是寒酸的升斗小民。這不，每天開門七件事，柴米油鹽醬醋茶。不過，你的高堂相府也好不到哪兒去，也是柴門荊扉乾打壘，還少一棵歪脖棗樹呢。」

伊里布住在銀錠胡同六號，琦善住七號，兩家只隔一條兩丈寬的巷道。兩個人一邊說話一邊進屋，脫鞋上炕。佟佳氏端上剛燒的磚茶，兌上奶子。

伊里布問：「發還了嗎？」

琦善微微抬眼，「發還？普天之下莫非王土，臣民的財產，歸根到底是皇上的。承蒙皇上厚恩，保定府的宅子發還了，一家老小總算免於流落街頭，但田畝當鋪和十二萬兩銀子全充公了，討不回來，也不敢討。」

伊里布頓了頓，「聽聞宗人府撥了一筆款子，把北京的奉義侯府修葺一新，賞給慶郡王奕劻了。」

溜的。

琦善沒吭聲。他家七代人在奉義侯府住了一百四十年，提起被沒收的老宅，心裡就酸溜溜的。

伊里布獲咎，但沒被抄家，他到張家口後，家裡派來兩個僕人、送來八百兩銀子，日子過得寬鬆。他喝了一口奶茶，「缺銀子不？缺就說話。」

琦善搖搖頭，「上月初，英隆借給我三十兩，還沒用完呢。」他把水煙袋往炕桌上一放，自嘲道：「我現在雖然窮困，但無官無職一身輕鬆，瓦盆邊飲濁酒，草灘上看星星，栽花看瓜，草衣木食，找幾個牧羊人說幾句羊倌話，比肥馬輕裘的日子安逸。」

伊里布見炕桌上放著一沓邸報，「有什麼消息？」他與琦善約定，邸報輪著看，琦善先看，他後看，然後再還給英隆，因此今天他是來看邸報的。

琦善用不屑的口氣回：「揚威將軍奕經派鄭鼎臣在舟山的大嵩港、螺頭門和衜頭灣奇襲逆夷，殺得逆夷膽顫心驚。奕經向朝廷報喜呢。」

伊里布戴上老花眼鏡緩緩展讀，邸報上有奕經和文蔚的會銜奏折摘要：

……四月十四日，鄭鼎臣率水勇在定海……焚燒大夷船四隻，燒沉焚壞大小舢板船數十隻，擊燒沉溺三百餘人[10]……

接下來是朝廷頒佈的獎賞：

……鄭鼎臣著先賞給四品頂戴，並賞戴花翎。奕經著賞雙眼花翎，文蔚著賞還頭品頂戴……其在事出力文武員弁及兵丁鄉勇民人等……查明保奏。

伊里布的臉上風平浪靜，「琦相，你信嗎？」

琦善哼了聲：「就憑咱們那些花生殼大的師船和長矛大刀、抬槍鐵銃，在汪洋大海上打沉英夷的三桅大兵船和鐵甲輪船？分明是捏謊！」

他們二人目睹過英夷的堅船利炮，與英夷打過交道，而且都是撰寫奏折的行家裡手，一

10 以上戰果和獎賞分別載於《揚威將軍奕經等奏報定海兵勇連次奪獲並焚燒英船情形折》和《著獎敘定海連次焚燒大小英船之各將弁事上諭》（《鴉片戰爭在舟山史料選編》第 348 頁和第 351 頁）。但英軍的記載正好相反。W.D.Bernade 的《「復仇神號」在中國》（第 303-305 頁）和 John Elliot Bingham 的《英軍在華作戰記》（第 313-314 頁）描述了這場戰鬥，英軍當時只有「復仇神號」和「皋華麗號」兩艦在舟山，英軍沒有損失一人一船，反而將數百條火船火筏全部摧毀。

眼就看出奕經和文蔚在誇功邀賞。

伊里布歎了口氣，「從虎門拒敵算起，咱們與英夷打了多少仗？廣州打了幾仗，廈門打了一仗，舟山打了兩仗，鎮海、寧波打了兩仗，慈溪打了一仗，這回的浙江大反攻又是一仗。各省封圻和前敵將領全都誇口殺敵多少、燒船多少，可英夷總共也只來了四五十條兵船與七八千人馬，要是這裡燒五條，那裡燒六條，這裡殺幾百，那裡斬一千，即使沒把他們殄滅，也該打殘了。」

琦善重新往水煙袋裡裝煙葉，用火煤子點燃，深吸一口，噴出一個煙圈，「在咱們大清，做人難，做官更難，既不違心又不違命最難。皇上喜歡聽順風話，下面的人就順其所好，報喜不報憂，結果呢，那些誇誇其談說大話的人受到褒獎，打了敗仗，矯飾遮掩的人得到晉升。

「你我二人明白，本朝是打不敗英夷的，主張稍作讓步，以局部之小損換全域之穩定，卻一個跟頭栽倒。唉，謀國之言被當成驢肝肺！罷官抄家，差一點兒丟了性命。言官御史們為了討好皇上，罵我是千古罪人。他們昧於海疆大勢，以為本朝軍隊所向披靡，天下無敵，卻不知道火輪船、旋轉炮、燧發槍、開花彈的厲害。想起這些，我就心傷啊！」說著，差一點兒掉下淚來。

伊里布無奈，「別提這些事了，一提我也是滿心的不順暢。」

琦善一臉若有所思，「古人說，楚王好細腰，宮娥多餓死。我覺得，天下官員都在奉迎皇上、欺瞞皇上，講順耳話，吹順耳風，瞞得他滿目蔭翳，吹得他看不清時局。」

伊里布年過七旬，已經沒有機關算盡、鬥智鬥勇的精力，只想安度晚年，他囉囉唆唆地談著人生經驗，「琦相啊，人這輩子有點兒像紋枰對局，年輕時佈局，中年時搏殺，晚年時收官。我這局棋收官沒收好，收到察哈爾來了。不過話說回來，這也不算什麼，跳出三界外，不在五行中，反倒清靜。在官場上每天都得繃緊心弦，琢磨著怎樣避禍自保，怎樣見風使舵，怎樣左右逢源。

「當年我去雲南上任，經過四川新都，逛了一趟寶光寺的五百羅漢堂。堂前有副楹聯，上聯是『挑起一擔，周身白汗阿誰識』，下聯是『放下兩頭，遍體清涼只自知』。我當時不懂下聯的意思，什麼叫兩頭？擔的是啥？現在明白了，前頭叫官位，後頭叫名利。官位壓身，大汗淋漓，放下名利，遍體清涼。

「我現在無官位、無擔待、無權力、無是非，從上下尊卑、遠近親疏的人際關係中解脫出來，過往事情都看得風輕雲淡了。」

伊里布看淡名利，琦善卻正值盛年，不甘心就此沉淪，一心想著復出，因而沒接話茬，只是悶坐著。

院牆外面傳來喜鵲的喳喳聲，琦善的心鏗然一動，「破顏看鵲喜，拭淚聽猿啼。是靈鵲報喜吧？」

伊里布老眼一瞇，「你信靈鵲報喜？」

琦善把水煙袋放在炕几上，「《大易》上有句話說『鵲笑鳩舞，來遺我酒；大喜在後，授吾龜紐』。喜鵲叫總比烏鴉叫吉利。」

伊里布搖搖頭，「信言不美，美言不信。信，你就得為幾聲無謂的鳥叫牽腸掛肚、懸心揣測；不信，你就能悠閒自得，睡踏實覺。我真想躲在陋室裡效仿古人——如今但欲關門睡，一任梅花作雪飛。」

他的話音剛落，院牆外就傳來一長聲通報：「察哈爾都統英隆大人到——！紅帶子伊里布出迎——！」

佟佳氏聽到呼喚聲，出了廚房，腦袋探出柴門外，「伊相不在對門，在這邊，和我家主子一起說話呢。」

來人果然是英隆，他騎著一匹栗色蒙古馬，身後跟著兩個親兵。英隆翻身下馬，把馬韁繩遞給一個親兵，托著一卷黃綾子邁進柴門，「伊里布接旨。」

佟佳氏趕緊拿來一個蒲團放在地上。

在這種場合，無關人等得避開。琦善趿鞋下炕，與佟佳氏一起進了裡屋，隔著門縫側耳聆聽。

伊里布把手杖倚牆放著，撩衽跪下，「罪臣伊里布接旨。」

英隆扯著嗓子宣讀：

著伊里布即日晉京，以七品銜改發浙江軍營效力，與署理杭州將軍耆英同行，不得遷延。欽此。

一道黃綾聖旨，寥寥兩行字就能扭轉臣工的命運，伊里布大慟感情，雙腿不由自主地微微打顫，想起身卻站不起來，英隆趕緊俯身攙扶。琦善從裡屋出來，把手杖遞給他，伊里布撐著手杖才站穩了。

琦善展手示意，「英大人請坐。」

英隆一抬屁股坐在炕沿上，「二位大人也坐。」

伊里布和琦善並排坐在一張條凳上，規矩得像私塾裡的學童。

英隆向伊里布道賀，「伊節相，恭喜呀！你一來我就說，凡是發配到察哈爾的，都是皇上的股肱之臣，只不過因為小錯惹怒了天顏，用不了多久，從哪個位子下來的，還回哪兒去。對不？」他偏轉過臉，「琦爵閣，你一來我就跟你說，別看六號宅院比七號小，少一棵歪脖子棗樹，卻是吉利宅子。六六大順嘛。」他掐著指頭算，「你看，布彥泰在這兒住過，伯爵貴明在這兒住過，鎮國將軍奕蘐也在這兒住過，沒有一個超過兩年的。我勸你住六號，你不信，這回信了吧？你看人家伊節相，才來七個月，皇上就想起他老人家。所以，伊節相一走，你就搬到六號去，一年半載的，皇上準想起你，一道聖旨調你回京。」一面說一面從口袋裡取出對山核桃，唰唰唰地轉起來。

琦善解釋：「我剛來時去六號看過，院裡的茅房沒有篷頂，天寒地凍時節，一蹲茅坑，大風吹屁股，冷氣入肛門，不舒服，所以我才選七號。」

英隆打趣道：「琦爵閣，就是流放軍臺，您的屁股也是相爺屁股。」

琦善假裝惱怒，「你小子見我落難了，就拿我開心，是不？」

英隆笑著拱手，「豈敢豈敢。」

伊里布幽幽道：「世事變幻莫測，恍兮惚兮，窈兮冥兮，竟然像作夢一樣。我老了，心有餘而力不足。要是皇上差我打理民政，我還能料理個三年兩載，但料理夷務是難差繁差、險差死差，搞不好還得回察哈爾。」他深知夷務難辦，在「差」字前加了「難」、「繁」、「險」、「死」四字，一字比一字重。

琦善的腮上筋肉抽動了一下，他對這四個字深有同感。

英隆在官場上一路順風，沒辦過險差死差，饒舌道：「瞧您說的。二位到我這座小廟裡就像諸葛武侯在隆中躬耕壟畝，為的是有一天劉備三顧茅廬。你們二位是國家重臣，論閱歷、論學養、論才幹、論見識，我沒法比。我是庸臣庸才，靠著祖宗的蔭庇坐到察哈爾都統的板凳上，這個職位不高不低，不尷不尬，名分上是頭品武官，替皇上管著關外的八旗四牧，其實只管旗務，不理民政，更不沾手地方錢糧，權力還不如張家口同知大。

「塞上有叛亂，我有事幹；塞上沒叛亂，我就閒待著玩一玩山核桃。說白了，我是皇上的馬倌，皇上給我一個齊天大聖的名號，幹的是弼馬溫的營生，在無佛之地妄自稱尊。察哈爾這個地方池子小，二位相爺不是池中物。你們復出後，哪個不在我之上？到時候還請你們多關照呢。但話說回來，重臣有幾個不經歷磨難的，對吧？」

琦善乾笑一聲，「什麼重臣，重臣能發配到軍臺？」

英隆一哂，「官場上的人說，道光朝有三重臣一名將。三重臣是你們二位，外加林則徐，一名將是果勇侯楊芳。」

琦善覺得自己奇冤難辯，有種血色尚新，餘痛猶在的感覺，一擺手打住他的話，「那是老皇曆了，三重臣全都閒廢了，一名將也是金剛倒地一灘泥。依我看，道光朝沒有重臣，只有人來人往，紛紛攘攘，你方唱罷我登場，至於成敗榮辱、名利禍福、是非曲直，都是一塌糊塗。」

伊里布慢悠悠地道：「英大人，官場上的炎涼我都經歷過，看夠了，也受夠了。人生難得一塌糊塗，貶到這塊地皮上，我沒那麼多慾望，沒那麼多抱負，沒那麼多躁動，沒那麼多奔勞，也用不著曲意迎奉，坐看雲起時，心安意自閒，我真的不想走。張家口雖然是偏僻的貧苦焦寒之地，卻山隨平野闊，水流入大荒，透出蒼涼的美。我真想在這兒數數羊、鍘鍘草，當一個執鞭子的牧人，空閒的時候拿出竹簫，吹一曲《胡笳十八拍》。」

「伊節相，哪能這麼說呢。月有盈缺，人有無常，名臣重臣哪有不大起大落的？別人不說，就說前明的名臣海瑞，受了多少磨難，得了多少處分？差一點兒連腦袋都讓萬曆皇帝砍了。林則徐是重臣，受過五次處分，辦黃河工程一次，誤用人一次，長江決口一次，家丁惹禍一次，廣東禁煙又一次。這叫不辦事不出紕漏，一辦事就出紕漏，辦小事出小紕漏，辦大事出大紕漏。孟子曰『天欲成全之，必先苦其心智，罰其體膚，而後才能成大事焉』。像我這種不苦不勞不罰的人，沒出息。」

伊里布覺得這話有點兒荒腔走板，抬眼問道：「你說的『罰』是哪個『罰』？」

「當然是懲罰的『罰』！」

琦善噗的一聲把奶茶噴了，「英大人喲，孟子的原話是『故天將降大任於斯人也，必先苦其心志，勞其筋骨，餓其體膚，空乏其身』。其中的『乏』是勞乏的『乏』，不是懲罰的『罰』。」

英隆臉不紅，心不跳，不慍不惱地把話頭輕巧岔開，「你們二位是有學問的人，我讀書不求甚解，讀邸報也是粗枝大葉。伊節相，今晚我在都統衙門給你把酒餞行，請琦爵閣賞光陪坐。待會兒您收拾一下細軟雜物，明天一早我派幾輛駝車和四個旗兵送你進京。」

英隆告辭後，琦善道：「伊節相啊，我有句實心話想說。」

「哦？」

「你回北京見到皇上，一定要告訴他，英逆是本朝從未遇到過的強敵，本朝不可一味爭強鬥狠，不能把國家和億萬民命賭在一場沒有勝算的戰爭上，稍作讓步才能持盈保泰。」

伊里布沒說話。道光自負固執，不合他想法的任何建議都會受到懷疑。在繼承大統前，道光經常到縣府村鎮遊走觀察，五十歲後很少出京，連每年的熱河秋狩也取消了，他的眼界越來越狹窄，心胸越來越收縮。

伊里布抬起壽眉，「你不怕言官御史們罵你是賣國賊？」

琦善歎了一口氣，「我何嘗不想肅清海疆，把逆夷趕得遠遠的？但是，天下事哪能盡遂我朝所願。廣州議和，我是滿心的屈辱和無奈。你總不能讓逆夷把罈罈罐罐全打碎了才認輸吧？在強敵壓境之時，本朝不能急於求成、急於見功，只能磨礪以須，忍其小而圖其大，臥薪嚐膽，報仇雪恥待將來。但是，這個道理呀，說起來容易，做起來難哪。」

伊里布憂心忡忡，「我們都是皇上手裡的牽線木偶，皇上拉線拽線，你能拂逆得了嗎？當今官場非同昔比。賢，誰理你？愚，誰理你？陰，也是錯，晴，還是錯。說你錯你就錯，不錯也錯；說你對你就對，不對也對。天下事已經一塌糊塗了！」

琦善停了半晌才補充，「還有一件事，與英夷打交道，一定要有咱們自己的通事，不能全聽英夷的通事居間翻譯。我給皇上的奏折寫得明白，給予香港一處寄居，設關徵稅；義律卻發佈文告，說我同意割讓香港。過去我百思不得其解，現在才想明白，是翻譯有誤，我用錯了人，鮑鵬的英語是二把刀。」

伊里布問：「誰的英語好？」

「十三行總商伍秉鑒和伍紹榮父子，唯有他們精通英語、熟悉夷務。辦這種大事，非得有他們參與不可。」

拾肆　戰雲再起

「皋華麗號」靜靜地停在大浹江口，它四個月前到中國，替換了旗艦「威裡士厘號」。「威裡士厘」值勤兩年有餘，依照常例回國輪休。「皋華麗號」與「威裡士厘號」一樣，也是三級戰列艦，排水量一千七百八十噸，配裝了七十四位卡侖炮和五百七十名官兵。

郭富、蒙泰和郭士立等人搭乘火輪船來到「皋華麗號」，巴加正在會議艙裡等候他們。

郭士立是個不可或缺的人物，他不僅是英軍的首席翻譯，還是偽寧波知府，英軍繳獲的所有文報都交他審查處理，漢奸們提供的所有情報也由他甄別，郭富和巴加都須根據他的意見作出抉擇。

不過，今天的核心人物不是郭富和巴加，而是璞鼎查的軍務秘書馬恭少校。璞鼎查在香港處理商務，派馬恭到鎮海傳達英國政府和印度總督的最新訓令。

軍官們入座後，馬恭直切正題，「在去年年底的大選中，保守黨戰勝輝格黨，羅伯特·皮爾成為首相，內閣成員和海外殖民地的重要官員大換班，亞伯丁勛爵替換了巴麥尊勛爵的外交大臣，艾倫巴羅勛爵接替了奧克蘭勛爵的印度總督。」

遠征軍的將領們都知道，兩年多前，英國政府決定發動對華戰爭，把議案交付議會討論時，輝格黨與保守黨針鋒相對，議會僅以二百七十一票對二百六十二票通過戰爭議案。保守黨執政後，顯然會調整對華政策。

郭富問：「政府有什麼重要指示？」

馬恭回答：「阿富汗出了大事故。新任外交大臣亞伯丁勛爵和新任印度總督艾倫巴羅勛爵要我們盡快結束對華戰爭。」

巴加吃了一驚，「阿富汗出了什麼事故？」

馬恭少校神態嚴肅，「奧克蘭勛爵擔任印度總督時，派兩萬大軍入侵阿富汗。去年冬天，駐紮在喀布爾的軍隊陷入困境，經過多次談判，阿富汗人同意我軍及其眷屬和平撤離。但是，阿富汗人背信棄義，當我軍進入干達馬克山谷時，三萬阿富汗軍隊伏擊我軍，經過七天七夜激戰，四千多英印官兵和一萬兩千多眷屬及非戰鬥人員全軍覆沒，他們投降後被屠殺殆盡，婦女和兒童都未能倖免，就連璞鼎查的弟弟也葬身在干達馬克山谷。只有一個叫威廉·布萊登的軍醫帶傷逃回，把喀布爾大屠殺的消息報告給印度總督。」

這是一場驚人的慘敗，司令艙裡一片沉寂。

巴加幾乎不相信自己的耳朵，「阿富汗人竟然打敗了我軍？」

郭富比較瞭解阿富汗的局勢，「阿富汗地形險峻、氣候惡劣，那種環境磨礪出來的人如狼如狐，機詐百變，勇武剽悍，冷酷無情。我國政府低估了阿富汗人的抵抗力，而且他們有俄羅斯的支持。」

馬恭接過話，「艾倫巴羅勛爵認為，阿富汗的失敗有可能鼓舞印度的大小土邦，他們隨時可能串通一氣，發動叛亂。」

郭富道：「我曾經反對發動阿富汗戰爭。我國是海洋國家，以海戰見長，陸軍遠離艦隊作戰會把軟肋暴露給敵人。阿富汗之戰說明，只要抑長用短，多麼強大的軍隊都無用武之地，就像希臘神話中的安泰俄斯，一旦離開土地就會被敵人掐死在空中。阿富汗是山國，陸軍單獨行動容易遭到敵人的封鎖，寒冬時節運輸尤其困難，一俟彈盡糧絕，就會陷入苦境。我們陸軍在中國沿海作戰始終與海軍連袂行動，活動範圍從來沒有超出艦炮的射程，後勤保障和彈藥補充也從來沒有間斷過。」

他經驗豐富、頭腦清醒，深知英國陸軍的短處。寧波距離大浹江口只有二十公里，但他反對佔領寧波，反對與中國人同居一城。果不其然，駐守寧波期間，英軍共有四十二名士兵遭到暗殺，十六名士兵遭到綁架或失蹤[11]，死亡人數不亞於正面戰場的陣亡人數。清軍夜襲寧波和鎮海後，英軍哨兵非常警覺，稍有風吹草動就神經過敏，開槍示警，發生了多起誤射平民的事件，致使英軍與寧波居民的對立情緒越來越嚴重。

馬恭道：「亞伯丁勛爵和艾倫巴羅勛爵說，對華戰爭曠日持久，消耗了一百二十萬英鎊戰費，大大超出預算，他們要求我們盡早結束對華戰爭，必要的話，可以降低談判條件。」

巴加細問：「如何降低談判條件？」

馬恭回答：「亞伯丁勛爵認為，清方拒絕簽署《穿鼻條約》是因為我方提出了領土要求，假如我方放棄香港，簽約就比較容易。他說，香港和舟山是軍事佔領，保有它們要花費大量金錢。」

巴加直言不諱，「亞伯丁勛爵目光短淺，只看到眼前。」

郭富問：「璞鼎查爵士如何說？」

「璞鼎查爵士認為我國應當在中國水域保留一座海島，哪怕很小。馬地臣和顛地等商人也強烈要求保留香港。順帶一提，郭富爵士，你兩次給印度總督寫信，主張私有財產不能成

---

11 這些數字載於 John Elliot Bingham 撰寫的《英軍在華作戰記》（英文版）第 316 頁。

為戰利品。艾倫巴羅勛爵相當讚賞你的意見，指示要把保護私有財產寫入與中國人簽署的條約中。」

郭士立仔細研究過《大清律》，插話道：「馬恭少校，中國沒有人身財產保護法，臣民的私有財產不受法律保護，皇帝和官府找個理由就可以剝奪他們的財產，連琦善那樣的纓簪貴胄都不能倖免。」

郭富堅持，「保護私有財產是我們大英國的立國基礎，沒有這一條，我國就會倒退回中世紀去，變成王權至上的集權國家。中國法律沒有保護私有財產的條款，我們就更有必要把它寫入條約。」

馬恭又說：「璞鼎查公使決定立即發動長江戰役，切斷大運河，斬斷中國的經濟命脈。我國政府已經從國內調派了一個步兵團，他們正在途中。印度總督艾倫巴羅勛爵增派了六個馬德拉斯步兵團和一個炮兵團，十條戰艦、三十條運輸船，它們已經踏上征途，將在一個月內分批抵達香港，屆時，遠征軍的總兵力將達到兩萬。」

巴加道：「我與郭富爵士商議過，在援軍抵達前，我們將充分利用現有兵力，出其不意攻打乍浦，而後揮師北上進入長江。鑒於現有兵力不足，我們將把駐守寧波和鎮海的軍隊撤出，將駐守廈門和舟山的步兵撤出一半，只留少量兵力駐守招寶山、鼓浪嶼和衙頭灣。」

馬恭從皮包裡掏出一紙命令，「郭富爵士，璞鼎查爵士尊重你和艾倫巴羅勛爵的指示，承認私有財產不宜作為戰利品。這是他簽發的命令，要求我軍撤離寧波和鎮海前，摧毀當地的所有官產和公共建築。」他把命令遞給郭富。

……我們要搬走、運走或摧毀所有公共財產（包括屬於皇帝及其官員的所有財富），以及林林總總名目繁多的公共建築、官產房、糧倉、木材場、戰船和其他船舶。我要求把摧毀公共建築的事情做到極致，推倒圍牆，凡是不值錢、搬不走、太沉重、太累贅的傢俱等物品，一律燒掉[12]。

郭富對此不以為然，「馬恭少校，請你轉告璞鼎查爵士，這個命令只能打折扣。我軍只摧毀官衙、兵營和軍事設施，不包括寺廟、城牆等公共建築，我不想讓士兵們變成無惡不作的強盜。」

見郭富堅持他的軍事道德觀，馬恭的軍銜較低，不敢與之爭執，「我只是傳達公使大臣的指示。」

12 轉引自 George Pottinger 的《首任香港總督亨利．璞鼎查爵士傳》（英文版）第 79 頁。

巴加也不願與郭富唱對臺戲，一聲不吭。

郭富道：「此外，我要申明，我軍必須有序撤離，不能一走了之，否則中國人會借機大做文章，編造『寧波大捷』或『鎮海大捷』之類的謊言，上欺皇帝，下瞞百姓，這將大大增加談判的難度。因此，在撤退前，我要分別召集寧波和鎮海兩城的全體保長甲長和紳士們開會，堂堂皇皇地舉行交接城門鑰匙的儀式，奏國歌，降國旗，擺隊出城。我將親自主持鎮海縣的交接儀式。

「郭士立牧士，我要求您和蒙泰中校共同主持寧波城的交接儀式。交接儀式要莊重盛大，不給中國人任何編造謊言的藉口。」

郭士立說：「我將盡心安排。但是，中國將領肯定會借機編造收復寧波的謊言。一個月前，清軍的兵馬大元帥奕經突襲寧波大敗而歸，丟下幾百具屍體和三十九名俘虜，我軍無一人戰死，僅有五人負傷。但是，根據我收集的情報，奕經奏稱清軍重創我軍，擊斃一位著名的巴姓頭目，寧波城內所有外國官兵掛孝致哀，我軍運往定海掩埋的屍體裝了整整五船。」

巴加呵呵一笑，「看來，那位著名的巴姓頭目是我。可惜，我當時在舟山，中國兵馬大元帥編造謊言的本事真是讓人歎為觀止。」

郭士立點點頭，「是的。粉飾太平、欺上瞞下的編謊文化像毒素一樣滲透到中國各級官員的心脾，封疆大吏們從來不把敗績如實奏報給皇上。小勝詳寫，大敗簡述，即使潰不成軍，也要編造出莫須有的動聽故事，什麼『重創逆夷』、『殺敵千百』、『燒毀夷船若干』，一敗如水的戰鬥常常被寫得壯烈無比、動人心弦，那些虛構的故事將像浪漫傳奇一樣刊登在朝廷的邸報上。中國皇帝的身邊聚集著一群獻媚討巧的大臣，他們習慣講恭維話和順耳話，致使皇帝驕傲自負、故步自封，變得閉塞、偏執、專斷、愚昧和暴戾。就是因為這樣，他一直不允許沿海各省的督撫將軍們接受我方照會。」

郭富非常同意，「現在的大清帝國就像我國的約翰王時代。約翰王愚昧專斷、自以為是，讓整個國家成為謊言充斥的國度，滋養出一群無恥的應聲蟲，讓巧取者奸詐圓滑，讓賢明者無語憂愁，讓芸芸眾生渾渾泱泱。」

馬恭道：「我們改變不了中國，讓他們自欺欺人去吧。璞鼎查爵士要我轉告二位司令，他將跟隨增援部隊北上，請二位司令充分利用漢人對滿洲統治者的不滿，組織和動員一切有利用價值的中國人從事嚮導、間諜、運輸和採購工作，但要仔細甄別，嚴防奸細混入其中。兩萬大軍在華作戰，沒有一批為我們效力的中國人，我軍將步履維艱。」

巴加道：「請你轉告璞鼎查爵士，我將派船把陸軍從寧波、鎮海和舟山接出來，五月十三日以前在黃牛礁水域會合，首先攻打乍浦，然後去長江口與他會師。」

乍浦是一座小城，隸屬於平湖縣，因為日本商人常來做生意，朝廷把它視為海疆重地。

康熙二十三年（一六八四年）朝廷在乍浦設立了副都統衙門，派駐一千零六名八旗兵，旗兵們在乍浦城的東北面圈出一塊方圓八里的地面，修建了三千二百間兵房、民房、庫房、磨坊和廟宇，圍以城牆，成為自成一體的滿城。

滿城的房子與當地的民房大不一樣，當地民房獨門獨戶，形態各異，是私產；滿城的房子則整齊劃一，是官產。為了便於集合和操練，旗人的家與家之間沒有院牆。

滿洲旗人攜家帶口從長城以北來到乍浦，朝廷嚴禁滿漢通婚，經過一百五十多年的繁衍，依然保持著關外的裝束、語言和風俗。他們久住生戀，視乍浦為故鄉，城北的山坡上有連片的墳塋，埋葬了幾代旗人，上萬座墳頭魚鱗似的連綿不斷。

一連幾天，英軍的火輪船在乍浦洋面不斷遊弋，偵察活動十分頻繁。乍浦人預感到將有一場惡戰，大批民人收拾細軟，趕著驢車、挑著擔子逃離這塊是非之地。

但是旗人沒有走，他們是大清的中堅，家園在此，祖

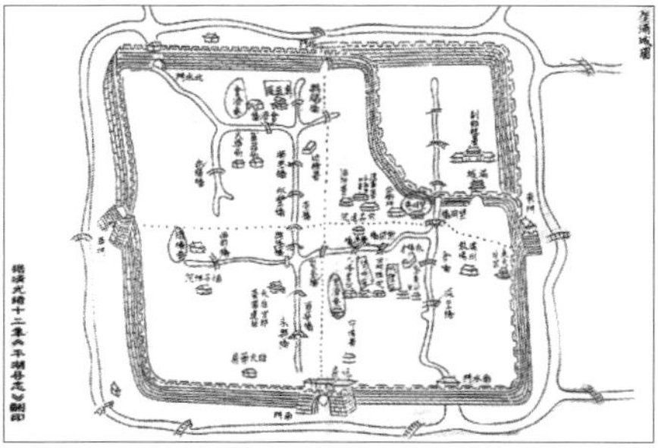

乍浦城地圖。載於道光十二年（一八三二年）的《平湖縣誌》。乍浦是海疆要地，江浙咽喉，清朝與日本的貿易碼頭。雍正六年（一七二八年）清政府在乍浦城的東北部建造營房三千兩百間，供旗兵及其眷屬居住，稱為滿城（又稱旗下營）。

墳在此，宗廟在此，父母在此，妻兒在此，對他們來說，家就是國，國就是家，難分難割，難捨難離。滿城裡的六千多旗人眷屬不分男女老少全都行動起來，鐵匠們打造刀槍箭鏃，木匠們製作弓矢，婦女們為守城將士洗衣造飯燒熱水，小孩兒幫助大人搬運沙袋、堆砌街壘。

滿洲男兒生來就是當兵的坯子，必須學會刀馬弓矢，掌握抬槍火炮。他們以馳騁沙場為己任，以馬革裹屍為榮耀。對他們來說，保家衛國不是大而無當的虛幻概念，而是看得見的真實。他們像一群臨戰的兵蟻，同仇敵愾，同心同志，沒有一個溜號的，連年高體弱的退伍老兵也操起刀槍。

海疆風雲大起後，朝廷陸續向乍浦增派八百四十名荊州旗兵、一千五百名陝甘兵、一千五百名山東壯勇，加上平湖縣和本地義勇，乍浦防軍已近七千，分別駐守在乍浦和城外的葫蘆城、天妃宮、牛尖角、陳山嘴、唐家灣、檀樹泉等六座炮臺。

但是，大敵當前，八旗兵與外省客軍突然打起群架，副都統長喜氣得要命，他雙手倨膝坐在木圖（沙盤）前，麻子臉閃著惱怒。鑲紅旗佐領隆福，甘肅提標前營守備馬之榮，山東永昌營的千總李廷貴神色緊張地站在對面。

鑲紅旗左營與甘肅提標前營比鄰而居，兩座營盤只隔一道柵欄，因為一丁點兒小事打架，幾百人捲進去，打傷了六個旗兵、四個甘肅兵和兩個山東壯勇。

長喜怒氣衝衝地質問：「怎麼回事，為什麼打架？」

隆福的瓦刀臉拉得老長，下巴上的濃黑鬍鬚一聳一動，「我叫大伙房殺了一口豬，給旗兵們解饞，伊勒哈根把豬尾巴扔到甘肅提標前營的營盤裡，就為這事打起來了。」

伊勒哈根是抬槍兵，楞頭青，這小子一出娘胎，骨關節就沒對準榫卯，心血一來潮就上房揭瓦，打洞刨墳。當初他因為盜墓激怒了當地民人，長喜便罰他去大伙房挑水燒火，沒想到這小子從野外撿回一顆帶頭髮、帶鬍鬚的人頭，剔肉拔鬚刮骨，放在鐵鍋裡熱騰騰地煮出一鍋肉湯，假稱豬肉，分給旗兵們吃——不是肚腸打結的人絕對幹不出這種噁心事。

一提伊勒哈根，長喜就氣不打一處來，他啪地一掌拍在案上，「甘肅提標前營是回民營，你們明知人家不吃豬肉，還把豬尾巴丟過去噁心人家，這不是無事生非嗎！伊勒哈根那小子一肚皮壞水，挖空心思幹沒屁眼兒的缺德事。前幾天他把一串臭豬腸掛在回民營的木柵上，惹出一場麻煩，我還沒罰他，今天他又招惹是非。你把那小子綁起來笞一百，罰他跪在營寨門口，叫他牢牢記住不許戲弄客軍！要是再出這種事，我拿你是問。」

隆福兩腳一磕，「喳！」

長喜接著問：「李廷貴，鑲紅旗與回民營打架，你們永昌營湊什麼熱鬧？」

李廷貴猶豫一會兒，「長喜大人，能不能實話實說？」

「當然要實話實說！」

李廷貴道：「俺們是外省來的勇營，武器俸餉和旗兵沒法比，勇丁們不服氣，看見回民營和旗兵打架，有幾個勇丁跑去看熱鬧，替回民營喊了幾嗓子。就是這樣。」

在大清，滿洲人高人一等，八旗兵裝備精良，俸餉充裕，惹得漢人和回人心生醋意，憤憤不平。永昌營是臨時招募的山東勇營，只有軍官是從綠營兵抽調的，他們紀律差，裝備也差，沒有火槍和抬炮，只有刀矛弓矢。永昌營的營盤距離回民營的營盤不遠，回民營與八旗兵打架，永昌營裡有好事之徒唯恐天下不亂，替回民營吶喊助威，這才把少數人的衝突演變成一場三軍大戰。

長喜語重心長地說：「聖祖康熙皇帝在世時就講過『滿蒙漢回藏，五族一家親』。乍浦不僅是滿人的乍浦，也是漢人和回人的乍浦，是大清的乍浦！陝甘回民營跋山涉水，千里迢迢增援海疆，是來捍衛大清的天下的，這等大火燒屁股的時候，你們他娘的為一條豬尾巴鬧生分打群架，成何體統！隆福，我告訴你，你必須嚴格地約束部屬，要是再出事，我先拿你開刀！」

隆福牛吼一聲：「喳！」

長喜的兩隻眼珠子鼓得溜圓，「八旗兵是大清的中流砥柱，俸餉厚待遇高，你要做出表率，別他娘的平時吃香的、喝辣的，上了戰場就拉稀，讓人家陝甘營和山東勇營戳脊樑骨！你也別擺高人一等的花架子。我不問滿人、漢人還是回人，只問勝負。要是打了勝仗，你們敲鑼打鼓、吹牛皮、喝喜酒、放鞭炮都行；要是打了敗仗，別說皇上饒不了你，我先扒了你的皮！」

隆福被罵得頭也抬不起來。

長喜對馬之榮和李廷貴稍微客氣，「你們是外省來的，也得有當兵的模樣，不能鬆鬆垮垮。新任欽差大臣耆英大人到浙江了，過兩天就來乍浦視察，你們把營盤打掃乾淨，別弄得像豬棚狗窩似的。」

「遵命！」

長喜站起身來走到木圖前，用一根小棍指著上面的炮臺堡壘，「去年英國兵船來過這兒，與天妃宮炮臺和葫蘆城炮臺對射，幸虧他們沒登陸，否則後果不堪設想。這回他們來了十幾條兵船和火輪船，看樣子是要登陸。你們三位各有職守，必須與營寨共存亡，要是丟了營寨，別怪我長喜方臉變長臉，六親不認，拿你們的人頭向皇上請罪！」說到這裡，厲聲一喝：「馬之榮！」

「有！」

「牛尖角是你的防區，它與檀樹泉瀕臨大海，英夷從那兒登陸的可能性最大。你們回民營是陝甘勁旅，要給我殺出威風來！」

「遵命！」

「李廷貴！」

「有！」

「燈光山左側是你的防區，拿出你們山東大漢的看家本領。要是丟了，你別想帶著腦袋回老家！」

「明白！」

「隆福！」

「有！」

「燈光山右翼和天妃宮是你的防區。你給我像釘子一樣牢牢釘在那兒，英夷要登陸，你不許後退半步，尺地寸草不能放棄！」

「喳！」

「滾！」

隆福、李廷貴和馬之榮被訓得一身晦氣，一磕腳後跟，轉身離去。

拾伍　血戰乍浦

長喜準備去沿海的六座炮臺巡視，剛出城門就看見二十多輛馬車騾車首尾相接停在門口，像一條長長的蜈蚣，押車的兵目正與閘丁交涉。打頭的四輛馬車各拉一位銅炮，其餘的車載著沉重的木箱，箱蓋上有「杭州炮局」字樣，裡面放著槍炮子藥。杭州與乍浦相距二百里，用船運送既省時又省力，但英國兵船一直在杭州灣遊弋，浙江炮局不敢走水道，只得改用馬車從陸上運送。

長喜一眼瞥見龔振麟。龔振麟頭戴紅纓官帽，騎著一頭大叫驢，腰懸一柄英國短銃——那是清軍繳獲的戰利品，送到浙江炮局當樣品的，龔振麟愛不釋手，隨時帶在身旁。毛驢的屁股後面馱著一只百寶箱，裡面裝著鉗子、改錐、螺絲、鋸條、卡尺、剪刀。

長喜見他那副官不官，民不民的模樣，覺得好笑，叫了一聲：「哎呀，這不是龔大炮嗎，什麼風把你吹來了？」

龔振麟「吁——」了一聲，蹁腿下驢，拱手行禮，「長大人，下官給你送槍炮子藥來了。」

長喜走到一輛騾車前，揭去苫布，露出一位嶄新的銅炮，炮身上有銘文：「一千一百斤，道光二十二年三月浙江炮局龔」。看得他眉開眼笑，「嘿，新造的，把你的大名也鑄上了。」

龔振麟拍著炮身，三分得意七分抱怨，「人過留名，雁過留聲，我龔某人鑄的炮，是要負責任的。前些日子，揚威將軍說杭州炮局造的炮炸膛，要我賠付，那些炮不是我造的，是庫存的。冤枉啊！我一家老小喝西北風也賠付不起，所以從現在起，凡是我龔某人監造的炮，都要鑄銘文。」

奕經以鐵炮炸膛為由，授意吏部處分劉韻珂，劉韻珂用高牆深池把奕經擋在杭州城外。兩個頂尖人物以眼還眼，以牙還牙，鬧得全省兵民無人不知。長喜既不願得罪奕經，也不願得罪劉韻珂，繞開話題，笑呵呵道：「好炮！可惜小了點兒。」

龔振麟說：「別小看這幾位炮，我一共鑄了六位，劉大人留下兩位，給你送來四位。」

「劉大人這麼大度？我以為他把好炮留給自己用呢。」

「哪能呀，乍浦是杭州的門戶，要是門戶不存，杭州也保不住。」

長喜又問：「這炮有什麼與眾不同的地方？」

龔振麟拔去炮口上的木塞，指著炮膛，「你伸手進去摸一摸。」

長喜把手伸進去摸了摸，感覺的確不一樣。他抽回手，瞇著眼睛朝炮膛裡看，「裡面有什麼名堂？」

龔振麟眉飛色舞地炫耀自己的傑作，「光滑如鏡，對吧？英夷的炮全是滑膛炮，炮管內壁經過反覆打磨，磨工越細，炮子出膛的阻力越小。我叫三個工匠輪番打磨，粗沙細沙打磨了六遍，花了整整一天工夫，用鏡子往裡一照，光可鑑人，拉到炮場一試，比沒打磨過的炮多打三十丈遠！千斤炮相當於一千六的射程！」龔振麟一談炮就興奮，吐沫星子亂濺。

他拍著炮架道：「這是仿照英夷炮架造的，我做了一點兒改進，在炮架下面安了四個軲轆，炮管下加一個楔子。軲轆用於調整射角，楔子讓炮身上下移動，調整仰角。」

長喜伸出大拇指，「好！這四位炮正好能派上用場。」

「別著急，我還有二十杆好槍呢。」龔振麟引著長喜繞到第五輛馬車前，揭開苫布，打開箱蓋，取出一杆沉甸甸的抬槍，烏黑的槍管閃著紫灰色的微光，「這種槍我同樣做了改進，槍膛也經過打磨，引火不用火繩，改用燧石。用燧石點火延時短，一扣扳機，槍子立即出膛。」

長喜笑得滿臉皺紋擠在一起，「你這是雪裡送炭呀！咱大清要是多幾個你這樣的寶貝，槍炮就不比英夷差。這幾天，英夷兵船雲集乍浦洋面，動作頻繁超過以往，是準備打仗的架勢。你把炮直接拉到葫蘆城炮臺，我去沿海巡視，晚上回來請你喝酒。」

龔振麟命令跟丁、車夫把銅炮和抬槍運往葫蘆城炮臺。當天下午，他給駐守炮臺的旗兵講解如何使用新式銅炮、如何使用炮車，一直忙到天黑。趕了兩天路，講了半天課，他累得筋疲力盡，回到驛站吃罷晚飯，早早睡去。

第二天早晨，龔振麟剛要出門，就被一陣隆隆的爆炸聲震懵了，只覺得地動山搖，房梁上的陳年積土唰唰飄落，屋子裡浮塵飛揚，嗆得他直咳嗽。他愣了愣神，猛然憬悟，開仗了！

他忙把大帽子扣在頭上，趿上靴子、提上短銃，一頭衝出門外，已經有兩個跟丁來到天井，等候著他的命令。龔振麟一揮手，指著燈光山道：「上山！」

跟丁們嚇了一跳，覺得龔振麟的想法違反常理。一個道：「龔大人，那邊在打炮，去那邊不是找死嗎？」

另一個也勸：「咱們既不是營兵又不是義勇，不能迎著炮聲走。」

龔振麟惱了，「叫你們去你們就去，

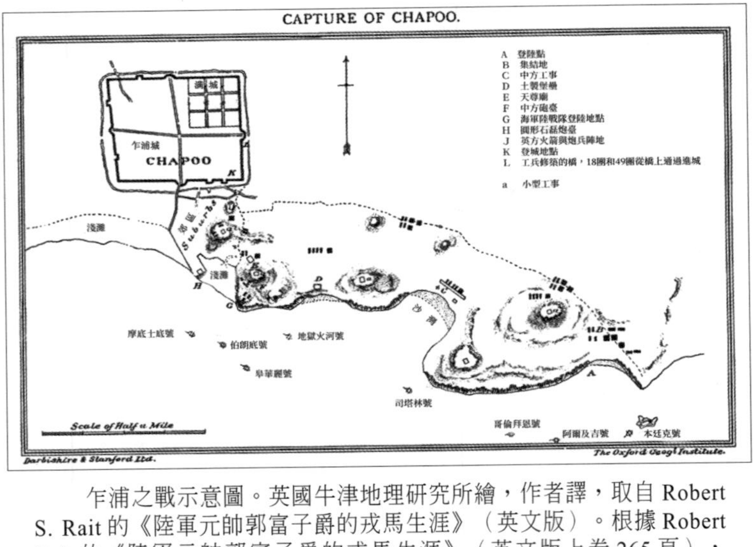

乍浦之戰示意圖。英國牛津地理研究所繪，作者譯，取自 Robert S. Rait 的《陸軍元帥郭富子爵的戎馬生涯》（英文版）。根據 Robert Rait 的《陸軍元帥郭富子爵的戎馬生涯》（英文版上卷 265 頁），在這場戰鬥中英軍陣亡十三人，受傷五十二人。根據《奕經等奏查明乍浦接仗情形折》（《籌辦夷務始末》卷五十七），清軍陣亡四百二十三人以上，傷二百七十八人以上，失蹤五十二人。

別囉唆。把我的大叫驢牽來！」

龔振麟提上百寶箱，騎上毛驢，出了驛站，兩個跟丁老大不情願地跟在後面。毛驢走得快，跟丁不得不快步疾行。他們越往燈光山走越膽虛，汗毛猶如鐵刺一樣豎起來，腿肚子直轉筋。

龔振麟把毛驢拴在一棵老樹下，提著百寶箱上山。登上山脊後，他被眼前的景象驚呆了：幾條英國兵船在海面上一字排開，不停地轟擊天妃宮炮臺、葫蘆城炮臺和牛尖角炮臺，成群的炮子拖著長煙劃過天空，聲如迅雷，勢如驟雨，砰砰砰的爆炸聲震耳欲聾。那些炮臺相隔二里左右，倚山聳立，氣勢雄渾。每座炮臺安放了十位火炮，無奈射程有限，打不著英軍，為了不浪費炮子，守兵們只能忍受敵人的轟炸。

龔振麟是造槍造炮的好手，卻沒上過戰場，聽說過鐵甲船，卻沒見過實物。他一瞥眼前「地獄火河號」，那是條實實在在的鐵船，船身烏黑發亮，兩舷的蹼輪不停旋轉，捲起的水花在陽光下粼粼閃閃。無論順風、逆水，進退自如，橫衝直撞，如入無人之境。龔振麟興奮得眼珠子發亮，滿腦子只想弄明白，鐵船為什麼能浮在水上？船板的接縫處是如何鉚接的？為什麼不漏水？船上的巨炮為什麼能夠旋轉？什麼力量讓它迅馳如飛？是人力還是畜力？是水力還是火力？

「皋華麗號」同樣令他驚異、興奮，那條船像一座巨大的海上堡壘，火炮的數量比葫蘆城炮臺、天妃宮炮臺和牛尖角炮臺的總和還多！

他趴在山岩後面，取出千里眼仔細觀察。「皋華麗號」先用一側的艦炮轟擊，然後旋轉船身，換另一側艦炮轟擊。帆兵們拉動帆繩變換風帆夾角，嫻熟得如同駕馭水上蛟龍，僅用一分多鐘就把龐大的船體旋轉半圈。水兵們用絞車拋下四根粗大的鐵錨，穩住船身。炮兵借船身旋轉之機推動炮身復位，重新填入火藥和炮子，瞄準，射擊。如此周而復始，幾百名水兵和炮兵協調得如同一架精巧的機器。此外，甲板上還有火箭發射架，細長的火箭騰空而起，拖著導航杆和火尾巴，發出尖厲的嘯音，朝岸上飛去。

看著這一幕，又一個疑問在他的腦際閃過——敵人的火箭怎麼飛得如此遠？

一支火箭落在他的身後，點燃了灌木和野草。龔振麟想跑過去仔細觀看，但火焰太盛，不能近前，只能眼睜睜看著火箭的箭杆和箭鏃燒得一乾二淨。

很快，又一支火箭拖著火尾巴從頭頂上飛過，落在百步以外的山坳裡。那兒有一片水窪，五尺長的箭杆一頭扎進水中，就聽嗞的一聲，火尾巴滅了，留下一股黑煙。龔振麟不由得內心狂喜，跳著腳朝山坳跑去，一腳踏進水窪，把燒了半截的火箭從泥水裡拔出，就像搶救出一件寶貝。

長喜在葫蘆城炮臺指揮作戰，突然看見龔振麟抱著半截火箭從山坳裡出來，立即猜出他在尋找實物，好研究敵人的武器。他對一個旗兵道：「龔振麟是個活寶貝，你趕緊把他送走。

他要是死了，我拿你的腦袋頂命！」

旗兵喳了一聲，轉身離開炮臺。

浙江的滿漢官兵都知道龔振麟的鼎鼎大名，他講起槍炮的原理、構造、保養、維修，條分縷析，語言生動，比喻精當，清楚明白，但對槍炮之外的俗事俗物經常冒傻氣說傻話，鬧出的笑話令官兵們捧腹大笑。

旗兵朝山坳跑去，勸龔振麟離開戰場，他才意識到危險。剛走了幾步，突然聽到「呀——啊——呀——啊」的驢叫，他的大叫驢被炮聲嚇得六神無主，但被拴在樹上，掙不脫，逃不掉，見到主人像見了救星，又踢又踏，又攞又咬。龔振麟三步並兩步跑過去，解開韁繩，騎到驢背上，喝一聲「駕——！」大叫驢撒開蹄子向北奔去。這時他才發現，兩個跟丁早就溜得無影無蹤。

經過一小時炮戰，葫蘆城、天妃宮、牛尖角、陳山嘴、唐家灣和檀樹泉六座炮臺被炸得殘缺不全，神廟和兵房東倒西歪。

英軍開始搶灘登陸，火輪船拖拽著舢板，舢板上滿載英國兵。

長喜發出命令：「左營一隊用抬槍封鎖海灘，二隊從左面，三隊從右面抄過去！」

三百多旗兵分成三隊衝向海灘，企圖阻止英軍登陸。敵艦打出一排子母彈，在海灘上空爆炸，滿天星似的罩住方圓一里多寬的地面，旗兵們在一瞬間被打得頭破血流，惶惶亂亂地撤了回去。

登陸的英軍迅速擊潰清軍。葫蘆城炮臺的所有大炮都被摧毀，只剩下龔振麟送來的一位千斤銅炮，兩個炮兵推動炮車，調整射角，長喜操起火煤子點燃炮撚，轟的一聲，炮子衝出炮膛，飛向海灘，正好擊中一條舢板，乒的一聲炸開，一個英國兵應聲栽倒在水中。

長喜大叫一聲：「好！」

但話音剛落，一顆敵彈砰的一聲在他附近爆炸，炮兵們發出一陣慘叫。長喜受了重傷，歪倒在炮架旁，他的肚皮被打穿，半截腸子翻到肚皮外，全身上下血淋淋的。他有強烈的求生慾望，想叫軍醫，但喊不出聲，只能自己捂著創口、忍著疼痛，掙扎著朝炮臺外面爬，身後拖出一條黏稠猩紅的血線。

下一刻，又一顆炮子淩空爆炸，濃煙烈火散去後，人們發現炮臺裡血肉模糊，地面上有斷肢殘臂和碎骨，牆面濺滿了血汁和腦漿。

另一頭，龔振麟不熟悉道路和地形，三轉兩轉跑錯了方向，越跑槍聲越密。他跑到觀音山下時，瞥見散兵敗勇像潮水一樣向西逃遁，軍旗、藤牌、長矛、短刀亂丟一地。身穿紅色軍裝的英國兵在開槍追擊，一顆槍子打中驢腿，毛驢吃痛跌倒，龔振麟被摔下來。

突然，他聽見有人喊：「龔大炮，朝這邊跑！」

抬眼一看，隆福站在天尊廟門口，手捲喇叭，聲嘶力竭地呼喚他，身後還有一隊荷槍實彈的八旗兵。龔振麟像見到救星一樣，抱著半截火箭，踉踉蹌蹌地朝他們跑去。

天尊廟位於觀音山下，隆福率領一百多旗兵駐紮在這裡。寺廟很大，占地十畝，有六七十間殿堂和房屋，寺院裡古木參天，寺院外阡陌開闊。天尊廟的石牆又高又厚，隆福命令旗兵們在牆上鑿出射擊孔，每個射擊孔後架了一杆抬槍。他還要旗兵在周邊布下鹿角柵、梅花坑和鐵蒺藜，從外面看，天尊廟就像警備森嚴的兵營，想咬碎它，非得有鐵齒鋼牙不可。

隆福的旗兵是乍浦的精華，裝備了十幾杆抬槍和四十支火繩槍，武器精良，訓練有素，他們忙而不亂，秩序井然，不如外省客軍像沒頭蒼蠅似的潰逃。

看隆福鐵定心腸倚寺堅守，龔振麟甫踏進寺院，立即有了安全感。

轉首見一個旗兵被繩子捆著，跪在石階下面，他一眼認出是伊勒哈根。伊勒哈根像《水滸》裡的鼓上蚤時遷，一副鼠頭獐腦模樣，調皮搗蛋，從不安分，隔三岔五就鼓弄出一場惡作劇，可同時頭腦靈光，學槍學炮一教就會。

龔振麟一哂，「喲，你不是伊勒哈根嗎，你小子又捅馬蜂窩了吧？」

伊勒哈根被綁了一天，像捆蔫草，他抬眼望著龔振麟，「龔大人，咱給回子營送了一條豬尾巴，惹惱了副都統大人。求求您替咱美言兩句，放了咱吧，咱再也不敢了。」

龔振麟道：「戰火紛飛的，你小子披鐐戴枷跪在這兒有點兒浪費兵力。」他對隆福道：「隆大人，英夷打到眼前了，讓他戴罪立功吧。」

英夷打到門口，鎖著一個旗兵的確浪費兵力。隆福順水推舟地說：「伊勒哈根，本來應當捆你三天，今日看在龔大人的面子上放你一馬。你要是再敢招惹是非，非給你戴上大號木枷不可！」

「小人不敢了。」

隆福這才叫人給他鬆綁，「你小子得殺兩個英國鬼子才能頂罪！還不謝龔大人。」

伊勒哈根連聲應道：「是是是。」他活動一下筋骨，給龔振麟磕了個響頭，卻隨即扮鬼臉，頑皮本相畢露，一拍屁股溜了。

半小時後，蒙泰和湯林森中校率領的右縱隊推進到天尊廟。右縱隊在唐家灣登陸，沒遇到什麼抵抗，他們向西挺進，在一座小山包打了場小規模的遭遇戰，一隊外省勇營手持長矛大刀發起衝鋒，被他們用雷爆槍驅散。現在，右縱隊被天尊廟擋住去路。蒙泰不知道寺廟裡有多少清軍，也不知道他們會碰到何種抵抗。自從開仗以來，英軍所到之處，清軍望風披靡，蒙泰以為只要衝進寺廟，清軍就會像小雞見了老鷹，不戰而降。

湯林森中校命令一個少尉率領二十個士兵打前鋒。他們剛衝進寺廟，就傳出爆豆似的槍響，少尉和兩名士兵被擊斃，三個士兵受傷。受挫的英軍迅速退出，連拖帶拽地把傷兵搶救出來。英軍不得不放慢速度，散開兵力，包圍天尊廟。蒙泰與湯林森站在一棵大樹下仔細觀察敵情，大樹距離寺廟的大門大約一百米，恰好在清軍火槍的射程之外，從外形看，天尊廟高牆深院，牆壁上鑿有槍眼，槍眼後面架著抬槍或火繩槍，駐守寺廟的清軍與其他清軍的軍裝、軍旗、軍械都不一樣。

蒙泰道：「我們碰上八旗兵了，聽說他們是清軍的精銳，能征善戰，視死如歸。」

湯林森中校也聽說過旗兵，卻沒與他們較量過，「那也沒什麼了不起，他們的裝備比我國落後二百年。」他是參加過拿破崙戰爭的老軍官，急功好勝，根本沒把旗兵放在眼裡。

蒙泰生性謹慎，「我們最好等炮兵上來再動手。」

湯林森不以為然，「中國人都是膽小鬼，我們只要衝進去，他們立即就像兔子見了鷹。」為了展示大英國軍官身先士卒、視死如歸的氣魄，他決定組織一支三十多人的敢死隊，親自帶隊衝入寺廟，另要蒙泰率領一個步兵連隨後跟進。

很快地，軍鼓響起來，二百多英國士兵分成兩隊，抖擻精神，拉開架勢，準備用齊射封鎖所有窗口和槍眼，掩護敢死隊衝進去。

一百多名旗兵佔據了寺廟的所有制高點，每個窗口、每個拐角都架著抬槍或火繩槍，寺廟的山門不大，對面有一道影壁，正好擋住外人的視線，形成一個促狹的絕殺之地。隆福和三十多名旗兵端著火繩槍分立兩側，隨時準備痛擊衝進來的英軍。龔振麟手持短銃，站在隆福旁邊，那把鑲銀短銃精光閃亮，刻有鏨葉花紋，精緻得令人豔羨。

隆福握著一杆火繩槍，「龔大炮，把你的短銃借我用一用。你是文官，用不著它。」

龔振麟嘿嘿一笑，「這是我的心肝寶貝。」

隆福道：「你造槍行，打槍不行。等打完仗，我還給你。」

龔振麟猶豫一下，把短銃遞給他。槍柄溫熱，沾著龔振麟的手澤。槍裡只有一顆槍子，因此龔振麟又遞給隆福三顆，「我捨不得放。放完就沒了，杭州炮局造不出這種槍子。」

院牆外傳來軍鼓聲和銅號聲，隆福不再回話，立即端起槍瞄準。

湯林森端著一柄上了刺刀的雷爆槍，身先士卒衝入山門。

隆福大吼一聲：「打！」自己也馬上扣動扳機。

二十個火槍兵同時開槍，湯林森連中兩彈，一個趔趄撲倒在影壁前，三個英兵也撲倒在地上。火槍兵打完槍後立即後退，更換槍子。十幾個旗兵挺著藤牌、舞著大刀衝過去，在影壁與山門之間的狹小空地上大砍大殺。短兵相接時，雷爆槍和火繩槍都派不上用場，起作用的是蠻力和大刀，旗兵與英國兵怒目相視，大呼小叫，刀砍槍刺，殺得血氣蒸騰。

蒙泰率領步兵連緊跟在敢死隊後面。他奔入山門時，火槍兵恰好換完槍子，隨著隆福大吼一聲：「放！」蒙泰連中三槍，大叫一聲「老天」，撲倒在地上。多虧英軍拚死搏擊，好不容易才把湯林森、蒙泰和受傷的官兵拖出去。

第二次衝鋒，就此戛然而止。

英軍沒想到清軍會殊死抵抗，而且抵抗得如此兇猛。

一小時後，郭富與炮隊趕到天尊廟，他沒想到清軍竟然堅守不退，更沒想到二十多個官兵死傷在寺廟的爭奪戰中，包括蒙泰和一個中校。

蒙泰和湯林森並排躺在草地上，湯林森不省人事，奄奄一息，椎骨被打斷了，十個手指蜷在一起。蒙泰的軍裝上沾滿汙濁的凝血。大軍醫加比特已經為他們處理好傷口。

郭富蹲在地上，「傷勢如何？」

加比特皺著眉頭，「湯林森中校不行了，苟延殘喘而已。蒙泰中校中了三槍，一槍打在後背，在脊椎右側，再偏一點就廢了。還有一槍打中右肋，所幸沒有傷著肋骨，第三槍打中臀部。」

蒙泰神智清醒，忐忑問道：「會致殘嗎？」

加比特安慰：「不會。清軍的槍子是鐵砂，殺傷力小。你先服用鴉片酊止痛，我要盡快把鐵砂取出來，不然你會嚴重感染。」

郭富嗔怪道：「蒙泰中校，我很讚賞你和湯林森中校的勇氣，但不得不批評你們，你們犯了輕敵的錯誤。你們應當站在指揮的位置上，身先士卒、衝鋒陷陣是中尉的工作，你們卻自貶身價親自衝鋒。」

蒙泰躺在地上，忍著疼痛道：「是的，郭富爵士，我會接受教訓。」他相當慶幸自己能從死神的指縫裡僥倖逃脫。

快速推進的炮隊僅攜帶了一位輕型推輪野戰炮和一個小型火箭發射架。野戰炮只能發射六磅重的小炮子，炮兵把野戰炮對準寺廟，接連打了兩炮，天尊廟的石牆又厚又結實，竟然炸不開。他們又發射了兩支火箭，但那兩支火箭較小，火力有限，清軍組織完善，迅速將火焰撲滅，火勢沒有延燒開。

沒多久，馬德拉斯工程兵趕來了。帶隊的軍官圍著寺廟轉了一圈，發現要想炸開堅厚的石牆，必須使用三十磅炸藥。他要工程兵現場製作兩個炸藥包，在排槍的掩護下，兩個工程兵成功地將炸藥包安放到石牆腳下。轟的一聲巨響，石牆被炸開一個缺口，英軍再次發起衝鋒，但清軍用抬槍和火繩槍輪番射擊，再次打死打傷幾個英軍。

儘管三次衝鋒全失敗，郭富卻也發現了寺廟的薄弱之處。北殿的歇山頂有兩個巨大的斗拱，只要把斗拱引燃，整座寺廟就會燃燒。

他命令馬德拉斯工程兵把第二個炸藥包安放在北牆腳下，伴隨轟聲巨響，不僅牆體被炸倒，殿頂也坍塌下來。炮兵向斗拱發射了一支小型康格利夫火箭，斗拱漸漸燃燒起來。旗兵們想撲火，但院牆坍塌後，他們無遮無擋，完全暴露在英軍的槍口下。英軍不停射擊，打死打傷多名救火的旗兵。

大火很快便蔓延開來，寺廟裡的樹木和房屋相繼著火，越燒越旺，濃煙滾滾，就像一座燃燒的墳墓。清軍無處躲藏，熱烘烘擠在一起，可留在裡面只能燒成灰燼，唯一的活路，是冒死突圍。

戰場上容不得猶豫，隆福馬上命令突圍，並特別關照，要把龔振麟安全送出去，幾十個旗兵簇擁著他衝出缺口。英軍像圍獵出籠的困獸一樣大開殺戒，槍聲又密又急，大部分旗兵被射殺，只有龔振麟和六七個旗兵僥倖逃出虎口。

一小時後，火勢漸小，英軍終於衝進天尊廟。

寺院裡一片焦糊，空氣中瀰漫著難聞的烤肉味，地面上橫躺幾十個旗兵，一半是燒焦的屍體，一半是傷兵。

兩具英國兵的屍體橫陳在坍塌的影壁前，幾次爭奪，英軍沒有來得及將他們的屍體拖走。伊勒哈根擊斃了其中一個，割下耳朵，用鐵絲穿了，掛在腰間，準備邀賞，但是他的腳受了傷，無法行走，褲腿上全是凝血。他懸腿坐在石階上，手持大刀，像一隻斷腿的狼，啼血殘喘。

一個英國兵看見他腰間的耳朵，氣瘋了，獵狗似的狂吼：「渾蛋！野獸！」使足力氣把刺刀扎向他。

伊勒哈根發出慘烈的號叫，雙手死死握住插入胸口的刺刀，眼珠子噴射出如火的怒焰，撲騰，扭動，竭盡全力，終於躺在血泊中，一動也不動。

隆福的腿斷了，昏死過去，被這撕心裂肺的號叫聲驚醒，掙扎著坐起身子，看見死去的伊勒哈根，他胸膛被刺刀扎穿，滿身血漬，臉色土灰。

隆福突然瞥見身旁的短銃，本能地抓起它，瞄向英軍，扣動扳機，但沒有子彈。一個英國兵立即衝上去，掄起槍托狠狠一砸，短銃被打飛，隆福的手腕像被閃電擊中似的，腕骨斷了！他疼得鑽心，另一條胳膊撐著身子，五個手指像鷹爪，痙攣似的摳進地面。

英國兵正要用刺刀捅死他，背後傳來一聲斷喝：「住手！」

士兵回頭一看，是郭富，忍不住紅著眼睛抗議：「他是魔鬼，殺死了我們的弟兄！」郭富的臉上線條鐵硬，聲音嚴厲得不容置疑，「刀下留人。」

幾十個英軍官兵倒在天尊廟前，非死即傷，英軍恨得眼睛發綠，復仇心切，要是不加遏制，他們能把所有清軍傷兵斬盡殺絕。

郭富注意到隆福的胸前有一個五品補子，相當於英軍的少校軍銜，他判定這是一個有價值的俘虜，命令道：「給他療傷。」

加比特軍醫走到隆福跟前，指著他的傷腿和手腕，比手畫腳。隆福聽不懂，警惕地盯著他，像盯著一隻不懷好意的狐狸。

一個通事走過來，俯下身子，講一口澳門話，「大人，英軍說他們優待俘虜，給你包紮傷口。」

隆福血紅的眼珠子冷峻而嚴厲，從牙縫裡擠出一句狠話，「滾，漢奸！你不配跟我說話！」他的右手斷了，猛然提起鷹爪似的左手，從腰間抽出一把匕首，寒光閃閃，嚇得那通事連退幾步。

隆福用匕首指著他，「你告訴英國鬼子，我生為大清人，死為大清鬼，絕不投降！」話落，匕首已經架在脖子上，一使勁，刺進去，一股鮮血嗞的一聲噴出。他喉頭發出「啊——」的絕叫，挺了片刻，直到氣絕，歪倒在地上。

看著這幕，郭富的臉色發青，驚愕不已。

在陸軍攻打天尊廟時，巴加率領海軍陸戰隊攻進乍浦城。巴加與郭富的戰爭觀念迥然不同，海軍陸戰隊所到之處槍炮齊鳴，不分軍人或平民，一通亂射。清軍抵抗不住，棄城而走，難民們像受到野狼突襲的雞鴨豬狗，驚叫著四散逃命。

英軍攻入滿城後，看見的景象觸目驚心。

來自長城以北的滿洲人依舊保留著原始、剽悍、野蠻的風俗，寧自戕，不苟活！他們對敵人殘酷無情，對自己的親人同樣殘酷無情。他們深信英軍是劫掠無度的淫魔，會把自己的老婆、孩子當作下賤的包衣奴才，因而寧願把自己的女人和孩子活活掐死或溺死，而後自殺。有人割喉，有人服毒，有人跳水，有人上吊。服毒者死後藥性發作，面目呈現出可怕的黑紫色。房梁上、大樹上到處都是吊死的女鬼，她們吐著長長的舌頭。水塘裡漂著上百具死屍，整座滿城形同鬼蜮！

拾陸 投石問路

耆英和伊里布出京後沿著大運河星奔夜馳，水路兼程，走了二十四天到達杭州。耆英原本是主戰的，但一路上伊里布反覆告訴他撫夷勝於剿夷，致使他的想法嚴重動搖。

耆英一到浙江就聽說奕經和劉韻珂像強龍和地頭蛇似的勢不兩立，二人無法共事，索性分別駐紮兩地，劉韻珂留守杭州，奕經移駐紹興。

耆英先去向劉韻珂傳達皇上的旨意，聽他講述了浙江的戰局，再去紹興向奕經傳達皇上的旨意，也聽其講述了浙江的戰況。

二人同處一省，說法卻大相徑庭。

奕經說攻打寧波和鎮海雖未得手，但擒斬、溺殺夷兵達數百人之多，舟山之戰更是戰果輝煌，鄭鼎臣率領水勇渡海夜襲舟山，燒毀英國兵船四隻、燒沉一隻，擊殺夷兵三四百人，致使寧波英軍驚慌失措，晝夜不安，不得不登船奔竄。他當下不失時機地命令段永福乘勝進軍，收復了寧波。

但劉韻珂的說法完全相反，他與奕經形同敵手，事事處處唱反調，你說黑他偏說白，你說勝他偏說敗，致使奕經的謊言難以自圓，破綻百出。劉韻珂根本不信鄭鼎臣能打敗英軍，對收復寧波的說法也不予採信。他說，據可靠諜報，英軍撤離寧波時井然有序，「用鼓樂導送出城」，並未遭受任何重創，英軍放棄寧波是另有圖謀，要集中兵力攻打乍浦和杭州。

一場戰事，兩種說法，耆英如墜十里霧中，看不清爽誰對誰錯。

伊里布曾經坐鎮浙江，與英夷打過交道，他心知肚明，把謊言編得八面玲瓏是不可或缺的官場功夫，奕經顯然是粉飾誇功。但伊里布老於世故，絕不肯以七品微末之員的身分介入奕經和劉韻珂的龍虎鬥，只是洗耳恭聽，不予任何點評。

最後，耆英和伊里布決定去乍浦視察。沒想剛走至半道，就接到平湖縣的稟報：乍浦遭到英軍突襲，副都統長喜兵敗身亡，各路兵馬潰不成軍，只有八旗兵及其眷屬寧死不屈，自戕者的鮮血染紅了街衢，上千百姓死於戰亂。耆英和伊里布只好返回杭州，準備與劉韻珂商議對策。

沒想到關鍵時刻，劉韻珂病倒了。一年多來，他嘔心瀝血操持浙江防務，失敗的暗影時時刻刻糾纏著他，像鬼魅一樣形影不離，致使他不堪重負，每天在焦慮和煩惱中煎熬，日久天長下來，肝虛腎弱，體質大損，到今日終於打熬不住，被一場感冒擊倒在床上。但職責所在，他不得不硬挺著批閱各府縣送來的稟文。

耆英和伊里布走進臥室，坐在一張圓桌旁。劉韻珂有氣無力地斜倚在大迎枕上，一個郎中正在給他號脈。由於長期的憂思和惱怒，劉韻珂的體質很差，苔薄脈浮，偶感風寒就發燒，燒得天昏地暗，眼冒白星，頭痛骨痛，滿嘴燎泡，連牙床也跟著疼痛。為了降溫，郎中在他的額頭上敷了濕巾。

耆英年屆五十，皮膚白淨，唇上留著一抹八字鬚，頭髮梳理得一絲不苟。體態微胖，舉止雍容，說話不緊不慢。與伊里布一樣，是愛新覺羅氏的旁系，故而腰間繫著一條紅帶子。他不喜歡奕經那種誇誇其談的紈絝秉性，傾心於劉韻珂的務實作風。

在一陣噓寒問暖之後，耆英終於進入正題，「劉大人，剛才我和伊老中堂一起過來，看見城廂街衢亂哄哄的，大道上車水馬龍，人流如注，老百姓扶老攜幼，拖兒帶女，誠惶誠恐地離城出走。」

伊里布當過協辦大學士和兩江總督，閱歷、資歷、能力、眼力皆在耆英和劉韻珂之上，皇上雖然只給他七品銜，但耆英深知這位七品官不能與其他七品官等量其觀，故而依舊稱他「中堂」，還加了一個「老」字。

劉韻珂無奈地搖著頭，「據汛兵稟報，乍浦失守後，平湖、嘉興和海寧等縣擠滿難民，他們衣食無著，啼饑號寒之聲不絕於耳，還有無賴兵痞攔阻商船、哄搶村舍、趁亂打劫。」

耆英說：「兵荒馬亂之際，難免有丘八兵痞亂中取栗，禍害百姓，幹出傷天害理的事情。

要盡快命令平湖、嘉興和海寧三縣掛起王命旗，就地收編散兵潰勇，派他們到杭州集結。」

伊里布老聲老氣地道：「自古以來，弁兵們上了戰場是虎狼，下了戰場，亂了營伍、斷了糧，同樣是虎狼。」

耆英問：「劉大人，依你看，英軍的下一個目標是哪兒？」

劉韻珂語氣低沉，「杭州。」

耆英把手指關節捏得咯咯響，「杭州守得住嗎？」

劉韻珂心冷如冰，「你們別看杭州深溝高壘、槍炮林立，那是花架子，防匪防盜有餘，防英夷是胡扯。乍浦的八旗兵和陝甘精銳尚且抵擋不住英夷，杭州更不行。耆將軍，朝廷既然允准羈縻，我們不妨趁英軍在乍浦休整之機，派人與他們接洽，否則待杭州城破人亡，後悔就晚了。」

耆英皺著眉，「英軍肯議和嗎？」

劉韻珂點頭，「英軍多次用釋俘的方式向我方示好，但皇上有旨，不得接受逆夷的隻字片言，我一直沒敢回話。」他從大迎枕下取出卷宗，抽出三份英夷投遞他的漢字文書，遞給耆英。

耆英沉默讀過一遍，遞給伊里布。伊里布戴上老花眼鏡慢慢細讀。

劉韻珂道：「遠的不說，就說最近一個月，三月十七日，英軍將十一名被俘兵丁送回我營，二十三日送回七名，二十七日再送回十九名。根據釋回的兵丁和壯勇們稟報，英軍對他們饑給飯食，傷給醫療，釋放時每人還發放兩個銀圓[13]。剛才，簽押房送來嘉興知府劉榮熙的稟報，乍浦之戰中有四十六名旗兵因傷被俘，英夷不僅給他們療傷，每人還發給三個銀圓，送往嘉興，並叫他們捎來一封信，懇請我軍優待並釋放英軍俘虜。」

耆英說：「依照本朝慣例，殺俘意味著張揚抗敵意志，釋俘意味著羈縻，想必英夷也同樣如此。他們多次釋俘，恐怕也有和談的意向。」

劉韻珂表示同意，「根據俘虜們說，英軍最恨裕謙大人，因為他虐殺英俘；最敬重老中堂，因為老中堂寬待英俘。」

伊里布擺擺手，歎了口氣，「我歷來主張興仁義之師，辦仁義之事，不贊同虐殺俘虜。我方若虐殺英俘，英夷勢必以牙還牙，虐殺我軍俘虜，甚至戧殺百姓以圖報復，如此冤冤相報，受苦受罪的還是普通兵丁和百姓。」

13　英軍釋放俘虜並發放銀圓一事載於《奕經等又奏英軍兩次送出失陷兵勇並王國英不屈被害折》（《籌辦夷務始末》卷四十七）。

耆英詢問：「我方羈押了多少英俘？」

劉韻珂回答：「杭州羈押了十三名，紹興羈押了三名。」

耆英考慮一會兒，「既然二位都認為我軍戰無勝算，只有羈縻一策可用，我們不妨順勢而為，以釋俘為契機，投石問路。老中堂，你說呢？」

伊里布摘下老花眼鏡，幽幽道：「去年我主持浙江防務，裕謙上折子彈劾我，罪名之一就是善待夷俘，回想起來我依然心有餘悸。」

耆英道：「我在京請訓時，皇上授意先打一場勝仗再行羈縻，我們不妨以鄭鼎臣跨海作戰奇襲英夷為契機，行羈縻之策。」

劉韻珂撐起身子，取下額頭上的濕巾，「鄭鼎臣打敗逆夷是不實之詞！我敢賭定，奕經奏報乍浦敗績時照樣寫得雖敗猶榮。耆將軍，前敵將領若是不說實話，誇功邀賞，皇上就會兩眼迷濛，操控全域就會不著邊際。」

伊里布點了點頭，「是這麼個道理。皇上堅持打，就是因為誤聽誤信某些疆臣的不實之詞。這是一場沒有勝算的戰爭，越早結束越好。」

耆英站起身來，把布巾在涼水桶裡浸過，給劉韻珂重新敷上。劉韻珂低聲謝過，講了一句意味深長的話：「在本朝，講實話真難。乍浦之敗，請耆將軍務必如實奏報，杭州危在旦夕，也不要粉飾。」

伊里布思索片刻，「英夷浮海而來，勞師糜餉兩年有餘，人力、物力、財力消耗也不會小。他們釋俘是投石問路，咱們就借勢作出回應，看他們有什麼反應。」

劉韻珂很是贊成，「伊中堂，您老德高望重，名震中外，不妨由您出面給夷酋寫一封信，試探一下他們的反應。」

伊里布婉拒，「我是贖罪之人，人微言輕，恐怕難挑重擔。」

耆英道：「老中堂，朝廷明定，不許封疆大吏與夷人互通文書，你當過封疆大吏，卻不是封疆大吏，不妨以前協辦大學士和兩江總督的名義給夷酋寫信，這個官銜足夠尊貴，又不違反成規。」

伊里布抬手搔了搔老頭皮，思忖片刻，「這個名分好。我姑且應承下來。派誰送呢？」

劉韻珂提議：「鎮海營外委把總陳志剛熟悉白旗規則，叫他去。」

伊里布又說：「大清的天穹塌陷了一隅，我們幹的是補天的活，要是補不了，就天崩地裂了。英夷寬待俘虜，我方也不能小氣。」

耆英想了想，「老中堂，你不妨在信中寫明，我方也寬待俘虜，給他們療傷治病。至於路費，更要大度，泱泱大清不缺區區幾個小錢，釋俘時，黑夷每人發放十五元，白夷每人發放三十元，用竹轎把他們抬到乍浦。」

伊里布點頭贊同。自從琦善被罷黜後，朝廷與英夷斷絕了文書往來，他的信雖是一種試探，但每個字都得傳達重要意願，不能有絲毫含混。

他坐在桌前，一面蘸筆濡墨，一面斟酌字句：

前任協辦大學士兩江總督部堂伊（里布）致書貴帥：

兩國交兵一年之久，殺傷兵民無數，實屬上干天和，自以及早息事為貴，免興天怒，致有天罰。何況貴國所願者通商，中國所願者收稅，至於勞師糜餉，均所不願也。此本前任閣督部堂之所深望，亦知為貴帥之所深期。何不按兵不動，徐商通關之事，豈不兩國俱安，共免佳（興）兵之不祥，而同享販貨之收利？上以喜天心，下以保民命。

本前任閣督部堂，平生待中外人，無不以直實行之，從無一毫欺心欺言，應為貴帥所素悉，亦為貴帥所素信也。現有耆將軍等劄飭，亦與本前閣督部堂，同心同志，一併交弁寄閱知之。專（揣）此書達寸心，唯貴帥早定商局，毋延兵禍，謀定書覆，是所切盼[14]。

14　取自《中英兩國往來照會公文簿》，《中國近代史資料叢刊．鴉片戰爭》第五冊，第445頁。

他把底稿交給耆英和劉韻珂傳閱，謹慎道：「此信雖然是私函，談的卻是國事，務必留底，抄報朝廷。」

劉韻珂點頭，「所言極是。耆將軍，乍浦之敗必須盡快奏報朝廷。我病得厲害，只好拜託你寫稿。我們寧可受處分，也要說實話。」說到這裡，一股淚水湧上他的眼眶。

耆英早就聽說過西湖十景的盛名，但英軍隨時可能兵鋒相向，他竟然沒有時間遊觀。最近幾天的諜報說，英軍仍在乍浦休整，沒有攻打杭州的動向，耆英才和伊里布一起到西湖的南面遊觀，順便察看那兒的防禦情況。

耆英和伊里布並肩而行，伊里布拄著手杖道：「耆將軍，釋俘的事情最好先請旨，否則會招惹是非。」

「你有什麼見教？」

「皇上事無巨細都要過問，咱們好心辦差，萬一不合聖意，反而吃癟。當年我在雲南當巡撫，有一年大旱，昆明、昭通和普洱三府二十一縣的受災人口多達七百萬，三百五十萬人沒飯吃，餓急眼的災民隨時都會鋌而走險，聚眾鬧事、哄搶米店，再不開倉賑濟就可能出大事。當時糧臺大庫裡有二十五萬石軍儲糧，不請旨不能動用。我心急如焚，用六百里紅旗快遞奏請開倉，你猜結果如何？」

耆英看著伊里布那張蒼老的臉，「如何？」

「皇上恩准開倉，但同時給我一個處分，降三級留用。不是因為旁的，是因為動用驛馬。朝廷的章程是，只有打仗、大捷、水災、潰堤和地震才能動用六百里快遞，旱災不在其列，因為旱災是逐漸形成，不是突發的。事後我才知曉，那次驛遞，江西跑死一匹馬，河南跑廢兩匹馬。但與三府二十一縣七百萬災民的生死相比，三匹驛馬算什麼！大臣辦差很難兩全其美，皇上卻不這樣看，他不允許出一點兒紕漏。」伊里布很想說道光皇帝刻薄寡恩、變幻無常，但話到舌尖，還是咽了回去。

不一會兒，他們走到雷峰塔下。雷峰塔是西湖十景之一，修建在南屏山夕照峰上，日落之時經常呈現一種「孤峰斜映夕陽紅」的秀麗景色，故而當地人稱之為「雷峰夕照」。初夏時節，西湖裡蓮葉田田，菡萏妖嬈，水面上開著成片的紅蓮、白蓮、重台蓮和灑金蓮，這是一個楊柳夾岸，柳絲舒卷，湖山沐暉，萬種風情的地方。但戰爭近在咫尺，居民逃亡近半，在湖畔行走的大部分是帶刀壯勇，寺塔附近佈滿了石壘和木柵，呈現出一股臨戰的煞氣。

他們剛要登山，突然聽到疾馳的馬蹄聲，一個人高聲呼喊：「耆將軍伊大人，等一等！」二人扭頭一看，是陳志剛。他騎著一匹棗紅馬，渾身汗涔涔的，顯然剛從乍浦回來。他們疑惑地停下腳步。

陳志剛下了馬，打千行禮，「啟稟二位大人，在下陳志剛，奉命投書，帶回了夷酋郭富致伊大人的照會。」說著，從靴葉子裡取出一只信套，畢恭畢敬遞給伊里布。

伊里布神色莊重，拆開信套閱讀：

大英欽命陸路提督郭（富），為照會事：

照得貴大臣前後厚待我被虜輩，是以本國人等，一概敬仰，如肯臨乍（浦），與隨帶各官，無不恭待，安送回去無虞，是本軍門果然應承者。所有斟酌各條，非軍門之本分妥議，乃將各情節諮會本國欽差大臣查辦。且本國大臣璞（鼎查），最願力除戰禍，而合兩國彼此享平安之福，倘若貴國按照迭次致之文書內各條款一切允准，則平和即結無難。須致照會者。右照會前閣督部堂大人伊（里布）[15]。

這份照會的文字不夠準確，但意思足夠清楚：英夷願意通過和談了結戰禍，但郭富不負責談判，必須由璞鼎查與清方會談，談判的條件是清方允准「迭次致之文書內各條款」，即《巴麥尊外相致中國宰相書》提出的條件。

15 《英軍郭提督致伊里布照會》，《籌辦夷務始末》卷四十九。

伊里布把照會遞給耆英，轉臉問陳志剛：「你有沒有向夷酋郭富說明，我給他的那封信是私函？」

陳志剛一臉懵懂，「標下不明白私函與照會有什麼區別。」

伊里布有點兒不滿意，「你沒有把我的身分和職權解說清楚。我可以佐晝參贊，卻不能代表朝廷會商。夷酋郭富指名道姓要我去乍浦會談，這是極不妥當的。」

耆英讀罷照會，既高興又惱火，高興的是依稀見到停戰的曙光，惱火的是陳志剛沒把伊里布的職權說清楚。他嗔怪道：「陳志剛，你到底是武弁，笨嘴拙舌，不會辦差。所謂『前任協辦大學士兩江總督部堂伊』是自抬身價的委婉說法，言外之意是伊大人現在的許可權不夠，僅用私人名義探問夷酋的意向。」

陳志剛一臉羞愧，「卑職不懂英文，辦這麼細緻的差事就像讓赳赳武夫使用繡花針，勉為其難。」

耆英沒有再責怪他，「還好，沒出大紕漏，只是辦理得不夠細緻。陳志剛，你先回去休息，明天還有差事要你辦。」

「喳！」陳志剛行禮告辭。

耆英看見雷峰塔附近有一座百年老寺，寺廟外蒼松翠柏，儲綠泄潤，寺廟裡鐘聲盈耳，香煙繚繞，「老中堂，那是什麼廟？」

伊里布回答：「是上元寺。」

耆英信佛，碰到難以抉擇的事情喜歡求助於佛祖或菩薩，「上元寺的符籤靈異不靈異？」

伊里布想了想，「聽說靈異。」

「咱們不妨到那兒求籤問卜，問一問如何了結戰事。」

伊里布點了點頭，兩人一同朝寺廟走去。

上元寺的方丈是一個七十多歲的老翁，披了件半舊的袈裟，準備去佛祖像前念經。他見幾個官員進了寺廟，打頭的身穿頭品武官補服，帽子上有一顆紅珠頂戴，趕緊上前奉陪。

耆英掃視著寺院，十分禮貌地說明二人想卜問如何辦理夷務。

方丈雙手合十道：「大人，恰當人才能辦恰當事，料理夷務的人必須有管仲和樂毅之城府，蘇秦和張儀之口才。」

耆英又問：「請問方丈，何人是恰當人？」

方丈緩緩搖頭，「老衲不知，只能求籤問一問觀音菩薩。」說罷，引著耆英進了觀音殿，伊里布跟在後面。

耆英仰視著觀音，那觀音既不是寶相莊嚴的千手觀音，也不是手托淨瓶、慈祥妙麗的水月觀音，而是大光普照觀音，又名十一面觀音，正三面是莊嚴相，左三面是慈悲相，右三面是嗔怒相，背面是大笑相，頂面是佛本相。大光普照觀音左手持藻瓶，右臂掛念珠，盤腿坐在蓮花座上，彷彿能洞察人世間的所有奧秘。

耆英打下馬蹄袖，跪在蒲團上，畢恭畢敬行了三叩九拜大禮，口中念念有詞，請求菩薩指點迷津。方丈端出籤筒，請耆英拈籤。耆英恭敬抽出一籤，上有兩行小字：

一家和樂喜相逢，三陽開泰續敦元。

從字面上面，這是一個不壞的符籤。耆英不知如何解釋，問方丈，方丈竟也解釋不清，「佛說萬事皆緣，辦恰當事的高人應當在籤語中。」

伊里布不愧是進士出身，揣度能力極強。他接過籤看了看，思索片刻，「我明白了。」

耆英喜問：「哦，如何解說？」

伊里布道：「『喜』是本人的幕賓張喜，『敦元』是廣州十三行的總商伍秉鑒，他的官名叫伍敦元。」他見耆英將信將疑，接著道：「張喜跟我十幾年。此人胸中有經緯，辦事縝密，進退有據。至於伍敦元，我沒見過面，但知道他是本朝唯一有三品頂戴的官商，富可敵國。我離開張家口軍臺時，琦善說伍家人常年與英夷打交道，精通夷語、洞悉夷情，辦理夷務必須有伍家人參與。」

耆英對此半信半疑，「您的意思是劄調張喜和伍敦元？」

伊里布道：「與夷人打交道，有些事只可意會，不可言傳，有些事可以口傳，不可以書寫，毫釐之差，效果兩樣。這就好比說媒，辦同樣的事，張三出面辦不成，李四出面卻能辦成。至於張三與李四的秉性、見識、能力、口才，外人看不出有多大差異，結果卻判若兩樣。

「就說陳志剛吧，此人腿腳伶俐，卻沒有張喜的口才，只會照葫蘆畫瓢講印板話，不懂隨機應變。張喜有蘇秦和張儀的辯才，辦理夷務非得他不可。伍家人經理夷務，深得英夷信任，沒有他們居間翻譯，很可能有重大紕漏。」

耆英說：「老中堂，我沒有辦理過夷務，是生手辦重事。你是磐磐大才，國家棟樑，連夷酋都說他們對您『一概敬仰』，可見你名重四海。既然夷酋指名道姓要與你會談，我看，就把這份照會抄送北京，我順水推舟，保舉你出山，與我共擔重任，你意如何？」

伊里布卻推辭，「我老了，對名望和地位看得淡如輕煙。這場戰爭敗壞了多少英雄豪傑，以致於官場上的人視夷務為畏途。我真想在張家口消磨殘年哪。」

耆英語氣誠懇，「老中堂，國難當頭，你就不要推辭了。」

拾柒 艱難轉向

初夏時節，天氣漸漸熱起來，軍機處值房的所有窗戶都打開了。道光去太醫院看牙病，回來時經過軍機處，準備進去看一看。

張爾漢問道：「皇上，要不要叫幾位閣老迎駕？」

道光隨意擺了擺手，「不用。」徑直朝值房走去。

他剛到窗前，就聽見王鼎和穆彰阿在爭執，不由得停住腳步側耳聆聽。張爾漢後退一步，躬著腰一聲不吭。

道光隔著窗縫朝裡瞥了一眼，只見穆彰阿和王鼎坐在椅子上，潘世恩盤腿坐在炕上，炕几上放著一摞奏折，是他批閱後發還軍機處的，裡面有奕經和耆英的奏折、劉韻珂的請假休養片、伊里布致夷酋郭富的私函、郭富回覆的照會，以及耆英調用伍秉鑒或其子侄的夾片。道光要軍機大臣仔細討論，拿出意見。

奕經和耆英分別奏報乍浦失守。奕經的奏折說，乍浦清軍受到萬餘英軍的猛烈進攻，在敵眾我寡的劣勢下，人人思奮，勇往直前，給敵人以重大殺傷。他正與文蔚在平湖、嘉興和海鹽一線嚴密防堵。

耆英的奏折卻說，乍浦駐軍不堪一擊，除了少數八旗兵外，各省援軍和壯勇聞風喪膽，一觸即潰。他把悲觀絕望渲染到極致：

……今乍浦即為所據，敵勢越驕，我兵越餒，萬難再與爭持。該逆夷之垂涎省垣，較乍浦尤甚……此時戰則士氣不振，守則兵數不敷，捨羈縻之外，別無他策，而羈縻又無從措手。……臣劉韻珂憤恨之餘，哭不成聲，訖無良策，臣等亦束手無策，唯有相向而泣。事勢至此，臣何敢蹈粉飾欺矇之陋習，致誤國家大事。仍一面極力設法講求羈縻之術，倘竟無濟，臣唯有與省城相存亡，仰報鴻慈於萬一[16]……

奕經和耆英一個是宗室，一個是覺羅，一個把乍浦之戰寫得壯烈無比，可歌可泣，一個寫得慘不忍睹，毫無指望。面對紛紜複雜的奏報，皇上和軍機大臣們像亂了套路的拳師，拿不出對策。尤其是耆英寫的「蹈粉飾欺矇之陋習，致誤國家大事」一句，簡直是觸目驚心的

---

16 《耆英等又奏戰無長策惟有羈縻片》，《籌辦夷務始末》卷四十八。

血色陳述！道光當時讀罷，像被魔鬼撞了一下魂靈，用朱筆在它的下面重重地畫了一條紅線。

半個月前，王鼎從黃河大工歸來，在剿撫問題上與穆彰阿和潘世恩大相齟齬。道光聽見王鼎慷慨陳詞：「奕經與文蔚，耆英與劉韻珂，同在一省，本應會銜奏報，卻各寫各的折子，各唱各的調。他們顯然不能同舟共濟！耆英和劉韻珂位高權重，身膺重寄，面對醜夷相向而泣，成何體統？本朝需要的是痛擊逆夷的領軍人物，不需要百無一策的書生！他們平日慨然論道統，臨危一死報君王，這樣的臣工有什麼用？」

穆彰阿有點兒激動，「耆英和劉韻珂是千遴萬選、粗管細管都篩過的臣工，才提拔到欽差大臣和封疆大吏的位子上，只要稍有辦法，他們就不會向隅而泣！」

王鼎道：「本朝開國以來，平三藩收臺灣，征新疆克緬甸，威撫越南和朝鮮，懷柔俄羅斯與日本，何曾有過大挫衄？英國依靠船炮之利，發萬餘夷兵跨海而來，既逆天時，又失地利，更缺人和，抵達中國之日即成強弩之末之勢。本朝是擁有三億五千萬臣民的中央大國，要是屈服於區區島夷，豈不為天下人恥笑！本朝官兵連遭敗績，不是因為不能戰，而是因統帥懦弱、軍紀鬆弛。鄭鼎臣在舟山重創英夷，段永福收復寧波，足以說明本朝軍隊既敢戰又能戰！」

潘世恩口氣平和，「收復了殘破的寧波，失去了完善的乍浦，說來說去，還是失大於得。王閣老，國家經費有常，自從英夷犯順以來，七省海疆從無寧日，銀子花得像大江流水。內地各省也不得安寧，除了雲南，所有省份都抽調兵員。屋漏偏逢連天雨，黃河決口一下子用去八百萬兩銀子，要不是銀根緊到賣官鬻爵的地步，朝廷怎肯俯順夷情？王閣老，民諺說『沒有米山麵山蓋不起房，沒有金山銀山打不起仗』，眼下這個局面，退一步海闊天空啊。」

王鼎站起身來，「潘閣老，這不是退一步，而是退十步、百步！要是逆夷除了通商別無他求，我們不妨退一步，但夷酋郭富的照會寫得明白，『倘若貴國按照迭次致之文書內各條款一切允准，則平和即結無難』。這就是說，他們要本朝接受《巴麥尊外相致中國宰相書》的全部條款，讓皇上施以全恩。我們豈能答應！要是答應了，誰能躲過天下嘵嘵之口？」

穆彰阿挑高了聲音，「王閣老呀王閣老，既然夷酋郭富申明願意『力除戰禍，彼此享平安之福』，我們不妨平心靜氣地談一談。咱們畫一條底線，上顧國體，下俯夷情，談得攏就息兵罷戰，談不攏再打嘛。」

王鼎恨恨道：「要談，得看誰去談，讓伊里布去談，不會有好結果，只會越談越退縮！」

潘世恩校正他的用詞，「不是讓他去談，是讓他與耆英一起去談。英夷指名道姓要與伊里布談，但皇上授他七品頂戴，這個官銜太低，不足以代表朝廷。我看，不妨暫時授他四品頂戴，署理乍浦副都統，有個名分才能代表朝廷談嘛。」

王鼎依舊憤憤不解，「耆英心無底氣，就是因為有伊里布在他耳邊聒噪。浙江戰局一敗再敗，余步雲身為浙江提督，屢戰屢敗，屢失城寨，皇上念其舊功，慈悲為懷，未加重譴，才使前敵將領各懷僥倖，相率效尤，聞風即潰。朝廷若不殺一儆百，其他官弁必然紛紛效仿，每逢危局相向而泣。」

潘世恩的眼皮子一哆嗦，「你說殺余步雲？」

王鼎咬牙道：「不殺一儆百，如何約束軍隊，激勵將士？」

穆彰阿搖搖頭，「浙江敗局，余步雲的確責有攸歸，但他為平息張格爾叛亂立過大功，有繪像紫光閣的優渥。殺，有點兒過分。」

聽到這裡道光再也按捺不住，一腳踏進門，「朕不想殺功臣，但不殺一兩個不足以儆示天下！」

三位閣臣見皇上突然進來，趕緊打下馬蹄袖，穆彰阿和王鼎俯身在地上行禮，潘世恩在炕上叩頭。

道光一屁股坐在炕沿上，說了聲：「平身，坐下說話。」三位閣臣才直起身子正襟危坐。

王鼎問：「皇上，牙病重嗎？」

道光咳嗽一聲，「哦，小毛病。朕心急上火，牙床有點兒紅腫，塗了點兒藥，不打緊。」他清了清嗓子轉入正題，「不殺雞給猴看，沿海的封疆大吏和營將們就不會有所忌憚。先把余步雲鎖拿到京，三堂會審！」

見道光顯然贊同王鼎的意見，穆彰阿向來順著皇上的思路辦事，「那就發一道廷寄，鎖拿余步雲。」

潘世恩道：「耆英奏調十三行總商伍敦元或其子侄參加對英談判。方才我們議過，靖逆將軍奕山和參贊大臣楊芳說伍家人捐資有功，巡疆御史駱秉章卻說伍家人裡通外國，此事如何辦理，請皇上示下。」

王鼎態度強硬，「耆英請旨調用伍秉鑒或其子侄參與會談，我看沒這個必要，咱們大清還沒到屈膝求和的地步。」

道光仍然在剿撫之間游移，更沒有意識到精通夷文夷務的人在談判中不可或缺，「伍家人三代當行商，兩代人任總商，捐資助餉五十年，是本朝第一鉅賈，歷任廣東大吏都有表彰，朕不信他們裡通外國。不過十三行總商經理天子南庫，不宜調往他省辦差[17]。」

潘世恩恭敬低首，「遵旨。」

道光道：「你們接著說，朕想聽一聽，想法不同沒關係。」

王鼎微弓著身子，「老臣有話要說，若有不當之處，請皇上批駁。」

道光點頭示意，「說吧。」

17 《廷寄》，《籌辦夷務始末》卷五十三：「又另片奏，請飭調伍敦元，或其兄弟子侄前赴江蘇。著不准行。」

王鼎枯著壽眉，「乍浦之敗不能不了了之，必須有人擔責。耆英剛到浙江不熟悉情況，可以免責。奕經、文蔚和劉韻珂不能免責。」

穆彰阿溫聲勸著，「王閣老，不要意氣用事嘛。兩年多來，英夷狼奔豕突，無所不至，本朝合十七省兵力，言剿言防，總不得手，內地不肖之徒也趁勢作亂，要是再出幾個鐘人傑之類的叛逆，國家如何承受得起？剿與撫，兩害相權取其輕，當此安危之機，唯有降氣抑心，徐圖控馭，不可逞匹夫之勇。」

王鼎卻持相反意見，「皇上，老臣不能苟同穆大人的提議。依照《巴麥尊致中國宰相書》，英夷既索要巨額賠款，又貪求通商碼頭，佔據海島，還想在沿海口岸設立夷館，攜帶女眷，賠款之害如同人受刀割，氣血大損；通商之害如同鴆酒止渴，毒在肺腑。海疆重地，不宜輕有所許，本朝若割讓一座或若干座海島，英夷勢必派兵駐守，那就等於讓外國猛虎駐守中國的大門，此後大局將極難收拾。此口一開，其他國家難免生出覬覦之心，四肢之患終究要變成心腹之疾。」

道光問潘世恩：「潘閣老，你意如何？」

潘世恩性情平和，即使面臨重大危機也像一泓靜水，「戰局至此，本朝唯有暫作退讓，像越王勾踐那樣含恨忍辱，臥薪嚐膽，徐圖自強。」

三位軍機大臣中兩位主張羈縻，只有王鼎固執己見，他一口咬定，「萬萬不可！海疆開釁以來，琦善首倡撫夷，才有伊里布步其後塵，而後有劉韻珂妄談十大焦慮，現在又出一個耆英。他不能宣威海疆，殄滅醜夷，卻主張俯順夷情，還抬舉伊里布。是可忍孰不可忍，這四個人，當誅！」

王鼎暴怒之下冷不丁蹦出一句殺氣騰騰的話，不僅穆彰阿和潘世恩驚訝，道光也吃了一驚。誅殺大臣向來出自天子之口。王鼎提議誅殺余步雲，已屬過分之言，當時皇上沒有駁他，還順勢頒下鎖拿余步雲的諭旨，但沒說「誅」，沒想到王鼎得寸進尺，言辭更加激烈，涉及琦善、劉韻珂、耆英和伊里布四人的性命，其中耆英和伊里布更是紅帶子覺羅。

這種話出自街頭小兒之口，可以視為信口雌黃，無關宏旨的臭屁，出自王鼎之口卻是驚世駭俗！穆彰阿和潘世恩覿面相覷，彷彿在問：王鼎怎麼了？莫非他老糊塗了？

王鼎突然跪在地上，頷首道：「皇上，老臣還有一個建議。當此危難局面，唯有起用林則徐等忠臣。」

王鼎以為黃河大工結束後，能免去林則徐遣戍新疆之苦，專門上了一道奏折，但道光沒有採納，依舊讓林則徐去新疆贖罪。王鼎再提林則徐，弄得道光很下不了臺，眸子閃出一絲微焰。可惜王鼎老眼昏花，沒有察覺，依舊我行我素，「林則徐是忠君愛國、正信正念的楷模，是聖賢君子風教的樣板，這種風教能使頑者廉，懦者立，天地得以正其心，生民得以立其志，世道人心得以維繫。要是這樣的人得不到寬恕……」

道光斷然掐住他的話頭，「你在給朕上課！難道朕是七歲懵童？」

天子近臣本應察情取譬，言理設喻，迎頭指弊，強行勸諫只會適得其反，輕則得罪皇上，重則招來殺身之禍。王鼎恰好觸犯了這一規矩。穆彰阿和潘世恩側目看著道光的臉色，為王鼎擔憂。

王鼎這才察覺自己講了忤逆之言，囁嚅著開口：「皇上，知我者謂我心憂，不知我者謂我何求。」

道光被王鼎戳得心痛，咬牙道：「王閣老，朕罷黜了林則徐，你三番五次為他圓場，是何居心？難道朕錯了？你歲數越大越囉唆，越言出其位，該回家休息了。」這句話綿裡藏針，意味極重。

王鼎像被電光石火擊中似的一愣神，旋即撩衽跪下，淚水在蒼老的眼眶裡打轉，「老臣為皇上的萬世英名著想，為大清的萬里江山著想，為三億五千萬黎民百姓著想！武死戰，文死諫。臣老了，命不足惜，唯有冒死懇請皇上，對逆夷，萬萬不可退讓！」他把頭深深紮下，在青磚地上磕得砰砰作響。

潘世恩坐不住了，下炕趿鞋，苦口勸說：「王閣老，千萬冷靜。」

道光被王鼎激得臉色通紅，「天子之位乃四海公家之統，非一姓之私，坐在這個位子上，就得思慮國家的穩定。朕一看到大殿裡的頂樑柱，就想起大清的萬里江山，朕與六代先帝用盡全力支撐著它，撐了二百年，撐得筋疲力盡，卻不敢稍有鬆懈，生怕一有閃失就天塌地陷。朕何嘗不願剪除逆夷？但事出萬難，朕才出此下策，朕唯有自恨自愧，誠以千百萬民命所關，其利害不只江、浙兩省。朕無德無能，唯憂民生塗炭，國家板蕩，你難道還要戳朕的心嗎？」

潘世恩生怕王鼎講出更加失禮的話，溫語勸道：「王閣老，千萬冷靜。」

王鼎不知哪兒來的勇氣，固執得像塊頑石，「皇上不殺琦善，無以對天下；老臣知而不言，無以對先皇！」

道光突然一抬頭，對張爾漢道：「王閣老身體有恙。張公公，攙他回家吧。」

「回家」向來是罷免的委婉語，王鼎這才猛然想起伴君如伴虎的古訓，心靈頓時化成一片廢墟。

張爾漢屈身攙扶王鼎，「王閣老，皇上讓您回家，您千萬冷靜，千萬千萬。」

王鼎聲淚俱下，「皇上是嫌臣老而無用了。有些話，臣平日不敢講，現在不得不講。林則徐是大清的脊骨之臣，皇上棄而不用，一人向隅而泣，滿座無語，誰還敢實力辦差呀！」

這番泣血之言像千鈞滾石碾過道光的身子，像呼嘯的利箭刺中他的心。道光的臉色變得暗如陰霾，砰的一聲拍響桌子，甩下一句厭惡之言，「我看你是老糊塗了！」站起身來，準備拂袖而去。

王鼎跪在地上，一口咬住皇袍的下襬不讓走。道光勃然大怒，使勁一拽，只聽一聲微響，袍服的下襬扯出一個帶血的三角口子，掛住了王鼎的一顆門牙。

第二天中午，張爾漢突然慌慌張張地奏報皇上，王鼎在茶水房懸樑自盡了。他的死在紫禁城裡，就像炸響了一顆血彈。

道光大感悲傷，當年他在南書房讀書時，王鼎是授課的師傅，屈指一算，二人的師生關係和君臣關係竟然長達四十餘年！王鼎臨終前講了一通忤逆之言，但畢竟是為國家著想。道光托腮冥想，意識到自己用詞不當，「回家」二字意味深長，言者無意，聽者有心，是罷黜還是閒廢？是賜死還是榮養？

他難過了半天才吩咐道：「王閣老是朕的師傅，朕本想讓他安度晚年，頤養高壽，沒想到他誤解了朕。朕心裡難過。頒旨，王鼎入祭賢良祠，賜文恪諡號，嚴禁樞臣和京官們渲染王閣老之死，誰要是膽敢胡言亂語，離間朕與王閣老的師生關係，朕割了他的舌頭！」

天津鑼鼓巷十二號是一座普通小院，黑漆木門，青磚灰瓦，大門外有拴馬樁，但沒有抱鼓石。院子裡有八間房子、一個馬廄，天井裡有一棵槐樹、一架葡萄。小院兒沒有達官顯貴的氣派，卻有富足人家的模樣，它是張喜的家。

一個驛卒把馬繫到拴馬樁上，邁上臺階，輕叩門環，「張喜張老爺在嗎？」

黑漆木門呀的一聲開了道縫，一個中年婦人探出頭來，「哪來的信？」

驛卒遞上桑皮紙信套，「是北京師爺房發來的。」

婦人從口袋裡摸出十枚大銅子，掂了掂，塞到驛卒手中。驛卒道了聲謝，翻身上馬，兩腿一夾，照馬屁股拍了一下，「駕——！」馬蹄鐵掌在石版道上踏出篤噠篤噠的脆響，走了。

大清有兩千多驛站、一萬四千多馬遞鋪和七萬驛卒，依照兵部車駕清吏司的章程，驛站和馬遞鋪只傳送官府文書、奏折、函件、邸報，兼理官員的家書私函，不遞送民間書信。張喜久任伊里布的幕客，經常代東家處理公函，對這套章程十分熟稔，只要用了車駕清吏司印製的桑皮紙紅框大信套，驛站辨識不出哪些是公函，哪些是私信。傳遞公函邸報是公務，驛卒沒有油水可賺，投遞家書必須送到私家宅院，收信人往往給驛卒一些腿腳錢，驛卒們反而樂意遞送私信。

張喜正在小院裡打太極拳，見老婆拿著信套繞過照壁，隨口問：「誰來的？」

「北京李玉青老爺來的。」

張喜作了一個收勢動作，接了信。

伊里布被罷官後，張喜跟著主子去北京受審，多虧伊里布把交通英夷的責任全都攬下，他才得以解脫。張喜當過小官，做過幕賓，去過雲貴，見過夷酋，還經歷了刑部、大理寺和都察院的三堂會審，可謂見多識廣。但是，三堂會審敗壞了他的興致，他不願繼續當幕賓。

之後，伊里布讞定有罪發配軍臺，他無罪開釋回到天津，過起波瀾不驚、寵辱皆忘的平常日子。這種日子雖不顯揚，但街角有棋局，茶坊有語潮，夏天聽蟬鳴，秋天賞菊花，自有一種閒適與安逸。

然而，幕賓生涯畢竟五彩斑斕，給伊里布當西席還有股隱隱的威風。張喜回家快一年了，對舊人舊事仍然有細若游絲的牽掛和割捨不去的留戀，保持著眼觀四面，耳聽八方的習慣，心中有難以明說的躁動。

伊里布遇赦後曾經給他寫過一封信，再次請他當幕賓，月俸照舊。張喜專程去北京拜見過老主子，伊里布把他引見給耆英。張喜見到耆英後，講述了自己的經歷和看法：他曾多次前往舟山與夷酋懿律和義律交涉，在英國兵船上過夜，親眼目睹鐵甲船、旋轉炮、燧發槍、開花彈，英軍裝備之精良、軍紀之嚴明給他留下了極深的印象。他確信英軍是不可戰勝的，但也看到了他們的短處——兵力有限，無法征服疆域萬里的大清，只能佔據幾座瀕海島嶼和城鎮，他當時便預見到戰爭將以金帛議和收場。

但耆英沒有表態，他似乎並不欣賞張喜的見識。最令張喜失望的是，皇上僅賞伊里布七品頂戴，伊里布去圓明園謝恩請訓時，皇帝甚至沒有召見他。這意味著伊里布僅僅是「贖罪」，前程朦朧不清。浙江戰場打得如火如荼，朝廷卻剿撫不定。當局者無法脫身，旁觀者去留隨意，張喜左思右想，以身體欠佳為由，沒有跟隨伊里布去浙江。

但十天前，伊里布派專人專程到天津，再次函請他入幕，言辭剴切得教人難以推託，張喜遂給故友李玉青寫了一封信，打聽朝廷的動向。

各省督撫衙門在北京設有師爺房，師爺們經常去紫禁城門口看宮門抄，去六部九卿的衙門打聽消息，逢年過節代督撫們給京官們送點兒年敬、節敬之類的規禮。駐京師爺們的消息十分靈通，官場上一有風吹草動，他們立即稟報給各省封疆。故而，駐京師爺大都是外省督撫的親信，他們甚至有一項特權，如果發現主人的奏折與朝中動向相悖，有權暫時截留。李玉青是雲貴總督衙門駐京師爺房的頭牌師爺，伊里布改任兩江總督後，他又成了兩江總督衙門的駐京師爺，張喜與他私交極好。

張喜撕開信套抽出信箋，上面密密麻麻地寫滿了蠅頭小字。李玉青告訴張喜，朝廷接到耆英的折子，夷酋指名道姓要與伊里布會談，但伊里布只有七品銜，代表不了朝廷。道光決定賞伊里布四品頂戴，升任乍浦副都統，與耆英共同辦理夷務。李玉青還說，浙江巡撫劉韻珂身體有恙，請求開缺，如蒙恩准，伊里布可能接任浙江巡撫。

在大清，讀書人有三條路：一做官，二入幕，百無出路教私塾。張喜有舉人功名，兩次春闈落榜後對科舉失去了興趣，思忖著效法諸葛孔明當個「臥龍先生」。可兩千多年來，受帝王賞識的臥龍先生畢竟寥若辰星，受封疆大吏賞識的人也為數不多。

張喜當過小官，因為喪父回家守孝。在居喪期間，恰好有朋友薦舉他給伊里布，說其泛讀博覽，涉獵極廣，不僅精通歷史、文學，還曉暢刑名之學和官場之道，於是成為伊里布的門下客。張喜有操守、有見識，遇事不驚，辦差不浮，聞變不乍，深得伊里布的賞識。

老主子再度榮升，張喜終於決定前往浙江投效[18]。他對夫人吩咐：「伊節相復出了，召我入幕，我得出門遠行。明天我去天津縣衙辦理路引，妳給我準備一下行李和衣服。」

---

18 張喜的《探夷說帖》和《撫夷日記》（載於《中國近代史資料叢刊．鴉片戰爭》卷五）記錄了他以幕賓身分參與英中談判的過程。根據他的日記，耆英和伊里布在上元寺抽籤問卜時，籤語中有「一家和樂喜相逢」，所以請他重新出山，參與談判。

拾捌 吳淞口之戰

英軍在乍浦休整了十天後開赴長江，臨行前把炮臺、戰壕、兵房、倉庫全部炸毀，炸得聲動十里，黑煙蔽日。

長江口距離舟山僅一百多海里，景象卻判若兩樣。舟山群島是火山熔岩生成的，植被與土壤下面是堅硬的凝灰岩和花崗岩，海岸線是基岩岸線跟沙礫岸線。長江入海口卻是江水沖擊成的三角洲，江水從五千里外的昆侖山蜿蜒盤旋向東流淌，沿途彙聚了上百條支流的水量，裹挾著億萬噸浮泥懸沙。它的岸線是泥質岸線，江海銜接處散佈著連片的灘塗和濕地，還有一座積年泥沙形成的崇明島。

每年夏天，上百種小魚小蝦、海螺鮮貝、浮游生物聚集在灘塗和濕地繁殖滋生，為海鳥們提供了可口的大餐。尖喙的沙鴴，肥胖的環頸鴴，長腿的大縯鷸，尖尾的小縯鷸，成群結隊，蜂擁而至，牠們在空中盤旋，發出嘎嘎的喧囂，把百里灘塗裝點得萬花筒一般絢麗多彩。不懂鳥的人歎為觀止，以為那是一幅情趣盎然的和諧美景，懂鳥的人知曉，海鳥們是不折不扣的空中強盜，既貪婪又兇殘，為了搶食水中魚蝦，不惜爭強鬥狠，大打出手，其暴力和野蠻遠勝過人類的種族大戰。

印度總督派來的大批兵船、火輪船和運輸船陸續抵達長江口，與巴加的艦隊會師。但是，長江口陰晴不定，風向無常，水速流向複雜多變，兇險萬狀，新來的艦船不熟悉水情，接連發生兩起重大事故。運輸船「阿提特羅曼號」撞上「伯朗底號」的船艉，火輪船「阿裡亞德號」撞上暗礁，船底破出一個大洞，巴加不得不派「西索提斯號」將它們拖到舟山去大修。

深入長江作戰必須有準確的航道圖，否則就像進入迷宮一樣，隨時可能船毀人亡。郭士立收集不少資料和地圖，但是，中國人繪製的水道圖沒有沙線和等高線。巴加爵士命令「復仇神號」、「地獄火河號」和「美杜沙號」火輪船和兩條武裝測量船駛入長江，一面勘測水情，一面偵察敵情，主力艦隊則散泊在雞骨礁一帶養精蓄銳，枕戈待命。

二十多條中國商船被扣押在雞骨礁，它們是從山東和天津來的，一不小心成了英軍的俘虜。船民們被迫就地拋錨，老老實實聽憑擺佈。

英軍封鎖了長江口，長江水師無力與他們在海上爭鋒，縮頭烏龜似的躲進吳淞口，數千條漁船不敢出海，退縮到崇明島四周。

兩江總督牛鑒和江南提督陳化成正在吳淞口視察。去年黃河決口，防洪大堤險情百出，牛鑒督率開封兵民奮力搶險，連續六十天吃住在抗洪一線，顯示出處變不驚、臨危耐勞的品質。裕謙自殺後，江蘇省軍心戚戚，民心惶惶，急需一位遇大事有靜氣的人物坐纛指揮。受道光命令坐鎮兩江後，牛鑒一上任就把民政交給江蘇巡撫打理，自己一門心思撲在防務上，半天都沒消停過。

陳化成瘦骨身，嶙峋貌，滄桑得像一株老榆樹，古銅色的額頭和嘴角上皺紋密佈，八顆門牙只剩兩顆，一上一下對接在一起，擎天柱似的撐起口中乾坤，由於牙齒不全，兩頰凹癟。他是經驗豐富的水師老將，參加過剿滅海盜孫太的戰鬥，鎮壓過蔡牽的海商集團，搜捕過福建的鴉片販子。雖然年過花甲，依然精神矍鑠，老而彌堅。

兩年前，朝廷調他出任江南提督，他立即全力以赴，經營起長江防務。先在黃浦江東岸修了一座圓形炮臺，安放二十七位大炮，又在西岸修了一道兩丈高五里長的土城，布列一百三十五位火炮。之後，命令川沙營駐紮在黃浦江東岸，自己率領蘇淞鎮標駐守西岸。

寶山縣城西面的小沙背面對長江，漫漫江灘看上去一馬平川，實際上是一片開闊的爛泥灘塗，他在那裡

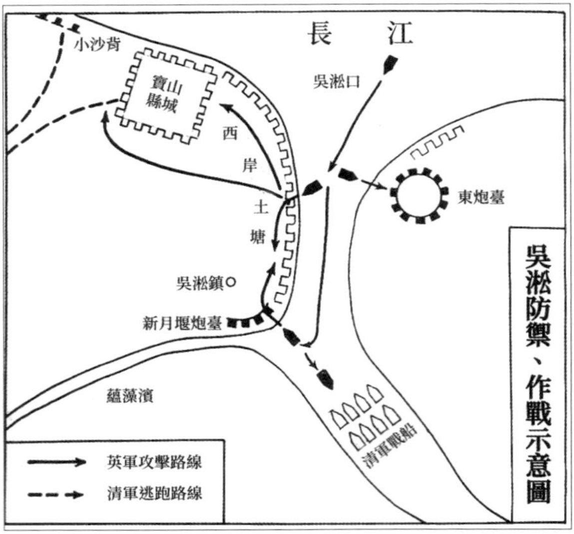

吳淞口防禦作戰示意圖。取自茅海建的《天朝的崩潰》第434頁。

配置了五十門封江大炮，並派徐州鎮總兵王志元率領七百弁兵駐防。他自己則親率一千五百督標駐守寶山縣，隨時準備增援各營。

牛鑒的腦門上刻著亂雲似的抬頭紋和魚尾紋，心像注了鉛似的沉重。他從來沒有打過仗，到吳淞口之前甚至沒見過英國兵船，對他來說，「船堅炮利」只是朦朧的字眼。

「復仇神號」、「地獄火河號」和「美杜沙號」鐵甲輪船闖入長江後，牛鑒大吃一驚。那三條火輪船就像三條鋼鐵巨怪，逡巡遊弋，進退自如，耀武揚威，戰鬥力神秘莫測。相形之下，長江水師的師船像可憐的小魚小蝦，顯然不是對手。他同所有清軍將弁一樣，弄不清為什麼鐵船能夠浮在水上，為什麼幾千斤重的鐵炮能夠旋轉自如，是什麼力量推動鐵甲船逆水而上。

牛鑒和陳化成沿著土城向北巡視。弁兵們全都進入臨戰狀態，所有火炮都已填入火藥和炮子，只用木塞封住炮口，以防雨水和異物進去。一俟開仗，炮兵們只要拔出木塞就能開炮。

槍兵們把槍架在垛口上。由於抬槍數量不夠，陳化成因陋就簡製造了幾百支竹槍，每支竹槍用竹子做成，兩丈多長，為了防止槍管炸裂傷人，竹子外面用鐵絲箍緊，裡面填滿火藥和鐵砂。這種槍打一次就報廢，所以每個槍兵配備了兩支。

幾十個兵丁正在灘塗安放虎蹲炮，這種炮是明朝名將戚繼光發明的，炮管二尺長，炮首由兩只鐵爪撐起，炮管外有防止炸膛的四道鐵箍，可以發射五錢重的鐵砂。從外形看，虎蹲炮像趴在地上的鐵蛤蟆，故而弁兵們又叫它蛤蟆炮。

陳化成下令打造了一百多位蛤蟆炮，分別安放在灘塗、田疇和道口。兵丁們正在目測射角和距離，用錘子把炮爪砸入地面。天氣悶熱，兵丁們每個都汗淋淋的，但很少有人說話，大家全都感到戰爭迫在眉睫，心裡懸揣不安。

牛鑒不懂兵法，在作戰問題上處處依從陳化成，還隨身攜帶了一本戚繼光的《紀效新書》，可謂臨陣磨槍，不亮也光。

《紀效新書》說：設海防者，出洋會哨，拒敵以港灣之外為上策；循塘固守，毋使海寇登岸為中策；出水列陣，毋使敵人近城為下策；嬰城固守，乃是無策。今日見陳化成採用了「循塘固守」的策略，顯然不是上策。

牛鑒一邊走一邊問：「陳軍門，阻止逆夷登岸，你有把握嗎？」

陳化成道：「水師無力與英夷在江河爭鋒，我才不得不採用循塘固守之策。不過，自古以來，但凡用水師作戰，都是高屋建瓴，順流而下，從上游攻擊下游，沒有逆水上行從下游攻擊上游的。三國赤壁之戰、秦晉淝水之戰，都是如此。

「我軍弁兵貼伏於兩岸土城的堞牆後面，接應之兵埋伏在數里之外。英船要是逆水而上，闖入吳淞口，我軍可以寂然不動，以逸待勞。即使敵船開炮，也斷然打不到匍匐於堞牆後面的弁兵。待敵人炮火完畢，大船臨近之時，我軍即可眾炮環發，重創逆夷。

「英夷要是派步兵登陸，守堤之兵與接應之兵可以放膽出擊，先用虎蹲炮轟打，破其洋槍火器，再用抬槍竹槍連環夾擊。英逆用舢板渡兵登陸，一次只能渡二三百人，我軍以數倍之兵力接仗，大小槍炮交錯轟擊，沒有不勝的道理。

「至於小沙背一帶，那兒水淺灘長，看上去一馬平川，實際上是爛泥灘，難以前進，有徐州兵在那邊駐防，英逆很難得手。我已飭令沿江各營把總以上的軍官皆須簽下生死文書——營盤在人在，營盤亡人亡！只要我軍勠力同心，有進無退，就能將逆夷擋在水中。」

英軍的火輪船在長江與黃浦江交會處拋下了一些五六尺長的浮木，上面塗有紅白兩種顏色，十分醒目，浮木下面繫有鐵錨，固定在水道中。

牛鑒好奇地問：「陳軍門，那些浮木是做什麼用的？」

陳化成像一個老練的獵人，「是繫船用的浮樁。」

「為什麼不打沉它們？」

陳化成胸有成竹，「敵人想登陸作戰，往我的套子裡鑽。讓它鑽，鑽進來再打。我已經命令沿江火炮瞄準浮樁，英船繫到浮樁上再開炮。」

但是，他作出一個嚴重誤判——清軍的師船吃水淺，不用浮標也能自由航行，英國兵船吃水深，沒有浮標指示航道，不敢貿然在陌生的水道裡作戰。陳化成孤陋寡聞，錯把浮標當浮樁。

長江和吳淞口的天氣像娃娃臉似的陰晴不定，頭天還是碧空萬里，酷暑驕陽，轉天就是烏雲蔽日，陰風呼號，這給測量工作增加了難度。英軍的偵察活動耗時七天，終於把風向、潮汐、水流、航道、等深線、山腳線、明礁、暗礁、干出礁等測量得一清二楚，並把清軍的炮臺、炮位、垛口、木柵、壍壕準確地記錄在地圖上。他們甚至估算出駐守吳淞口清軍總數在四千至五千之間。在七天裡，英軍與清軍相互對峙，卻沒有互開一炮。

巴加爵士看出清軍將領的軍事觀念十分陳舊，對歐洲的戰術和武器的特徵一無所知，黃浦江畔的土城和炮臺貌似堅固，卻只適用於冷兵器時代，虛張聲勢，漏洞百出，不僅禁不起艦炮的轟擊，甚至禁不起風蝕雨蛀。巴加確信只要動用一半兵力，就能在三小時內打敗清軍。

萬事俱備，只待東風與潮汐。

這一天很快來了。西曆六月十六日凌晨，東風長潮漸起，巴加發佈了進攻令。八條兵船和六條火輪船升起戰旗。「西索提斯號」火輪船拖拽「皐華麗號」，「譚那薩林號」火輪船拖拽「伯朗底號」，「復仇神號」拖拽「摩底士底號」，「地獄火河號」拖拽「哥倫拜恩號」，「普魯托號」拖拽「克裡歐號」，「美杜沙號」拖拽「阿爾吉林號」，「北極星號」和另一條兵船留守長江口，掩護運輸船隊接運步兵。十二條兵船和火輪船舳艫相接朝吳淞口駛去。

水中大鱷與岸上獅虎的戰鬥開始了。英艦剛駛入吳淞口，清軍率先開炮，一顆顆炮子發出怒吼衝出炮膛，重重地打在敵船上，江面上立即濃煙滾滾，爆炸連聲。

英國兵船冒著槍林彈雨駛向預定戰位，用側舷炮轟擊兩岸的炮臺和土城，黃浦江上巨響連聲，驚天動地，一束束火光在空中飛舞，江面上浪靂迭起，陸地上黑煙滾滾。英軍雖然後發制人，但炮火綿密，炸力巨大，大小火箭躥天猴似的飛向清軍陣地，隨著嗖嗖的嘯音和砰砰的爆炸聲，岸上的兵房、庫房、官廳和神廟相繼起火，連附近的樹林也被打成火海。

剛開仗時，清軍井然有序，忙而不亂，但很快顯出劣勢。他們的大炮既無滑膛，又無炮架，裝填一次火藥和炮子耗時良久，連續打幾炮後必須冷卻，否則有炸膛之險。清軍的炮子多數是實心鐵球，火藥配製粗糙，炸力很小，旗艦「皋華麗號」被連續擊中，僅後桅就挨了三炮，「伯朗底號」被擊中十四炮，「西索提斯號」挨了十一炮，但沒有一炮能給它們實質性損害，連船板都打不透。在持續的炮戰中，英軍損傷甚微，只有一人陣亡，十餘人受傷。

牛鑒在寶山城頭看得真切，他擔心英軍強行登陸，親自帶兵增援陳化成。六百多督標從寶山縣城的南門魚貫而出，簇擁著牛鑒奔向土城，踏起的浮塵像一條土龍。

牛鑒書生領兵乘轎而行，儀仗旌旗惹人矚目。巴加發現一隊援軍向黃浦江畔開來，立即命令「皋華麗號」開炮轟擊，炮兵們用施拉普納子母彈砰砰砰連續射擊。

牛鑒的隊伍剛出校場口，子母彈就在他們的上空爆炸，迸裂出幾百顆小炸彈，劈頭蓋臉砸下來，兩個轎夫被同時炸傷，慘叫著撲倒在地上，綠呢大官轎頓時翻倒在路旁。牛鑒連滾帶爬鑽出來，紅纓官帽滾出老遠，他驚得魂飛神移，腿軟得坐倒在地，好不容易回神想站起來，偏偏辮梢卡在轎門上。一個親兵跑來替他解開辮梢，他才撐著膝蓋，狼狽起身。

環顧四周，校場附近的房屋和樹木著火了，火焰熏騰，草木披靡，六七個弁兵被炸倒，鮮血淋漓地躺在地上，活屍似的掙扎哀號。其他人受了驚嚇，抱著兵拳旗槍雁翎刀瑟瑟發抖，有人像遇上了活鬼，魂飛魄散，撒腿逃命。人們驚訝地發現，敵炮居然能在如此遙遠的距離隔空殺人，一殺就是一大片！

牛鑒初次上陣就見證了戰爭的無情與可怖，他像死過一回，萬丈豪情蕩滌一空，在親兵的簇擁下，似夢似醒地逃回寶山縣城。

土城和炮臺的弁兵們同樣驚愕，敵船居然有金剛不壞之身，不論自己如何奮勇、如何賣力，開槍開炮，猛轟猛打，卻連它們的船殼都打不爛。反之，英軍的炮子又凶又狠，落彈之處無不破裂，爆炸之處無不焦糊，清軍的鬥志逐漸瓦解。

炮臺上的八千斤巨炮接連射擊，炮管滾燙，本來應當適時冷卻，但指揮炮戰的軍官們心急如火，不斷命令兵丁填充火藥裝入炮子。一個千總用藤牌護住身子，點燃炮撚，炮撚冒著黑煙發出嗞嗞聲，他忙轉身撤離，剛跑兩步，轟的一聲巨響，大炮炸膛了！

炸膛的破壞力超乎尋常，炮臺塌了一角，周匝的官兵血肉狼藉，蹬腿呻吟，蠕動哀號，淒淒慘慘，齜牙咧嘴。其他弁兵們臉色土灰，心驚膽顫。迷信的兵丁們視炸膛為不祥之兆，有人開始溜號，從三兩人擴大到十餘人，從幾十人擴大到上百人，清軍的防線像螻蟻潰堤似的瓦解了！

陳化成眼見著自己精心設計的土城和炮臺被炸得稀爛，佈置在灘塗和田野的虎蹲炮派不上用場，他徹底絕望了。這時，一顆炮子在他身旁爆炸，打斷了他的左臂，血流不止，雖然經軍醫全力搶救，始終無濟於事。陳化成戰死的消息傳開後，清軍群龍無首，全都亂哄哄地四散逃命。

吳淞口之戰持續了兩個半小時，比巴加預估的還短。中午時分，海軍陸戰隊兵不血刃，佔領了土城和寶山縣城。軍樂隊在城樓上升起米字旗，奏響了《上帝保佑女王》和《聖派翠克的祭日》。

運輸船剛把陸軍運到黃浦江口，還沒來得及登陸，長江戰役的第一仗就結束了，英軍旗開得勝[19]。

得到增援後，遠征軍的實力大大增強，陸軍新增一個英國步兵團、六個馬德拉斯步兵團和一個馬拉炮兵團，大小兵船、火輪船和運輸船多達九十六條，總兵力達到兩萬。

19　根據英方記載，吳淞口之戰持續了兩個多小時，英軍陣亡二人，受傷二十五人。根據茅海建先生在《天朝的崩潰》（第433頁）匯總，清軍陣亡八十八人，受傷人數不詳。

拾玖 強硬公使

為了攻打乍浦和吳淞口，郭富和巴加不僅把在寧波、鎮海的軍隊全部撤出，還把在香港、鼓浪嶼和舟山的部隊抽去一半，致使那些地方兵力薄弱。為了防止清軍突襲，他們把兩個馬德拉斯步兵團、二十條兵船和運輸船派往上述各地，主力部隊雲集吳淞口，最後參加長江會戰的水陸官兵達到一萬二千人，風帆戰艦十條、火輪船十條、運兵船五條、測量船兩條、運輸船四十多條。

英軍佔領寶山縣的第六天，璞鼎查乘「皇后號」火輪船來到吳淞口，與他同時到達的還有「貝雷色號」運兵船，船上載著英軍第九十八團的全體官兵。來華作戰的所有步兵團都是從印度調來的，唯有九十八團是從英國本土而來。郭富和巴加親自去吳淞碼頭迎接他們。

幾句寒暄後，璞鼎查把九十八團的團長介紹給郭富跟巴加，「這位是柯林．懇秘利中校，蘇格蘭人。」

懇秘利向郭富和巴加行軍禮。他年約五十，中等身材，頭髮捲曲，厚厚的嘴唇有一抹棕色髫鬚，臉上帶著過度消耗和疲憊的神色。

璞鼎查說：「懇秘利中校畢業於皇家高斯波特軍事學校，參加過英西戰爭和拿破崙戰爭，受過三次傷，是經驗豐富的老軍官。」

懇秘利的確是老資歷的軍官，但官運不佳，兩年前才晉升為中校，郭富和巴加在他這個年齡已經是少將了。

「懇秘利中校，第九十八團旅途順利嗎？」

懇秘利的表情凝重，一肚皮牢騷，「報告二位將軍，我團在海上走了五個半月。『貝雷色號』是一條三級戰列艦，額定乘員五百八十人，但國防部為了省錢，拆去五十個炮位，把我團的八百名官兵、一百二十位眷屬，以及一支六十人的皇家炮隊統統塞到船上，致使全船乘員超載一倍半還多！這麼多人擁擠在狹窄的船艙裡，連邁腿的空間都沒有。官兵們飲水限量，食物不潔，憋尿憋屎，暈船嘔吐，臭氣熏天。我們天天聞到的是汗酸味，聽到的是呻吟和婦女、孩子們的哭泣聲。五個半月來，官兵吃不到新鮮蔬菜，營養嚴重不良，體質下降極快。我團離開英國時正值隆冬，抵達中國時卻是酷暑，官兵們嚴重水土不服。到昨天為止，大部分官兵都病倒了，對我們來說，這次航行是一次漫長的折磨。」

期盼已久的援軍竟然是一船病號！郭富與巴加吃驚地對視一眼。不難想像，「貝雷色號」嚴重超載，軍人及其眷屬像鹹魚和黃瓜一樣醃在一起，時間將近半年，連骨頭都醃酥了，一疾發生傳染病，躲都沒處躲。

巴加追問：「有傳染病嗎？」

懇秘利點點頭，「報告將軍，有痢疾和敗血症。船上人滿為患，病號無法隔離，痢疾持續在擴散。」

郭富眉頭一蹙，緊追不捨，「什麼時候發現痢疾的？」

「『貝雷色號』在加爾各答停留三天補充淡水和食物，開船後就發現了痢疾。」

巴加聞疫色變，「國防部的官員無知無識，拿士兵的生命當兒戲！應當把他們塞到醃菜缸裡，讓他們嘗一嘗擁擠的滋味！還有加爾各答軍需處的人，都是白癡！他們加工的風乾牛肉比石頭還硬，送到中國的餅乾甚至長滿象甲蟲。」

郭富預感到情況不妙，「對不起，懇秘利中校，第九十八團得盡快上岸休整，但要畫地為牢。請你嚴格約束士兵，尤其是婦女和兒童，千萬不要讓他們隨意亂走，以免傳染給其他部隊。」

「遵命！」懇秘利行了一個軍禮，轉身離去。

璞鼎查在兩位司令官的陪同下一面走一面巡視，吳淞口滿目瘡痍，炮臺被炸成瓦礫，土城分崩離析，汛地和兵房被打成殘壁頹垣。

為了發動長江戰役，英軍必須在長江口建立轉運站，跟一個儲存槍炮彈藥、食物、藥品、營帳輜重的地方。

中國船吃水淺，碼頭較小，棧橋較短，英軍需大型棧橋裝卸貨物。馬德拉斯工程兵正在修復碼頭，趕建棧橋，工役們汗騰騰地忙來忙去，長長短短的影子像幽靈似的不斷搖晃，用絞車滑輪卸下成箱的炮子和槍子，各種軍用品堆積如山。數千英印步兵在黃浦江畔搭起幾百頂帳篷，像一行行排列整齊的大蘑菇，延綿二里，蔚然大觀。

郭富道：「吳淞口之戰是由海軍單獨完成的，我們陸軍還沒登陸，清軍就潰散了，給我們留下二百五十多位大炮，其中有四十七位銅炮。」

巴加接著說：「那些銅炮的材質精良，可以製造上等火炮和槍子炮子，我們命令士兵們把它們全都裝運到運輸船上。」

璞鼎查問：「傷亡情況如何？」

巴加回答：「我軍總共陣亡兩人，受傷二十五人。至於敵軍，我們無法估算，但掩埋了八十多具清軍屍體，聽說清軍的司令官陳化成死在炮戰中。」

璞鼎查沿著土城的廢墟向南走，垛口後面散佈著殘破的廢炮。土城上原有一百八十多位鐵炮，不過在英軍看來，它們品質低劣，毫無價值。郭富命令工程兵把炸藥填入炮膛，塞釘火門，把它們全部炸成廢鐵。

幾十條師船被遺棄在黃浦江上，海軍陸戰隊把它們全都燒掉。兩天過去了，江面上依然飄著殘煙，空氣中依然有淡淡的焦糊味。

兩軍作戰時，各種小蟲藏身在土壤的氣孔中，蜷縮在瓦礫的縫隙裡，現在，牠們劫後餘生，全都鑽出來，試圖重整家園。青色的螞蚱在草叢裡一跳一躥，像精靈一樣讓人眼花繚亂。膽小的馬連蟲像成串的馬車，從岩縫間匆匆爬過。黑色的屎殼郎閃著金屬的光澤在地面爬行。兩隊螞蟻狹路相逢，大撕大咬，打鬥到中途，好像突然想明白一個天大的道理，停止了戰鬥，消失得無影無蹤。

一串鮮亮小花在堞牆的縫隙裡冒頭滋長，閃閃爍爍垂著花冠，半紅半黃，根部有幾片死而未僵的落地花瓣，大概曾有幾個愛花的清兵呵護過，它們才能在金戈鐵馬的戰壕邊上僥倖活下來。

璞鼎查不知道它們叫什麼花，用腳一踩，踩碎了。他瞳子微微閃爍，「我不喜歡中國花！上海怎麼樣？中國人肯支付贖城費嗎？」

郭富道：「我派了兩個步兵團和一支炮隊開赴上海，他們在途中沒有遇到抵抗。我事先有讓一位中國通事照會上海知縣，只要交納一百萬贖城費，我們就寬恕上海，可惜上海官員和駐軍潛逃一空，留下一座失控的棄城。不過，當地紳商派人找到我們，說他們願意集資五十萬，換取我們撤軍[20]。我同意了。」

「五十萬就撤軍，為什麼？」

郭富解釋：「我軍駐守寧波期間飽受襲擾、暗殺和綁架，傷亡的人數遠勝過一場大戰。我不想重蹈寧波的覆轍。就長江戰役而言，我們只要牢牢控制住吳淞口即可。」

璞鼎查點頭同意，「也好，既然不久居，不妨撤出，我們沒有必要替中國人管理城市。」

巴加插口：「璞鼎查爵士，聽說您對亞伯丁勛爵的訓令不滿意，是嗎？」

新任外交大臣亞伯丁勛爵與璞鼎查是同學，兩人在愛爾蘭皇家學校讀書時吵過嘴、打過架，過了幾十年，依然舊怨難泯。亞伯丁是世襲伯爵，自視甚高，璞鼎查雖是平民，但憑個人奮鬥，一級一級地晉升為陸軍少將和從男爵。

給有從男爵之尊的人寫信，應當在姓名前加「爵士」的敬稱，亞伯丁勛爵在公函中卻仍然稱璞鼎查為「先生」，彷彿他還是一介無關輕重的小百姓。儘管看似是一次小小的冒犯，依舊惹得璞鼎查大動肝火，一提起亞伯丁勛爵，他的嘴角上抿，眼神裡透出股刻意的驕矜，

---

20 根據《伊里布等又奏湊集賠款情形片》（《籌辦夷務始末》卷六十一），上海給銀三十五萬五千兩讓英軍退兵，合五十萬元。這筆錢不是官府給的，而是紳民的「捐資」。中英文史料都沒記載誰牽頭集資，又是如何支付給英軍。

那是地位低下者面對地位高貴者的驕矜。

他直言不諱地抨擊道：「亞伯丁勛爵眼光短淺，沒有巴麥尊勛爵那種指點江山、揮斥方遒的氣度與遠見。他當外交大臣不是因為真才實學，而是因為輝格黨下野。大英國的外交大臣應當是睥睨世界、展望百年的人。我軍在中國浴血奮戰達兩年之久，他竟然熟視無睹，要我們不惜降低對華談判的條件來結束戰爭。不錯，我們應當盡快結束戰爭，但絕不能以降低談判條件為代價，我將不折不扣地執行巴麥尊勛爵的第三號訓令，而且有過之而無不及！」

璞鼎查支持輝格黨，對保守黨和亞伯丁勛爵毫無敬意。

巴加又問：「聽說亞伯丁勛爵要我們放棄對中國的領土要求，是嗎？」

璞鼎查說：「是的。中國皇帝拒不接受《穿鼻條約》，致使義律與琦善的談判破裂。亞伯丁勛爵見難而退，在訓令中竟然要我們放棄香港！我絕不能苟同這種無知無識的訓令。東亞有中國、日本、琉球、朝鮮等多個國家，還有俄羅斯在遠東活動，不論從政治、軍事還是經濟角度看，我國都應當在東亞保有一個基地。」

郭富委婉提醒：「璞鼎查爵士，巴麥尊的訓令是中國人可以在增開碼頭和割讓海島之間二選一。」

璞鼎查卻意志鐵硬，「我兩個都要，既要碼頭，也要海島！」

「你不準備請示外交大臣嗎？」

「不，駐外公使有機斷之權。我將先把麵粉做成麵包，然後再報告[21]。」

馬恭少校和馬儒翰一起來到他們跟前，「公使閣下，清方信使陳志剛來到吳淞口，送來了欽差大臣耆英和伊里布的照會，他們要求我方戢兵休戰，擇地會談。」

清方沒有精通英語的通事，送來的照會沒有譯文。璞鼎查見馬儒翰拿著帶紅框的大信套，只說了一個字：「念。」

馬儒翰從信套裡抽出照會，念一句翻譯一句。璞鼎查一面踱步一面聽，待馬儒翰念完譯完，他才停下腳步，「耆英和伊里布是全權大臣嗎？」

馬儒翰搖搖頭，「不，中國只有欽差大臣，沒有全權大臣。」

璞鼎查撚了一下棕色的小鬍鬚，「我不想重蹈查理．義律的故轍。我國有句民諺，『你騙我一次是你的恥辱，騙我兩次是我的恥辱』。中國人狡詐多變，我無法判斷耆英和伊里布是實心求和還是花言巧語，玩弄緩兵之計。我只想告訴他們，歷史的車輪免不了用鮮血作潤

21　佔領香港是璞鼎查越權辦理的事情。一八四二年八月二十九日，璞鼎查在致亞伯丁勳爵的公函中說：「雖然訓令有所修改，但保有香港是我唯一故意越權辦理的事情。我在（南京）郊區度過的每時每刻都使我相信它的必要性，我們期待著擁有一個定居之地和商貿之地，以便保護和控制留居中國的女王陛下的臣民。」（轉引自 George Pottinger 撰寫的《首任香港總督亨利．璞鼎查爵士傳》（英文版，第 106 頁）。

滑劑，對華條約免不了用屍骨作鋪墊。仗打到這個地步，除非中國皇帝接受《巴麥尊外相致中國宰相書》的全部條款，否則，我不會戢兵罷戰。既然大清皇帝並沒有授予耆英和伊里布締結條約的全權，與他們會談只是浪費時間，徒磨唇舌而已。」

馬恭少校問道：「公使閣下，要不要見一見清方信使？」

璞鼎查看向他，「信使陳志剛是什麼官銜？」

「是八品武官，相當於我國的陸軍中尉。」

璞鼎查面露不屑，「當年我國駐華領事律勞卑男爵和查理．義律三番五次求見中國封疆大吏，是何等艱難。今天，我要以其人之道還治其人之身。我乃大英國的全權公使，不能屈尊與一個卑微的小軍官對等談話。」

璞鼎查與義律的辦事風格迥然不同，義律可以與任何人談，只要能辦成事；璞鼎查則比天朝大臣的架子還大。

馬儒翰小心翼翼地開口：「公使閣下，請指示如何回話。」

璞鼎查思索片刻，「我口述一份照會，請你記錄，譯成漢字，交陳志剛帶回。」

馬儒翰坐在旁邊的半截石壁上，掏出紙筆，聽璞鼎查抑揚頓挫地口述了一份照會：

大英欽奉全權善定事宜公使大臣世襲男爵璞（鼎查），為照覆事：

五月十九日，接准貴將軍、都統遞送本公使大臣及統領水陸軍師大憲巴（加）、郭（富）之公文，均已閱悉。所言公同酌商等語，倘蒙大清皇帝特派大臣欽賜全權妥議，以便自行善定諸事，本公使大臣即當會同議論酌商，乃應明白諮之貴將軍、都統，以未蒙有欽差大臣奉派前來為面議相和之先，本公使大臣斷不能勸令統領軍師大憲等戢兵，不與相戰，唯貴將軍都統諒恕可也[22]。

口授完畢，璞鼎查才轉身對郭富跟巴加道：「二位司令官，中國人屈服了，我們應當趁熱打鐵，切斷大運河，卡住他們的咽喉，然後才談判。你們準備什麼時候向大運河進軍？」

巴加道：「我已經派出兩條測量船和兩條火輪船先行探路，他們繪製出航道圖後，我就下令前進。」

璞鼎查突然瞥見一條掛著三色旗的兵船駛入吳淞口，那是法國的雙桅護衛艦「俄利崗號」，它就像是一隻嗅著血跡尾隨而來的狐狸。璞鼎查輕蔑地咒罵：「法國人像食腐動物一樣跟在我們的屁股後面，不出汗、不流血，卻要分一杯羹，可惡！」

22 《璞鼎查致耆英伊里布照會》，載於《中國近代史叢刊．鴉片戰爭》第五冊，第451頁。

廿 蠻橫武夫亂殺人

通州（今江蘇南通）是長江下游的卡脖子地段，江面狹窄，水流湍急，地勢險峻，北岸有狼山炮臺，南岸有福山炮臺。清軍原本應當在這裡攔阻英軍，但牛鑒認為英軍不敢深入長江，把狼山鎮和福山營的大部分兵力和火炮調往吳淞口，只給狼山炮臺留下六位封江大炮，福山炮臺留下四位，戍守兵力不足二百。

吳淞口有二百五十多位大炮尚且擋不住英軍，只有十位火炮的狼山和福山如何抵擋得住？戍守炮臺的兵丁見英國艦隊連檣而來，潦潦草草打了幾炮就逃得無影無蹤，結果英軍只派出兩支小部隊登岸就把兩座炮臺炸掉了。

英軍沿江西進的消息風一樣傳開，傳到鎮江時變成漫天流言，鎮江的氣氛頓時緊張起來，人們紛紛到甘露寺求籤問卜。甘露寺是鎮江名刹，方丈叫秋帆，他對陰陽五行、天人感應、奇門遁甲、占星堪輿等頗有研究，因為算命精準而小有名氣。

這一天，一隊八旗兵突然圍了甘露寺，領頭的是佐領祥雲和副都統衙門的滿文師爺巴楚克。秋帆正在觀音殿裡念經，聽說寺廟被旗兵包圍，嚇了一跳，想出去看看是怎麼回事，剛走出觀音殿就見到一群如狼似虎的旗兵。

秋帆身寬體胖，長著一個彌勒佛似的大肚子。祥雲一眼認出他，「肥驢，你犯事了！」

秋帆大感詫異，「老僧是出家人，不知犯了什麼事？」

祥雲一臉怒氣，「你膽子太大，居然敢妖言惑眾，詛咒八旗兵和海大人。拿下！」

幾個旗兵不由分說，一擁而上，用繩子把大和尚捆得跟米粽子似的，唬得周匝的小和尚們一動也不敢動。

這時秋帆才意識到自己多嘴多舌惹了大禍。原來，一連三天，鎮江城大霧濛濛，江面上水氣瀰漫，氣團環繞城頭久久不散。有人認為這是不祥之兆，去甘露寺求籤問卜，得到的籤符是：

> 犬吠如號憂哭泣，貓呼哀絕有人欺，
> 賊盜將臨滿地鼠，豬羊躁動雞亂啼。

求籤人請秋帆方丈破解籤語，秋帆說此籤是大凶之兆。白氣環繞意味著白龍困城，有破軍殺將之相，鎮江城必有兵血之災！

大和尚的金口玉言立即傳得風雨滿城，市井小民驚恐萬狀，一時間柴米油鹽價格暴漲，人心惶亂。

駐守鎮江的副都統海齡聞訊後勃然大怒，認為「破軍殺將」是詛咒駐防鎮江的八旗兵和他本人，因而立即派兵封了甘露寺，以「巫言亂法鬼事干政」的罪名逮捕秋帆。

秋帆有口難辯，只好對小和尚們道：「你們趕快去知府衙門和丹徒縣衙門敲登聞鼓，替我喊冤。」

師爺巴楚克事先擬了一副對聯，命令旗兵們貼在甘露寺的大門上：

經懺可超生，難道閻王怕和尚？

銀錢能贖命，分明方丈是贓官！

做完這一切，旗兵們吆吆喝喝地走了。小和尚們趕緊去丹徒縣衙門稟報。

與此同時，還有幾隊八旗兵分赴當地保甲，捉了十二個抽籤問卜、信謠傳謠的百姓。

秋帆被捕的事情很快就傳遍了鎮江，當地居民嚇得噤若寒蟬，誰也不敢再說「兵血之災」的話。

英軍深入境內，牛鑒不得不緊急佈置長江防禦。鎮江和揚州分處長江南北，是京杭大運河的樞紐，英軍一旦佔領它們，大清的東西航道和南北大動脈就會被掐斷。牛鑒一到鎮江，立即找常鎮通海道[23]周頊商議對策。

周頊年約五旬，但老皮老相，乍看像六十多歲的人。英軍攻佔吳淞口，打爛狼山炮臺和福山炮臺，長江兩岸的府縣官們全都驚得魂不守舍，周頊更是急得像熱鍋上的螞蟻。

仗打了兩年多，他越發看清任何抵抗都是徒勞無益，只會招來更大的災殃。朝廷在邸報上透露出「羈縻」的意向後，周頊一心一意期盼著早日金帛議和。他聽說英軍每攻打一座城市前都先行照會當地官府，索要贖城費，只要肯付錢，他們就不予佔領，上海紳商湊了三十五萬五千兩贖城費，英軍果然退了。於是他向牛鑒提議，允許各府縣延請富戶捐輸，用金錢換平安，否則英軍一旦佔領城垣，第一個需承受兵燹的，就是擁有不動產的紳商，市井小民也會遭殃，失敗的軍官和逃離的官員全得受處分。繳納贖城費雖不能保境，卻可安民。

但想這麼做，必須得到全體官員的認同。周頊提醒，說服別人容易，說服海齡難，因為海齡堅決主戰，要是他不肯附會，用金錢換平安的策略就無法施行，搞不好還會適得其反。

23　常鎮通海道：清代官名，是管轄常州府、鎮江府、通州（南通）和海門廳的官員。

一提海齡，牛鑒就頭疼，因為他甫一就任兩江總督就與海齡鬧得不愉快。

海齡是屢立戰功的滿洲旗人，吃得苦，耐得勞，敢拚命，不怕死，經他調教的兵丁站如松，坐如鐘，走如風，打起仗來如鷹如犬，如蛇如蠍，殺人如同撚死螞蟻和臭蟲。

嘉慶十八年（一八一三年），河南滑縣的李文成發動天理教會眾豎旗造反，波及直隸的長垣縣和東明縣，山東的曹縣、定陶縣、菏澤縣和金鄉縣，十幾萬會眾鬧得天昏地暗。

那時海齡在張家口當守備，奉命率兵鎮壓，因為平叛有功，遷晉升為正定鎮總兵。但是，他有個壞毛病，認為滿洲人天生高人一等，極端蔑視漢人，甚至多次辱罵漢官。

道光十五年（一八三五年），他因為毆打漢官被琦善彈劾，朝廷給他降兩級的處分，派他到新疆擔任古城領隊大臣。古城是六千里外的荒蠻之地，到那兒當領隊大臣與放逐差不多，故而，每當有人提起琦善，他都啐啐連聲。後來聽聞琦善交了華蓋運，抄家鎖拿流放張家口，他高興得連喝三大碗燒鍋酒，把一曲《鍘美案》唱得牛吼山響。

兩年前，英夷在海疆開釁，道光想起海齡，此人毛病雖多，卻能征善戰，遂把他從新疆調到鎮江當副都統。

牛鑒晉升為兩江總督後首先視察揚州和鎮江，與海齡初次見面就話不投機。牛鑒飽讀聖賢書，注重儀禮和體面，海齡是久浸兵營的赳赳武夫，直炮筒子臭脾氣，說話辦事不繞彎子，言談舉止夾雜著粗言戲語，流露出傲視漢人的偏見，弄得牛鑒十分不痛快。

海齡雖是粗人，但有軍事眼光。他到鎮江時裕謙主持江蘇軍政，海齡認為南糧北運關係到國家命脈，英軍與大清開仗一定會攻入長江，掐斷大運河，因此鎮江防務必須加強。裕謙不信，沒把他的建議當回事兒。

牛鑒接任裕謙後，海齡再次提出英軍可能攻入長江卡住大運河，牛鑒也不以為然。副都統是二品武官，有權給朝廷上折子，但必須呈交總督或巡撫轉奏。海齡見牛鑒不信，索性繞過他，直接給朝廷上折子，強調鎮江防禦的重要性，請求增募水勇、增雇船舶，綁紮木排，攔江截堵，尤其要加強鵝鼻嘴和圌山關的防禦。

道光把海齡的折子轉發給牛鑒，要他重新考慮長江防務，牛鑒這才知道海齡繞過他直接給皇上寫奏折。

牛鑒不通軍務，轉而徵求陳化成的意見。陳化成認為江蘇境內的六百里長江岸線曲折，沙洲縷結，處處有淤灘，本國沙船尚有擱淺之虞，英國兵船巨舵深艙，進入長江逆水而上，幾乎是天方夜譚。他斷言英夷不敢深入長江，鎮江不可能有戰事。牛鑒相信陳化成，奏報朝廷說崇明島是江口窮壤，逆夷不會垂涎，吳淞口兩岸有吳淞營和川沙營守口巡洋，長江上游二百里水道逐漸收窄，北岸有狼山鎮，南岸有福山營，京口有長江水師協標，鎮江有八旗兵，海防江防十分周密，炮臺營寨，星羅棋布，聲勢聯絡，氣象壯觀，英夷斷然不敢冒險進入長江，飛越數百里重兵防守之地，更不可能阻斷大運河！

牛鑒與海齡的見識完全相反，海齡極不服氣，逢人就罵牛鑒瞎指揮。他自作主張檄調四百名青州八旗兵開赴鎮江，等生米煮成熟飯後才稟報牛鑒，惹得牛鑒老大不高興。

轄區裡有這麼一個自以為是的傢伙，牛鑒大為惱火。他認為不殺一殺海齡的霸氣不足以立威，偏巧海齡毛病很多，容易被抓住小辮子。駐防鎮江的八旗兵額設兵員一千一百八十五人，經過多年繁衍，旗人的丁口增加了一倍多，餉糈卻沒增添多少，旗人的日子越過越艱難，他們強烈要求增加餉糈，或者允許他們經商。海齡明知他們的要求不合章程，卻暗中支持，讓他們私下經營豆腐坊和磨坊，結果被人告發。牛鑒借題發揮，給他一個降級處分。海齡是堂堂正正的二品武官，卻委委屈屈地戴了三品頂戴，這讓他對牛鑒越發不滿。

鎮江不僅是副都統衙門的所在地，也是鎮江知府衙門和丹徒知縣衙門的所在地。海齡是軍官，依照朝廷的章程不得干預民政，但他天性霸道，經常對同城文官頤指氣使，鎮江知府祥麟、丹徒知縣錢燕桂多次向牛鑒和周頊告狀，說海齡蠻不講理、干預民政。他們把海齡逮捕秋帆等十三人的事件稟報給周頊，抱怨海齡武人干政。

牛鑒和周頊來到副都統衙門，與海齡共議鎮江城防事宜。海齡是個大碗吃肉大碗喝酒的赳赳武夫，把山南海北的葷素肥瘦打夯似的夯進軀體裡，乍看像個屠夫。他的臉膛微黑，額頭隆起，一寸多長的髭鬚又濃又密，一對粗眉蹙在一起，像對翹尾巴的大蝌蚪，讓人想起《三國演義》裡的猛將張飛。

鎮江的夏天驕陽似火，盛暑如焚，海齡熱得渾身冒汗，他一手解釦子，一手搖大蒲扇，眈眈的眼神和闊大的嘴巴帶著不恭不敬。牛鑒剛提起鎮江防禦，他就直言不諱，「牛督憲，當初我說英軍可能深入長江，你不信，還嫌我多事。現在有什麼說的？」

海齡劈頭蓋臉講起戧風話，講得牛鑒的臉上火辣辣的。他不想與海齡爭執，搖著折扇試探，「仗打到這種田地，是強起抵抗還是金帛議和？」

海齡眉毛一挑，鐵嘴鋼牙鏗鏗作響，「當然要抵抗！我們八旗兵是大清的中流砥柱，大敵當前放下刀槍，還有臉活在世上嗎？誰他娘的敢議和，我就上折子參他！」

一句罵娘話堵了牛鑒的嘴，牛鑒的臉色十分難看，啪的一聲合了折扇，口氣莊嚴，「你說抵抗，那我問你，如何抵抗？」在他看來，與英夷作戰非得有大炮不可，但鎮江的炮位少得可憐。

海齡道：「牛督憲，去年你來時我就說過，鎮江是大運河與長江的交會點，兵家必爭之地，必須添兵添炮，但你不信，結果怎樣？圌山關是鎮江的門戶，只有二十位炮，北固山炮臺有十六位炮，鎮江城牆頭原先有二十多位炮，只留下四位，全都調往吳淞口。你說英夷不敢深入長江，人家硬邦邦地殺進來了，擋都擋不住。事到如今，只有一個辦法，貼身肉搏！」

周頊道：「海大人，你的意思是嬰城固守打巷戰？」

海齡的眸子裡閃著炯炯微光，「對，虎門之戰是炮戰，廈門之戰是炮戰，舟山之戰是炮戰，鎮海之戰是炮戰，吳淞口之戰還是炮戰，哪一仗勝了？要想遏制逆夷的鋒鏑，只能依託街壘打巷戰。鎮江是山城，城內有三山六嶺七十二岡，起伏的山勢和參差交錯的高垣短牆就是天然的街壘，每個犄角旮旯都能埋伏兩三個弓兵或槍兵。我軍一街一巷、一坊一屋地打，英逆的堅船利炮就沒有用武之地，我軍的長矛大刀、鳥銃弓矢才能發揮作用。」海齡獨出心裁，說得牛鑒和周頊有點兒發愣。

牛鑒謹慎地問：「北固山、金山和焦山乃是鎮江形勝，守不守？」鎮江舊名京口，北固山、金山和焦山位於鎮江城北，合稱「京口三山」，它們一俟被英夷佔領，鎮江城就在英軍的鳥瞰之下。

海齡搖著蒲扇，「守有何益？就算派出幾百兵丁，徒然遭受英逆的炮火蹂躪而已。」

這個想法太奇怪了！牛鑒和周頊錯愕地覷面相覷。

過了良久，牛鑒才說：「棄形勝於不守，與敵軍打巷戰，如此用兵，聞所未聞。要是鎮江丟了，你可難辭其咎呀。」

海齡放下蒲扇嘿嘿一笑，「要是鎮江丟了，我當然難辭其咎。但是，丟了吳淞口，其咎歸誰？」

這話如同一柄利劍直刺牛鑒，完全超出下官的本分——不是積怨太深，不會講這種話。

發現牛鑒的臉色難看，周頊不得不替他辯解，「海大人，大敵當前，和衷共濟為貴。你既然主張打，咱們就說打。鎮江是南京的門戶，鎮江要是有個閃失，南京就危在旦夕了，你是統兵的二品大員……」

「我是三品。」海齡傲然斷然掐住周頊的話頭，借機發洩對牛鑒的不滿。他預見到牛鑒的總督當不長，英軍勢如破竹，一舉攻克吳淞口、上海、狼山和福山，朝廷肯定要追究他的責任。

牛鑒臉色鐵青，恨不得立馬撤了他的差，但罷黜滿洲副都統必須請旨，他沒有這種權力，只能抖開折扇，呼嗒呼嗒地搧風。

周頊緩緩勸道：「戰與和是一張紙的兩面，相輔相成。當戰不戰，當和不和，都可能誤事。海大人，既然你主戰，咱們就說戰，你守鎮江，不要長，只要守半個月……」

海齡不等他說完，迎頭掐斷，「英逆入寇以來，所有營汛一觸即潰，哪處守了半個月？」

周頊被噎得說不出話來。

牛鑒咽了一口吐沫，「那就守七天。只要守七天，各路援軍就會抵達。四川提督齊慎已經率領川軍抵達大運河西岸，正在渡河；湖北提督劉允孝平定了鐘人傑的叛亂，過幾天也將到鎮江。鎮江防禦，有賴於滿漢通力合作。」

海齡道：「牛督憲，我十五歲從軍，四十八年軍旅生涯，既管過綠營兵，也帶過八旗兵，滿漢一體，這個道理我懂。」實際上他的滿漢畛域之見極為濃厚，濃厚得化解不開。

牛鑒忍著氣搖動折扇，「還有一件事。我聽周大人說，你抓了一個大和尚和十幾個求籤問卜的人，要殺他們？」

「有這回事。」

「關在什麼地方？」

「關在滿營的監號裡。」

牛鑒道：「十幾個人有一百多親屬家眷，他們圍著丹徒縣衙要求知縣錢燕桂大人主持公道。殺人不是小事，要依照《大清律》交地方官審訊，不當殺的人不能殺。」

海齡強詞奪理，「承平時期《大清律》才管用，現在是戰時，得依照《軍律》辦理。」

牛鑒見海齡混帳得聽不進話，啪的一聲合了扇子，「南京防務更重要，我不能在這兒久待，周大人也負有禦敵使命，告辭了。」

海齡假裝要留飯，「現在就走，不吃飯了？」

牛鑒氣哼哼道：「不吃了！」

海齡也不客氣，「那就不留二位了。」他不等牛鑒和周頊起身，自己率先抬起屁股展手指著門，彷彿催促他們立即滾蛋。

他把牛鑒和周頊送到儀門口，皮裡陽秋地拱手告辭，「二位大人走好。」

牛鑒抬腳邁過門檻，終於憋不住肚皮裡的火氣，猛一回頭，冷森森擲下狠話：「海大人，請你切記，鎮江是長江要津，菁華之地，要是丟了，你不死於敵，必死於法！」

海齡傲慢得油鹽不浸，脖子一挺，「自打我從軍起就沒想著活著下戰場！」

牛鑒從牙縫裡擠出一句刻毒到極致的話，「好，講得好！你要是馬革裹屍，我給你請旨優恤。」

把牛鑒和周頊送走後，海齡猛然想起大和尚秋帆和十幾個信謠傳謠的人。他本想把他們枷號一個月，唬唬唬唬，但牛鑒的勸說不僅不起作用，反而激怒了他。他把心中積怨一股腦地吼出來：「祥雲！」

「有！」祥雲應聲躥到跟前。

海齡喝道：「把那個妖言惑眾的禿驢和信謠傳謠的傢伙們拉到校場口，開刀問斬！」

「喳！」

下午申時，一隊八旗兵敲打銅鑼，押著十三個罪犯插箭遊街，為首的正是甘露寺大和尚秋帆。冤囚們被五花大綁，木箭上寫有「漢奸某某」，名字上打著紅叉。豐男腴女、老叟小童們站在街道兩旁，默無聲息地注視著冤囚。有人灑下同情的淚水，有人冷漠無情，有人雙手合十默念《法華經》，還有人暗暗詛咒八旗兵。

到了校場口，十三個冤囚被勒令跪在地上，數千市井小民在旁邊圍觀，議論紛紛，人人覺得他們罪不當誅。

一乘官轎停在校場口，丹徒知縣錢燕桂來了。自接到鳴冤叫屈的稟帖後，他便立即動身，親自到法場救人。錢燕桂個子不高，身子微瘦，貓腰下了轎，正了正衣冠。百姓們自動讓出一條人胡同。

錢燕桂深知海齡為人霸道，小心翼翼走到他跟前，「下官有件事和您商議。」

海齡一臉不屑，盯著他，就像盯著一隻討厭的蒼蠅，「什麼事？」

「下官聽說您捕了甘露寺秋帆大和尚，還有十二個信謠傳謠的人。甘露寺的和尚和信謠者的眷屬們紛紛到縣衙門擊鼓鳴冤，老老少少跪了滿地。下官的意思是，人頭落地後，萬一被冤殺，就不妥當了。」

儘管這話講得委婉，海齡卻不依不饒，「錢大人，你的意思是我冤枉他們了？」

「哦，不，我的意思是萬一被冤枉。」

海齡一口咬定，「我看他們都是漢奸，替英逆說話。」

錢燕桂委屈道：「海大人，皇上珍惜民命，《大清律》明文規定，所有死罪由地方縣衙寫明案由，報按察使衙門讞定，再抄送刑部，由皇上秋後勾決。」

海齡環視周匝，數千百姓在圍觀，要是就此收手，等於抽自己一個嘴巴。他冷冷一笑，「那是承平年歲的辦案方法，現在是打仗，打仗期間，天上的事，老子管一半，地上的事全管。依照大清軍律四十條，打仗期間，不僅本官有殺人之權，就是一個佐領，也有權斬殺散播妖言、蠱惑軍心的壞蛋。」

聽海齡搬出軍律四十條，胡攪蠻纏，強詞奪理。錢燕桂苦口勸道：「海大人哪，咱們同城為官，大戰臨頭，應當激發民眾的天良，共同防禦。濫殺無辜只會使民心向背，搞不好會激起民變哪！」

海齡勃然大怒，眼睛瞪得像雞蛋一樣大，「什麼濫殺無辜！錢大人，你的屁股不要與漢奸坐在一起！」

話講到這個份兒上，二人已成抵角之勢。錢燕桂官階低，擰不過海齡，只好拱拱手，「海大人，下官請您三思，要是言語不當，請多包涵。告辭了。」說完，臉色羞紅地轉身朝官轎走去。轎夫們趕緊各就各位，抬起轎子，挒著碎步離開法場。

海齡一手插腰，一手執令旗，走到刑臺前，厲聲大喝：「大禿驢秋帆以算命為託詞，詛咒本官和八旗兵，犯有妖言惑眾之罪。依照《大清軍律》第十一條『傳佈流言，蠱惑眾心者，斬立決』！本官特此宣佈，將秋帆等十三人處以極刑，即刻執行！」

法場上響起殺威喝：「噢——！」二十六個旗兵反擰著十三個囚徒的胳膊，把他們按倒在地上，另有十三個旗兵赤膊上場，手裡握著明晃晃的鬼頭刀。

秋帆大和尚緊閉雙眼，準備領受飛來橫禍。其他冤囚形態不一，有人在抽泣，有人在叫屈，有人在發抖，有人在求乞。

只一個老婦人不甘心，聲嘶力竭地叫喊：「海齡，滿洲旗人，你們不得好死！我的冤魂下地獄也要糾纏你們！」

旁邊一個旗兵一拳打出，打得她滿嘴鮮血，哽咽一下，吐出一粒牙齒。

殺人的螺號響了，寒光閃落，十三顆腦袋滾落在地，血淋淋的斷頭屍橫陳在法場，瀝血盈溝，其狀之慘，觸目驚心，空氣中瀰漫著濃重的血腥氣。

海齡站起身來，「諸位商民，據本官偵悉，逆夷已經攻入長江，距離鎮江府不足百里。他們雇用了大批漢奸，假扮成販夫走卒或行腳郎中，混進沿江各府縣，收集文報，刺探軍情，還編造流言蜚語恫嚇我軍心，搖晃我民意。防敵必先肅奸，本官特此命令，從即時起全城戒嚴！駐防旗兵挨家挨戶仔細盤查，凡是沒有路引或形跡可疑的人，凡是帶外地口音，尤其是講寧波話、福建話和廣東話的，一律拘押，嚴加究詰！寧可抓錯一千，絕不放走一個！」

他的話音剛落，圍觀的民眾立即一片喧譁。鎮江是長江商埠，每天來往的商賈行人和賣菜售糧的村夫村婦有數千之眾，還有不少訪親探友的人。全城突然戒嚴，將給他們帶來極大的不便，甚至威脅到他們的生命！

外地過客急匆匆離開法場，想盡快出城，但為時已晚。四座旱城門關得嚴嚴實實，兩座水城門拉起柵欄，荷槍實彈的旗兵們如狼似虎地守在那裡。

聚集在城門口的民眾越來越多，不僅有外地人，還有許多想逃避兵燹的本地居民。他們苦苦哀告、抱怨哭泣，但旗兵們恪守命令，絲毫不為民情所動。雙方的情緒急遽升溫，演變成尖銳的衝突，叫罵聲、喝斥聲混雜在一起，數千民眾與八旗兵拉扯衝撞，嘶叫怒吼。最後，一陣槍響驚天動地，十幾個居民被血淋淋地打倒在地。

大戰臨頭，海齡本應打開城門疏散百姓，可他不僅不憐惜民命，還以暴戮武夫的面目苛待民眾。民眾霍然醒悟，赤手空拳的百姓無論如何抵抗不了手握利器的旗兵，他們只能屈服。

天黑後，上萬過客散佈在城中，粉牆竹籬、街頭巷尾全是露宿的人。他們的生命尚未受到敵軍的威脅，卻先受到本國軍隊的鎮壓。他們咬牙切齒，滿腔怨毒，異口同聲詛咒海齡和八旗兵。

冤死者的家人並非都是忍氣吞聲之輩，其中不乏快意恩仇的人，他們暗下決心，必定要痛加報復！

廿壹 八旗兵浴血鎮江

從吳淞口到鎮江的六百里水道上葦洲林立，沙線曲折，淺灘、暗礁處處皆有。一萬兩千水陸英軍逆流而上，一面測量一面行駛，凜凜小心，步步為營。六百里水道走了二十一天。但是，風帆戰船不易駕馭，即便如此謹慎，每天仍然有一兩條船擱淺在沙洲上，不得不耐心地等待江潮上漲，或靠火輪船拖拽，才能擺脫困境。

巴加把艦隊分成五隊，每隊相隔七八里。江面上檣桅聳立，帆篷高張，船旗招展，鼓號互答，呈現出一幅洋洋大觀的景象。兩岸的百姓們從來沒有見過火輪船和鐵甲船，更沒見過如此龐大的外國艦隊。儘管沿江各縣的巡檢司貼出告示，說有大股寇仇深入內地，隨時可能登岸襲擾，依然有膽大的村夫村婦抑制不住好奇，側身於山岡樹林、巨石田疇之間駐足觀望。

英軍終於逼近鎮江。在敵軍艦炮的轟擊下，圌山炮臺和焦山炮臺的綠營兵僅作出微弱的抵抗，就像麻雀一樣哄然散去。英軍佔領它們後迅速封鎖北岸的瓜洲渡和南岸的西津渡，掐斷了長江和大運河。大清的經濟命脈徹底被卡住了，北京很快就會感受到糧食和物資的匱乏。

金山是屹立於長江中流的一座小島，也是民間故事《白蛇傳》的發祥地，有「卒然天立鎮中流，雄跨東南二百州」的盛名。在長江上行駛的船舶，十里以遠就能看見金山上的慈壽塔，甚至能看見塔旁的楞伽臺、妙高臺和觀音閣。金山地處形勝，清軍本應設炮據守，但是海齡決心與英軍打巷戰，沒在金山派駐一兵一卒，英軍不費一槍一彈就順利登上了金山島。

在衛兵的簇擁下，郭富和巴加走進金山寺。金山寺的和尚全逃了，只剩一個老和尚留守。巴加和郭富問了他幾個問題，他一問三不知，只管口念佛號。英軍分辨不出他是與世隔絕的僧侶還是一無所知的呆子，沒在他身上浪費時間，索性把他關進一間小屋，不許他亂走亂動，聽任他獨自打坐誦經。

郭富和巴加登上慈壽塔，蒙泰和郭士立跟在他們身後。蒙泰在乍浦與死神擦肩而過，休養了十八天，傷口剛癒合就來參戰。郭士立是兩位司令官的重要顧問，須臾不可離開。

郭富和巴加拿著地圖，手搭涼棚瞭望著南面。鎮江的北面有一座山，叫北固山，與金山和焦山互為抵角，是控扼鎮江的鎖鑰，但北固山上好像沒有一兵一卒。由於北固山遮擋住視線，郭富和巴加只能看見半個鎮江。那是一座山城，城牆修葺得堅固完整，但城上沒有旌旗，沒有大炮，沒有哨兵。大運河在鎮江城邊分成兩汊，一汊繞城向西流淌，形成一道天然的護城河，另一汊從水城門流入城中，像一條細細彎彎的水蛇。

長江是雨水豐沛的地方，岸上林木蓊郁，滿山蒼翠，能把所有工事掩蓋得嚴嚴實實。郭富和巴加看不見城裡，但明顯感到鎮江是一座棄城，因為城裡沒有炊煙，沒有人跡，只有城西有兩座兵營，距離江岸大約五六公里，恰好在英軍艦炮的射程之外。這明顯是種隨時準備逃跑的姿態。

郭富和巴加轉身瞭望長江北岸。北岸是瓜洲渡，渡口裡停著上百條沙船，在英軍的監視下，它們不敢隨意亂動。顯而易見，鎮江與瓜洲之間是長江最繁華的地段，如果沒有戰爭，這裡一定是萬舸爭流、商賈雲集、物阜民豐。

兩位司令很快看出這段長江的特點——浩浩蕩蕩的江水沖蕩奔騰，瓜洲恰好是水浪的沖刷點，由此形成北岸不斷坍塌，南岸不斷淤漲的地理現象。經過積年不懈的曲水沖刷，大半個瓜洲古鎮已經浸泡在水裡，或許再過幾十年，整個瓜洲都將坍入江中[24]。

郭富道：「過往我軍所到之處，清軍全都嚴陣以待，我從沒有見過一座城市這麼寧靜，

24 宋朝的王安石曾有名句：「京口（鎮江）瓜洲一水間，鐘山只隔數重山。」由於水流的沖刷作用，鎮江段的長江河道不斷北移，曾經繁盛千年的瓜洲古城於一八九五年全部被江水淹沒。現在的瓜洲古渡是旅遊開發的景點。

寧靜得不可思議。」

巴加回身詢問：「郭士立牧師，根據你掌握的情報，鎮江有沒有守軍？」

郭士立跟隨英軍兩年有餘，參加了所有重大軍事會議。他雖然是神職人員，對軍事卻並不外行，「沒有，間諜們是這麼報告的。」

但是，他的情報有誤。海齡在自己的轄區裡堅壁清野，大搜大捕，寧可錯殺一千，也不放過一個，故郭士立手下的間諜根本混不進去，他們給的情報全是主觀臆斷。

巴加皺著眉頭看過去，「但城西有兩座兵營。」

那兩座兵營是四川提督齊慎率領的川軍和湖北提督劉允孝率領的楚軍，他們是來協防鎮江的。

郭士立對此並不知情，「我軍連戰連勝，勢如破竹，清軍風聲鶴唳，鬥志瓦解。據我看，中國的城門普遍較窄，不利於車馬輜重快速撤離，清軍把營寨紮在城外，是想作一番象徵性抵抗就滑腳而逃。」

蒙泰同意郭士立的判斷，「我也這樣看。清軍沒有堅守鎮江的信心，他們把兵營紮在城外，是想敷衍一下就溜之大吉。我軍打敗他們，就像吹去一片塵埃。」

但這回，他們作出了嚴重誤判。誰也沒想到海齡移形換影，劍走偏鋒，準備打一場頑強、可怕的巷戰！

經過商議後，郭富和巴加決定不用艦炮轟城，直接派步兵登陸。他們把部隊分成三個旅，第一旅由英軍第九十八團和馬德拉斯第一團組成，配以炮兵，在大運河西岸登陸，攻擊城外的清軍營盤。第二旅在北固山下登陸，從東面進入鎮江城。第三旅在大運河西岸登陸，從西面進入鎮江城。

第二天凌晨，火輪船拖拽著十條運輸船，分別駛向北固山和大運河西面，把陸軍送到岸上。每個士兵攜帶一支雷爆槍、六十發槍子和兩天口糧，外加水壺、睡袋等生活用品，負重二十多公斤。馬德拉斯炮團把推輪火炮和火箭發射架卸到岸上，牽下二百多匹戰馬，套上輓具和韁繩。

江岸上人喊馬嘶，嘈嘈雜雜，鎮江城卻靜悄悄的，一點聲響都沒有。

七月的鎮江熱得像烤鍋一樣，空氣中沒有一絲風，草葉和樹葉一動也不動。這麼熱的天，不僅人不願意動，鳥兒也不願飛，只有蟬兒在鳴叫，為了吸引異性，牠們沒完沒了、不知疲倦地聒噪。偶爾有幾隻麻雀倏地飛過，製造出一點兒聲響，蟬兒們突然停止鳴叫，可待麻雀一飛走，便又開始聒噪。

鎮江城垣距離江岸不足三里，中間隔著一道丘陵，負重而行的英軍全都揮汗如雨，嗓子眼冒煙。

海齡和二百多旗兵正在大伙房吃飯，在城門樓當值的哨兵手卷喇叭朝下喊：「海大人，鬼子來了！」

海齡立即放下飯碗，沿著馬道，三步並兩步登上城樓。幾個親兵嚼著米飯跟在後面，躲在堞牆後面窺視敵軍。

英國鬼子排成兩列縱隊，沿著濃綠的丘陵火蚰蜒似的朝鎮江推進，速度不快。

海齡轉回頭，「傳令全體弁兵，有尿撒尿，有屎拉屎，準備戰鬥！」說完，馬上貓腰下了城牆，解開褲襠，嘩啦啦撒了一泡尿。

旗兵們都知道，「有尿撒尿，有屎拉屎」是海齡的預備令，每次操練前他都要大家排盡屎尿，而且都是就地解決。有什麼官就有什麼兵，旗兵們聽到命令就像被人按動機簧，三口兩口扒拉完飯菜，跑到城牆根兒底下解開褲襠，就像打開了二百多支噴水槍，嘩啦啦撒完尿，繫上腰帶，提上刀槍，貓腰登上城牆。

旗兵們透過雉堞的射擊孔注視著英軍，他們很快發現，一路英軍向東拐，一路向西拐，沒有從北面攻城的意思。

海齡壓低嗓音叫了一聲：「祥雲！」

「有！」祥雲的肩上斜掛一張弓，手裡提著一杆火槍，由於天氣太熱，他的前襟和後背被汗水洇得透濕。

海齡下令：「我去東門看看，北門交給你。只要打退英夷守住城樓，我給你請旨封妻蔭子，弄件黃馬褂穿穿；要是有個閃失，別怪我方臉變長臉，拿你開刀！」

「明白！」

「巴楚克！」

「有！」

「備馬！」

「喳！」

海齡隨即帶著幾個親兵下了城牆。不一會兒，幾人上了馬，風馳電掣一般朝東門奔去，馬蹄在街衢上踏起一片浮塵。

鎮江的街道兩側擺滿了參差錯落的水缸。幾天前，海齡命令城中居民每戶獻一口大缸，擺到街上當路障，違者以漢奸罪論處。居民們都知道海齡暴戾恣肆，說得出口，下得了手，誰也不敢違命，全城居民誠惶誠恐地把家中最大的水缸搬到街面上。

但是，鎮江民人平時飽受八旗兵們的虎嚼狼啃，大戰來臨之際，誰也不肯援之以手，全都袖手旁觀。由於四座城門緊閉，滯留在城裡的外地人多達萬人，他們更是幸災樂禍，恨不得旗人早日完蛋。

海齡深知當地民人對旗人怨恨深結，根本不指望民人在危急關頭伸出援手。他把全城旗人動員起來，十二至六十歲的男人一律帶刀上街巡邏，全體女人生火燒飯、送水送糧。旗人的每個毛孔都散發著滿洲人的驕傲與自尊，他們在鎮江居住了一百五十多年，飲長江水，吃江南糧，對他們來說，國就是家，家就是國，水乳交融，難解難分。大敵當前，只有他們才能組成頑強的戰鬥隊，視死如歸，同仇敵愾。

三個灰髮蒼辮的老人帶著十幾個大齡孩子，手持藤牌，挎著腰刀沿街巡邏。領頭的旗人七十多歲，鬍鬚花白，滿臉褶子，穿著背心和短褲，紅纓大帽上插著一支暗綠色的孔雀花翎，腳上蹬一雙半舊的抓地虎快靴。他叫德爾金，當過西安將軍，六年前休致回家，與他同行的老人也是休致的老軍官，他們自告奮勇，帶著孫子上街巡邏。

那些半大的孩子們扛著紅纓紮槍，像花果山上的頑皮猴子，無驚無懼，蹦蹦跳跳。

海齡一眼瞥見德爾金，收緊轡繩，勒住戰馬，「哎呀，德大人，你怎麼也來了？」

德爾金牙齒不全的癟嘴走氣漏風，「海大人，保家衛國，匹夫有責！我家祖孫六代都生活在鎮江，絕不能讓野狼闖進來！」

海齡沒工夫寒暄，在馬上抱拳行禮，「德大人，多保重！」然後雙腿一使勁，策馬而去。

東城牆是青州旗兵協領果星阿的防區。果星阿像一只敦實的水缸，長得又黑又粗，孔武有力。他見海齡上了城牆，稟報道：「海大人，敵人來了！」

海齡貓腰走到堞牆後面，隔著槍眼朝城下一望，只見烏泱泱的英軍像麇集的紅螞蟻，軍鼓鏗鏘，銅號響亮，士兵們踏著鼓點列隊向前，明晃晃的槍刺在陽光下閃閃發亮，整個佇列紋絲不亂，井井有條，一看就是訓練有素的強師勁旅。

幾十匹高頭大馬拉著炮車和火箭發射架，緊緊跟在步兵的後面，炮兵們揮鞭吆喝催馬前行。再往遠處看，還有一股英軍正向西推進，目標直指齊慎的川軍和劉允孝的楚軍。

京杭大運河流經鎮江的西面，是道天然的護城河，東城牆外的護城河卻乾涸了，英軍越過它就像越過一道乾溝。

想到東城門樓上只有兩位千斤小炮，海齡憤憤用鞭梢捅了捅纓槍大帽的帽沿，「狗娘養的牛鑒，我說英夷能打進長江，他不信，把大炮全他娘的調到吳淞口，現在可好，咱們只有抬槍和弓箭。」他一招手，「準備打！」

果星阿立即揮動令旗，藏兵洞裡的旗兵們捯著碎步進入戰位，紛紛把抬槍和火槍架到垛口上。

英軍這時才發現城牆上有清軍。他們本來可以用艦炮轟城，現在兩軍距離過近，用艦炮轟城會誤傷自己人，幸虧有馬德拉斯炮兵隨行，他們帶來了五位野戰炮和兩個火箭發射架。英軍馬上停止前進，隔著護城河把野戰炮和火箭發射架一字排開，步兵後退一百米，為攻城作準備。

清軍與英軍幾乎同時開火，火炮火箭互相噴薄，黑煙競射，濃煙旋蒸。英軍的施拉普納子母彈在城頭上方凌空炸響，迸裂出的鐵丸子發出錚錚的哨音，旗兵們原以為躲在堞牆後面，敵人的炮子打不到，沒想到開花彈從天而降，落地再響，竟然是防不勝防，幾十個旗兵被鐵丸子打傷。敵軍的火箭一支接一支射到城樓上，城樓的橫樑率先著火，火苗迅速躥起，不一會兒，整座城樓劈劈啪啪地燃燒起來。

海齡發現，自己只有兩位炮，只能直擊，不能旋轉，敵人有五位野戰炮，有鐵輪、有炮架，可以隨意移動、俯仰調整，對清軍是極大的威脅，不把它們打掉，自己只能被動挨打。

「果星阿！」

「有！」

「你帶人衝出城外，把敵人的炮兵幹掉！」

「喳！」

這是一個十分魯莽的命令，海齡不曉得英軍的雷爆槍大大優於清軍的火槍。

果星阿調來了三百旗兵，打開城門，吶喊著衝出去，疾風一般殺向英軍。英軍立即迎頭而動，雙方在乾涸的護城河兩岸展開了一場對射。乒乒的火槍聲和砰砰的雷爆槍聲交織在一起，烈火烹豆似的爆響連天。

英軍槍械優良，幾分鐘內射殺了近百名旗兵。旗兵被打懵了，倉皇後撤。英軍趁勢掩殺，一部分旗兵逃入城中，立即關閉城門，沒來得及撤回的旗兵困獸猶鬥，全部犧牲在城牆腳下。

鎮江的城門又厚又重，推輪野戰炮的炮子較小，炸力有限，竟然炸不開。馬德拉斯工程兵當場製作了兩只炸藥包，裝入一百六十磅黑火藥，在槍炮的掩護下，四個工兵把炸藥包送到城門洞下，點燃火撚，迅速閃到護城河的溝沿下。火撚嗞嗞作響，冒著黑煙，緊接著轟的一聲，城門終於被炸開了，英軍振奮吶喊著衝入城中。旗兵們早就作好打巷戰的準備，他們在房頂上、石坊邊、水缸後向英軍開槍射擊。

一支海軍陸戰隊乘舢板駛入大運河，用炸藥包炸開水城門，從西面進入鎮江城，但立即遭到旗兵的伏擊。最先進城的兩個英國兵被弓矢利箭射成刺蝟，其餘的英軍急忙跳下舢板，向旗兵射擊，後續的舢板相繼駛入。經過一番激烈的對射後，旗兵還是抵擋不住，英軍順利攻佔水城門。

戰爭爆發以來，除了乍浦的天尊廟有過一場激戰外，所有清軍都不堪一擊，敗得如同秋風掃落葉。但鎮江旗兵不是綠營兵，更不是臨時招募的義勇，而是大清的精華，他們如豺狼一般驍勇，如熊羆一般兇悍，英軍作夢也沒想到要逐屋逐院地打硬仗。

旗兵們藏身於樓頂、窗後、煙囪和牆頭，不斷襲擊英軍，英軍每前進一步都要付出生命的代價。旗人的眷屬也一起參戰，他們手持刀槍，與蜂擁而入的英軍短兵相接，嗷叫聲、怒吼聲、惡罵聲與刀槍相撞的鏗鏘響成一片，斷牆殘垣、街衢裡巷，處處都是戰場，馬路與牆壁，都濺滿了又腥又濃的鮮血。

最令英軍驚訝的是，城中居民沒有疏散！每個院落、每棟房屋裡都有手無寸鐵的平民，連寺廟等公共建築裡也擠滿了男女老少。他們亂亂哄哄，驚恐萬狀，有人匍匐在地上瑟縮發抖，有人踉踉蹌蹌地奔走哀號，有人躲在牆角裡聽天由命，有人像沒頭蒼蠅似的亂竄亂跑，人人都在慘烈的戰亂中乞求一份活命的機會。

總算，有人發現南面沒有槍聲，上萬居民如潮如湧，末路狂奔，企圖從那裡逃走。這處守衛城門的旗兵良心沒有完全泯滅，冒著殺頭的危險，打開城門，這才給居民們留下一道逼仄的逃生之路。

廿貳 死營

酷暑驕陽和戰火把鎮江變成巨大的烤爐熏鍋，木門籬笆、翳天老樹冒著又濃又釅的黑煙，撲面而來的全是滾燙的熱浪，所有人與物都在熾熱的空氣中虛虛幻幻，朦朧不清。

士兵們汗如雨下，一些人耐不住暑熱，昏倒在戰場上。郭富渾身上下汗涔涔的，他本想硬挺著指揮作戰，給官兵們樹立一個榜樣，但他畢竟六十多歲了，終於打熬不住，眼前一黑，栽倒在地上。

當他醒來時，發現自己躺在一爿高牆下，身子底下有一張竹蓆，大軍醫加比特給他脫去軍裝，露出毛茸茸的胸膛，勤務兵用毛巾蘸了井水，敷在他的腦門上。戰鬥仍在進行，槍聲時疏時密，不時有轟轟的炮擊聲。

郭富昏頭昏腦地起身，眨了眨眼睛，「這是什麼地方？」

蒙泰長長地出了一口氣，「老天，你終於醒了。郭富爵士，這是一座寺廟，背陰的牆根。」

「哦，糟糕，我想起來了。陽光白亮灼人，我眼前一片模糊，暈倒了。」

加比特遞上水壺，裡面有沁涼的井水，「慢慢喝。」
郭富小口小口地喝了幾口，「不是瘧疾吧？」
「不，是中暑。瘧疾患者口唇發紺，面色蒼白，時冷時熱，你沒有這些症狀。」
郭富又喝了幾口水，從口袋裡掏出懷錶，已是下午三點半。
郭富問：「仗打得怎麼樣？」
蒙泰滿臉油汗，胸襟被汗水浸透，身上的每一寸皮膚、每一顆汗珠都在喊熱，「很不順利。城外的清軍已被擊潰，正向西逃竄，但城裡的清軍不肯投降，我軍正在一街一壘地打巷戰。儘管成功控制大部分城區，可是清軍龜縮在城北，還在頑抗。」
巷戰是種可怕的戰法，每個犄角旮旯都可能埋伏著敵兵，閃電一般出擊，倏忽不見蹤影，它能使弱旅變成強敵。郭富憂心忡忡地緊鎖著眉頭。
蒙泰補充，「我們碰上滿洲旗兵了。」
郭富知道清軍分為八旗兵、綠營兵和義勇。義勇是臨時招募的，穿藍軍裝，號衣上有「勇」字，他們形同烏合之眾。綠營兵穿綠軍裝，號衣上有「兵」字，是以漢人為主的軍隊，他們武器窳陋，不堪一擊。滿洲旗兵才是清軍的精華，他們裝備優良，視死如歸。在乍浦的天尊廟之戰，旗兵們打得十分頑強，給郭富留下了深刻的印象。
「我軍的傷亡情況如何？」

「傷亡很大，估計超過百人。最糟糕的是大批官兵中暑，無法戰鬥。」

「現在氣溫多高？」

「華氏九十七度[25]。」

郭富有點吃驚，他打了一生仗，從來沒在如此酷熱的天氣下作戰。

蒙泰接著道：「根據懇秘利中校報告，第九十八團非戰鬥減員十分嚴重，一百五十多人耐不住酷熱，昏倒在陣地上，十三人死於中暑。」

第九十八團在茫茫大海上航行了五個半月，到達中國時，所有官兵形銷骨立，如同病號。如今在體質還沒完全恢復的情況下負重作戰，開仗不久就被酷暑擊垮了。

郭富久歷戎行，見多識廣，「軍隊在酷暑中作戰，口渴難忍時很可能飲用溝渠裡的水，只要有一兩個人得了痢疾，很快就會傳染開。蒙泰中校，你立即通知各團，注意飲水衛生！」

一聽「傳染」，蒙泰像被人猛擊一拳。開仗以來，疫情像斷魂刀一樣懸在英軍的頭上，如鬼如魅，無影無形，其殺傷力甚至遠遠超過戰爭。他立刻應道：「遵命！」

「要盡快肅清城裡的清軍，否則等天黑就麻煩了。還有，要接受舟山的教訓，天黑後，

25　這一溫度出自七月二十一日的《海軍軍醫柯立日記》。華氏九十七度相當於攝氏三十六度。

所有官兵不得在中國民居裡面留居，千萬當心！」

「遵命！」

東西兩座城門失守後，旗兵們且戰且退。

副都統衙署位於滿城中央，海齡的家人住在衙署後院，他的妻子瓜爾佳氏頭髮灰白，發福的身體像一團肥肉。天氣極熱，她只穿一件白紗褂子，但汗水依然把胳肢窩和胸部洇透。

她是虔誠的佛教徒，聽說海齡下令逮捕大和尚秋帆後，她便鎮日誠惶誠恐。在她看來，查封寺廟、鎖拿和尚會得罪佛祖，是要遭報應的，因而不只一次勸海齡放了秋帆。無奈海齡執拗不聽勸，她只好在家裡念經，祈求全家平安。

她嫁給海齡四十年了，當時她還是個俏麗的姑娘，滿洲人兵民合一，她與所有旗人的妻子一樣在兵營度過大半生，深信旗人高人一等，是國家的棟樑。

她的兩個兒子都是軍官，一個在南京效力，一個在新疆戍守，她身邊只有一個孫子和一個孫女。英軍圍城後，孫子被動員到外面修築街壘，只有三歲的孫女依偎在身旁，還有一個叫黃二的包衣奴才看家護院。黃二是漢人，四十年前他的父母因事獲罪，發配給旗人當包衣奴才，他在海齡家長大，對主子像家犬一樣忠心耿耿。

瓜爾佳氏雙手合十，盤腿坐在佛龕前，口中呢喃地誦著「唵嘛呢叭咪吽」六字真經。房梁上的積年塵土被震得簌簌墜落，小孫女嚇得縮在她的懷中，手指緊緊抓住她的衣襟。瓜爾佳氏的心口其實也怦怦亂跳，卻不得不細聲哄著。

從早到晚，鎮江城裡槍聲不斷，大小火箭狂飛亂舞，鋒利的箭頭拖著火尾巴扎到房屋上，立馬就會引起大火，一燒就是一大片。為了防火，黃二把木桶、水缸全都抬到院子裡，注滿井水。

外面爆響連天，黃二像惶恐不安的老狗，不時伸長脖子望向天空，嗅著空氣中的硝煙味，張大嘴巴發出「啊——呀」的驚叫。

瓜爾佳氏常年生活在滿城，能夠分辨出旗兵火槍的乒乒聲和英國步槍的砰砰聲。隨著時間過去，乒乒聲漸弱漸少，砰砰聲卻依舊又響又密，她有一種不祥之感。

一支長長的火箭凌空飛來，尖利的箭頭砰的一聲扎在門框上，五尺長的箭杆顫得嗡嗡作響，尾部的管口噴著火焰，引燃了門框。黃二啊呀大叫，提起木桶朝門框潑去，瓜爾佳氏也忙竄出屋外，用水瓢舀水潑向門框，就連小孫女都忘了恐懼，用蘸水的掃帚胡亂撲打。幸虧營救及時，火勢沒有延燒，否則整個宅院都會燒成灰燼。

經過一天激戰，英軍佔領了大部分的城區，旗兵們漸漸退守到滿城。滿城像遭到入侵的蜂巢，兵蜂們本能地組隊戰鬥，不顧性命保衛家園。德爾金老手老腳，臨危不亂，指揮一大群孩子奮勇抵抗，用磚頭、石塊、長矛、大刀與英軍殊死拚搏。一些女人冒著槍林彈雨出入戰場，把受傷的旗兵抬回祠堂，還有一些女人輪番轉動轆轤，拉升井繩，接龍似的把水桶傳遞到火場，撲滅每一個燃燒的火頭。她們大呼小叫，折騰得渾身上下全是泥水。

退入滿城的旗兵在街衢巷道與英軍對峙，用火槍和弓箭與英軍互射，打得圍牆屋頂煙塵爆起，磚瓦木梁騰空亂飛。

夕陽西下，火燒雲，雲燒天，天燒人，滾滾濃煙熏黑了天。可戰鬥仍在持續，八旗兵寸土不讓，頑強抵抗。

眼看著天色越來越暗。鎮江城裡山丘起伏，街道縱橫，像迷宮一樣深不可測，每個角落都可能暗藏殺機，不熟悉地形的英軍不敢貿然硬拚，總算停止進攻，讓旗兵們有了喘息之機。

深夜裡，鎮江城裡火光灼灼，空氣中瀰漫著難聞的焦糊味兒。英軍與旗兵隔空對峙，不時有口令聲、雜沓的腳步聲和零星的槍聲，但是，誰也不敢深入對方的控制區。

副都統衙署是一座四進大院，有一百三十多間房子，七八百旗兵退守到這裡，還有一千多眷屬逃了進來，大部分是鰥寡孤老、女人小孩。旗兵們用鹿角柵和沙袋封堵住大門、二門、儀門、轅門、後門和側門，每個沙袋後面都有人據守。正堂、二堂、客堂、兵房和兩廂的屋頂上也趴著旗兵，他們緊握火槍，目光炯炯。衙署裡人滿為患，它是旗人的最後堡壘，絕塞孤城。

海齡右臂裹著白布。一個時辰前，有人在黑暗中打出一支飛鏢，扎在他的胳膊上，飛鏢上有「報仇」二字。他派兵闖進附近的民居搜查，但沒找到刺客。

一個親兵幫他塗了雲南白藥，用白布包紮好，沒想到不一會兒，他的胳膊就疼得抬不起來，握不住刀。他這才意識到，飛鏢蘸有毒藥！

他在廂房裡轉了一圈，廂房是臨時病房，一百多傷兵躺在草蓆上輾轉呻吟，兩個軍醫和幾十個女人幫他們塗抹上金槍藥和田七膏。有些旗兵傷勢過重，他們的家屬在旁邊哭泣。

海齡來到大堂，「巴楚克！」

「有！」

「帶幾個人，把文檔卷宗、帳冊邸報全搬來。」

「喳！」

很快地，幾個旗兵把一卷卷文檔卷宗抱到大堂，堆在地上，像一座小山。

海齡垂著胳膊，「去庫房弄點兒硫黃和桐油。」

「喳！」巴楚克依令照辦，提來了一桶硫黃和桐油，灑在紙堆上，準備銷毀。

大堂外面的天井裡聚集著好幾百名眷屬，她們打著火把默不作聲，靜靜地注視海齡，像無路可退的狼群看著狼王。

海齡左手提著印匣子走到臺階上，高聲喝道：「各位父老鄉親，各位弟兄，各位妯娌，還有孩子們！」

人群慢慢移過來，大家的臉上掛著油汗，骯髒疲憊，暗懷幾分希冀，指望他在關鍵時刻講幾句令人驚喜的話，指明一條生路。

海齡清了清嗓子，「大家都看見了，英逆侵我海疆，虜我臣民，淫我姐妹，燒殺搶掠，無惡不作。本官與駐防鎮江的全體旗兵以保家衛國為己任，男子漢大丈夫，生當作人傑，死亦為鬼雄！但眼下的情勢是，敵眾我寡，敵強我弱。本官身膺重寄，沐浴皇恩，面對強敵，捨此肉身，已不足惜。但我海齡指揮無方，沒能打敗敵人，連累了大家，讓這麼多人家破人亡，我對不起皇上，對不起父老鄉親，對不起妯娌，對不起孩子。我心中有愧，在這給大家請罪了！」

言畢，他雙膝一屈，就地跪下，重重地叩了一個響頭。再抬起頭時，額角上有斑斑血跡。人群中響起一片抽泣聲。

毒藥持續發作，海齡的臉色蒼白，心跳加速，聲音有點兒憔悴，缺少平時的力量，「依照本朝軍法，守將與營寨共存亡。現在全體旗兵到了為國盡忠，殺身成仁的時候！」

所謂「殺身成仁」，就是要麼戰死，要麼自戕。所有人都為之一凜，在閃動的火把下，大家的臉色十分難看，扭曲，痛苦，絕望，恐怖……

「妯娌們、姐妹們，英軍燒殺搶姦淫，無惡不作，妳們要是落入他們手中，就會成為賤奴，請妳們好自為之。要是逃不出危城，不要玷汙自己。」

天井裡響起女人們的痛哭聲，從小聲抽泣到破喉號啕。

海齡口乾，舌頭轉不動。他見德爾金站在人群裡，咽了口吐沫，「德爾金大人，你和休致的軍官不在殺身成仁之列。滿城裡有六千多眷屬，德大人，拜託你把他們通通帶走，趁黑逃生。」說著，把印匣子捧到德爾金跟前，「這是皇上頒賜的關防，請你代我送到江寧將軍衙署。」

德爾金沒接，他像一頭命至衰年的老狼，眼角乾澀，嗓音沙啞，「我老了，走不動了，就死在這裡吧。海大人，你找個年輕人領著大夥逃命吧，要快！」

海齡轉身叫道：「祥雲！」

「有！」

由於胳膊疼得鑽心，海齡的聲音在顫抖，「你不必殺身成仁，領著大家逃出危城，把我的關防送到南京。接印！」

祥雲屈身打千，伸出雙手準備接印匣子，可快要碰觸到匣子時又突然放下手，「不，我是佐領，我也與城池共存亡！」

他的聲音不大，但周匝的人全聽見了。女人們停住哭聲，天井裡陷入死一般的沉靜。

海齡不得不換人，「巴楚克！」

「有。」

「你不是軍官，我命令你把關防送到南京，領著大家逃生！」

巴楚克滿臉油灰，接了印匣，嘟囔了一句：「遵命。海大人，你……」

海齡不再說話，向父老鄉親和女人孩子們深深一揖，轉身走進大堂，抓起一罐桐油，潑到卷宗帳冊上，提著一盞羊角燈坐在紙堆上。

有人高呼：「海大人，別輕生！」

海齡像沒聽見似的，翻轉羊角燈，連油帶火向下一扣，卷宗跟帳冊轟的一聲燃燒起來，火苗子騰空而起，海齡立馬變成火人。人群中爆出陣陣驚呼，女人們放聲大慟。

瓜爾佳氏像被電光石火擊中一樣，臉色煞白，渾身發抖，小孫女哇的一聲號啕大哭，大家的目光齊刷刷轉向她們。

瓜爾佳氏抱起孫女，用手背輕輕擦去她的淚水，「孫兒，不哭，不哭，爺爺為國盡忠了。」她定了定神，抱著孫女緩緩走出人群，一直走到水井旁。

黃二察覺她的神情不對頭，跟在後面小聲嘟囔：「主子，主子，千萬別……」

有人嘶聲叫喊：「老夫人！」

瓜爾佳氏沒回頭，眼一閉，牙一咬，抱著孫女一頭扎進水井裡。

黃二伸手想拽，沒拽住，只聽到水井裡咕咚一響。他忙跪到水井邊上，探頭向下望，水井又黑又深，老夫人和孫女已消失得無影無蹤。黃二涕泗滂沱，身子和雙臂像篩糠似的不停抖動。

鎮江陷落三天後，璞鼎查才乘「皇后號」火輪船到來，與他同行的還有馬儒翰，郭富和巴加在西津渡碼頭迎候他。

一番寒暄後，璞鼎查詢問：「郭富爵士，聽說鎮江之戰打得慘烈，是嗎？」

「是的，我軍總計陣亡三十六人，受傷一百二十八人，失蹤三人，中暑殞命的不在其列。這是開仗以來，我軍傷亡最慘重的一次。」

「中國人的損失如何？」

「我軍掩埋的屍體不下一千六百具，大部是婦女和兒童。」

「哦？」

郭富歎道：「滿洲人是一個野蠻、強悍、殘忍、可怕的民族！旗兵們陷入絕境後，縱火燒了自己的衙門。我軍攻入滿城時大火正在燃燒，燒得牆傾柱歪，斷梁殘垣冒著黑煙。心硬如鐵的滿洲軍官們自刎身亡，臨死前活活掐死自己的女人和孩子，或用利刃割斷她們的咽喉，死者脖頸上的刀口像張開的嘴，可怖之狀，令人毛骨悚然。還有一些女人在房梁和樹杈上懸屍自盡。

「老天，那是一個至忠至愚、至酷至烈的場面……上千具屍體橫七豎八偃臥在庭院裡和水塘旁，地上、牆上、臺階上，全是凝固的血跡。由於氣溫過高，僅一夜工夫屍體就開始腐壞，空氣中瀰漫著難聞的異味，引來成群的蒼蠅。牠們嗚嗚泱泱，嗡嗡鳴叫，漫天飛舞。我打了一生仗，從來沒見到如此慘絕人寰的自戕場面。」

巴加回想起來，也臉色沉重，「我進了一個富麗堂皇的官宦之家，在一間臥室裡看見多具女屍，有老有少，全都穿著嶄新的衣服，仰面躺著，臉上蓋著白布，只有紫紅的嘴唇和發黑的鼻孔露在外面。有些是服毒自殺的，有些是被她們的男人用刀割斷喉管死的。」

郭富不解地搖了搖頭，「我軍從東、西、北三面圍攻鎮江，敞開南面，本意是讓他們逃走，他們卻寧死不走，真是難以理解。」

璞鼎查又問：「馬儒翰先生，滿洲人是一個什麼樣的民族？」

馬儒翰太胖，一走路就出汗。他用手帕擦了擦額頭上的汗珠，「滿洲人是一個尚武的民族，二百年前只有一百多萬人口，定居在長城以北，卻打敗了擁有一億五千萬人口的大明王朝。他們有種罕見的秉性，能把戰場上的暴戾轉化成士兵的忠勇，把殺人的斑斑血跡轉化成驕傲。」

郭富頗有感觸，「他們的武器窳陋，但很勇敢。可惜他們對現代戰爭一無所知，要是中國人都像他們這樣頑強抵抗，我們根本打不到大運河。」

璞鼎查想了想，「滿洲人與漢人分隔而居，他們的駐地叫滿城或滿營。郭富爵士，你是如何處置滿城的？」

郭富道：「滿洲人兵民一體，家家戶戶藏有刀槍弓矢和牛皮鎧甲，還有成捆的箭杆、成匣的箭鏃。我不能把他們的住房視為民居，只能視為兵房，於是下令把滿城全部燒掉。」

在兩司令的陪同下，璞鼎查登上北固山。他用千里眼掃視著鎮江城，城西有一條細長的水道，「那就是名聲赫赫的大運河嗎？」

馬儒翰回答：「是的。」

璞鼎查道：「沒想到它像一條嬰兒的臍帶，又瘦又窄。」接著轉身眺望長江北岸，一條兵船封堵瓜洲渡，渡口裡有上百條中國沙船。

巴加說明：「揚州在爪洲以北二十公里，據說那裡商賈輻輳，是關榷財稅的重地。兩天前，我派了一支海軍陸戰隊乘舢板沿河北溯，沒想到他們的偵察活動嚇壞了揚州人。揚州人聽說上海紳商繳納一筆贖城費後，我軍就退出去，因此其中一名叫顏崇禮的官商主動與我軍聯繫，跪在岸上向我乞求，準備用三十五萬五千兩中國銀錠——相當於五十萬銀圓，來換取和平。

「我認為，攻克鎮江後大運河已被切斷。至於揚州，打它是錦上添花，不打可以節省兵力，有益無害，既然中國人主動向我軍納款求和，我當然笑納。我告訴顏崇禮，我軍需要柴米油鹽、肉蛋蔬菜，只要揚州商民俯順大勢，供應食品和淡水，我軍不僅不打揚州，還會保護他們的身家安全，並以公道價格支付貨款——用中國人的銀子購買中國的商品，是非常合算的買賣。」

璞鼎查聽到這情況非常滿意，「中國人兩次主動納款求和，說明他們徹底喪失了抵抗的意志，我們離勝利只有一步之遙。接下來，我們應當佔領南京，迫使中國皇帝低下他那高傲的頭顱。」

巴加不太確定，「佔領南京不難，但不知道中國皇帝會不會屈服。」

璞鼎查說：「郭士立牧師提出了一個有價值的建議——如果攻克南京後中國皇帝依然不屈服，我軍就越過揚州，炸開高堰水壩！」

郭富問：「高堰水壩在什麼地方？」

馬儒翰打開一幅地圖，指著上面的一個標記，「在這兒，在揚州北面的江都縣，離我們這裡大約六十公里。」

郭富打量片刻，「炸壩將殃及五六個縣，上百萬中國人將流離失所，這種方法不能輕易採用。」

璞鼎查道：「但可以作為一種策略，虛張聲勢，製造恐慌。我建議現在就派間諜渡江，深入到高堰，偵察地形，散佈流言。哦，郭富爵士，依照你看，鎮江要不要駐守？」

郭富搖了搖頭，「鎮江不宜駐守，這兒的天氣太熱，屍體腐敗得極快，空氣裡異味濃重。據軍醫們報告，鎮江疑似出現霍亂。我已命令軍隊撤出，只留一個團駐守北固山，卡住大運河。我們不能再犯當初於寧波的錯誤。」

巴加說：「我贊同郭富爵士的見識。我寧願讓鎮江淪為盜賊橫行的潰爛之地，也不願替中國政府擔當起管理城市的責任。」

璞鼎查有點擔憂，「疫情嚴重嗎？」

郭富語氣沉重，「很嚴重。第九十八團的官兵半數病倒了，疫情擴散到第四十九團。」

巴加皺了皺眉，「海軍也有疫病的苗頭，旗艦『皋華麗號』上疑似發現一例霍亂，艦上的官兵有點慌亂。我已經下令隔離『皋華麗號』。有人說，邱吉爾・奧格蘭德詛咒又出現了，它在糾纏著我們！」

璞鼎查臉色發黯，「上帝，癘疫猛於虎啊！」

廿參　喜相逢

在無錫通往鎮江的大運河上，一條小船在前面鳴鑼開道，幾條雕樑畫棟的官船尾隨其後，打頭的官船掛著寶藍色鑲黃邊官旗，旗面上有「欽差大臣」和「乍浦副都統」字樣。

頭天上午，耆英和伊里布接到牛鑒的諮文，說英軍攻克鎮江，逼近南京，要他們立即去南京共商撫夷大計，以免兵敗城破，生靈塗炭。情況急迫，耆英和伊里布立即登船起程。

伊里布老態畢現，脖子上的肌膚鬆弛，額頭上堆滿了細密的皺紋，臉上的老人斑星羅棋布，眼睛有點兒混濁不清。他復出後忙得像轉磨之驢，原本瘦削的身子又瘦了一圈，腦袋上的散髮有一寸多長，顯得沒精打采、憔悴疲倦。

他把龜頭手杖放在一旁，坐在躺椅上閉目養神。耆英悶得無聊，對伊里布道：「從這兒到南京得走兩天，我叫人給你剃個頭，看起來精神點兒？」

伊里布閉著眼睛答道：「好是好，但水上行船，去哪兒找剃頭匠？」

「塔芬布的手藝好，讓他給你剃？」

塔芬布是耆英從奉天帶來的佐領，恰好坐在一旁，順著話茬，「老中堂，您要是不嫌棄，卑職給您剃。」他今年四十多歲，是個乾淨利索人，腮上鬍鬚刮得淨盡，顯得年輕，好像只有三十來歲。

伊里布睜開眼睛，慢悠悠道：「你的手是使槍弄棒的手，行嗎？」

塔芬布笑道：「行。我爺爺當過剃頭匠，教過我。當年我學剃頭時靈機一動，把一只碗罩在爺爺的頭上，只剃沒罩住的地方，結果剃得又乾淨又整齊。」他有一把剃刀，走到哪裡帶到哪裡，天天刮鬍鬚，刮得兩腮和下巴黢青。

伊里布擺了擺手，「我要是讓堂堂五品佐領給剃頭，外人還不說我大材小用？」

塔芬布笑道：「佐領在您老面前，還不是效力的奴才。」皇上賞給伊里布四品頂戴，掛副都統銜與英夷談判，但他當過協辦大學士和兩江總督，餘威猶在。

伊里布突然想起一個掌故，坐起身子道：「梁章鉅大人編過一本《楹聯叢話》，裡面有個故事，說有個剃頭匠在鋪子門前掛了一副楹聯，『磨礪以須，問天下頭顱幾許？及鋒而試，看老夫手段如何』。有了這副楹聯，還不黃了生意？你是想在我的老頭皮上試刀鋒吧？」

塔芬布嘿嘿一笑，「卑職沒讀過梁大人的書，但聽我爺爺說，當年八旗兵從龍入關教化民人，打的旗號是『留頭不留髮，留髮不留頭』。所以，剃頭匠是做人間頂上功夫的人，堪比封疆大吏呢。」

耆英呵呵一笑，「會吹，會吹，把剃頭匠的營生吹得比天高。塔芬布，你就在老中堂的頭上顯擺一下人間頂上功夫。不過要當心，別割破了他的老頭皮。」

看伊里布默許了，塔芬布熟練地拿出一塊白圍裙，繫在伊里布的脖子上，又調了胰子水，塗在伊里布的腦袋上，最後從皮鞘裡抽出剃刀，磨了磨，有板有眼地剃了起來。

耆英在一面看塔芬布剃頭一面說話，「咱們屢次照會夷酋，要與他們會商。他們打了乍浦打寶山，打了上海打鎮江，像關雲長過五關斬六將。咱們從嘉興追到王江涇，從王江涇追到蘇州，從蘇州追到無錫，遞送的照會達五封之多，他們就是不理不睬，非讓我們出示有『全權大臣』字樣的飭書。夷酋的葫蘆裡到底裝的什麼藥？」

伊里布閉著眼睛享受輕刮頭皮的舒坦，「耆將軍啊，一提和談我就頭疼。咱們不說煩心事，說點兒輕鬆的，好嗎？」

耆英苦笑一聲，「哪有什麼輕鬆事，滿肚皮都是煩心事。」

塔芬布插口：「我給二位大人說一段解心煩的輕鬆事吧。」

伊里布道：「那就來一段吧。」

塔芬布一邊剃一面說：「我的老家在遼陽，遼陽城裡有個無賴，經常無事生非，欺負小商小販。他到我爺爺的鋪子剃過兩回頭，賴帳不給錢，我爺爺便下了決心要收拾他。他第三次來，剃到半截，我爺爺問『要眉毛嗎』，那無賴道『要，哪有不要眉毛的』。我爺爺一個手起刀落，嚓地一下把他的左面眉毛刮下，說『給你』。那無賴徹底懵了，連聲說『不要不要』。我爺爺更加使勁地按住他腦袋，照著右邊眉毛嚓地一刮，說『不要就不要』，順手把刮下的眉毛扔到地上，把那傢伙刮得像個沒把兒的冬瓜。自那以後，他再也不敢來搗亂。」

耆英呵呵一笑，「有趣有趣。對付無賴，就得用這種法子。」

正聊著，一個旗兵進船艙打千稟報，「啟稟二位大人，三江營派兵護送驛船過江，捎帶了一個叫張喜的，他說要見伊中堂。見不見？」

伊里布立即坐起身來，「張喜來了？見！」隨即解下白圍布，拄著手杖出了船艙。

一條驛船朝大官船划來，船上掛著「驛」字旗，還有一條師船在後面隨行護衛，船艄掛著三江營的龍旗。張喜背著雙手，站在驛船的船艄，身後有一個驛夫和三個帶刀驛卒。

依照驛遞章程，普通廷寄由一名驛卒護送，重要廷寄和機密郵件才用三個驛卒，以防中途遭到孬徒攔搶，貽誤大事。看見此景，耆英立即明白驛船送來了頭等機密。他盯著驛夫提過一只沉甸甸的竹簍，簍子外面包了層防雨油布，插有一面小紅旗，顯然是六百里紅旗快遞。

張喜看見伊里布，隔著幾丈遠拱手作揖，「在下張喜，拜見主子。」

伊里布喜形於色，衝他喊道：「你總算來了，快過來！」

驛船緩緩划到官船旁。伊里布俯下身子，伸手拉了一把，張喜順勢登上官船。

耆英與張喜打招呼：「張先生，千呼萬喚始出來，好難請啊。」

驛夫跟著上了官船，「請問耆將軍可在船上？」

耆英應道：「我就是。」

驛夫打千行禮，遞上驛票，「請耆將軍簽收畫押。」

耆英接過驛票一看，是一份密旨，兩份廷寄，還有最近兩期邸報。密旨必須由接旨者親自簽收，不能由別人代接。耆英在驛票上簽了字，驛夫才把竹簍恭恭敬敬交到他的手中。

趁伊里布與張喜寒暄，耆英提著竹簍去後艙拆閱。

伊里布見到張喜如遇老友，拉著他的手進入船艙。塔芬布聽說過張喜，知道他曾給伊里布當過西席，給他倒了茶。

伊里布問道：「怎麼過來的？」

張喜坐在杌子上，拿出帕子擦了擦臉上的油汗，「接到您的信後我立即去天津衙門辦了勘合，由大運河乘船南下。走到清江浦聽說鎮江丟了，英夷封鎖了長江，我到揚州後過不了江，急得上火，拿著您的信找到三江營守備衙門，請他們送我過江。三江營守備讀了信，知道我辦的是頭等皇差，對我優禮有加，對我說有個叫顏崇禮的揚州鹽商號召全城商人捐資，籌集了三十五萬多兩贖城費，夷酋才允諾不打揚州。他要我少安毋躁，一有機會就派人送我過江。

「前天傍晚，守備衙門接到汛兵稟報，說圌山關的英國兵船向西駛去，江面上有空檔，他立即派船送我過江，連帶著把驛船也送過來。過了江我才聽說您和耆將軍在無錫，趕了幾十里水路，在這兒巧遇上您。屈指一算，從天津到這兒，竟然走了一個月。」

「揚州那面的局勢如何？」

「亂，亂得一塌糊塗！揚州民人聽說鎮江城破人亡，血流成河，一時間人心惶惶。揚州城裡只有一百多守兵，外加一百五十名漕標，地痞流氓、鹽梟土匪趁亂打劫，哄搶難民的財物，鬧得劫案迭出。官兵們忙於防夷，分不出兵力對付劫匪，要不是三江營派人護送，說不準我這把骨頭就被歹徒們撂在對岸了。」

塔芬布插話問：「顏崇禮出了多少銀子？」

「聽說他一人出了十六萬，差不多占贖金的一半。」

伊里布大為感慨，「以私人之鉅款救全城百姓於水火，真是義士呵！顏崇禮之功，可與弦高退秦兵[26]媲美了。」

張喜道：「好事未必有好評。有人說，顏崇禮向夷人納款是屈膝媚敵，既損人格，又損

---

26 弦高是春秋時代的鄭國商人，常在各國之間做生意。秦軍欲偷襲鄭國，恰好被弦高途中碰上。他見秦軍來者不善，靈機一動，假借鄭國國君的名義，用自己的牛犒賞秦軍，同時暗自派人回國報告軍情。秦軍誤以為鄭國有準備，不戰自退。這事載於《左傳》。

國格。」

伊里布有點兒生氣，「屁話！不是局中人，不知局中滋味兒！要是本朝國富民強、兵威盛壯，誰願意向敵人納款，做成撫局？大敵當前，打不敗敵人，救民命於水火也是一種善行。顏崇禮比那些講風涼話的人強百倍！」

張喜轉了個話頭，「主子啊，在下祝賀您再享皇恩，榮登高位。」

伊里布擺擺手，話音凝重，「張先生，你是不在其位，不知其中之苦。我像風箏一樣被皇上放到高高的天上，看上去花裡胡哨，卻不知道我感受的是刺骨寒風。」

張喜安慰：「主子，不能這麼說，您仍然是朝廷依畀的重臣。」

伊里布唉了一聲，「我老了，人生這臺戲早該退場了，但皇上不讓退，要我出來辦差，而且辦的是熱臉蛋貼敵人冷屁股的難差，既傷國又傷心，還傷名節。我本想拒不應差，在塞外做個牧羊人，但人在官場，身不由己，我埋葬不了自己，只好由別人埋葬我。」當初他的主撫之策連遭冷言冷語，冷得他不寒而慄。

張喜端起杯子啜了一口茶，「國家羸弱，承受不起更大的打擊，早一天議和才能早一天結束兵禍啊。」

這時，耆英從後艙返回來，「皇上的密旨是給你我二人的。」

「哦，是嗎？」伊里布從耆英手中接過密旨，密旨的題籤上的確寫著《密諭耆英、伊里布與英軍再商戢兵》。他戴上老花眼鏡細細品讀：

……前因該夷懇求三事：

一、還煙價戰費。

二、用平行禮。

三、請濱海地作貿易所。

已有密旨諭耆英：廣東給過銀兩，煙價礙難再議，戰費彼此均有，不能議給；其平行禮可以通融；貿易之所，前已諭知耆英，將香港地方暫行賞借，並許以閩、浙沿海暫准通市。該夷既來訴冤，經此次推誠曉諭，當可就我範圍。唯前據該夷照覆。似以耆英、伊里布不能作主為疑。恐其心多惶恐，不肯遽斂逆鋒，著耆英、伊里布剴切開導，如果真心悔過，共願戢兵，我等奏懇大皇帝，定邀允准，不必過生疑慮。

該大臣等經朕特簡，務須慎持國體，俯順夷情，俾兵萌早戢，沿海解嚴，方為不負委任，不必慮有掣肘，以致中存畏忌，仍於事無益也。將此密諭知之[27]。

27 《籌辦夷務始末》卷五十五，《廷寄二，密諭耆英、伊里布與英軍再商戢兵》。

落款是六月十九日，簽發於鎮江淪陷之前。

伊里布覺得有點兒荒誕不經，清軍打一仗敗一仗，皇上依舊以天下雄主自居，以為英夷是來「訴冤」的，依舊使用「曉諭」字樣，擺出給英軍下命令的架勢。但他恪守臣子之規，沒說半個「不」字，只是沉默地展讀第二份廷寄。

廷寄的題籤寫著《答耆英折》：

> 計此次諭旨到時，伊里布業已前來，自當會同妥商籌辦，一切朕亦不為遙制。至兩國大臣會議，原欲速成其事……現經派委耆英、伊里布便宜行事，如該夷所商在情理之中，該大臣等盡可允諾。唯當告以彼此商妥奏明，即可施行，不必再加游移。
>
> ……已飭令洋（行）商伍崇曜（伍紹榮）……兼程前往。該員等到時，耆英酌量差遣可也[28]。

28 《籌辦夷務始末》卷五十七，《廷寄，答耆英折》。

第二份廷寄簽發於鎮江淪陷之後，日期是六月二十五日。

伊里布用指甲在「便宜行事」和「盡可允諾」下面劃了兩道痕，抬頭問耆英：「耆將軍，這話是什麼意思，是不是授我們全權？」

耆英同樣摸不著頭緒，「我奏報皇上，英夷只同『全權大臣』會商，不同『欽差大臣』會商。不知皇上出於什麼想頭，既不用『欽差』二字，也不用『全權』二字，卻用了不尷不尬的『便宜行事』。便宜行事之權與全權差著分寸，你說，這話該怎麼理解？」

伊里布搔了搔剃得黢青的腦殼，「廷寄如同艱澀的謎語，你不懂，我也猜不透。皇上是要我們騎驢看唱本——走著瞧。」

耆英道：「此事責任重大，如果我們允諾之事符合聖意，一切都好說；要是不符合，恐怕又會遭到京官和御史們的抨擊。」

伊里布憤憤不平地說：「不僅會遭到抨擊，還可能像琦善那樣身敗名裂！」

耆英對張喜道：「張先生，老中堂說你有蘇秦和張儀的口才，我原本是不信的，以為你不過膽大而已，敢於冒槍林彈雨，奔走於戰陣之間。我和老中堂在嘉興縣上元寺抽籤問卜，占得『一家和樂喜相逢』，才曉得這是天意，遊說英夷折衝樽俎，非你不可。」

張喜謙虛頷首，「在下何德何能，敢受將軍如此抬舉。」

耆英信天命，講得鄭重其事，「不是我抬舉你，是天意抬舉你。求辦事之人不易，求曉事之人更不易，折衝樽俎，分寸是極難把握的。國家打不起這場仗，得盡早結束。夷酋璞鼎查是個極難對付的角色，與他打交道，過剛會生出枝節，貽誤國家大事；過柔則示弱於人，給大清朝丟臉。與夷人交涉，有些事項必須寫得一清二楚，容不得絲毫含混，有些事項只宜口頭表述，不宜寫在紙上。最近兩個月一直是陳志剛來回傳話，他雖然腿勤腳快，卻沒有你的口才，只會講印板話，不知權變。」

伊里布解釋：「耆將軍親自到上元寺抽籤，籤語說『一家和樂喜相逢，三陽開泰續敦元』。那個『喜』字就是你。」

張喜這才明白耆英為什麼如此看重自己，「那麼，『三陽開泰續敦元』如何解釋？」

伊里布道：「敦元是廣東十三行總商伍秉鑒的官名。」

「就是那個本朝的頭號皇商？」

「是。與夷人打交道，沒有精通夷語的人，難免出差錯，甚至出大差錯。去年琦善與義律搞了一個《穿鼻草約》，十有七八就是因為鮑鵬不懂裝懂，以其昏昏使人昭昭，惹出一場大是非來。」

張喜很是同意，「我在浙江與夷酋交涉過多次，那時我方沒有精通英語的人，全憑郭士立和馬儒翰居間翻譯。譯文上的毫釐之差，意思可能南轅北轍，他們要是曲心歪譯，我方就會被蒙在鼓裡。」

伊里布說：「皇上和樞臣們沒有辦理過夷務，不曉得居間通事的重要性，耆將軍調用伍敦元的奏折竟然被朝廷駁了，耆將軍急得上火，以六百里紅旗快遞奏報朝廷，並直接給兩廣總督祁貢發去諮文，劄調伍敦元或其子侄[29]。」

耆英接過話，「這回朝廷才明白事關重大，要伍敦元的兒子伍紹榮立即前來效力。」

伊里布看向張喜，「張先生，皇上的諭旨到了，授耆將軍和我便宜行事之權。皇上推誠讓步，允准與英夷行平行禮，賞借香港，在閩、浙二省增開貿易碼頭，但不同意增添賠款，也不能賠給軍費，這事煩勞你去交涉。英夷兵臨南京，軍威熾盛，擺出大動干戈的架勢，局面對我方極為不利。南京是八十萬民眾的棲息之地，若是城池被打破，不知有多少人將家破人亡。」

張喜語調充滿自信，「民為國本，救民即是保國。在下雖無奇才，卻有忠義肝膽。」

耆英又說：「以前你在浙江跟隨老中堂辦事，掛六品虛銜與英夷周旋。這次辦差不能讓

---

29 祁貢接到耆英的諮文後奏稱：「據伍敦元稟稱，該商深受國恩，值此夷務吃緊之時，自當竭盡血誠，出力報效。只以年逾八旬，行動艱難，恐滋貽誤。茲情願令伊親子伍崇曜（伍紹榮），迅速代伊前往江蘇，聽候差遣……現派委妥員伴送……飭令隨同飛速兼程赴蘇。」（《祁貢又奏飭令伍崇曜赴蘇差遣片》，《籌辦夷務始末》卷五十七）

你掛虛銜，我要親自奏明皇上，實授五品員外郎，代表大清與英夷洽談。」

張喜道：「在下不為功名而來，只求為國家盡綿薄之力，救民命於水火之中。」

廿肆 長江大疫與全權飭書

龐大的英國艦隊開到南京城下。

從鎮江逃來的難民把戰爭渲染得恐怖萬狀，南京市民們風聲鶴唳，驚魂不定，爭先恐後想逃離是非之地。南京城頭上刀槍林立，但像張牙舞爪的蝦兵蟹將，徒有架勢，沒有力氣。清軍奉牛鑒的命令，在所有城樓上掛起白旗，全城軍民焦切地期盼著和談。

張喜換了一身嶄新的五品官服，在塔芬布和陳志剛的陪同下來到下關碼頭，換乘一條十六槳快船，朝英國艦隊駛去，快船上插著一面白旗。

幾十條英國兵船、火輪船和運輸船泊在長江上，像一群吃飽喝足的揚子鰐，東一群西一簇，船上的所有炮窗洞開，但不是為了開炮，而是為了通風。南京上空陽光炳耀，船艙裡熱氣熏灼，不期而至的疫情讓英軍惶惶不安，各艦都在清理環境，水兵們輪番到甲板上洗衣沖澡，兵船的側舷和索具上掛滿軍裝，只有值班哨兵站在桅杆的吊籃裡監視著清軍的動向。

這是戰爭的間歇期，南京城大牆池堅，不是輕易能夠攻破的，英軍必須作好充分的準備，從偵察到勘測，從運輸到登陸，從調配兵力到發起進攻，至少需要十天時間。

陳志剛多次在兩軍之間傳遞文書，一眼辨識出「皇后號」火輪船，那是璞鼎查的座艦，他讓快船直接朝它划去。

此時，大軍醫加比特正向璞鼎查彙報疫情，馬儒翰在一旁記錄。

加比特報告：「公使閣下，疫情像脫韁的野馬，『厄爾金號』、『伯朗底號』，『貝雷色號』、『普魯托號』和『響尾蛇號』全都發現疫情。」

「查清病因了嗎？」

「查清了，源於『厄爾金號』運輸船。船上載著印度運來的醃魚、食用油和奶油，食品發生質變和洩漏。船上的人誤食變質食品，上吐下瀉。這種病來勢洶洶，

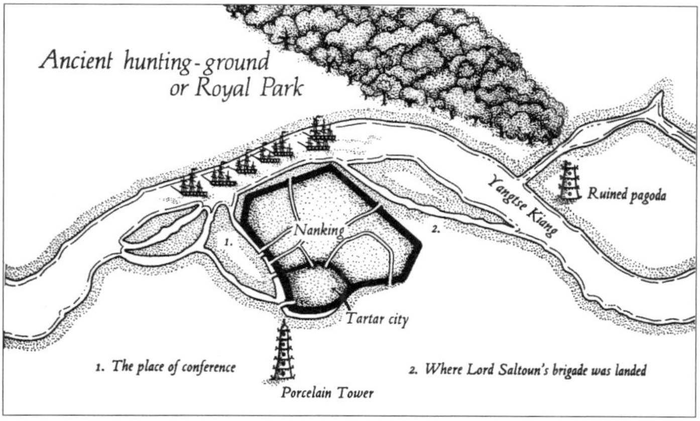

英軍兵臨南京示意圖，取自《海軍軍醫柯立日記》。

三四天內病人就會因為嚴重脫水而死亡。『厄爾金號』上的人幾乎死光了，只有三個水手和一個孩子還活著。」

璞鼎查聽了，懸揣不安，「你確定是霍亂嗎？」

「我沒有把握，像是霍亂。」

「會不會是中國人傳染給我們的？」

加比特解釋：「不，公使閣下，霍亂源於孟加拉。一八一七年醫學界首次在那裡發現霍亂，它迅速演變成流行大疫，經東南亞傳入中國，經波斯傳入埃及。第二次爆發始於一八二四年，除了波及第一次流行區域外，還傳到俄羅斯和歐洲。一八三一年傳入我國，次年越過大西洋，傳入南美洲和北美洲。那次霍亂持續了整整十年，有兩千萬人染病，五百萬人死亡，死亡率百分之二十五。」

璞鼎查感到一股敲骨吸髓的寒氣，「參加長江戰役的將士多達一萬兩千人，你的意思是，疫情一俟擴散，會有三千人死去？」

「是的。這場霍亂可能是第三次大流行的一部分，據印度來信說，那兒年初就發生了霍亂。」

「霍亂是什麼引起的？」

「是弧菌。有兩種弧菌，一種叫古典型，一種叫埃爾托型，我們稱之為副霍亂。」

「我們這裡發現的是哪種？」

「很抱歉，我們沒有檢測儀器，無法判斷。」

「有什麼特效藥？」

「沒有，我們只能使用治療痢疾的普通藥物。弧菌對乾燥、日光、高溫、酸，以及消毒劑很敏感，陽光可以抑制它的生長。我已經向各團各艦提出建議，在清水中加漂白粉乳劑、來蘇水和少量氯胺，全面清掃船艙和炊事用具，勤換衣服與被褥。」這才有了為消毒，各艦不顧軍威軍儀，允許士兵在船械和索具上晾曬衣服那幕。

璞鼎查接著問：「陸軍的情況怎麼樣？」

「在鎮江登陸時，一些士兵為了減輕負擔，沒帶蚊帳。長江沿岸蚊子叢聚，毒性很強，士兵們被叮咬後發熱發燒。第九十八團弱不禁風，感染熱病和瘧疾，死了一百六十多人，四百多人病倒，活著的人僅能照顧病號，無法參戰。這個團廢了，郭富爵士想讓他們提前撤離，去香港休整。現在，疫情已經擴散到其他團，陸軍的病號超過千人。」

馬儒翰插話：「璞鼎查爵士，我們的士兵不怕打仗，怕瘟疫。開仗以來，死於疫病的多過死於海難的，死於海難的多過死於戰場的。」

加比特表示同意，「是的，瘟疫像幽靈一樣糾纏著我軍，無影無形，久久不散。士兵們眼睜睜看著戰友一個接一個死去，怨氣百出，思鄉心切，希望早日結束戰爭。」

璞鼎查又問：「『敏登號』醫療船什麼時候到？」

「快了。如果不出意外，十天之內就會到。」

半年前，海軍部函告遠征軍，他們將派「敏登號」醫療船前往中國。「敏登號」是三級戰列艦改裝的，撤去炮位，分割出門診艙、手術艙、配藥艙和病房，安裝了手術臺、盥洗器、通風機和一百五十張床位，配備五名軍醫。它是英國最先進的醫療船，攜帶的藥品和紗布足夠五千人使用兩年。

馬儒翰充滿焦慮，「就算它到了，也難以應付如此嚴重的瘟疫，這是一場出乎預料的醫學災難！」

門外有人敲門，馬恭少校進來了，他奉命去陸軍司令部瞭解情況。他從皮夾子裡取出一份地圖，攤在桌子上，向璞鼎查報告：「郭富爵士要我轉告您，陸軍的偵察工作基本完成。南京是三面環水，一面環山的金城鉅防，易守難攻，它的城牆高達四米，最高處將近六米，周長三十公里左右，有十三座城門。

「據郭士立說，在承平時期，南京城區和郊區有八十到九十萬人口，其中遊民乞丐不下十萬。他們白天遊閒乞討，夜晚紮棚聚居，致使南京的棚屋依崖傍林，滿山相望。

「這裡原本駐有二千八百旗兵和兩千綠營兵，兩江總督牛鑒從江西、湖北、四川、安徽等地調來了五六千援軍，總兵力超過一萬，還有大批援軍正在源源不斷開來。下關和草鞋峽駐有千餘清軍，他們用廢棄的民船裝載石頭沉在河口，已經完工。儀鳳門正對長江口，清軍在那裡安放幾十位大炮，派駐千餘名士兵，西南面的水西門至聚寶門也有近千清軍駐防。鐘埠門、神策門和太平門一帶離長江較遠，布兵較少，具體數字不詳。另據可靠情報，南京城裡的居民亂成一團，清軍開了三座門讓他們逃離，還有諜報說，兩江總督衙署的門口每天都有上萬百姓聚在那裡，哭請牛鑒保護民生。」

璞鼎查不以為意，「南京的城防徒有其名，中看不中用，我軍一旦發起攻擊，城頭立馬就會變換旗幟。郭富爵士還有什麼意見？」

馬恭道：「郭富爵士說，他將盡快派兵佔領鐘山，對清軍形成巨石壓卵之勢，但鑒於疫情難以估量，他建議你盡早開始談判。他認為，清軍不會束手就擒，南京之戰將是鎮江之戰的翻版，只是規模更大，傷亡更重。」

加比特軍醫補充一點，「我軍攻打南京勢必短兵相接，疫病將迅速傳染給中國人，擴散的速度很可能超出想像。」

璞鼎查撚著小鬍子，思索著如何應對疫情。

馬儒翰朝船艙外面瞥去，看見一條中國快船向「皇后號」駛來，船上掛著白旗，「公使閣下，中國信使又來了。」

璞鼎查也朝舷窗外看，「又是那個陳志剛。馬恭少校，請你和馬儒翰先生接待他，明確告訴他，本公使大臣只與持有全權飭書的中國大臣談判，沒有飭書，一律駁回。」

「遵命。」馬恭少校和馬儒翰出了船艙，去舷梯迎接中國信使，璞鼎查則和加比特繼續商討防疫問題。

張喜百感交集。兩年前，他曾多次代表伊里布去舟山與英軍交涉，議定了浙江停戰協議。那時清軍雖然無力收復定海，卻沒有敗到慘不忍睹的田地。而今卻是十萬大軍零落盡，他再沒有當年說話時的底氣和本錢。

馬儒翰沒想到張喜來了，他們曾在浙江打過多次交道，算是老相識。互致問候後，馬儒翰引他進了客艙，塔芬布和陳志剛分別坐在他的兩側，馬儒翰與馬恭少校坐在他們對面。張喜鄭重其事地出示伊里布的手劄，表明了自己的身分。

馬儒翰仔細閱讀伊里布的手劄，用英語與馬恭交換幾番意見，最後擺出一副得勢不饒人的架勢，「張老爺，伊中堂講的全是空話，於事無補。」

張喜面露詫異，「何以是空話？」

馬儒翰說：「我國全權公使大臣璞鼎查閣下屢次聲明，他只與貴國負有全權的大臣會商，大皇帝卻遲遲不肯授予全權，你方派人交涉，不過是試探虛實而已。」說著，拿出一柄中國紙扇，啪的一聲抖開，上面有「決戰萬里」四個墨筆字，彷彿在向張喜示威，「南京之事與浙江之事不可比。看來，我軍只好先打破南京，再攻打安徽、江西、湖北和四川，然後分兵北上，攻佔天津，直逼北京，你們才會派出全權大臣。」

張喜認為馬儒翰在誇大英軍的兵力和戰鬥力，以收恫嚇之效。他也啪地一下甩開折扇，上面有「和為貴」三個墨筆字，不卑不亢地道：「馬老爺，打仗是勞民傷財的事。你動輒說打安徽、打江西、打湖北、打四川，還要打北京，那得需要多少兵馬？打北京談何容易，北京駐有馬步兵二十萬，長城以北還有蒙古四十八部，養兵數十萬，東北三省還有數十萬馬隊，都是我國勁旅。北京城牆上大小炮位不下萬位，即使貴國派十萬大軍入侵，攻打北京也非易事。我國地大物博，萬一不能守禦，大皇帝隨時可以遷都，我國人民未必肯奉貴國女王為中華之主。貴國雖然善於用兵，卻不一定常勝。」幾句話以虛誇對虛誇，盡力抵制英軍的梟心。

馬儒翰說：「伊中堂固然一片苦心，無奈無權，他既非欽差大臣，手劄上也沒有全權字樣，如何能了斷如此大事？即使耆英大人親自來，也未必能了斷。」

張喜轉換方向，「貴國到處攻城，殘害生靈，豈不上干天怒？」

馬恭搖頭，「不是我們傷害生靈，是你們辦事反覆，才有今天的災殃。」

張喜說：「我今天來，不僅是來投遞公文的，還既為貴國賀，也為貴國吊。」

馬儒翰微微一笑，「哦，什麼意思？」

「賀者，賀貴國所向無敵，其鋒不可擋，致使我們兵民受害，財物被掠；吊者，吊貴國不知進退，以害人始以害己終。」

馬儒翰問：「何以如此？」

張喜道：「貴國長驅直入，闖入長江，是我國未加防範，也是大皇帝仁慈之心，不忍荼毒生靈，並非不能保衛疆土。我國定例，民間不得藏有武器，要是大皇帝震怒，遍告沿海居民自製兵器，人人抗戰，那麼，不但強壯男子能自衛，就是三尺之童也能保家衛國。何況現在長江一帶天氣亢旱，江水日漸消退，我國軍隊若在下游塞堵，從上游施放火船，船重水淺，天乾火烈，恐怕你們插翅也飛不出去。」這是弱者發出的威脅，效力不大。

馬恭少校反唇相譏，「我方多次申明訴求，貴國官憲卻不如實上奏，才使本國不能罷兵，貴國沿海軍民也不能安生。」

馬儒翰一唱一和，「張老爺，貴國有能人，林則徐是精彩之人，伊中堂是誠實之人，琦善是明白之人，你是聰明之人。但貴國大皇帝不會用人，他信任的都是欺矇之輩、阿諛迎奉之徒，他們對皇上報喜不報憂。」

張喜有點兒詫異，「你如何知道我國官憲不對皇上講實話？」

「我軍在貴國境內繳獲大量邸報和文牘，截獲驛遞的稟帖和飭令，那些文牘足以說明貴國官憲掩飾敗績、欺矇皇上，清皇帝並不瞭解戰爭的實際情況。」

張喜久任幕僚，對此當然清楚，在這個問題上他無法辯汙，只能口鋒一轉，「似此沿海擾攘，兵戈不息，你們不煩嗎？」

馬儒翰義正辭嚴，「我國僑商的生命受到威脅，財產不能保全，反覆被貴國欺辱，我們若聽之任之，豈不要遭受各國恥笑？」

「貴國前來報復，傷我軍民到此種地步，難道不知饜足嗎？」

「看此局面，似乎不能收手，除非中國派出全權大臣。」

張喜搖搖頭，「此言差矣，我國從來沒有全權大臣之說。論尊貴，耆將軍與伊中堂是愛新覺羅氏的族人，皇室宗親；論職位，是頭品大員；論權柄，有便宜行事之權。如此，難道不足以與貴國的全權公使大臣平起平坐？」

「請問張老爺，什麼叫便宜行事之權？」

「便宜行事之權就是俯順大局，相機辦理，先處置後奏報之權。」

馬儒翰思索片刻，「我們得看到飭書才能相信你的話。」

馬恭少校說：「伊中堂若能俯順情勢，依照我方多次照會所言，或許可以了結戰事。」

張喜細問：「貴方多次照會所言是何事？」

「一為賠償煙價，二為給付兵費，三為歸還商欠，四為開放沿海通商碼頭，五為割讓一座海島。此為大項，大項定下，小項可以慢慢細商。」

張喜又問：「貴國索要多少賠款？」

馬恭答道：「三千萬。含煙價六百萬，商欠三百萬，如此可以息兵罷戰。」

張喜搖了搖扇子，「三千萬鉅款如何承受得起？商人做買賣尚可討價還價，貴國若能將索要賠款大加核減，我將稟明耆將軍和伊中堂，與你們了斷此事。」

「皇上不授予全權，耆將軍和伊中堂如何了斷？」

張喜再次申明便宜行事之權等同於全權。

馬儒翰終於微微鬆口，「伊中堂如果有權了結此事，應當向我方出示皇帝頒發的帶有『全權』或『便宜行事』字樣的飭書。至於賠款數額，你想減多少？」

張喜順勢壓價，「七折如何？」

馬儒翰呵呵一笑：「張老爺真豪爽，一刀砍去三成。貴國若在別的事項上給予實惠，折讓些銀兩不是不可商議的。」他所說的「實惠」，隱指五大項外的其他小項，但沒有明說。

馬恭道：「張老爺，我會把你的意思轉告給公使大臣，明天你再過來取回文。」

張喜一行出了客艙，心情灰敗地登上快船。他們雖然看見英軍在打掃環境，各船的甲板上掛滿清洗的衣服和被單，但英軍保密工作做得極好，張喜等人根本沒有發現他們正在遭受癘疫的侵襲。

送走張喜後，馬恭和馬儒翰向璞鼎查報告了會見情況。璞鼎查聽罷道：「張喜有口才，但雄辯必須有國力和武力作後盾，否則僅是誇誇其談。」

加比特有些擔心，「公使閣下，我建議就此收手。疫情不饒人啊，如果進一步擴散的話，軍隊會癱瘓，我擔心將出現沃什倫戰役的結局。」

英法沃什倫會戰是軍事史上最著名的醫學災難之戰。三十多年前，英軍出動了四萬大軍進攻尼德蘭，在沃什倫登陸，一萬五千多官兵感染斑疹傷寒和瘧疾，四千多人病死，英軍不得不中途撤軍。加比特雖然是上尉，但在疫情暴發之時，他的建議舉足輕重。

璞鼎查喟歎一聲，「我真想打爛南京，把大英國的旗幟插在南京的城頭，然後再與中國人談判。但天不助我，疫情來得太突然、太猛烈，上帝迫使我停下戰爭的機器。馬恭少校、馬儒翰先生，等陸軍在草鞋峽登陸並佔領鐘山後，你們再告訴中國信使，我軍同意會談。但要申明，他們必須不折不扣地接受《巴麥尊外相致中國宰相書》的全部條件，否則我就炮擊南京！」

張喜回來後立即向耆英、伊里布和牛鑒稟報商辦過程。

耆英很苦惱，「皇上最捨不得錢，廷寄說得明白，煙價和兵費不予賠償，英夷卻獅子大開口，索要三千萬鉅款！」

張喜道：「英夷用的是商人手段，他們出價，我們可以還價。」

伊里布憂心忡忡，「其他事項都好應付，飭書卻是一個繞不過去的坎兒。」

牛鑒問：「皇上授予耆將軍和老中堂便宜行事之權，難道便宜行事之權不是全權嗎？」

張喜搖了搖頭，「我告訴他們便宜行事之權等於全權，但馬恭和馬儒翰心存疑慮，要求我方出示載明許可權的飭書原件。」

伊里布為全權飭書一事傷透腦筋，「耆將軍曾經兩次奏報朝廷，說夷酋只與奉有全權飭書的大臣會談，懇請皇上盡快寄來飭書，但皇上遲遲不予回覆，只授予我們便宜行事之權。」

牛鑒同樣焦急，「敵情瞬息萬變，不等人哪！得想個變通的法子。」

張喜是個有膽識的人，頷首道：「在下斗膽提一建議，請三位大憲定奪。」

耆英忙問：「什麼建議？」

「編造一份假飭書。」

張喜的聲音很輕，卻像一聲悶雷。依照《大清律》，編造聖旨和廷寄乃是詐偽製書罪，斬監候！

三大憲覷面相覷，彷彿在相互探問是否可行。

過了半晌，牛鑒才猶猶豫豫地打破沉默，「編造一份假飭書，恐怕……」說到此，煞了口，點到為止。

伊里布托著下巴，思忖良久才冷靜道：「張先生，你說如何編造？」

張喜寬慰眾人，「皇上發來兩份廷寄，一份是《密諭耆英、伊里布與英軍再商戢兵》，一份是《答耆英折》。從兩份廷寄看，皇上明確授予二位大人便宜行事之權，只是不瞭解英夷的辦事章程。再拖下去，英軍勢必攻城，時間緊迫，我們只能從權辦理。」

伊里布把兩份廷寄拿過來重讀一遍，「戰局不等人，眼下火燒眉毛，必須從權辦理。」

耆英深深吸了一口氣，「張先生，就請你依照這兩份廷寄，編造一份飭書，矇一矇英國鬼子。」

牛鑒眉頭一直沒鬆過，「編造飭書有風險，要是我們與英夷議定的結果符合上意，朝廷予以認可，好了結；要是出了岔子，那就等於上欺皇上，外騙英夷，犯下彌天大罪！此事要仔細思量呀。」

伊里布思索了許久才道：「將在外，君命有所不受。眼下軍情緊急，不得不從權辦理。假飭書不要讓張先生寫，由我動筆。你們幾位都是五十上下的人，還年輕，我陽壽不多了，萬一出什麼岔子，皇上怪罪下來，所有罪責由我來擔當。張先生，研墨。」語氣平靜得像一片冰原，在轉瞬間便作好了承擔全部責任的準備。

耆英和牛鑒嘴上不說，內心欽佩，都知道一旦皇上追究起來，編造飭書的人會罪加一等。

張喜經常代伊里布草擬文書，每次出現危局，伊里布都主動攬下責任，將他撇清。他瞭解伊里布的秉性，沒多說話，向硯臺裡倒了水，慢慢研墨。

伊里布拿起《密諭耆英、伊里布與英軍再商戢兵》的廷寄重新讀一遍，扯過一張玉版宣，鋪在條案上，用鎮尺壓住邊角，拿起筆，模仿道光皇帝的文風，編擬了一份假飭書：

軍機大臣密寄欽差大臣耆英、伊里布，道光二十二年六月十九日奉上諭，前因該夷懇求三事，已有密諭耆英、伊里布，會同籌商妥辦。唯前據該夷照覆。似以耆英、伊里布不能作主為疑。恐其心多惶恐，不肯遽斂逆鋒，著耆英、伊里布剴切開導，如果真心戢兵，定邀允准，不必過生疑慮。

該大臣等經朕特簡，務須慎持國體，俯順夷情，有應行便宜行事之處，即著從權辦理，朕亦不為遙制，勉之，欽此。遵旨寄信前來[30]**。**

伊里布放下筆，重讀一遍，長長吐了一口氣，「我們已經犯下詐偽製書之罪，我是首犯，諸位是協從[31]。這份飭書是應急的，只有天知地知諸位知，不到萬不得已，不可輕易使用。」

30 取自佐佐木正哉《鴉片戰爭の研究》。讀者只要把假飭書與本書第330頁的《密諭耆英、伊里布與英軍再商戢兵》加以對照，就會看出伊里布做了哪些變動。黑體字是廷寄的原文，其餘文字是伊里布添加的。

31 清人把皇帝的詔、誥、旨、飭、諭等合稱為制書。《大清律．刑律》卷二十四規定：「詐偽制書及增減者，已施行，不分首從，皆斬監候，未施行者，首為絞監候，從者減一等。傳寫失錯者，杖一百。」

廿伍 南京條約

大批英軍在燕子磯和草鞋峽分批登陸，耆英，伊里布和牛鑒知道所有抵抗都徒勞無益，只有求和才能拯救南京。他們命令不得抵抗，英軍兵不血刃佔領了鐘山，對南京形成巨石壓卵之勢，此時，璞鼎查才同意與清方委員談判。

三大官憲派出吉林副都統咸齡、江蘇按察使黃恩彤、五品員外郎張喜和五品佐領塔芬布。英方派出了馬恭少校、馬儒翰和郭士立，在南京城外的靜海寺舉行初級會談。

初級會談一波三折。英方委員看重法律與規則，堅持用歐美的自由貿易制度代替廣州的壟斷貿易制度；皇上看重金錢，不願賠償煙價和兵費，清方委員錙銖必較。英方沒費多少唇舌就得到了香港，因而在賠款數額上「給足面子」，不僅把三千萬開口價減為兩千一百萬，還同意把廣州支付的六百萬贖城費、上海和揚州繳納的五十萬贖城費計入賠款總額。總之，英方委員挾勝利之威層層遞進，處處占優，清方委員深知南京如同風中殘燭，一吹即滅，不得不委屈退讓。

初級會談持續了整整二十天，兩國委員終於就十三項條款達成協定：保護英中兩國臣民的生命和財產安全，開放廣州、廈門、福州、寧波和上海五個口岸，自由貿易，廢除行商壟斷，明定稅則，賠款兩千一百萬元，先交六百萬，餘款分三年遞交，年息五厘，割讓香港，釋放俘虜，兩國平等幾條。條約用英中兩種文字寫成，如有歧義，以英文為準。英方把舟山和鼓浪嶼留作質押物，並派兵駐守，待所有條款得到履行後歸還中國。

璞鼎查把道光二十二年七月二十四日（一八四二年八月二十九日）定為《南京條約》的簽字日，要中國官憲帶上全權飭書到「皋華麗號」上簽字。

他明確告訴清方委員，鑒於琦善曾經拒簽《穿鼻草約》，拖延時間暗中備戰，欺騙英方，英方對清方的信譽深表懷疑，如果清方再次玩弄把戲，英軍隨時都能夠對南京展開炮擊。

預定的日期到了，英方派「美杜沙號」鐵甲船去下關碼頭接中國官員，借機讓三大憲近距離目睹英國的先進技術。皇上諭令耆英和伊里布代表朝廷談判，但英方認為兩江總督位高權重，指名道姓要牛鑒一起出席簽字儀式，牛鑒不得不與耆英和伊里布一起來到下關碼頭。

下關碼頭是南京的驛傳碼頭，又叫接官亭碼頭，恰好面對浩浩長江。耆英站在接官亭旁，掏出懷錶看了一眼，對牛鑒道：「這回談判，底稿是英夷草擬的，雖說用英中兩種文字寫成，具有同等法律效力，但英夷申明一旦產生歧義，以英文為準。我兩次請旨，要伍秉鑒或其家人前來翻譯，可他們至今未到，看來是指望不上了。」

牛鑒的心境灰濛濛的，歎了口氣，「今天要互驗全權飭書，我擔心英夷看出破綻來。」飭書用黃綢裹住，放在一只精緻的木匣裡，由一名隨員恭恭敬敬地捧著。

伊里布歪坐在肩輿裡，他得了瘧疾，身體虛弱，臉色蠟黃，眼瞼腫脹，下巴低垂，聲音虛軟，「英國人沒見過本朝的飭書長什麼樣，不一定能辨識出。」

他本應臥床休息，但是為了不耽誤簽字，英方專門派了一名軍醫為他看病配藥。吃了幾服藥後，他的病情稍有好轉。今天，他強打精神來到碼頭，臉上掛著悲戚與苦澀，呆呆地望著檣桅林立的英國艦隊，眸子裡全是憂傷。

耆英似乎想說什麼，猶豫再三才俯下身子，輕聲耳語：「老中堂，今天不要讓張喜去了，你看如何？」

伊里布抬起僵澀的皺皮老臉，「哦，為什麼？」看向他才發現耆英的表情有點怪異，三分忌妒，三分歉意，還有幾分難以揣測。

耆英的語速遲緩，「我怕外人說閒話，說咱們幾個欽差大臣和封疆大吏不如一介家僕。」

他把伊里布的西席貶為「家僕」，伊里布沒有反駁，淡淡道：「陳志剛辦不成的事，張喜辦成了。」

耆英壓低聲音，把張喜的功績輕輕勾銷，「張喜不過是在恰當之時辦了一件急差，是天成其功。」

伊里布緩緩扭轉頭，見張喜在一棵老樹下與幾個隨員說話。伊里布不願拂逆耆英，點了點頭，「好吧，我勸他不去。」

耆英轉身離開，與牛鑒說話去了。伊里布則叫過一個親兵，「你去叫張先生來。」

張喜來了，俯下身子問：「主子，有什麼吩咐？」

伊里布拉住他的手，語重心長道：「《南京條約》是城下盟約，是大清的恥辱。你和幾位委員把英夷的要價砍去三成，還把廣州、上海和揚州的贖城費也計入款額中，有功。但皇上不一定這麼看，他雖然授予耆將軍和我便宜行事之權，但降旨說，煙價和兵費不予賠償，我們一下子賠付了兩千一百萬；皇上要我們把香港『賞借』給英夷，我們卻迫於壓力割讓了。皇上很可能龍顏大怒，遷恨於人。

「我是奉命辦差，身不由己，要是朝廷不允准《南京條約》，麻煩就大了。我是提著腦袋辦差，步步懸心，很可能重蹈琦善的故轍，甚至人頭落地。我看，你就不要摻和了。這種功，不值得爭啊……」他的話音很輕，帶著痛心的尾音。

張喜立即猜出這不是他的意思，「是耆將軍的意思吧？」

伊里布沒有回答，岔開話頭，「我是風燭殘年的人，原想以年老體弱為由推掉這樁差事，但烈烈戰火把大清燒得不成樣子，朝廷打不起這場仗，人民禁不起這麼酷烈的折騰，我只能忍辱負重，代朝廷簽約。自古以來，在城下盟約上簽字的臣工都要背負罵名，被後人潑髒水，潑得汙跡斑斑。我留不下清白的名聲，因為我幹的是身敗名裂的差事，是國家的替罪羊！

「林則徐和琦善，關天培和余步雲，裕謙和捨命沙場的將領們，哪一個不曾為大清建功立業？哪一個不是本朝的風雲人物？但是，他們都被戰火燒成沙礫和殘灰了。做官與做幕客不一樣，幕客去留隨意，官員卻不是自由身。你見好就收吧。」

這番話大大出乎張喜的預料。他應召入幕，不想臨到簽約突然被排除在外。他愣住了，像一尊浮雕似的不言不語。

伊里布補充一句，「你在官場上出入這麼多年，應當看透了，官職、官威、官權、官勢，每一樣都靠不住；官腔、官話、官派、官譜，每一樣都是虛華。長江雖闊，無奈鳥很肥，天空很瘦啊！」

「美杜沙號」敲著船鐘駛入下關碼頭，耆英和牛鑒扶著舷梯上了船。伊里布尚未痊癒，只能用肩輿抬，不過英軍不許轎夫登船，派了兩個身強力健的水兵抬伊里布。肩輿在舷梯口時一歪，蕩起的江水打濕了他的袍子和朝靴，如果是轎夫所為，他可能斥責兩聲，但抬轎的是鬼子兵，伊里布選擇默不作聲。他的眼睛佈滿血絲，飽含著悲傷與無奈。

船鐘響了，蒸汽機發出突突突的噪響，冒著黑煙朝「皋華麗號」駛去，旋轉的蹼輪攪起水花，拖著長長的航跡。

張喜站在岸上，呆呆地注視著江面，一隻白色水鳥在空中盤旋。風一樣快樂，雨一樣自由，唯有他心境不同，他意識到自己的使命到頭了。

伊里布看重他、抬舉他，但伊里布是陽壽將盡的垂暮老人，而耆英，則把他視為一支燃燒殆盡的蠟燭。

他深知，官場上無德無行，沒完沒了的鑽營巧取、沒完沒了的跟風拍馬、沒完沒了的機關暗算、沒完沒了的勾心鬥角，蠅營狗苟的人群爾虞我詐，把大清折騰得雲殘月破。

張喜以手搭棚，望著飛翔的水鳥，喃喃地重複著伊里布近似禪語的話，「長江雖闊，無奈鳥很肥，天空很瘦啊……」

他霍然醒悟，與其競奔於官場，見無聊人，說應景話，吃趕場飯，喝傷身酒，做違心事，辦蹩腳差，不如息影林泉，做個遮罩萬事於心外的朝市大隱，當個無名無嗅的教書先生。

「美杜沙號」把三大憲送到「皋華麗號」上。三大官憲近距離觀看了蒸汽機、旋轉炮、雷爆槍、溫度計、氣壓錶、六分儀、輪舵、鉚焊接縫、風帆索具等等，每種器物都彰顯著英國工業的優越。儘管缺乏科學知識，但他們依舊切身感受到兩國工藝的巨大差異，全都默默不語。

這是一個重大的歷史時刻，「皋華麗號」戰列艦盛陳威儀，彩旗招展。當三大憲登上舷梯時，英軍鳴放三響禮炮，一隊士兵英姿颯颯，行持槍禮，軍樂隊奏響了《聖派翠克的祭日》。對英國人來說，這是個史詩般的時刻，禮炮、禮服、禮兵、禮樂，全都經過精心安排和預演。人造的場面，人造的歡呼，人造的盛況，宣示著勝利者的喜悅，刺痛著失敗者的心。

璞鼎查、郭富和巴加在船舷迎候三大憲，他們身後有三十多名經過挑選的海陸軍官，他們將出席簽字儀式，見證英軍的勝利。

三巨頭仔細打量著三大憲。他們穿著嶄新的絲綢朝服和朝靴，紅纓官帽，頷頂輝煌。相形之下，英軍的衣服有點兒勉強，尤其是郭富，他的禮服是從行囊裡臨時翻出的，來不及漿洗和熨燙，領口有油漬，袖口有汗塵。

當璞鼎查與三大憲握手寒暄時，巴加對郭富笑道：「郭富爵士，你穿得有點兒邋遢。」

郭富有點不好意思，「實在抱歉。你們海軍在船上，與敵人隔水相峙，有空閒清潔環境，我們陸軍在山岩草叢和泥淖裡摸爬滾打，只能晴天一身土，雨天一身泥。」

巴加安慰：「你看，戰爭結束時，勝利者滿臉油汗，衣冠不整，渾身散發著難聞的臭汗味兒，失敗者卻衣冠楚楚，雍容華貴。郭富爵士，你應當穿上這套沾著油汗的禮服出席女王陛下的慶功典禮，這套禮服才是你的勛章！」

歡迎儀式結束後，兩國秉權大臣和軍官們魚貫進入炮艙。炮艙打掃得乾乾淨淨，所有炮窗都敞開著，炮位擦拭得一塵不染。一張圓桌擺在艙艉，罩著桌布。《南京條約》平整地擺在上面，一式四份，每份都由中英兩種文字手工寫成，漢字在右，英字在左，裝訂成冊。

肥胖的馬儒翰主持會議，他穿著白襯衫、黑禮服，像一隻黑白分明的碩身企鵝。他用英中兩種語言宣佈簽約儀式開始，「首先，互驗全權飭書。」

璞鼎查取出英國女王頒賜的全權公使飭書，由馬儒翰交給三大憲。耆英、伊里布和牛鑒不懂英語，無法驗證英國飭書的真偽，象徵性地傳閱一遍。

三大憲把道光「頒賜」的飭書交給英方，忐忑不安地互視一眼，表情有點兒不自然。他們擔心，萬一英方不認可，立馬就會天翻地覆！

馬儒翰滿心好奇地接了飭書，那是一個黃綾裝裱的折子，折面上有「廷寄」二字，紙很薄，是吸墨性很好的玉版宣。他從頭到尾細讀一遍，注意到「便宜行事」和「盡可允諾」等字樣，這不是英方要求的全權飭書。他微蹙眉頭，用懷疑的目光掃視著三大憲。

當年琦善與義律在蓮花崗簽署《穿鼻草約》時出現過嚴重分歧，馬儒翰是見證人，他不敢擅自作主，把廷寄拿給郭士立。郭士立同樣沒見過中國飭書，不敢掉以輕心，一字一句地細讀。三巨頭和出席簽字儀式的水陸軍官們都在等待，時間一分一分地流失，炮艙裡靜極了，靜得能聽到長江流水的聲音。

天氣很熱，耆英和牛鑒的額頭在冒汗，伊里布的脊背一陣熱一陣冷。一個意念在他心中鏗然一閃——要是英方認定飭書是假的，那會引起一場兇猛的狂風巨瀾，狂巨到任何人都承擔不起！簽約儀式能否進行下去，全都有賴於郭士立和馬儒翰的判斷。

馬儒翰輕聲道：「應當是真的。張喜說過『便宜行事』之權就是『全權』，而且還有『盡可允諾』字樣。」

郭士立也同意，「我估計清方官憲不敢開國際玩笑。」

馬儒翰走到璞鼎查身旁，呈上飭書，逐字逐句地翻譯。璞鼎查聽罷，說了一句簡短的英語。馬儒翰走到炮艙中央，用英中兩種語言宣佈：「大英國特命全權公使大臣璞鼎查爵士承認大清國大皇帝的全權飭書有效，承認便宜行事之權等同於全權。」

三大憲懸揣的心怦然落地。伊里布掏出手帕，擦了擦額頭，他的後襟被汗水洇透了。

璞鼎查站起身來，昂首挺胸，神態驕矜，像一隻勝利的大公雞。他講了幾句客氣話後轉入正題，「尊貴的耆英閣下、伊里布閣下和牛鑒閣下，在你們看來，這是一場由鴉片引起的戰爭。但在我們看來，這是一場因為我國臣民的人身權和財產權受到踐踏而引起的戰爭。鑒於貴國法律秉承『普天之下，莫非王土，率土之濱，莫非王臣』的古訓，置皇權於法律之上，《大清律》並無保護臣民財產的條款。《南京條約》第一條特別申明『嗣後大清大皇帝與英國君主永存平和，所屬華英人民彼此和睦，各住它國者必受該國保佑身家全安』。所謂『身』即是『人身』，『家』即是『財產』。此條款的依據是我國《大憲章》第三十九條——任何自由人未經法庭裁決，不得被逮捕、監禁、沒收財產、剝奪法律之保護，流放或以任何形式加以損害，它申明了人身自由和對私有財產的保護。它是我國法律的準繩，也是西方文明的基礎，更是普遍遵守的道德規範。」

擔任翻譯的是郭士立，他漢語講得暢如流水，但是，耆英、伊里布和牛鑑對英國的《大憲章》和《人身保護法》一無所知，更不明白英國法律與《大清律》的法理依據有什麼差異[32]，卻感到璞鼎查在強詞奪理。

伊里布輕輕咳嗽一聲，對耆英耳語：「這是強盜之論，戰爭的起因明明是鴉片，他們卻說是因為我們關押了他們的人，傷了他們的人身，損了他們的財產。」

耆英歎一口氣，小聲回：「自古以來，締結條約就是戰勝者書寫條款，失敗者簽字畫押。伊大人，在這個節骨眼上，有多少委屈，咱們都得忍耐。」

---

32 「身家全安」的原文是：shall enjoy full security and protection of their persons（人身）and property（財產），但《南京條約》的中文本合譯為「身家」。英國人把人身權和財產權放在條約首位，說明了他們對戰爭的看法。這與巴麥尊勳爵的第三號訓令完全一致，他要求對華草約的第一款寫明：「自今以往大不列顛·愛爾蘭聯合王國女王陛下與中國皇帝陛下以及兩國臣民之間和平敦睦，兩方臣民在各自對方疆土之內得享人身之完全的保障與維護。」（《中國近代史參考資料》第一編第一分冊，第135頁，中華書局，一九六〇年）。《南京條約》和第三號訓令的表述只有文字上的差別，意義完全相同。這是西方人身權和財產權的觀念首次輸入中國。但由於譯文不準確，《大清律》沒有相應的規定，人們始終不能全面理解該條款的意義。

璞鼎查繼續道：「其次，這是我國爭取平等的戰爭。貴國向來以中央之華自居，認為貴國大皇帝乃萬王之王，凌駕於各國君主之上，我國使臣致貴國的公函必須寫上屈辱的『稟』字，貴國官憲致我國使臣的公函則寫上傲慢的『諭』字。故而《南京條約》第十一條特別申明，兩國屬員往來，必當平行照會。」

三大憲沒有吱聲，他們曾經深信不疑的「中央之華萬國來朝」的迷夢已被撕得粉碎。

璞鼎查頓了頓，「在兩國交戰期間，我軍繳獲大批文牘和邸報，從中看出貴國官員視誠信為無物，巧飾虛誇，無中生有，惡俗成習，上矇皇帝，下欺人民，外騙各國。我國前任公使大臣查理・義律與貴國兵馬大元帥奕山等人簽署了《廣州停戰協定》，奕山竟然隱匿不報，甚至編造謊言欺矇皇帝，說我軍將領向他乞和！此等荒謬絕倫之事經報界轉載，成為貽笑世界的醜聞，而奕山之流卻渾然不覺。另一位兵馬大元帥奕經如出一轍，無中生有，謊稱舟山大捷，造假的功績令人瞠目結舌！

「大英國與其他國家交戰並非一定扣押土地或島嶼為質，但本公使大臣對貴國的國家信譽和官員信譽深表懷疑，不得不空勞兵力，採用扣押島嶼為質的下策。故而，本條約第十二款特別規定，定海縣之舟山島，廈門之鼓浪嶼，仍由我軍暫為駐守，直到所議洋銀全數交清、五口通商全部兌現才歸還貴國。此外，本公使大臣要求《南京條約》必須加蓋兩國御璽。我國地理遙遠，明年三月以前才能將加蓋女王陛下御璽的文本送交貴國。北京距離較近，十四天紅旗快遞就能一去一回，本公使大臣將率領全軍在此恭候貴國大皇帝加蓋御璽，不加蓋御璽，我軍就不撤離鐘山和草鞋峽，不撤出大運河和長江。

「我還要特別聲明，鑒於貴國大臣有粉飾和欺瞞的惡俗，為了防止隱匿真情，將條約的部分條款抽走，不如實呈報給大皇帝，我們不得不在條約的文本上增加一道防偽標記，即在紙面黏貼綠絲帶、加蓋紅色火漆。如果有人抽去其中一頁，綠絲帶和火漆將無法還原。」

璞鼎查直言不諱，把大清的國家信譽和官員信譽一貶到底，三大憲憬然相顧，面紅耳赤，無以對答。

璞鼎查又說：「這次戰爭與鴉片有關，但是，《南京條約》卻未談及鴉片貿易。我想借此機會談一談鴉片問題。」

伊里布像被針刺中穴位，眉棱骨突地一抖，耆英和牛鑒也不由自主地移動了身子，豎耳聆聽。

璞鼎查抑揚頓挫地闡述兩國法律的差異，「我們注意到鴉片在貴國是非法商品，我們將尊重貴國法律，一如既往嚴禁我國商人挾帶鴉片入境。但是，除非我國議會頒行禁煙條例，否則我國政府無權宣佈鴉片是違禁品，本公使大臣也無權禁止我國商人在公海上運輸和售賣鴉片。」

這是一句標準的外交辭令，弦外之音清晰無誤——英國政府將依然允許英國商人把鴉片運到中國的大門口外自由售賣，中國官憲無權干涉，更不能驅逐和沒收。郭士立知道這是三大憲最關心的問題，一字一句譯得十分認真。

翻譯完畢後，璞鼎查進一步解釋：「鴉片像葡萄酒一樣，本身並不是罪惡，卻招來了許多罪惡。由於貴國不肯將鴉片貿易合法化，由此派生出無數欺騙、暴力和腐敗。在我國，許多品德高尚的英國商人因為經營鴉片而受到玷汙，被貴國官憲視為不法之徒。在貴國，附生其上的走私販私、查私縱私屢禁不絕，逃稅漏稅花樣百出。只有貴國政府廢除禁煙令，附著在鴉片上的罪惡才能消失。」

伊里布終於忍不住，站起身來，揮了揮無力的手，聲音有點兒顫抖，「很抱歉，公使大臣閣下，請允許我講幾句良心話。大清朝的滿天風雨就是因為鴉片而猝然飆起的。提起鴉片，我必須申明，它給我國帶來太多的災難，本朝流失太多白銀，達到銀貴錢賤，財政紊亂的地步，大皇帝才不得不立法禁煙。貴國入侵以來，我國死傷了成千上萬的臣民，毀棄了成千上萬頃良田，幾百萬人流離失所。我們不願把鴉片貿易寫入條約，不僅因為它違反本國律例，還因為我們不願讓子孫後代看見它就痛心疾首，看見它就想起我們辜負了朝廷的重託，想起我們的失敗和必須承受的屈辱。」

說及此，眼眶不禁濕潤。他還想說，但說不下去，強忍著憤怒和屈辱，抑制著感情的外渲。他環視著周匝的英國見證人，他們在圓桌兩側圍成馬蹄形，繃緊臉皮，咄咄逼人地等待著三大憲在條約上畫押簽字。

當郭士立把伊里布的話譯成英語後，璞鼎查冷哼一聲，「屈辱？貴國地大物博，有三億五千萬臣民，貴國不自辱，誰能辱？」

這是錐心刺骨之言，所有見證人齊刷刷盯住伊里布，像幾十枚尖銳的鐵釘。伊里布像被刺破的皮球，泄了氣，沮喪地坐下。

璞鼎查繼續滔滔不絕，「我僅就如何解決鴉片貿易問題談一談個人意見，它雖然沒有寫入條約，但請三位閣下仔細參酌。解決鴉片問題有兩個辦法，一個是貴國前大臣許乃濟提出的弛禁法，即將鴉片貿易合法化，允許鴉片從海關入境，如此一來，下便人民，上裕國稅。我國前外交大臣巴麥尊主張採用這種方法。」

耆英不以為然，「璞鼎查閣下，本朝大皇帝欽定的《禁煙條例》是不能隨意變更的。」

璞鼎查淡淡道：「那麼，貴國也可以考慮第二種方法——管好自己的臣民。大英國政府禁止本國商人把鴉片輸入貴國境內，把鴉片運入境內的全是貴國的走私販，你們的官弁查私縱私，積習難改，要是貴國政府不能革除惡習，鴉片貿易將依然存在。我們大英國有過類似的教訓，我國政府曾經頒佈法律禁止臣民吸食煙草，但久禁不絕，適得其反，致使走私橫行。在自由貿易的原則下，有需求就有供給，如果貴國管不好自己的臣民，那麼，即使我國政府禁止種植鴉片，別的國家也會乘虛而入，從事鴉片貿易。」

雙方各自表述，一方咄咄逼人，一方無能為力。

末了，璞鼎查彷彿想給三大憲一點安撫，「貴國妄自尊大，閉關鎖國二百年，不知道外部世界已經生機百變。本公使大臣認為，開放的中國比封閉的中國好。保護生命和財產、五口通商、廢除行商壟斷、明定稅則，不僅有益於大英國，也有益於貴國，甚至有益於世界。但是，貴國認清這一點需要幾十年，甚至更長的時間。」

三大官憲沒有說話，他們不明白五口通商、廢除壟斷等條款有什麼好處，只覺得敵人用武力把一種外來的、陌生的制度強加於人，把大清固有制度血淋淋地扯去，扯得身心劇痛。

當兩國秉權大臣準備在《南京條約》上簽字時，一條舢板把蒙泰和加比特送到「皋華麗號」上，他們挾著提包上了甲板。加比特對值守的軍官道：「我們要見璞鼎查公使。」值守的軍官禮貌回答：「對不起，醫生，公使大臣正與中國秉權大臣舉行簽字儀式。」

蒙泰改問：「能不能見一見郭富爵士和巴加爵士？」

「對不起，兩位司令不能分身。公使大臣和兩位司令說，除非清軍發動突襲，所有事情都得等儀式完結後才能辦理。長官，請你們稍等一會兒。」

蒙泰隔著門縫朝炮艙裡面窺視，璞鼎查、耆英、伊里布和牛鑒正在簽字畫押，郭富和巴加等人在一旁見證。

璞鼎查拿起鵝毛筆，在四份《南京條約》的中文和英文本上簽了八次名，一筆斜體字寫得剛勁瀟灑，流暢得意。

輪到三大憲了，他們都是擅長書法的行家。耆英第一個拿起筆，那是一支斑竹小狼毫，筆桿上的斑點像淚滴。他深知《南京條約》是一份不平等條約，簽字意味把自己的名字與千年恥辱聯繫在一起，永遠洗刷不掉。他猶猶豫豫，手指顫抖，一咬牙，終於下筆，烏塗一團。伊里布的字體舒展飄逸，此時此刻卻飄逸不起來。他接過筆，歎了口氣，歪歪扭扭簽下，勾一個圈，就像把人囚禁在牢籠裡。牛鑒的字中規中矩、有板有眼，此時他也不願把自己的名字寫清楚，索性效仿耆英，寫得烏塗難辨。

見證人們鼓起掌來，雷鳴一般持久不息。三大憲沒有鼓掌，他們如坐針氈，等待著掌聲的終止。軍樂隊再次奏響《聖派翠克的祭日》，在英國人聽來，它是勝利和喜悅的樂曲，體現了英國宗教的寬厚與慈悲、包容與和平。在三大憲聽來，那是痛擊之後的甜言蜜語，刺骨錐心，不堪入耳！

在軍樂聲中，璞鼎查、郭富和巴加把三大憲送到「美杜沙號」上。

「美杜沙號」開行後，牛鑒才壓低嗓音對耆英道：「他們割了我們的地，開了我們的口岸，改變了我們的貿易章程，索要巨額賠款，卻奢談平等！」

伊里布看了牛鑒一眼，「開仗前，我們沒給他們平等。他們勝利了，也不給我們平等。」

另一邊，望著中國官憲離開後，蒙泰和加比特才走進炮艙。

蒙泰道：「公使閣下，兩位司令官，我奉命把陸海兩軍的傷亡總數統計出來，請過目。」

三巨頭傳閱了英軍傷亡表：

地點	陣亡	受傷
廣州	15	127
廈門	2	15
舟山	2	27
鎮海	8	16
慈溪	2	40
乍浦	9	50
吳淞口	2	25
鎮江	36	133
總計	76	433

註 數字出自 Alexander Marray 的英文版《中國行動》第 214 頁，不包括死於海難和被暗殺的人。另據作者的不完全統計，清軍在鴉片戰爭期間受傷和陣亡總計一萬零五百人左右。

與世界第一大國打了一場耗時兩年零四個月的戰爭，傷亡如此之小，三巨頭非常滿意。

加比特報告：「公使閣下和兩位司令官，疫情在擴散，已經無可拾掇了。」說著，遞上最新的疫情統計表：

船艦	乘員	病號
「伯朗底號」	280	199
「貝雷色號」運兵船	250	110
「索菲爾號」運輸船	50	47
「響尾蛇號」運兵船	41	4

……

註 Edward Cree 在《海軍軍醫柯立日記》（九月三號）寫道：「艦隊疾病盛行。我那條船的病號最少，四十四人中有四人病倒。『伯朗底號』的兩百八十名乘員中有一百九十九人病倒。『貝雷色號』兩百五十名乘員中有一百一十人病倒。『索菲爾號』的五十名乘員中病倒了四十七名。其他船的病號比例差不多，全是間歇性熱病和痢疾。」

璞鼎查皺著眉頭，「陸軍的情況如何？」

「尚未統計完整。陸軍佔領鐘山和草鞋峽後依山紮營，那裡的蚊子很多，毒性很強，瘧疾和痢疾像烈火烹油似的蔓延開，我估計海陸兩軍的病號多達八千五百人[33]，只有三千人能夠值勤和戰鬥。」

璞鼎查倒吸一口涼氣，「上帝！幸虧中國人認輸了，否則後果難料。」

巴加也如釋重負，「要是中國人拒簽條約，三千人也能打下南京，但我們控制不住局勢，這裡畢竟是中國的腑臟。」

郭富出了一口長氣，「中國人打不起，我們也打不動了。在這個時候簽下《南京條約》，恰到好處！這場戰爭毀人毀物、傷筋動骨，我軍將士血肉橫飛、病骨銷蝕，中國沿海一派狼藉，像個臭氣熏天的屠宰場。長風吹曠野，短雨洗征塵，我有一種如釋重負的感覺……終於可以回家了。」

璞鼎查笑道：「郭富爵士，你堅定地主張保護生命和私有財產，不論在戰爭時期還是在和平時期。我把它寫入條約了，你滿意嗎？」

---

33 數字出自 David Mclean 的《鴉片戰爭中的醫生們》（《Surgeons of the Opium War》），載於《English Historical Review》, 2006 April。

「滿意。依照我們的法律和宗教信仰，人類應當有一種普世價值，即對生命和私有財產的尊重和保護。中國文明和《大清律》恰好缺少這種信念和法條。」

巴加道：「璞鼎查爵士、郭富爵士，我們應當喝一杯慶功酒了。我們的女王陛下、政府閣員和全體商人都將為這一歷史性的勝利而欣喜若狂。」

突然，三巨頭看見兩條掛著紅白藍三色旗的兵船朝英國艦隊駛來，是法國戰艦「俄利崗號」和「弗沃裡特號」，它們一直以觀戰的名義尾隨英軍。

璞鼎查用輕蔑和不屑的口吻道：「瞧，食腐動物又來了。」

尾聲

一、遲到的伍家人

剛下完一場大雨，亢熱的天氣略帶涼意，天空上的雲團卻沒有散開，依然一團團地遊動著。空氣中水氣滂沛，田野上蒼綠淋漓，樹枝和草葉呈現出狂吸飽飲的醉態。

一輛新穎的英式馬車快速疾駛，在又濕又滑的驛路上輾出的兩道車轍，像兩條鞭子抽出的痕跡。這輛車與中國馬車迥然不同，有四個輪子和一個車廂，車夫的座位與車廂是分開的，車廂後面有踏板，僕人可以踩在上面與車同行。

馬車繞過大校場朝秦淮河駛去，車夫把鞭子甩得脆響，口中發出「駕——駕——」的吆喝聲。兩匹馬一使勁，輪子上了通濟橋，橋上行人趕緊閃到兩旁，卻仍然被濺得滿身泥水花子。

「娘希匹，抽風嗎？」

「他娘的，逞什麼威風！」

車過之後，行人罵罵咧咧，但馬車依舊風馳疾行。

「五爺，到了。」終於，車夫一拉轡繩，兩匹馬收住蹄子。

伍紹榮從車窗裡探出腦袋，他官帽上綴著一顆水晶頂子，拖著一支翠生生的孔雀花翎。他抬眼望向高大的南京城垣和巍峨的通濟門，通濟門被雨水洗刷得濕漉漉的，灰色的堞牆上架著鐵炮和抬槍，垛口後面旗鼓列張，但城樓上插著白旗。

伍紹榮奉命參加英中兩國會談，但道光在剿撫之間游移不定，直到英軍打下鎮江才頒旨，要他趕赴江蘇聽候耆英差遣。他貓腰鑽出車廂，自言自語道：「久違了。」

四年前，他赴京參加科考，曾經路過南京。錢江跟他下了車，兩廣總督祁貢派他陪同伍紹榮參加會談。

南京全城戒嚴，通濟門只開了半扇，但已經沒有戰時的惶亂。二三百人排成兩列等待進城和出城，像兩條七扭八曲的長蛇，十幾個兵丁仔細盤查，不時發出難聽的斥罵聲。

伍紹榮餓了，對錢江道：「錢知事，咱們先吃飯後進城。」

錢江也餓得肚皮咕咕響，吩咐車夫：「趙二，你去譚家老店訂飯，就說廣州十三行的伍總商來了。李三，你拿兩廣總督衙門的公函與守門弁兵交涉，就說我們是朝廷派來的。」

伍紹榮本應乘坐清吏司的官車，但伍家是天下第一富豪，剛買了一輛英式馬車，車廂底盤安有彈簧，車輪裝設鋥亮的黃銅擋泥板，輓具、車燈、行李廂一應俱全，遠比帶輪釘的棗木官車快捷舒適。這輛車不僅在廣州，甚至在整個大清都是蠍子粑粑——毒（獨）一份。伍紹榮不在乎區區路費，乘坐自家馬車趕往南京。

不一會兒，伍紹榮一行進入裕誠飯莊，上了二樓的雅間，隨行的車夫和跟役坐在樓下的方桌等候。

怡和行的生意遍佈半個中國，每年都派人到南京辦貨，吃飯打尖都在裕誠飯莊，按月結算。掌櫃聽說怡和行的東家來了，親自上樓侍候，一張生意臉笑得像菊花一樣燦爛，「五爺有幾年沒來了。」

「嗯，四年了。」

「這年頭兵荒馬亂的，還是少出門好。」掌櫃一面說話，一面用上好的茶具沏了一壺武夷岩茶。

伍紹榮打開扇子，扇面上有「四海商途」四個隸字，是梁廷枏寫的。扇骨是檀香木的，有精雕細刻的紋飾。他喝了一口茶，「南京戒嚴多久了？」

「自打英夷攻佔圌山關，就戒嚴了。我們的老店在城門外，生意蕭條得很。三大憲與英夷簽了《南京條約》，百姓踏實了，老店才聚了點兒人氣。」

伍紹榮不由得一愣，「什麼，簽約了？」

掌櫃的因為躲過兵燹而慶幸，興奮之情溢於言表，「簽了，全城百姓如釋重負，秦淮河上放了一夜鞭炮！要不然，南京就和鎮江一樣，打成廢墟瓦礫了。」

「什麼時候簽的？」

「三天前。哦，坊間有人把條約刻成印版，印出來了。」

「店裡有嗎？」

「有，六個銅子一份，我買了二百份，專門留給打尖吃飯的客官。」

「給我拿兩份。」

掌櫃的嗓音一挑，衝樓下喊道：「小二，送兩份條約來。」

不一會兒，店小二送來兩份條約，剛印出的，每份三頁，紙面散發著淡淡的油墨味。伍紹榮遞給錢江一份，兩人各自悶頭讀起來。

伍紹榮參加過廣州會談，知道英國人的要求：保護夷商身家安全，五口通商，割讓香港，平等往來，賠償煙價和兵費，清理商欠等等。他對這些條款不覺意外，但有兩款與伍家的利益休戚相關。

他用指甲在第二款和第五款下面重重地劃了印痕，差一點兒把紙背劃穿：

第二，……大皇帝恩准大英國人民帶同所屬家眷，寄居大清沿海之廣州、福州、廈門、寧波、上海五處港口，貿易通商無礙。

……

第五，凡大英商民在粵貿易，向例全歸額設行商，亦稱公行（十三行）者承辦，今大皇帝准以嗣後不必仍照向例，乃凡有英商等赴該口貿易者，勿（無）論與何商交易，均聽其便。

五口通商意味著廣州獨佔外貿的局面不復存在。「與何商交易，均聽其便」意味著十三行的壟斷權就此終結，伍家人的地位將一落千丈！

伍紹榮的臉上烏雲密佈，咬牙切齒罵了一聲：「可惡！」他把扇子重重砸在桌沿上，檀香木扇骨咯嗒一聲折了，扇面像抖開的折疊簾子，嘩的一聲垂下。

錢江讀到賠款兩千一百萬和割讓香港的條款後，像被刀尖扎了一下胸口，騰地站起來，「這哪裡是撫，分明是降，是喪權辱國！耆英、伊里布和牛鑒該殺！」

看一個外省來的雞毛小官在酒樓裡暴怒發飆，指名道姓要殺三大憲，掌櫃的嚇了一跳，其他食客聽聞也惶然驚愕，張大嘴巴，側目旁觀。

掌櫃的收住心神，小心翼翼道：「客官，南京是牛督憲的轄區，莫談國事，好嗎？省得招惹是非，咱的店鋪吃罪不起。」南京商戶性本天然，知道什麼事情可以敞開嘴巴瞎議論，什麼事情不能品頭論足。

伍紹榮不管不顧，用拳頭重重地捶著桌面，聲淚俱下，「大清啊大清！為了你的金甌無缺，我們伍家人為你捨、為你捐，為你受盡苦和累，你卻這麼不爭氣！」他把破紙扇捏在手中，一點點地撕，就像撕碎一份作廢的合同，碎紙殘屑雪花似的散落在地上。

二、鈐蓋御寶

盛夏過去了，北京吹起秋風。

道光坐在養心殿的御座上，以睿親王為首的御前大臣和以穆彰阿為首的軍機大臣分列兩旁。御前大臣多數由皇室宗親和姻婭之戚擔任，大清是愛新覺羅氏的天下，國事與家事密不可分，他們理所當然要對國事表述意見。軍機大臣是從臣工中選拔出的頂尖人物，是朝廷依傍的股肱，他們奉旨討論是否批准《南京條約》，以及撫恤副都統海齡等事宜。

撫恤海齡本來是一件比較簡單的事。鎮江失守，海齡自焚，八旗兵浴血奮戰，死傷慘烈，道光親筆寫下「不愧朕之滿洲官兵，深堪憫惻！」的朱批。軍機大臣們提議按關天培、陳化成等人的先例晉級優恤，在鎮江建立專祠以茲紀念。

沒想到事情複雜萬端。鎮常通海道周頊寫了一篇稟文，由江寧將軍轉呈朝廷，例數海齡強霸欺民的惡行。御史黃宗漢也上了一道折子，說大戰臨頭之際，海齡不僅不疏散民眾，還以搜捕漢奸的名義濫捕濫殺，致使民怨沸騰，民間甚至傳說海齡不是死於戰場，而是被憤民所殺。

優恤海齡的廷寄已經發下，建祠的銀子也已恩准，若是依照周頊和黃宗漢的建議撤銷，等於說朝廷偏聽偏信，為惡人作倀。但是，海齡的口碑如此惡劣，要是勉強建祠，一旦被怨民搗毀或唾汙，朝廷的臉面更不好看。

批准《南京條約》的事宜最複雜。耆英、伊里布和牛鑒用紅旗快遞把條約送到北京，會銜發來《粗定條約並請鈐用御寶折》。道光閱罷，怒不可遏，在折子上加了兩條朱批，一條是「憤恨之至」，一條是「可惡可恨之至」。

軍機大臣和御前大臣都知道，道光曾有密旨，煙價和兵費不予賠償，耆英、伊里布和牛鑒卻賠了兩千一百萬！他們猜不透皇上會不會批准條約，啞巴似的不作聲。

三大憲彷彿預感到皇上決心難下，在折子內附了一份《請於所議條款內鈐蓋御寶以免決裂片》，告誡朝廷早一日鈐蓋御寶早一日了結戰事，朝廷如果猶疑不決，「該夷定必決裂！」

道光在夾片後面又寫一道朱批：「何至受此逼迫？憤恨難言[34]！」依然不肯加蓋御璽。

兩天後，軍機處又接到耆英的《和約已定詳議善後事宜折》，再次催促皇上，如果不鈐蓋御寶，就會前功盡棄，戰火重燃。

34 《籌辦夷務始末》卷五十九。

御前大臣和軍機大臣們全都看出，《南京條約》動關全域，撫恤海齡僅是善後的小事，兩件事的輕重緩急，判然有別，但皇上把它們同時交給大家討論，其中自有奧妙。養心殿裡沉寂了半晌沒人說話，只有大自鳴鐘唰唰唰的走字聲。

穆彰阿不得不率先打破沉寂，「睿王爺，您說說，兩件事該怎麼辦？」

睿親王故作鎮靜，拈著鬍鬚道：「你是領班軍機，我不過是沾了皇親貴胄的光，參贊而已，真正主事的還是你們軍機處。」這話貌似謙讓，實際是推諉。

潘世恩說：「海齡究竟是戰死、自殺還是被憤民暗殺，這事我們在京師是道不清的，只能派人詳加考察。如果海齡確實有虐待民人、稱霸官場的劣跡，被憤民所殺，那是死有餘辜；如果與實情出入較大，即應按小節有損、大節無虧之例辦理，以便讓死去的靈魂安然入土。瓜無滾圓，人無十全，對捐軀的將領，不必求全責備。睿王爺、穆大人，你們看可好？」這番話講得滴水不漏，睿王爺和穆彰阿皆點頭稱是。

穆彰阿道：「古人云李廣難封，如此看來，海齡也難以優恤呀。」

話題重新回到鈐蓋御寶事宜上。

睿親王說：「本朝御寶只在為朝鮮、琉球、越南、緬甸等域外番王頒賜信印和冊封達賴喇嘛時使用，從未在撫夷詔書上用過，撫夷詔書向來鈐蓋封疆大吏或欽差大臣關防。耆英、伊里布和牛鑒辦理不善，有擅專輕許之罪，他們三人會銜所請，有悖本朝的成法和先例。」

穆彰阿抬頭看了他一眼，不知睿王爺是裝糊塗還是真糊塗，竟然偷樑換柱把《南京條約》稱為撫夷詔書。他悠著調子道：「睿王爺，條約載明中英兩國平行照會，共同鈐蓋御寶後方才生效。耆英、伊里布和牛鑒反覆懇請鈐用御寶，恐怕是形格勢禁，萬不得已，才一事三催。朝廷既然授予他們便宜行事之權，皇上也申明不予遙制，這事還是從權辦理為好。」

潘世恩也同意這點，「英夷兵船阻斷長江和大運河，本朝漕運和文報俱被截斷，一日不鈐蓋御寶，英夷就一日不退出長江。撫夷大局既定，不宜再為御寶之事斤斤爭執。畢竟兩國君主都要鈐蓋御寶，還算平等，不算屈尊。」

鈐不鈐用御寶與戰爭的行止休戚相關，道光頑強抵抗了兩年零四個月後終於決定認輸。他面色陰鬱地站起來，「像海齡這樣硬打硬拚的將領不多，鎮江淪陷後，海齡殉難，全家盡節，朕深堪憫惻，即使平日稍有過失，也應盡贖前愆。耆英和伊里布，朕授權他們專辦羈縻，雖然許諾事項過多，但這個仗有不宜再打的理由，為了江南幾百萬臣民的安生，朕不再游移。用璽！」他示意張爾漢去取御寶。

這天，道光咬緊牙關，親自在《南京條約》上鈐蓋了御寶。張爾漢頷首窺視著他，只見兩團淚水湧上道光的蒼老眼眶，懸著，懸著，懸著，終於滴落在御案上。

過了許久，道光才抬起頭，口氣突然強硬起來，「仗打完了，秋天也到了，朕不得不秋後算帳！耆英和伊里布雖然讓步過多，總算了結了一場華夷大戰，免於治罪。牛鑒身膺重寄，負有守御長江的責任，卻一敗再敗，丟了吳淞口、上海和鎮江，聽任英夷打到南京，簽署城下盟約。他罪無可逭，著押解進京嚴加追究，與余步雲一起交刑部、都察院和大理寺會審！

「奕山和奕經身為宗室，本應為朝廷分憂解難，實情實報，他們卻顢頇糊弄，粉飾敗績，致使朝廷屢屢作出誤判，虛耗了多少國帑！還有文蔚，負有參贊之責，卻無參贊之實，可謂靖逆將軍不靖逆，揚威將軍不揚威，參贊大臣胡參贊，朕不得不將他們三人……」他本想說「撤職查辦，嚴加追究」，話到舌尖咽了回去，拍著御案改口：「調京供職。」

睿親王、穆彰阿和潘世恩畢竟是天子近臣，在道光的表情和口氣中嗅到一絲殺機，「粉飾敗績」、「隱瞞實情」、「虛耗國帑」都是重大罪名，所謂「調京供職」僅是委婉說法，他們到京後不會有好下場！

道光的心裡百味雜陳。他頹然坐下，撙節本性畢露，補充了一句，「現在國庫空虛，既然戰事完了，沿海各省要盡快裁撤營伍，節省靡費。」

三、悲情琦善

琦善流放到張家口一年了，皇上一直沒有起用他。他有點兒心灰意冷，像普通百姓一樣過著節儉日子。

天上颳著揚沙風。佟佳氏從集市回來，手裡拎著菜籃子，女僕背著一捆劈柴跟在後面。佟佳氏瞇著眼睛望著清水河，但看不清楚。秋天剛到，西北風就裹著漫漫黃沙從蒙古高原吹來，吹得天空模模糊糊、迷迷漫漫，佟佳氏的鼻孔裡、眼窩裡、耳朵裡、眼裡，全是細密的浮塵。

她剛走到家門口，就聽見背後有一陣馬蹄聲，回頭一看，是英隆。英隆在兩個戈什哈的護衛下騎馬來到琦善家，同樣是滿臉浮塵。佟佳氏趕緊屈身蹲一個萬福，「民女給都統大人請安。」

英隆下了馬，把韁繩交給戈什哈，笑瞇瞇問：「琦爵閣在家嗎？」

「在。我買菜前他還在家讀書呢。」佟佳氏與英隆熟不拘禮，一手提菜籃一手推柴門，「英大人請。」

英隆喜道：「琦爵閣的前程有眉目了。」

佟佳氏語氣帶著七分驚喜，三分懷疑，「是嗎？」

琦善聽見英隆的話音，迎出來，拱手行禮，「英大人，這麼大的風，你光臨寒舍，有什麼重要的事情？」

英隆笑說：「無事不登三寶殿，確實有重要事情，好壞參半。」

「哦，好壞參半？」

「對國家是壞事，對你卻是好事。」英隆彎腰從靴葉子裡抽出一沓紙，是最新一期邸報，遞給琦善。

佟佳氏從廚房裡端出臉盆，擰了一把手巾，遞給英隆擦臉。英隆一面擦臉一面說：「金帛議和了。」

琦善翻開邸報，上面印著朝廷的通告：

者英、伊里布、牛鑒等連日與英夷會議，商定條約十三條。朕因億萬生靈所系，實關天下大局，故雖憤懣莫釋，不得不勉允所請，藉作一勞永逸之計，非僅為保全江、浙兩省而然也……

接下來是《南京條約》十三款的全文。

琦善慢慢讀細細閱，剛開始還算鎮靜，越讀越不能自持，《南京條約》從他的記憶深塘裡翻攪出沉底的濁泥。他讀到一半時，手指微微發顫，讀到結束處，已是全身瑟瑟發抖，眼眶裡的淚水收止不住，走珠似的撲哧撲哧墜落下來。他痛心疾首道：「皇上啊皇上，早知今日，何必當初啊！」

英隆有點兒發愣，溫聲勸慰：「琦爵閣，何必這麼激動。」

琦善的腦袋向上仰著，臉面被血色漲得通紅，他突然涕泗滂沱，號啕大哭，捶胸跺足道：「我心裡難受！十萬大軍零落盡，半壁江山遭塗炭！英夷是我朝從未遇到過的強敵，敵強我弱，總要稍作讓步才能維持全域的穩定。去年我與夷酋義律議撫，用爛心計、費盡口舌，才把賠款壓減到六百萬。可《南京條約》賠了兩千一百萬，兩千一百萬啊！

「《穿鼻草約》給予英夷香港一處寄居，依照舊例納稅，這份條約卻把整個香港割讓了！《穿鼻草約》只增加兩處通商碼頭，《南京條約》卻開了五個口子！當年我把舟山要回來，這份條約卻把舟山和鼓浪嶼一起質押給英夷！嗚……嗚……我肝腦塗地、苦心孤詣為朝廷著想，卻被皇上誤解，被廷臣誤解，被天下人誤解，這撞天屈，我跟誰訴說？嗚……嗚……」

他如怨如訴、悲噎不止，聲蕩四壁，旁若無人地發洩鬱結在心中的委屈。

佟佳氏在一旁聽得心悲神傷，激動得渾身打顫，同樣嗚咽起來，「當年我家侯府是多麼氣派的深宅大院，現在是柴門土牆乾打壘，嗚……嗚……當年我是滿身羅綺、珠光寶氣，家裡是豪奴俊僕，前呼後擁，現在卻成了布衣荊釵幹粗活的老媽子，嗚……嗚……」

英隆忙勸這個勸那個，「琦爵閣，皇上和廷臣們終歸能理解你的苦心，你復出有望呀！如夫人，這番挫跌也是一種人生體驗，對吧？等琦爵閣復出後，皇上賞妳個誥命夫人還不是順理成章的事兒。」

琦善抬起袖子擦了擦眼淚，擺手道：「不說這些了，不說了。做臣子的終歸是皇上的奴才，進退榮辱、雷霆雨露都是君恩。我運交華蓋，義律的下場還不如我呢。」

冷不丁提起遠在天邊的冤家對頭，英隆一愣神，「哦，你怎麼知道？」

琦善一屁股坐在炕沿上，用手帕擦乾眼淚，定了定神，「兩國交兵各為其主，我是兔死狐悲，物傷其類——哎，義律是個好人哪，但好人沒得好報，聽說他被砍頭了[35]。」

---

35 琦善對義律的評價見法國傳教士 E. R. Huc 的《韃靼西藏旅行記》（《Souvenir d'un voyage dans la Tartarie et le Tibet》，1851）。鴉片戰爭結束後琦善任駐藏大臣，遇到了法國傳教士 E. R. Huc 和 Joseph Gabet。談到義律時，琦善說：「義律是個好人，聽說他被砍頭了。」但其實查理．義律回國後並沒被砍頭，更在一八四三年調任德克薩斯共和國任全權公使。

四、邱吉爾－奧格蘭德詛咒

英國艦隊橫陳在長江中央，陸軍依舊控制著鐘山和草鞋峽。璞鼎查等三巨頭對大清官員的信譽心存疑慮，生怕重蹈《穿鼻草約》的覆轍，明確告訴三大憲，接到加蓋御璽的《南京條約》文本後才撤軍。

麇集長江的英國艦船多達七十餘條，但疫情不饒人，三巨頭不得不命令「貝雷色號」等艦船提前返航，病號們分批撤離。

道光二十二年八月十號（一八四二年九月十四號）是中國的萬壽節，即道光皇帝的六十大壽，江面上只剩下二十多條英國兵船。英軍按照西方傳統，所有艦炮懸掛中國龍旗，在正午十二點鳴放二十一響禮炮，隆隆的炮聲驚天動地。

炮聲一箭雙雕，既向中國示好，又在催促清方，提醒三大憲，英軍依舊在焦切地等候。《南京條約》在北京滯壓了六天才加蓋御璽，在萬壽節的第二天送達南京，三大憲立即派人送交璞鼎查，他們全心期盼著英國瘟神早日滾蛋。

「皋華麗號」終於升起揚帆返棹的信旗，陸軍開始撤離鐘山和草鞋峽，艦隊準備返航。

但是，所有艦船都充斥著病號。「索菲爾號」運輸船的疫情最嚴重，船長死了，全體船員被疫病擊倒。當該船的代理船長看見揚帆返棹的信旗後，竟然找不到健康的水手，不得不把病號們從船艙裡喚出。病骨支離的水兵們像蟲子一樣爬到甲板上，使足氣力才把船帆拉升到桅頂。

邱吉爾-奧格蘭德詛咒像厲鬼一樣糾纏著英軍，不依不饒，在漫漫歸程中，官兵們一批接一批死去，陸軍死亡百分之五十，海軍死亡百分之二十五[36]。

36 這個數字出自David Mclean的《鴉片戰爭中的醫生們》（《Surgeons of the Opium War》，載於《English Historical Review》，2006 April, P.499）。

五、悵惘的林則徐

黃河大工結束後，林則徐依舊遣戍新疆。經過八個多月的長途跋涉，他終於抵達伊犁。伊犁是大清最西面的軍事重鎮，水少樹稀，枯黃的地面上碎石累累，土地貧瘠得令人生畏，只有車前子、刺兒菜、反枝莧和沙蒿等耐鹼且耐旱的植物才能活下來，它們稀稀落落，東一叢西一簇，隔得老遠，偶爾有蜥蜴在草叢中鑽進鑽出，誰也說不清那些醜陋的傢伙是在享受乾旱還是在焦渴中苟活。

林則徐在伊犁見到鄧廷楨，兩天後，從伊犁將軍衙署借閱邸報。邸報上刊載了《南京條約》的全文和逮捕靖逆將軍奕山、揚威將軍奕經、參贊大臣文蔚、兩江總督牛鑒、浙江提督余步雲的消息，他們五人全被判了斬監候。

林則徐心亂如麻，在寒冷的斗室裡寫下當天日記和家信。他在日記裡對《南京條約》隻字未提，但在家書中寫出對獲罪人物的深切同情：

> 揚威、靖逆及參贊均擬大辟（死刑），是牛鏡堂（牛鑒）、余紫松（余步雲），亦必一律，

即使不勾，亦甚危矣。由此觀之，雪窖冰天亦不幸之幸耳。近事翻來複（覆）去，真是不可捉摸[37]。

林則徐悵惘失落。他比任何人都明白，大清捲入一場沒有勝算的戰爭中，不論誰統兵作戰都必敗無疑。相比之下，他幸運多了，儘管遠到新疆，像一株連根拔起的野草，無著無落地懸浮在茫茫戈壁上，但終究有東歸之日。

他心情悲涼，覺得自己在一個巨大的冰窖裡遊蕩，腳很涼，心很冷。他在官場上城府森嚴，防線加了一道又一道，三思而行，以智避禍，有時不得委屈自己，故意閉目塞聰，壓抑自己的靈性，禁錮自己的思想，在皇上劃定的圈子裡施展憂國憂民憂天下的抱負，但是，也依然不能避禍，成為戰爭的替罪羊。

一個月後，林則徐收到前粵海關監督豫堃的私信，要他幫忙在伊犁租一套房子，因為豫堃也受到朝廷的追究，發配到新疆贖罪，罪名是隱瞞商欠和協助林、鄧挑起邊釁。

林則徐意外想起那個算命瞎子。當時他與鄧廷楨、豫堃合寫了一個「梟」字，算命瞎子

37　林則徐在道光二十二年十二月十四日的家信。「亦必一律」：必然按同一律條判刑。「勾」：「勾決」之意。凡是判死刑者，必須等到秋天，由皇上在刑部報送的姓名錄上打勾，一年一次，故稱「秋後勾決」。

預言那個字「梟神頭，白虎腳，勾陳身，騰蛇尾，四凶齊犯」。果真人算不如天算，任何掙扎都徒勞無益，瞎子的預言終究是應驗了。

林則徐深感到人生的無常與無望，只有極少數人在他僵滯的眸子裡發現，他依然有老驥伏櫪的壯心。但能否實現，有賴於皇上的恩典，否則他的治國之才只會因為沒有用武之地而漸漸枯萎。

六、鉅賈之死

朝廷把兩千一百萬賠款分派到各省，廣東承擔了最大份額。廣東官憲認為戰爭與商欠有關，十三行在責難逃。決定再次向伍家勸捐。

伍秉鑒心知肚明，廣東官憲明裡勸捐，暗裡訛詐，與其硬頂死扛，不如知趣認捐。他一咬牙，用伍紹榮的名義一次性捐納一百萬元[38]，這是大清開國以來從未有過的巨額捐資。為了表彰伍家人的義舉，朝廷破例賞伍紹榮二品布政使銜，這是有清以來商人獲得的最高榮銜。

但是，戰爭重創了大清，喪失了壟斷權的十三行損失尤其慘重，行商們紛紛倒閉。資財雄厚的怡和行歷經大難而不死，卻失血過多，從峰巔滑向低谷。

伍秉鑒年高體弱，心憔力悴，走到了生命的盡頭，在戰爭結束的第二年，這位名貫中外的行商死了。

38 該數字出自恒慕義編著的《清代名人傳略》（下冊），中國人民大學清史研究所翻譯組翻譯，青海人民出版社，第458頁。

他的墳前立起一塊巨大的墓碑，碑上刻著：

庭榜玉詔，帝稱忠義之家；

臣本布衣，身繫興亡之局。

七、林伍遺怨

在大清的世道裡，人為物役，身為形役，人人都是皇上的奴才。要是不想為皇上做事，只能一事無成。

林則徐在新疆遣戍三年後得到赦免，先後出任署理陝甘總督、陝西巡撫和雲貴總督。但是，他的身體大不如前，道光二十九年（一八四九年），他不得不奏請開缺，回家養病。沒想到廣西天地會（太平天國的前身）鬧得聲勢浩大，沸反盈天，新繼位的咸豐皇帝再次想起林則徐。

儘管穆彰阿實言相告，林則徐「柔弱病軀，不堪錄用」，咸豐帝仍然降旨，要他掛欽差大臣銜威撫廣西，「蕩平群醜，綏靖嚴疆……星馳就道，毋違朕命」。

林則徐抱病起程強行赴任，走到廣東省潮州的普寧行館時突然吐瀉不止，雖經當地醫生奮力搶救，還是離世了。

數十年後，《東莞縣誌》印出一則故事：

相傳，則徐抵粵，即鎖拿洋（行）商伍到粵秀書院……咸豐初，則徐起為廣西巡撫，伍（家人）憂其復督粵也，遣親信攜鉅資賄其廚人，以夷藥鴆之，使泄瀉不止，行至潮州，遂委頓而卒。

縣誌說林則徐是伍家人害死的。是真的嗎？從法律角度看，此事既無原告也無被告，既無人證也無物證，更沒有庭審記錄，它只是一則風影傳說。

後記

本書雖然是小說，但引用的文獻全都有案可查，使用的數字全有歷史記錄，配用的插圖全有出處，重要人物全都實有其人，主要事件全都實有其事，我只對事件作了文學性的描述，賦予人物以思想、性格、話語和動作。可以說，本書是一部以史料分析為基礎撰寫的小說，不是天馬行空的戲說。

鴉片戰爭留下了豐富的史料，大清的封疆大吏們不斷把戰況奏報給皇帝，英軍將領們不斷把戰況報告給英屬印度總督奧克蘭勛爵。為了寫這本書，我不僅通讀中文史料，還閱讀了一八三九至一八四二年的英國政府檔彙編、當時的英文報紙和英方參戰人員撰寫的大量日記跟回憶錄——很幸運，英國政府和一些圖書館把它們公佈在網路上，讓我足不出戶就能讀到一百七十多年前的英國文獻。

當我把清方的奏折和英方的報告對照閱讀時，發現他們對同一事件的描述大相徑庭，甚至達到不可思議的地步！我漸漸產生一個疑問：誰在說真話，誰在講假話？

中英兩國都有撫恤制度。清廷要求封疆大吏嚴格統計官兵的傷亡，並把傷情分為一等戰傷、二等戰傷和重殘三類，精確到個位數。英方也有嚴格的統計制度，將領們撰寫的戰報附有傷亡統計表和戰利品清單，分析這些數字有助於揭示誰在說真話，誰在講假話。

十九世紀三〇年代以後，外國人在澳門創辦了多種報紙，其中的《中國叢報》（《Chinese Repository》）是美國基督教會辦的，這份報紙保存完整，從旁觀者的角度，客觀地報導了鴉片戰爭的進程。把報紙與中英兩國的奏折、戰報加以對照，也有助於揭示誰在說真話，誰在講假話。

我痛心地發現，我們的祖先講了假話。

在一個專制、腐敗、病入膏肓、言路閉塞的國度裡，沒有人敢講真話，報喜不報憂成了官場通病，欺上瞞下的編謊文化像毒素一樣滲透到官僚階層的心脾。

在鴉片戰爭期間，官員們小勝詳寫，大敗簡述，即使潰不成軍，也要編寫出似有實無的動聽故事。關閘之戰清軍大敗，林則徐和關天培等人隱匿不報；廣州內河之戰敗得更慘，靖逆將軍奕山與全體廣東大吏被迫簽下《廣州和約》，但是，他們聯手製造了一場騙局，給皇上的奏折裡全是騰挪躲閃之詞，避重就輕之話；浙江戰役期間，揚威將軍奕經奏報的舟山大捷更是子虛烏有。

戰爭打得如火如荼，封疆大吏們把編謊藝術發揮得淋漓盡致，致使皇帝和軍機大臣們看不清戰爭的本真面目，不斷作出嚴重誤判，指揮和調度不著邊際，於是，整個帝國朝著沒有勝算的方向末路狂奔，直到瀕臨崩潰才懸崖勒馬。

在某種意義上，鴉片戰爭是一場自欺欺人的戰爭！

皇帝的身邊聚集著一群昧於國際大勢的臣子，他們習慣講恭維話和順風話，致使皇帝驕傲自負、故步自封，變得閉塞偏執、專斷暴戾。

在戰爭期間，領兵打仗的疆臣們身膺重寄，既要與外敵作戰，又要提防皇帝，因為皇帝掌握著生殺予奪的大權，一俟戰敗，疆臣們會受到嚴厲的懲罰，連家人都不能倖免。

但是，英軍是大清從未遇到過的海外強敵，掌握著當時的「高科技」，擁有絕對的軍事優勢，清軍毫無勝算。疆臣們被裹挾在強敵與皇帝之間，前有虎狼，後有熊羆，前進是粉身碎骨，後退是瘐死獄中。皇帝催之越促，疆臣們越不能取勝；皇上逼之越急，疆臣們越感到恐懼。

為了自保，他們不得不與皇帝博弈，粉飾，躲閃，編謊，直到整個官僚階層聯合起來欺瞞朝廷。謊言文化像瘟疫一樣在官場中播散開，任何靈丹妙藥都不可救治。

誰營造了一個環環相欺的國度？是帝心難測，還是官心幽微？是官僚制度，還是民族本色？或者，在危難之際編謊自保是人類共有的本能？我百思不得其解。

我多次捫心自問，假如我們生活在那個時代，能不能比祖先們處理得更好、更明智？能不能不粉飾戰績、不編造謊言？

歷史塵封在史料裡，不是人人願意翻閱；歷史會說話，不是人人聽得懂；歷史默默地展示自己，不是人人看得透。

祖先們受制於時代和傳統，視野有界，知識有限，國力有限，不可能預見到戰爭的結局。林則徐等人雖然隱瞞實情，但並不猥瑣，他們在身不由己的逆境中日夜操勞，動員一切可以動員的物力、財力和人力，千方百計抵禦外來的寇仇。儘管他們有嚴重的缺點，犯下嚴重的錯誤，我依然心懷寬容，同情他們的遭遇，向他們的在天之靈致以由衷的敬意。因為他們在強敵叩關之時，竭盡心智、奮力拚搏，給子孫後代留下寶貴的經驗和教訓，留下感天動地的戰歌。

鴉片戰爭並不十分遙遠。我在寫作期間自費旅遊，踏看了全部戰爭遺址，從東莞的林則徐紀念館，舟山的鴉片戰爭紀念館，英國的國家海事博物館、陸軍博物館，美國的皮伯第·埃賽克斯博物館等地，收集、複印、拍攝了一千八百餘幅圖片，精選出一百多幅附在書中。這些圖片比我的文字更能展示歷史的原貌。我為每場戰鬥配置一幅地圖，注明英中兩軍的傷亡數字，精確到個位數。當讀者把這些數字相加後，會看到一個出乎預料的結果，甚至改變對鴉片戰爭的看法。

最後，我要感謝幾位友人的幫助。清史博士范繼忠女士為我提供部分中文資料，法學博士趙春燕先生為我提供英中法律史方面的資料，我的同學蘇日湖在美國影印一部分中國沒有的資料，借回國探親之機捎給我。沒有他們的幫助，本書不可能達到現有的深度。

在踏訪舟山期間，《舟山日報》社的劉勝剛先生親自陪我參觀當地的全部戰爭遺跡：大英水陸將士墓園遺址、陣亡清軍將士的墳塋、定海知縣姚懷祥投水自盡的梵宮池等，它們全都隱藏在不起眼的地方，沒有他的引導和介紹，我根本找不到。劉勝剛先生還送給我十餘冊有關史料，希望我寫一本關於舟山之戰的專著，但我辜負了他的期望。

我的書稿輾轉多家出版社。朝華出版社的前社長郭林祥先生很欣賞書稿，雖陰差陽錯未能由他出版，卻始終關心書稿的命運，並推薦給其他出版社和影視公司。因緣際會之下，書稿最後落到四川文藝出版社。

本書責任編輯奉學勤在編輯期間與我聯繫十多次，反覆磋商細節。四川文藝出版社的編校堪稱一流，有史海探微的本事，居然發現了兩處清史專家都難以發現的錯誤，令我大感驚異和佩服。謹在此一併致謝。

主要參考文獻

中文專著：

《籌辦夷務始末》（道光朝）一、二、三、四、五卷（中華書局，一九六四年）
《中國近代史資料叢刊．鴉片戰爭》一、二、三、四、五、六冊，中國史學會主編（上海人民出版社與上海書店出版社聯合出版，二〇〇〇年）
《夷氛聞記》梁廷枏撰（中華書局，一九九七年）
《海國四說》梁廷枏撰（中華書局，一九九七年）
《道鹹宦海見聞錄》張集馨撰（中華書局，一九九九年）
《海國圖志》上、中、下卷，魏源撰，陳華等點校（嶽麓書社，一九九八年）
《鴉片戰爭在舟山史料選編》中國第一歷史檔案館等單位合編（浙江人民出版社，一九九二年）

《林則徐集：奏稿》（上、中、下全三冊），中山大學歷史系中國近代現代史教研組、研究室編（中華書局，一九六五年）
《信及錄》林則徐著，中國歷史研究社編（上海書店印行，上海影印廠印刷，一九八二年）
《林則徐詩文選注》（上海師範大學歷史系中國近代史組編，上海古籍出版社，一九七八年）
《清史稿》趙爾巽主編（中華書局，一九七七年）
《天朝的崩潰：鴉片戰爭再研究》茅海建著（生活．讀書．新知三聯書店，一九九五年）
《林則徐傳》楊國楨著（人民出版社，一九九五年）
《林則徐評傳》林慶元著（南京大學出版社，二〇〇〇年）
《清朝通史．道光朝分卷》喻大華主編（紫禁城出版社，二〇〇三年）
《西風拂夕陽——鴉片戰爭前中西關係》蕭致治、楊衛東編撰（湖北人民出版社，二〇〇五年）

《晚清財政支出政策研究》申學鋒著（中國人民大學出版社，二〇〇六年）
《鴉片戰爭前的東南四省海關》黃國盛著（福建人民出版社，二〇〇〇年）
《廣州十三行之一：潘同文（孚）行》潘剛兒、黃啟臣、陳國棟編著（華南理工大學出版社，二〇〇六年）
《魏源傳》夏劍欽著（嶽麓書社，二〇〇六年）
《汴梁水災紀略》（清）痛定思痛居士著，李景文、王守忠、李湍波點校（河南大學出版社，二〇〇六年）
《災荒與晚清政治》康沛竹著（北京大學出版社，二〇〇二年）
《清稗類鈔》徐珂編撰（中華書局，二〇〇三年）
《浙江海島志》周航主編（高等教育出版社，一九九八年）
《澳門同知與近代澳門》黃鴻釗著（廣東人民出版社，二〇〇六年）
《十九世紀中國外銷通草水彩畫研究》程存潔著（上海古籍出版社，二〇〇八年）
《清宮廣州十三行檔案精選》中國第一歷史檔案館、廣州市荔灣區人民政府合編（廣東經濟出版社，二〇〇二年）

《大清律輯注》（上、下冊）（清）沈之奇撰（法律出版社，二〇〇〇年）

《死刑制度比較研究》李雲龍、沈德詠著（中國人民公安大學出版社，一九九二年）

《國際法輸入與晚清中國》（上、下冊）田濤著（濟南出版社，二〇〇六年）

《帝國縮影——中國歷史上的衙門》郭建（學林出版社，一九九九年）

英文專著（帶＊字記號的是參加過鴉片戰爭的英國人的回憶錄或日記彙編）：

＊ Crisis in the Opium Traffic（《鴉片危機》，北京國家圖書館縮微膠片），by Charles Elliot, 1839

Charles Elliot R.N., 1801-1875, A Servant of Britain Overseas（《查理．義律——一個派往海外的英國公務員》）by Clagette Blake（London Cleaver-Hume Press.LTD, 1960）

The Taking of Hong Kong, Charles and Clara Elliot In China Waters（《佔領香港，義律夫婦在中國海疆》）by Susanna Hoe and Derek Roebuck（Curzon Press, 1999）

Sir Henry Pottinger, The First Governor of Hong Kong（《首任香港總督亨利．璞鼎查爵士傳》）by George Pottinger（Sutton Publishing Limited, 1997）

The Life and Campaigns of Hugh, First Viscount Gough, Field-Marshal（《陸軍元帥郭富子爵的戎馬生涯》）Volume I, by Robert S. Rait, 1903

＊Memoirs and Letters of the Late Colonel Armine S.H.Moutain, C.B.（《蒙泰上校回憶錄與信函》）by Mrs. Armine Simcoe H. Mountain, C.B.（London, 1858, digitized copy）

＊The land of Green Tea, Letters and Adventures of Colonel C.L.Baker of the Madras Artillery, 1843-1850 in India and the First Chinese Opium War（《綠茶之國，馬德拉斯炮兵上校 C.L. 巴克的家書與冒險經歷》）by C.L.Baker（London, Unicorn Press, 1995）

＊Cree Journals, Naval Surgeon:The Voyages of Dr. Edward H. Cree, Royal Navy, As Related in His Private Journals, 1837-1856（《海軍軍醫柯立日記》）Edited by Michael Levin（E.P.Dutton New York, 1982）

＊Medical Notes On China（《在華醫務筆記》，北京國家圖書館縮微膠片）by John Wilson（London John Churchill, 1846）

＊Chinese War:An Account Of All the Operations Of the British Forces From the Commencement To the Treaty Of Nanking（《對華戰爭——從戰爭爆發到〈南京條約〉簽訂期間英軍的全部行動》）By John Ouchterlony（Praeger Publishers, New York. Washington. London, 1970）

＊ The Nemesis in China, Comprising a History of the Late War in that Country:with an account of the colony of Hong Kong（《「復仇神號」在中國》）by W.D.Bernade（Henry Colburn, Publisher, 3rd. ed., 1846）

＊ Two Years in China, Narrative of the Chinese Expedition from Its Formation in April 1840 till April 1842（《在華二年記》）by D.Mcpherson, M.D.（London Saunders and Otley, 1842）

Historical Record of the Twenty-Sixth, or Cameronian Regiment（《第二十六步兵團暨卡梅倫團的歷史記錄》）by Thomas Carter（London:W.O. Mitchell, 1867, digitized copy）

＊ Narrative of a voyage Round the World Performed in Her Majesty's Ship Sulphur During the Years 1836-1842（《「硫磺號」環遊世界記》）by Sir E. Belcher, 1843, Vol.II.

＊ The Closing Events of the Campaign in China:The Operations in the Yangtzekiang And the Treaty of Nanking（《中國戰役的終結，揚子江的軍事行動與南京條約》）by Granville G. Loch（London John Murray, digitized copy）

* Narrative of the Expedition to China from the Commencement of the War to Its Termination in 1842（2nd ed.）（《英軍在華作戰記》）by John Elliot Bingham, Volume I、II（Henry Colburn, 1843, digitized copy）

* Doings In China, Being The Personal Narrative Of An Officer Engaged In The Late Chinese Expedition（《中國行動》）by Alexander Murray, 1843

* Narrative of the Second Campaign in China（《對華第二戰》）by Keith Stewart Mackenzie（London, Richard Bentley, New Burlington Street, 1842, 北京國家圖書館縮微膠片）

* Sketches of China:Partly During an Inland Journey of Four Months between Peking, Nanking and Canton（《中國特寫》）by John Francis Davis, 1841, Vol II

Chinese Repository（《中國叢報》）Vol.VII-XII（Maruzen Co., Ltd, Tokyo & Kraus Reprint Ltd., Vaduz, digitized copy）

Opium, Soldiers and Evangelicals（《鴉片，軍人與福音傳教士》Palgrave Macmillan, 2004）by Harry G.Gelber

China IIlustrated（《圖說中國》）by Thomas Allom（1843-1847, digitized copy）

Bulletins of State Intelligence（《國家情報彙編》）（1840, 1841, 1842, digitized copy）

Bremer, Sir James John Gordon（1786-1850）, by J.Bach, Australian Dictionary of Biography（《澳大利亞傳記大詞典》詹姆斯．約翰．戈登．伯麥爵士詞條，Volume I, Melbourne University Press, 1966, P.148-149）

The Gilds Of China With An Account Of the Gild Merchant Or Co-Hong Of Canton（《中國行會考，附廣州行商暨公所綜述》）by Hosea Ballou Morse（London, Longman, 1931）

Commissioner Lin And The Opium War（《林欽差與鴉片戰爭》），by Hsin-pao Chang（W.W. Norton & Company.Inc., 1964）

Opium and People, Opiate Use and Drug Control Policy in Nineteenth Century England（《鴉片與人民，十九世紀英格蘭鴉片酊的使用與控制政策》by Virginia Berridge. BMJ Publishing Group, 1999）

Opening China:Karl F. A. Gutzlaff and Sino-Western Relations 1827-1852（《打開中國的大門——郭士立與中西方的關係》）by Michael Lazich

British Admirals and Chinese Pirates 1832-1869（《1832-1869年間的英國艦隊司令與中國海盜》）by Grace Estelle Fox（K. Paul, Trench, Trubner & Co., ltd., 1940）

譯文專著：

《中華帝國對外關係史》一、二、三卷（美國）馬士著（上海世紀出版集團）
《香港史》弗蘭克·韋爾什著（中央編譯出版社，二〇〇七年）
《大門口的陌生人》魏斐德著，王小荷譯（中國社會科學出版社，二〇〇一年）
《鴉片戰爭——一個帝國的沉迷和另一個帝國的墮落》特拉維斯·黑尼斯三世與弗蘭克·薩奈羅合著，周輝榮譯，楊立新校（生活·讀書·新知三聯書店，二〇〇五年）
《馬禮遜回憶錄》馬禮遜夫人編（廣西師範大學出版社，二〇〇四年）
《千禧年的感召——美國第一位來華新教傳教士裨治文傳》雷孜智（美國）著，尹文涓譯（廣西師範大學出版社，二〇〇八年）
《停滯的帝國——兩個世界的撞擊》阿蘭·佩雷菲特（法國）著，王國卿等譯（生活·讀書·新知三聯書店，一九九五年）
《晚清華洋錄》多明尼克·士風·李著，李士風譯（上海世紀出版集團，二〇〇四年）

《奧古斯特．博爾熱的廣州散記》奧古斯特．博爾熱（法國）著，錢林森等譯（上海書店出版社，二〇〇六年）

中文專業論文：

《琦善與鴉片戰爭》蔣廷黻，《清華學報》，一九三一年
《權力與體制：義律與1834-1839年的中英關係》吳義雄，《歷史研究》二〇〇七年第一期
《興泰行商欠案與鴉片戰爭前夕的行商體制》吳義雄，《近代史研究》二〇〇七年第一期
《〈中國叢報〉與中國歷史研究》吳義雄，《中山大學學報》二〇〇八第一期
《基督教道德與商業利益的較量——一八三〇年代來華傳教士與英商關於鴉片貿易的辯論》吳義雄，《學術研究》二〇〇五年第十二期
《伍崇曜的經濟與文化活動述略》譚赤子，《華南師範大學學報》二〇〇二年第三期

《從封建官商到買辦商人——清代廣東行商伍怡和家族剖析》章文欽，《近代史研究》一九八四年第四期
《審判琦善——一種歷史語境和事實的重建及其意義》王瑞成，《社會科學戰線》二〇〇四年第五期
《被忽視的〈南京條約〉第一條》洪振快，《炎黃春秋》二〇一一年第三期
《關於清代嘉慶、道光年間的鴉片問題》（日本）井上裕正，鄧汝邦譯，《外文資料譯編》（內刊）一九八五年第二期
《巴斯商人與鴉片貿易》郭德焱，《學術研究》，二〇〇一年第五期
《嘉道年間廣東水師違法違規研究》魏珂，二〇〇六年暨南大學碩士學位論文，指導教師：劉正剛
《鴉片戰爭研究——從英軍進攻廣州到義律被免職》佐佐木正哉著，李少軍譯，《國外中國近代史研究》第十輯
《張喜和一八四二年南京條約》鄧嗣禹著，楊衛東譯，《國外中國近代史研究》第十輯
《鴉片戰爭の研究》佐佐木正哉著，李少軍譯，《國外中國近代史研究》第十二輯

《楊芳的屈服與通商恢復》佐佐木正哉著，李少軍譯，《國外中國近代史研究》第十五輯

《「南京條約」的簽訂及其以後的一些問題》佐佐木正哉著，李少軍譯，《國外中國近代史研究》第二十七輯

《廣東水師海防駐軍圖》楊浪，鳳凰網 ifeng.com，二〇〇七年十月十六日

《論清代中葉廣東行商經營不善的原因》陳國棟，中國論文下載中心，原載於《新史學》，一卷四期，一九九〇年，臺北《新史學》雜誌社

《19世紀早期廣州版商貿英語讀本的編刊及其影響》鄒振環，《學校研究》二〇〇六年第八期

《帝國商行》央視國際《探索與發現》欄目

英文專業論文：

Surgeons of the Opium War（《鴉片戰爭中的醫生們》）by David Mclean, English Historical Review, 2006 April

「That Singular and Hitherto almost Unknown Country」:Opinions On China, the Chinese, and the「Opium War」Among British Naval and Military Officers Who Served During Hostilities There（《那個獨特、迄今為止知之甚少的國家，在戰爭期間英國海陸軍官對中國、中國人和鴉片戰爭的看法》）by James Hayes, Journal of Hong Kong Branch of RAS 1999, Vol.39

Monument to the Westmoreland Regiment the 55th Regiment of Foot in Dinghai City On Zhoushan Island《舟山島定海城的威斯特摩蘭團暨第五十五步兵團墓碑》by Keith Stevens and Jennifer Welch, Journal of Hong Kong Branch of RAS., 1998

Weapons of the China Wars（《對華戰爭的武器》）by Richard J. Garrett, Journal of Hong Kong Branch of RAS, 2002

Hong Kong, 26 January 1941:Hoisting the Flag Revisiting（《一八四一年一月二十六日，回顧在香港升起英國國旗的日子》）by K.J.P.Lowe, Journal of Hong Kong Branch of RAS

The Taking Of Chapu（《攻打乍浦》）by Keith Stevens, Journal of Hong Kong Branch of RAS, 1994, Vol.34

Tea and Opium（《茶葉與鴉片》）by Solomon Bard, Journal of Hong Kong Branch of RAS, 2000.Vol.40

Relics of Hong Kong and China in British Army and Regimental Museums（《英國陸

軍博物館和團史博物館保存的香港和中國遺物》）by P. Bruce. Journal of Hong Kong Branch of RAS, 1983, Vol.23

The Root of the Opium War: Mismanagement in the Aftermath of the British East India Company's Loss of its Monopoly in 1834（《鴉片戰爭的根源》）by Jason A. Karsh, University of Pennsylvania, Scholarly Commons, 5-2-2008

Yellow Coast-Actions on the China Seas in the Age of Sail（《黃色海岸——帆船時代在中國海域的軍事行動》）By David Manley, 1998 Autumn Edition NWS Journal「Battlefleet」）

Chinese monumental iron castings-Illustrations（《圖說中國鑄鐵術》）by Donald B. Wagner, Journal of East Asian archaeology, vol. 2, 2000, no. 2/3, P.199-224

The Opium War's Secret History（《鴉片戰爭的秘密》）by Karl.E.Meyer, 1997, 六月二十八日的 The New York Times

A French Account of the War in China（《一個法國人對英華戰爭的看法》）by A. Haussmann, Attache to M. Lagrene』s Embassy in China, Colburn's United Service Magazine and Naval and Military Journal, 1853

Wikepedia 中有關 William Jardine、Lancelot Dent、Henry John Temple 等人的詞條

鴉片戰爭　肆之肆：大纛臨風帶血收

作　　者	王曉秦
發 行 人	林敬彬
主　　編	楊安瑜
編　　輯	盧琬萱
內頁編排	盧琬萱
封面設計	蔡致傑
編輯協力	陳于雯
出　　版	大旗出版社
發　　行	大都會文化事業有限公司
	11051臺北市信義區基隆路一段432號4樓之9
	讀者服務專線：(02) 27235216
	讀者服務傳真：(02) 27235220
	電子郵件信箱：metro@ms21.hinet.net
	網　　址：www.metrobook.com.tw
郵政劃撥	14050529 大都會文化事業有限公司
出版日期	2018年09月初版一刷
定　　價	420元
I S B N	978-986-96561-4-6
書　　號	Story-33

◎本書由四川文藝出版社有限公司授權繁體字版之出版發行。

國家圖書館出版品預行編目（CIP）資料

鴉片戰爭 . 肆之肆 : 大纛臨風帶血收 / 王曉秦著 . -- 初版 .
-- 臺北市 : 大旗出版 : 大都會文化發行 , 2018.09
416 面 ;　14.8 × 21 公分 . -- (Story)

ISBN 978-986-96561-4-6(平裝)

857.7　　107012103

大都會文化　　讀者服務卡

書名：鴉片戰爭　肆之肆：大纛臨風帶血收

謝謝您選擇了這本書！期待您的支持與建議，讓我們能有更多聯繫與互動的機會。

A.　您在何時購得本書：______年______月______日

B.　您在何處購得本書：___________書店，位於___________(市、縣)

C.　您從哪裡得知本書的消息：
1.□書店　2.□報章雜誌　3.□電臺活動　4.□網路資訊
5.□書籤宣傳品等　6.□親友介紹　7.□書評　8.□其他

D.　您購買本書的動機：（可複選）
1.□對主題或內容感興趣　2.□工作需要　3.□生活需要
4.□自我進修　5.□內容為流行熱門話題　6.□其他

E.　您最喜歡本書的：（可複選）
1.□內容題材　2.□字體大小　3.□翻譯文筆　4.□封面　5.□編排方式
6.□其他

F.　您認為本書的封面：1.□非常出色　2.□普通　3.□毫不起眼　4.□其他

G.　您認為本書的編排：1.□非常出色　2.□普通　3.□毫不起眼　4.□其他

H.　您通常以哪些方式購書：(可複選)
1.□逛書店　2.□書展　3.□劃撥郵購　4.□團體訂購　5.□網路購書
6.□其他

I.　您希望我們出版哪類書籍：（可複選）
1.□旅遊　2.□流行文化　3.□生活休閒　4.□美容保養　5.□散文小品
6.□科學新知　7.□藝術音樂　8.□致富理財　9.□工商企管
10.□科幻推理　11.□史地類　12.□勵志傳記　13.□電影小說
14.□語言學習（____語）　15.□幽默諧趣　16.□其他

J.　您對本書(系)的建議：

K.　您對本出版社的建議：

讀者小檔案

姓名：____________ 性別：□男 □女　生日：____年____月____日

年齡：□20歲以下 □21～30歲 □31～40歲 □41～50歲 □51歲以上

職業：1.□學生 2.□軍公教 3.□大眾傳播 4.□服務業 5.□金融業 6.□製造業
7.□資訊業 8.□自由業 9.□家管 10.□退休 11.□其他

學歷：□國小或以下 □國中 □高中／高職 □大學／大專 □研究所以上

通訊地址：________________

電話：（H）__________（O）__________ 傳真：__________

行動電話：__________ E-Mail：__________

◎謝謝您購買本書，歡迎您上大都會文化網站（www.metrobook.com.tw）登錄會員，或至Facebook（www.facebook.com/metrobook2）為我們按個讚，您將不定期收到最新的圖書訊息與電子報。

鴉片戰爭

肆之 大纛臨風帶血收

王曉秦 著

北區郵政管理局
登記證北臺
字第9125號
免貼郵票

大都會文化事業有限公司
讀者服務部 收
11051臺北市基隆路
一段432號4樓之9

寄回這張服務卡〔免貼郵票〕
您可以：
◎不定期收到最新出版訊息
◎參加各項回饋優惠活動